二 見 文 庫

かつて愛した人

ロビン・ペリーニ／水野涼子＝訳

Forgotten Secrets
by
Robin Perini

Japanese translation published by
arrangement with Robin Perini
c/o Taryn Fagerness Agency
through The English Agency (Japan) Ltd.

「勇気とは進みつづける力のことではない。力のないときに進みつづけることだ」

セオドア・ルーズヴェルト

かつて愛した人

登　場　人　物　紹　介

ライリー・ランバート	FBIのプロファイラー
セイン・ブラックウッド	シールズ隊員。臨時の保安官代理
シャイアン・ブラックウッド	セインの姉。医師
ヘレン・ブラックウッド	セインの祖母
カーソン・ブラックウッド	セインの父親
ブレット・リヴァートン	リヴァートン家の長男。牧場経営者
ケイド・ローンベア	アフガン帰還兵
マディソン・ランバート	ライリーの姉
ジーナ・ウォレス	シンギング・リヴァーで誘拐された少女
キャロル・ウォレス	ジーナの母親
アデレード／イアン／ベサニー	“ファーザー”と一緒に暮らす者たち
ノーマ・ベイカー	保安官事務所に勤務していた女性
ジャクソン・ブラックウッド	セインの弟
ハドソン・ブラックウッド	セインの兄
ファニー／ウィロー	ヘレンの親友

1

〝どれだけ遠くまで行こうと、早く走ろうと、努力しようと、過去は敵対する戦闘員のように、いつの間にか待ち伏せしている〟

祖母の名言を心に留めておくべきだったと、セイン・ブラックウッド保安官代理は強く思った。ステットソン帽をうしろに傾け、標的との距離を見積もる。人が大勢いる。

クライヴのナイトクラブは金曜のハッピーアワーの時間で、いつもは騒がしいが、いまは壊滅する直前のアフガニスタンの砂漠のように静まり返っている。そして、アメリカ海軍特殊部隊《シールズ》の仲間と地下の酒場をめぐっているはずのセインは、生まれたときから知っているろくでなしとにらみあっていた。とはいえ、ワイオミング州シンギング・リヴァーだろうとアフガニスタンだろうと、ハンティングナイフを持った短気で嫉妬深い酔っ払いが危険な相手であることに変わりはない。

エド・ザリンクシーはぎざぎざのナイフを、長年くっついたり別れたりを繰り返している恋人の脈打つ喉元にさらにしっかりと押しつけた。酒の飲みすぎでどんよりしたキャロルの目が見開かれた。黄ばんだ肌や浮きでた毛細血管は、二十年にわたる不摂生の証《あかし》だ。

セインはエドをにらみ、右手をそろそろとグロックに伸ばしながら、緊張をやわらげるためのんびりと言った。「やめておけ、エド」

「おれは家を出ないぞ。追いだせるもんか」

セインはゆっくりと、なだめるように両手をあげた。「表に出て、ふたりだけで話そう。キャロルは仕事があるから」

キャロルの腕をつかんだエドの拳が白くなった。彼女はエドと同じくらい背丈があるが、泣いていた。

背後にある演奏用ステージの近くにいる人々が、パニックを起こしかけている。セインは振り返らずとも気づいた。ピーナッツの殻がつぶれる音や、衣《きぬ》ずれの音で、何人かの危険な男たちが善意から、ためらいがちに、向こう見ずにも隠し持った武器に手を伸ばし、状況を悪化させようとしているのがわかった。

セインは心のなかで悪態をついた。ヒーローが大勢いたら、さらに危険だ。

シールズの仲間も、背後には立たせない。そうすれば選択肢は増えるだろうが、祖母が言うように、望むことを待っていたら永遠に待つはめになる。保安官事務所の半分――ふたりが釣りに行っている。残りのひとりは十五分離れた場所にいる。ここは三分で片がつくはずだ。

「おまえにはわからない」ナイフを持つエドの指が震えた。自暴自棄になった目つきをしている。

頸動脈《けいどうみゃく》を切り裂けば、一分以内に失血死するだろう。

時間がない。セインは拳銃を抜いた。シグのほうが好きだが、グロックでも事足りる。エドがナイフを動かしたら、一発で仕留める。

「ナイフを置け、エド」

「おれはこの女に居場所を与えてやったんだ。飲んだくれのばかげた話につきあってやれるのはおれくらいだ。それなのにこいつは、おれの服を庭に捨てて、おれの家とテレビと銃を奪った。親父《おやじ》の形見の銃なのに」

エドがキャロルの腰を片腕で締めつけ、悲鳴をあげさせた。

「やめて、エド。あ――謝るから」キャロルがつかえながら言った。

「おまえは嘘《うそ》つきだ。いつだって嘘ばかりだ。妊娠してから、酔っ払っているあいだに子どもがいなくなるまでずっと。おまえが殺したのに、忘れちまったんだろ」

群衆がはっと息をのんだ。

なんてやつだ。町じゅうの人が、いや、州民全員が、キャロルの娘、ジーナが行方不明になったことを知っている。十五年前、忽然《こつぜん》と姿を消したのだ。キャロルは有力な容疑者のひとりだったが、保安官になって一年目だったセインの父親が、捜査の過程で容疑者から外した。

十五年経《た》っても、依然としてジーナ・ウォレスの行方はわかっていない。

エドが顔をあげ、群衆をにらみつけた。「なんだ？　みんなずっとそう思ってるんだろ。面と向かって言う勇気がないだけだ」

キャロルがむせび、涙でマスカラが流れ落ちた。「違う。どうしてこんなことするの、エド？」

「愛してるからに決まってんだろ。なのに、おまえは愛してくれない」エドの手が数センチさがった。

いまがチャンスだ。セインは拳銃をしまい、エドに突進した。またたく間にナイフを持ったほうの手首をつかんでねじりあげた。エドがうめき声をあげて身をかがめた。ナイフが音をたてて床に落ちた。

キャロルがわっと泣き崩れた。

「こんなことをする必要はなかったのに」セインはエドに手錠をかけた。

拍手喝采が起こった。何人かの女たちがキャロルに駆け寄る。キャロルはスツールをつかみ、震える脚でようやく立ちあがった。「お酒をちょうだい」

バーテンダーがスコッチのダブルを注《つ》ぎ、グラスを滑らせた。キャロルはひと息に飲み干すと、エドに近づいて顔を引っぱたいた。「ろくでなし」

エドは彼女に飛びかかろうとしたが、セインがしっかりつかんでいた。

「キャロル、家に帰れ。眠って忘れろ」セインはエドを引っ張っていきながら言った。

キャロルは腕組みをし、エドをにらんだ。「そいつが刑務所行きになるのを見届けたらね」

キャロルの血液の半分はアルコールかもしれないが、闘争心は残っている。彼女はセインより二十歳年上でありながら、彼の父親から聞いた人物像の面影が残っていた。かつては学園祭の女王で、バスケットボールの州大会に出場した。何もかもを手にしていた。夏の冒険でロデオ・サーキットに出かけ、シンギング・リヴァーを離れるまでは。数カ月後、彼女は奨学金を失い、妊娠して戻ってきた。

「判事は月曜まで戻らない」セインは言った。「エドはそれまで勾留される」

キャロルがふらついた。「よかった」

「大丈夫か？」

キャロルは顎をあげ、うつろな目でセインをにらんだ。「もう長いこと、大丈夫だったときなんてないわ。みんな知ってる」カウンターのほうを向き、からのグラスを叩《たた》きつけるように置いた。「もう一杯ちょうだい」

こういうとき、自分を傷つけることしかできない人もいる。セインはあきらめ、ダンスホールにいる人々をにらみつけた。「ショーは終わりだ。今夜はもう騒ぎを起こすなよ。せっかくの金曜の夜なのに、エドのせいで、書類とのデートがぶち壊しだ」

含み笑いを引き起こし、緊張がやわらいだが、彼はまったくの冗談を言ったわけではなかった。今週末はただでさえ人手不足なのに、エドを起訴しなければならなくなったので、金曜の夜の電話デートをする時間がなくなってしまった。

ライリーと話したくて、声が聞きたくて、一週間待ち遠しかった。頭がよくて情熱的で、いつも楽しませてくれる。だが最後に話したとき、声が張りつめていたのが気にかかった。セインが問いつめると、彼女はなんでもないと言って唐突に電話を切ってしまった。

キューが玉を突く音がして、セインは物思いから覚めた。中央にある台をちらっと見やる。この店で、連邦捜査局《FBI》特別捜査官ライリー・ランバートと出会った。彼女がビリヤード台に身を乗りだし、難しいショットを決めて賭けに勝つのを目撃した。賭けたものは、金でも食事でも、酒ですらなかった。彼女はプロファイラーで、十五年前に行方不明になったキャロルの娘の捜索に参加した人に話を聞きたがったのだ。

変わった女性だと思った。休暇中に未解決事件の捜査をしたがる女性などあまりいない。セインは彼女をダンスに誘い、あっさり断られたのに、意外にも情熱的な夜を過ごすことになった。結局、ライリーは事件について新しい情報を得られぬまま、シンギング・リヴァーを去った。セインもシールズに戻ったが、彼女と過ごした七日間の記憶が頭から離れなかった。

遠距離恋愛を続けるあいだ、ライリーが電話を一方的に切ることはなかった。電話に出ないことも。先週までは。先週はルールを破って、夜に三回、翌日に一回かけた。するとようやく、元気だけど仕事が忙しいというメールが送られてきた。連続殺人事件の捜査で忙しいというのは信じたが、心配だった。彼女らしくない。セインの父親の体調がよければ、姉との約束がなければ、ワシントンDC行きの飛行機に飛び乗っていただろう。だがそんなことはできないので、この一週間ずっと胸騒ぎがしていた。十年間シールズにいて、直感を信じたほうがいいことはよくわかっていた。

今夜またルールを曲げて、仕事が終わったらすぐに電話をかけよう。今度は質問に答えてもらう。それどころか、飛行機を予約するかもしれない。

数分経って、ジュークボックスから『フレンズ・イン・ロウ・プレイセズ』が流れだし、三組の男女が踊り始めた。がやがやという話し声やグラスのぶつかる音が壁板に反射して喧騒《けんそう》を生みだした。

セインはエドを店の外に引きずりだすと、駐車場を横切りながら権利の告知をした。

「ばかなことをしたな、エド。保護観察中なのに」

「あいつは口のうまい流れ者にはらませられるまで、おれのことが好きだったんだ」

エドがよろよろ歩く。「おれたちふたりの人生はめちゃめちゃにされた」

「二十五年も前のことだろ」セインはエドを押さえつけながら、SUVの後部座席のドアを開けたあと、エドの頭を押しさげた。「判事が同情してくれるといいな」

ドアを閉めて運転席に乗りこむと、後部座席でエドが鼻を鳴らした。「笑わせるよな、おまえが運転席に乗ってるなんて。親父さんに刑務所に入れられると思っていたのに。まったく信じられないね。セイン・ブラックウッド保安官代理だと。といっても、親父さんの具合がよくなるまでのただの使い走りか」

「その辺にしておけ、エド。おれを本気にさせるな」セインは背もたれに腕をのせ、真剣なまなざしをした。「おれは訓練を受けているんだ。表面的には跡を残さずに、人を痛めつける訓練をな」

エドが青ざめた。

セインはかすかな笑みを浮かべて前を向き、エンジンをかけた。

八キロほど走りシンギング・リヴァーに通じるハイウェイに車を乗り入れた頃には、ウインド・リヴァー山脈沿いの東の夏空が暮れていた。「なんで帰ってきたんだ」エドが不機嫌な口調で言う。「ここにいるとだめになるぞ」

セインは反論できなかった。彼はずっと、シンギング・リヴァーから出たかった。思い返せば、初めての冒険は十一歳のときで、雑貨店でベースボールカードを万引きし、保安官だった祖父に刑務所見学に連れていかれた。十五歳になる頃には、車でメインストリートを飛ばしていた。父の新しい保安官バッジはまだぴかぴかだったが、セインはそれを必死になって汚そうとした。父は灸《きゅう》を据えるために彼を留置所に入れた。

故郷に帰って、父親の下で保安官代理の仕事をするなど絶対にいやだと思っていた。父や祖父と同じ道を歩むなど。なのに、ここにいる。

家族の伝統を守っている。

あくまで一時的なことだ。

バックミラーをちらっと見た。「自分のことか、エド？」

「この町には選択肢が三つある」エドが言う。「おまえの親父みたいにチアリーダーのキャプテンと結婚するか、町を出るか――十年間離れていたおまえはそのひとりだと思っていたがな、あとはおれみたいになるかだ。おれはクラスのあばずれと寝て、ばかみたいに惚《ほ》れちまった」座席にぐったりともたれかかった。「男は女次第だ。たいていの場合、女は男を苦しめて楽しんでる」

携帯電話が鳴り、セインは返事をせずにすんだ。表示された番号を確認し、ブルートゥースをタップした。「もしもし、姉貴。どうした？　お祖母《ばあ》ちゃんとの食事の誘いか？　料理しなくてていいなら――」

「セイン。またなの」いつも冷静なシャイアンの声が震えている。「誰かが診療所に侵入した」一瞬、沈黙が流れた。「大変、まだいる」小声で言った。

セインの肩がこわばった。「外に出ろ、シャイアン。保安官事務所に行って――」

ドアが開く音がした。

「やめて！」シャイアンが叫ぶ。「お願いだから傷つけない――」

電話が切れた。

世界がぐるぐるまわっている。ドクター・シャイアン・ブラックウッドは待合室のカーペットをつかみ、爪を食いこませた。やっとのことで四《よ》つん這《ば》いになる。頭がずきずきする。目の焦点が合わず、まばたきした。どうして見えないの？

「何やってんの」責めるような声が、妙に遠くから、くぐもって聞こえた。

シャイアンは腕が震え、横に倒れた。意識が薄れていくのに必死で抵抗し、うなりながら床に手をついて無理やり体を起こした。

「逃げられないわよ」ふた組の手がシャイアンを床に押し戻した。腰にずっしりと体重がかかる。

こんなこと、現実であるはずがない。

熱い息が首に吹きかかった。「抵抗しても無駄よ。あんたの負け。これまで誰も勝てなかったんだから」

抵抗してやる。シャイアンは目を閉じてめまいをこらえ、体に力を込めた。自分ならできる。

部屋の向こうから、弱々しい泣き声が聞こえてきた。

お祖母ちゃん。

シャイアンは必死で抗《あらが》った。おとなしくなんかするものか。お祖母ちゃんがわたしを必要としている。家族が。

腰にかかった重みが消えた。

突然、鼻に濡《ぬ》れた布を押しつけられ、甘いにおいが感覚を鈍らせた。

「残りのものを取ってきて。時間がない」

「婆《ばあ》さんはどうする？」

「始末して」

「やめて、お願い」シャイアンは懇願したが、体に力が入らなかった。ふたたび意識が薄れていく。祖母を犯人の手中に残して。

だめだ。まだ死ねない。やるべきことがいっぱいある。たくさんの秘密を残していくわけにはいかない。

「さよならを言うのよ」感情のこもっていない声が穏やかに命じた。

シャイアンの目から涙がこぼれ、頬を伝った。「お祖母ちゃんを解放して。お願い……」

自分が何を言っているのかわからなくなった。ひっくり返され、頭は抵抗しようとするのだが、体が動かなかった。祖母を助けられない。自分のことも。

両腕をうしろにまわされ、手首に結束バンドの手錠をかけられた。

もはやなすすべはなかった。

でも、シャイアンがトラブルに巻きこまれたことを知っている人がひとりいる。

〝神様お願いです、早くセインをよこして。お祖母ちゃんを助けて〟

次の瞬間、シャイアンは暗い悪夢にのみこまれた。


八月中旬の夕日がフロントガラス越しに額に照りつけた。セインはハンドルを切り、角を曲がった。サイレンを鳴らしながら、信号や交差点を突っ走る。

メインストリートの店の前をぶらついていた人々が立ちどまり、口をぽかんと開けて見ていたが、どうでもよかった。頭のなかでシャイアンの悲鳴がこだましていた。

前方で、のろのろ運転のビュイックが道路に入ってくる。セインはブレーキも踏まずにその車をよけた。

後部座席のエドが横に倒れた。「死にたいのか？」ろれつのまわらない口調で叫んでいる。

セインは無視した。

〝あと少しで着くからな、シャイアン。待ってろ〟

対面交通道路の右車線に急いで戻った。シンギング・リヴァーは端から端まで約三キロしかないが、州を横切るくらい長く走ったような気がした。

誰もいない保安官事務所を勢いよく通り過ぎた。休暇はもう取らせない。永遠に。

診療所の前で急ブレーキを踏むと、拳銃を抜いて車から飛びだした。

応援がこっちに向かっていたが――遠くから聞こえるサイレンの音が刻々と大きくなっていく――待っている時間はなかった。二歩でドアにたどりついた。

診療所に入ると、バッファローの群れに踏み荒らされたような有り様だった。受付のデスクの縁についた血の染みを見つけたあと、待合室の壁際で倒れている華奢《きゃしゃ》な人影を発見した。目を閉じていて、額の傷口から血が出ている。

「お祖母ちゃん！」セインは駆け寄り、祖母のそばにひざまずいた。首に指を押し当てて脈を探す。

最初は見つからなかった。重苦しい気分で、紙のように薄い皮膚に指を滑らせ、息を凝らした。一秒、二秒。ようやく、かすかな脈が感じ取れた。

そのとき、ドアが勢いよく開いた。セインは膝をついたまま、くるりと振り返り、銃を構えた。

いつもは上品に整えられている銀髪をぼさぼさに乱したノーマ・ベイカーが滑りな

がら立ちどまり、両手をあげた。

「ここから出ろ、ノーマ」セインは怒った声でささやいた。「早く」

驚いたことに、引退した保安官事務所の通信指令係はいつもと違って反論しなかった。彼女は踵《きびす》を返してドアから飛びだしていった。セインは祖母を抱きあげ、外へ出ると、歩道におろした。

ノーマがふたりの周りをうろうろしていた。糊《のり》の利いた黄褐色のズボンは、祖父、その後は父のもとで働いた日々の名残だ。

「救急車を呼んでくれ。おれはシャイアンを捜す」セインは彼女に携帯電話を放った。

「気をつけて」ノーマが祖母の顔を撫《な》でながら言った。「お祖母ちゃんは病気になっても、あなたたちのことをいつも心配しているのよ」

セインは診療所へ戻りながら無線機のスイッチを入れた。「ペンダーグラス、いまどこだ?」

ノイズが聞こえたあと、保安官代理が答えた。「メインストリートに着いたところだ」

「診療所で不法侵入、暴行事件が発生。警戒しろ。町を出る者がいたら制止しろ」

セインは銃を構え、敷居をまたぐと、動きを止めた。姉の名前を大声で呼びたかったが、我慢した。カンダハールの通りで学んだことだ。そんなことをしたら死を招くだけだ。

血痕をまたいだ。おびただしい量の血だ。

「シャイアン」セインは不安を感じながら、小声で言った。

オフィスへそっと向かい、開いたドアからなかに入った。

誰もいない。

おかしな点もなかった。

隠れているかもしれない人物が出入りできないように、ドアを閉めて鍵をかけてから薬や備品が置いてある部屋に入った。薬品棚が荒らされ、いくつかの棚はからになっていた。

シャイアンの姿はない。

セインは踵を返した。心臓がどくどく打っている。これまでにも恐怖を味わったことはある。カンダハール一帯を調べたとき、ドアを開けるたびに反乱兵に殺されるかもしれないと覚悟していた。だが、これほどの胸苦しさを感じたことはなかった。

最悪の事態を想像した。シャイアンは抵抗しただろう。必死で。

廊下を走って診察室に飛びこんだ。誰もいない。すぐに引き返し、残りのふた部屋を調べた。どこにもシャイアンはいなかった。セインは膝の力が抜け、壁に手をついてうなだれた。姉を襲った男に対する怒りを爆発させ、喜んで戦うつもりだった。姉を見つけて助ける準備はできていた。

だが、見つからなかった場合の覚悟はしていなかった。すさまじい恐怖に襲われた。震える歯を食いしばり、外に出た。救急車はまだ到着していなかった。祖母のそばにひざまずくと、細い手をそっと取った。「具合は？」ノーマにきいた。

「目をつぶったままなの」ノーマが目をしばたたいた。「シャイアンはいた？」

セインはかぶりを振った。

「ああ。血が見えたわ。まさか――」

「わからない」セインはノーマをじっと見た。「終業後の診療所に駆けこんできたのはなぜだ？　祖母とシャイアンと夕飯を食べる約束だったのか？」

ノーマは首を横に振り、彼と目を合わせようとしなかった。「無線を傍受したの。あなたの呼びかけを聞いて、飛んできたのよ」

「いったい何を考えていたんだ？　もし犯人がいたら、あなたも――」セインは言葉を切った。

「わたしなら止められたかもしれない」

セインの左目が痙攣《けいれん》した。こんなときでなければ、ノーマを責めたてたかもしれない。彼女は保安官事務所で五十年働いたことを誇りに思っているが、これは行きすぎだ。よくあることだが。「あなたの盗聴については、あとで話しあおう」おむつを換えてくれた女性を、できるだけ厳しい目つきでにらみつけた。「祖父か親父に言いつけてもいい」

ノーマが顔をしかめた。「脅しても無駄よ」刺繡《ししゅう》入りのハンカチを祖母の額に押し当てた。「ああ、ヘレン」セインを見て言う。「こんな目に遭ういわれはないのに。あなたたち全員。アルツハイマー病だけでも大変なのに」

人生は受け入れるしかないこともある。だが今回は、セインはあきらめるつもりはなかった。パトカーがやってきて、タイヤをきしませながら停止した。セインは立ちあがり、十二年間父の右腕だったクイン・ペンダーグラス保安官代理と向きあった。

「道路を封鎖して、人員を集めろ。親父ならリンカーンとフレモントとティトンに連絡して、必要があればワイオミング州犯罪捜査部《DCI》を取りこめる」

「何があった？」クインが現場を見まわした。「ドクター・ブラックウッドは？」

セインは口にしたくなかったが、真実を否定することはできなかった。「行方不明だ」

2

人里離れたその小屋は、ユナボマー（ハーバード大学卒のテロリスト）が住んでいそうな雰囲気だった。ヴァージニア州ブルーリッジ山脈の、めったに人の通らない森のなかにあり、サディストの性犯罪者が被害者を連れこんでも、誰にも悲鳴は聞こえない。ライリー・ランバートFBI特別捜査官は、防弾チョッキをもう一度確かめたあと、標準装備のグロックを抜いた。グリップを握りしめ、ゆっくりと息を吐きだす。五分で片がつくだろう。不運な小学校教師、パトリシア・マスターズは無事救出され、ヴィンセント・ウェイン・オニールは二度と誰のことも傷つけられない。

そう信じなければならない。ライリーは六件の失踪事件の関連性を見つけだそうと、この二カ月間、ダブルショットのコーヒーとわさび味のナッツばかり口にして過ごしてきた。

国立暴力犯罪分析センターで新たに結成された凶悪犯罪を扱う行動分析班のメン

バーは、自分ひとりではない。この一年間事件を調べつづけて、誰も確実な手がかりを見つけられなかった。

だが二日前、パトリシア・マスターズが、三年間東海岸に潜伏していた残忍なサイコパスに小学校のすぐ外で拉致された。そして昨日、ライリーは手がかりを見つけた——共通のバス路線、ホテルの請求書、監視カメラの粗い映像、そして、この小屋の権利書が決め手となった。

今夜、パトリシアを救出する。

特殊機動部隊《SWAT》が位置についた。ライリーは隊長の手の動きを確認した。あと六十秒。拳銃のグリップをさらに強く握りしめ、上司をちらっと見た。「彼女はあのなかで生きています、トム」小声で言った。

トムはすべてを見通すような鋭いまなざしで彼女を見たあと、銃を抜いた。「オニールはいつも、一週間ほど被害者をもてあそぶからな。その可能性は高い」

トムのまなざしに耐えられなくなり、小屋のドアに目を向けた。いまここで、ライリーの十歳の誕生日からわずか一週間後に始まった運命の結果が出る。

ライリーの職業はいわゆるプロファイラーだ。ＦＢＩでは新しい実験的な第六行動分析班に特別捜査官として配属されている。

トム・ヒコック管理官は地元の警察の捜査班に組みこむために、彼女を行動分析班の一員にした。ライリーは心理分析の技術を捜査に生かせる機会に飛びついたが、なかなか思うようにはいかなかった。
三、二、一。
ライリーは深々と息を吸いこんだ。ＳＷＡＴが玄関に突撃する。ライリーの班も銃を構えてあとを追った。

襲撃は三十秒で終わった。地元警察が現場を保存した。

彼はそこにいた。ヴィンセント・ウェイン・オニール。穏やかで得意げなまなざしをして、隅で待っていた。凶悪犯には見えない。よくあることだ。

オニールは両腕でライフルを抱えていた。「手遅れだ」ライリーをまっすぐ見つめてささやく。「おれの勝ちだ」

オニールが彼女の胸に狙いを定めた。

ライリーは床に伏せたが、間に合わなかった。腕に焼けるような痛みが走る。寝返りを打ってあおむけになり、立てつづけに二発撃った。大量の銃弾が頭上を飛んだ。

オニールは射殺され、床にくずおれた。

警官を利用した自殺だ。

ライリーの心臓が早鐘を打った。頭をゴツンと床におろし、銃をさげた。

〝手遅れ〟という言葉にぞっとした。きざな男だ。胸騒ぎがし、目を閉じた。いいえ、今度こそ間に合ったはず。パトリシアはここにいる。生きている。

「捜索を開始しろ」トムが叫んだ。「パトリシア・マスターズを捜せ」

ブーツの足音が小屋に響き渡った。

ライリーは体を起こした。手伝わなければ。だが、腕を動かしたら悲鳴をあげそうになった。腕を見おろすと、青いシャツに血がにじんでいた。

「怪我人《けが》だ！」トムが彼女のそばにかがみこんで叫んだ。

赤い染みが渦を巻いている。ライリーはまばたきして焦点を合わせようとした。医師がひざまずき、彼女のシャツの袖を切った。

「たいしたことありません」

「黙って治療を受けろ、ライリー」トムが言う。「われわれが彼女を見つける」

「小屋の裏手を調べてください」手当てを受けながら、ライリーはかすれた声で言った。「彼女たちを近くに置いておきたがるはずです」目の前で水玉が渦を巻いていた。

数分後、足音がゆっくりと近づいてきた。

ライリーは見あげた。「見つかった？」

「あなたのプロファイリングのとおりでした」警官が言う。「小屋の裏手に墓が並んでいました。それぞれバラの木が植えてあります」

「パトリシアは？」ライリーはごくりと唾をのみこんだ。警官の憐みの表情に耐えられなかった。

「手遅れでした。残念です。死亡しました」

ライリーはぞっとした。いやだ！　もう二度と。

目をぎゅっと閉じた。

パトリシアを救えなかった。

姉を助けられなかったように。

周囲の風景が傾き、揺れ始めた。

「ライリー」トムが怪我をしていないほうの腕を握りしめた。「しっかりしろ」

腕が燃えるように痛い。暗闇が迫ってくる。気を失いそうだ。

別にかまわないでしょう？

自分は失敗したのだ。またしても。

なじみのない時計のチャイムの音がぼんやりした頭に響き渡り、シャイアンは目を覚ました。八回、九回鳴った？

かたい枕から頭をあげて、暗闇に目を凝らした。ざらざらした生地の感触で、自分のベッドに寝ているわけでも、診療所にいるわけでもないとわかった。ここはどこ？

頭がずきずきして、こめかみにそっと触れた。記憶がよみがえった。誰かに殴られた。祖母も傷つけられた。甘いにおいを嗅いだ。気を失った。

〝さよならを言うのよ〟犯人の言葉を思い出したが、死んでいたら痛みを感じるはずがない。

つまり、死んでいない。生きている。

いまのところは。

金属がゆっくりときしむ音が暗闇をつんざいた。足音が徐々に近づいてくる。

鼓動が速くなった。犯人にも聞こえるだろうか？　頭のなかがどくどく脈打った。目を閉じて息を凝らし、うめき声をこらえる。動かないほうがいい、意識を取り戻したことは隠したほうがいいと、生存本能が告げた。

部屋の向こうでカチッという音がした。明かりをつけたのだ。シャイアンはぎくりとした。足音が止まる。部屋は静まり返ったが、すぐ近くから荒い息遣いが聞こえた。

「彼女を起こせ」男の低い声が命じた。「いますぐ処置しないと」

「はい、ファーザー」

ドアがバタンと閉まり、かんぬきをかける音がした。その音が頭蓋骨に響き渡り、激しい痛みをもたらす。それでもシャイアンは動かなかった。強い刺激臭が鼻を突いた。咳《せき》をこらえられず、顔をそむけてあえいだ。

ふたたびにおいを嗅がされ、目をぱっと開けた。涙で視界がぼやける。「やめて」かすれた声で言う。「お願い」

体を起こし、目をこすって焦点を合わせようとした。やっとの思いで息を吸いこむ。喉がつかえ、首をつかんで咳《せ》きこんだ。

目の前に水の入ったグラスが差しだされた。「飲んで」十六歳くらいの少年がそばに立っていて、グラスを彼女の唇に押し当てて傾けた。

シャイアンは水を飲んだあと、乾いた唇をなめた。ようやく目の焦点が合った。ソファのクッションを握りしめた。窓のない、二枚のドアがついた丸太の壁を見つめる。グレーのスチールドアは閉まっていて、錠は頑丈そうに見える。もう一枚のドアは開いていて、狭いバスルームのようだった。シャイアンは広い部屋の奥を見まわして、息をのんだ。ツインベッドに女性が寝ていて、顔が紅潮し、汗にまみれていた。

彼女がうめき声をあげ、かすかに身動きしたあと、腹を抱えて叫んだ。「痛い」あえぎながらささやく。「助けて」

シャイアンはさっと立ちあがり、少年をにらんだ。「彼女に何をしたの？」頭痛を我慢してよろよろと歩いていき、女性の額に手の甲を当てた。燃えるように熱い。手首に指先を押し当てた。脈拍百十七。速すぎる。

「何があったの？」

「数日前から腹痛が続いてる」少年が唇を嚙《か》んだ。「昼食を食べた直後に倒れたんだ」

シャイアンは女性の腹部を触診した。彼女がうめき声をもらした。右下腹部に触れると、苦しそうな叫び声をあげた。反跳痛だ。

「病院へ連れていかないと」シャイアンは立ちあがった。「虫垂炎だと思う。手術する必要があるわ」

「わかってる」少年は部屋の隅に置かれたテーブルに近づいていき、青い手術用ドレープを持ちあげた。

ずらりと並んだ医療器具を見て、シャイアンは目を丸くした。ぞっとして首を横に振る。「わたしは外科医じゃない」

少年は枕元へ行き、心配そうな表情で女性の手を握った。「助けられるのはあなただけだ」

シャイアンは少年の肩に両手を置いて振り向かせた。「ねえ……名前を教えて」

「イアン」

「イアン、病院へ連れていかないと、死んでしまうかも」

イアンはたじろぎ、目に恐怖の色を浮かべた。「だから、ファーザーはあなたを連れてくることにしたんだ、ドクター・ブラックウッド。彼女を助けるために」

かんぬきを外す音がしたあと、ドアが開き、顔の片側が髪に覆われた女性が現れた。

「イアン、ファーザーが今夜のシンギング・リヴァー訪問の報告を聞きたいって」

診療所に入ってきたイアン。背後から誰かに襲われたこと。祖母の泣き声――次々と記憶がよみがえった。「あなたはあそこにいたのね」シャイアンはふらつき、彼の腕にしがみついた。「お祖母ちゃんは？　無事なの？」

イアンは返事をためらった。

「お願いだからファーザーを怒らせないでね、イアン」

女性が懇願するのを聞いて、シャイアンはぞっとした。ふたりとも〝ファーザー〟に怯《おび》えている。

イアンは唇を嚙み切りそうなくらい強く嚙んだ。「わかったよ、アデレード」

イアンがドアから出ていった。足音が遠ざかり、遠くでドアが閉まる音がした。

「お祖母ちゃんは？」シャイアンはアデレードにきいた。「無事なの？」

「人のことより自分の心配をしたほうがいいわよ」アデレードの目に同情の色が浮かんだ。「確かめてみるけど、約束はできない」

彼女が顔をしかめたのを見て、シャイアンは誰かを思い出した。ベッドの上の女性とアデレードを見比べる。髪の色が同じだ。独特のとび色。口の形も骨格も身長も似ている。唯一の違いは、アデレードの目の端から顎にかけてついた傷跡くらいだ。血のつながりがあるのだろうか？

シャイアンはベッドの上の女性を見つめた。「病院へ連れていかないと」

「悪いけど、あたしにはどうしようもないわ」アデレードがドアへ向かった。「治療に必要なものはみんなそろってる。ファーザーがきちんと確かめたから」

シャイアンは彼女のあとを追った。「ここはどこなの？」

「忠告しておくわ、ドクター・ブラックウッド。妹の命を救うことに集中して、質問はしないこと。誰もあなたを助けることはできない――あたしたちの誰も」

彼女の言葉に引っかかるものがあった。もしかしたら、ここに閉じこめられているのは自分だけではないのかもしれない。いちかばちか、声を潜めて言った。「わたしの父はシンギング・リヴァーの保安官なの。弟も保安官代理よ。もし助けてくれたら、わたしもあなたたちみんなを助けられる」

アデレードが目を見開き、戸口をさっと見たあと、シャイアンに身を寄せた。「あとで戻ってくる。戻れたら」背筋を伸ばす。「最善を尽くしてね、ドクター」大声で言った。ドアの外にいる人物に聞かせるためだろう。「妹が死んだら、誰もあなたを助けることはできないから」


夜のとばりがおり、息の詰まるような暗闇に包まれた。もうすぐ午後十時になるというのに、シャイアンの痕跡は見つからない。セインはSUVで町を走りまわった。ハンドルを握りしめ、スピードをあげる。五時間。行方不明になってから五時間経った。拳をハンドルに叩きつけた。エドの件はペンダーグラスに任せればよかった。町の近くにいれば……。

五分差で間に合わなかったのだ。

「どこにいるんだ、姉貴？」町の外れにあるシンギング・リヴァー・メソジスト教会に到着した。

数エーカーの土地に立つ教会は、町の灯台だ。高い尖塔《せんとう》が夜空を照らしている。巧妙に配置されたフラッドライトが、強烈な白い光を建物に浴びせていた。

リヴァートン牧場のピックアップトラック四台が通り過ぎ、森のほうへ走っていく。ブラックウッド家と確執があっても、捜索に協力してくれているのだ。ありがたい。

セインは教会の駐車場に車を停《と》めた。教会の北側の草地に数十台の車が停まっている。シールズの作戦行動とは大違いだ。セインはいつも八名の分隊か、四名の射撃班で行動していた。その二倍の人数が駐車場の隅に置かれた司令部のテーブルの周りに集まっている。金曜の夜というより、日曜礼拝が終わったあとのようだった。

セインの兄弟も含めて、すでに百名以上が捜索に参加している。ハドソンとジャクソンは最初に一区画を請け負った。少し前に話した時点で、手がかりは何も見つかっていなかった。

父が身を乗りだして、テーブルの上の地図を指さした。クライヴがうなずき、懐中電灯をダイナーのコックであるオーラフと、美容院を経営しているイヴォンヌに渡した。彼らはそれぞれ地図を手に、コーヒーを取りに行った。

セインは父のもとへ歩いていった。カーソン・ブラックウッド保安官は顎を引きつらせ、唇を引き結んでいた。心筋炎で入院してから二カ月も経っていない。まだ体重は戻っていないが、顔色はよくなった。とはいえ、完全に回復したわけではない。あと四カ月はかかると医者から言われている。

「家に帰って少し休んだほうがいいと言っても無駄だろうな」セインはマグカップをつかみ、隣のテーブルにあるコーヒーを注いだ。

「何か見つかったか？」父は嚙みつくように言った。

「何も。跡形もなく消えてしまったようだ」セインは首を横に振り、コーヒーを飲んで緊張をほぐそうとした。「そっちは？」

父は肩を落として首を横に振った。

「ようやく来たわね」七十五歳の女性三人がいっせいに声をかけてきた。

ノーマとファニーとウィローはセインをにらんだが、その目には心配の色が浮かんでいた。彼女たちは祖母の親友だ。セインが物心ついたときから、四人は一緒にいた。

「頑固なお父さんに、一時間前から休むよう言ってるの」ノーマ・ベイカーが腕組みをした。「いまにも倒れそうなんだもの」

「お節介な婆さんたちだ」父はいらだたしげに目を細めたあと、セインをにらみつけた。「シャイアンが無事に帰ってくるまでおれは休まない」

ノーマのまなざしが優しくなった。「家族はあなたを必要としているのよ、カーソン。あなたに元気でいてもらわないと、シャイアンも困るわ。また病院送りになったら、元も子もないでしょう」

父の堪忍袋の緒が切れそうなのを、セインは見て取った。「親父、ＤＣＩはなんて言ってる？」

「人手不足だそうだ。ひとりしか借りられなかった」

「ＤＣＩって？」ファニーがきいた。

「ワイオミング州犯罪捜査部のことだ」セインは身を乗りだして聞いている三人の女性たちに答えた。「パインデールに事務所がある」

「ああ、『ＣＳＩ』みたいなものね」ファニーが言った。

ノーマが首を横に振ってため息をついた。「テレビドラマと現実は違うのよ」

「だけど、あとでもっと来るんだろ？」父の険しい表情に、セインはぞっとした。

「応援が必要だ」

「たぶんな。当面は、ＤＣＩの科捜研の研修で鑑識技術を学んだペンダーグラスに頼るしかない。彼が捜査して指紋や証拠品をＤＣＩに送る。捜索を続けるほかは、それが精一杯だ。いやになるが、シンギング・リヴァーの愛すべき点がまさに、捜査が遅れる原因になる。田舎の広い州にある人口が少ない小さな田舎町だ。一番近いＦＢＩの支局でもデンヴァーにある。州内の出張所も数カ所しかなく、人員も少ない」

「応援に来てくれるだろうか？」

「彼らも仕事をたくさん抱えている。女性がひとり失踪したくらいじゃ動いてくれない」

「つまり、おれたちだけでやるしかないのか」統計に基づくと、シャイアンを捜す時間は七十二時間ある。そのあいだに見つけられなければ……。

「あのときと同じだわ」ウィローがつぶやいた。「かわいそうなジーナ・ウォレスが、キャロルの娘がいなくなったときと」

セインは同じ結果にならないことを願った。

ノーマが背筋を伸ばした。「あのときとは違うわ。今回は発覚が早かった。シャイアンは見つかる。何百人という人でしらみつぶしに捜しているのだから」

「そうよ」ファニーが口のなかでとろけるシナモンロールを袋に押しこんだ。「シャイアンは強い女性だもの。きっと生きて帰ってくる」

「ええ」ウィローの茶色の目に困惑の色が浮かんでいた。その理由を、セインは知っていた。ウィローの亡くなった夫は、ジーナ・ウォレスの捜索に関わったが、まったく痕跡を見つけられなかったのだ。少女は跡形もなく姿を消した。

シャイアンのように。

セインは悪い記憶を頭から振り払った。ふたつの事件は異なる点がたくさんある。

ジーナは子どもだった。シャイアンは大人だ。十五年前は、テクノロジーがこれほど発達していなかった。シャイアンの行方がわからなくなってから三十分以内に捜索を開始した。

異なる結末を迎える見込みはある。「ファニーが目撃した、町の北部へ向かっていった黒のSUVについて、捜査指令《BOLO》はどうなってる？」

「周辺の郡に指令を出した。まだ情報は入ってきていない」

「まだ明るい時間に跡形もなく姿を消すなんてあり得ない。誰かが何か見ているはずだ」

「だから、マスコミに連絡して目撃情報を集めるよう頼んだ。おまえの言うとおり、猫の手も借りたい状況だ」

泥跳ねのついたピックアップトラックが駐車場に入ってきた。釣りの格好をしたままのマイケル・アイアンクラウド保安官代理が現れた。彼に捜索に参加してもらえるのはありがたい。彼はセインと保安官のもとへ走ってきた。

「一週間は帰ってこないと思ってたのに」セインは言った。

「ブラッドが膝をひねって、予定より早く帰ってきたんだ。家まで送ってきた」アイアンクラウドが髪をかきあげた。「シャイアンのこととBOLOをついさっき聞いたんだ。もっと早く聞いていればよかった」

セインはぎくりとした。「どうして？」

「シャイアンが行方不明になった直後に、フリーモント湖のほうへ向かう黒のＳＵＶを見かけたんだ」

3

ワイオミング州シンギング・リヴァー北部のとある辺鄙《へんぴ》な場所で、月と無数の星が車を取り囲む漆黒の闇をやわらげていた。ヘッドライトが前方の未舗装道路を照らしだす。

運転席のセインはすばやく左右を見渡し、不審なものや、シャイアンがその日着ていた深紫色の服が見えないか探した。父をちらっと振り返ると、二時間半前に保安官代理に司令部を任せて出発したときよりも顔がこわばっていた。

「シャイアンは見つかる」父だけでなく、自分自身を励ますために言った。

「ああ。町と湖を結ぶ本道から外れた未舗装道路を捜索するのはいい考えだ」父が無線機をつかんだ。

「さっき問いあわせてから十五分も経っていない」

「くそっ、そんなのわかってる」父は目を閉じた。「シャイアンの身にどんなことが起き得るか、おれたちはよくわかっている。犯人がどんなことをするか。もし……まだシャイアンが……」

生きていれば。

父はその言葉を声に出して言うことができなかった。

セインも。「犯人はお祖母ちゃんを殺さなかった。希望はある」

「だといいが」父は鋭く悪態をついたあと、ダッシュボードの上にバッジを放った。

「身内の事件となると、いつものようにはいかない。まるで違う」

「ああ」よくわかる。セインも怒りやいらだち、絶望がいまにも表にあふれだしそう
だった。「どうしてもよくないことを考えてしまうんだよな」

「おまえが帰ってきてくれてうれしいと、もう言ったか？」父は窓の外を見つめた。

「何週間も、何カ月ものあいだおまえがどこにいるか、生きているか死んでいるかも
わからないのを、母さんはいやがっていた」

「お袋は心配性だった」セインは父のメッセージを理解した。気を紛らそうとしてい
るのだ。いつものやり取りで。母は五年前に死んだが、父はいまでも母を口実にする。

「おれが心筋炎にかかったなんて聞いたら、大騒ぎしただろうな」タフで堅物の父が、
咳払いをして目をしばたたいた。「おれの娘はどこだ？」身を乗りだす。「シャイアン

はどこにいる？」

「おれたちで見つけよう。必ず」

カーブを曲がり、ヘッドライトが道路脇に並び立つベイマツと、反対側の小川を照らしだした。小高い丘の頂上で、セインはブレーキを踏んだ。ゲートと有刺鉄線のフェンスが道をふさいでいる。

「ちょっと見てくる」車を降りて錆《さ》びた南京錠《なんきんじょう》を引っ張って調べたあと、運転席に戻った。「最近開けられた形跡はない」振り返って言った。「シャイアンは頭が切れるし機転が利く。機会を見つけておれたちに連絡してくるだろう。おれたちは捜しつづければいい」

Uターンして来た道を戻った。

「電話をしてくれるといいんだが。携帯電話を持ってるはずだ。オフィスにはなかったと、ペンダーグラスが言っていたから」

「位置情報アプリをもう一度試そう。追跡できるかも」

「アプリね」父は画面をタップしながら、蔑むように言った。「ジャクソンがアリゾナで火事と戦っていたとき、携帯電話はほとんど役に立たなかった。今日、あいつはうちの牧場の裏山を捜索しているが、火星にいたとしてもおれにはわからない。この辺り一帯は携帯電話が通じないんだ。ハドソンは南側でチームを率いているが、あっちもだめだ」いらだたしげに携帯電話《スマートフォン》をバッジの横に放った。「おまえたちはなんでこんなものをおれにくれたんだ。フィーチャーフォン《ガラケー》で満足していたのに。こいつは何も教えてくれない。おまえがそばにいなきゃ、アフガニスタンにいるのかパキスタンにいるのかもわからない」

セインは眉をひそめた。「役に立つときもある」

「ここでは衛星電話が必要だ。予算外だが、どうにかして経費を捻出しようと考えているところだ」父はふたたび携帯電話を手に取ると、画面をじっと見つめた。「軍を辞めるのか？」

唐突な質問だが、パニックに対処するには普通の会話をするしかないときもある。携帯電話を握りしめる父の拳が白くなっているのを、セインは見逃さなかった。彼自身もハンドルをきつく握りしめていた。

車は雨にさらされた道を跳ねながら進んだ。「まだ決めてない。シールズを辞めたら、何をすればいい？」

「保安官代理の仕事を続ければいい。身を落ち着けて家庭を持ったらどうだ。人生を楽しめ」

セインははねつけるように笑った。「勘弁してくれ。兄弟のなかでおれが一番、親父たちの跡を継ぐタイプじゃないと言われていたのに」

「おれと母さんの意見は違った。ジャクソンはアドレナリン中毒だ。ハドソンの心は土地にある。シャイアンは人間と結びついている。だがおまえには、正義感がある。誤りを正したいという欲求が。おまえはアメリカのために戦場で戦うことで、その欲求を満たしてきた。それはここでもできることだ。おまえが生まれた町でも」

タイヤがくぼみにぶつかり、セインはアクセルを緩めた。「ハドソンが幸せに暮らせるのは、シンギング・リヴァーだけだ。シャイアンは進学のために町を出たけど、最初から戻ってくるつもりだった」

「おまえは？」

「シンギング・リヴァーは……狭苦しい。みんながおれの名前を、おれの家族を知っている。何を期待されているかも。お祖母ちゃんは理解してくれた。親父やお祖父《じぃ》ちゃんに見つからずに、息抜きをすることすらできなかった。ガールフレンドとふたりきりになることも。童貞を捨てられたのが不思議なくらいだ。親父たちにしょっちゅう邪魔されて――」

「母さんに言われてやったことだ」父が肘掛けをトントンと指で叩いた。「故郷で身を固める気はないのか?」

この会話を終わらせる方法を見つけなければ、とセインは思った。普通を装うという浅はかな試みが危険な方向へ向かっている。「一生一緒にいたいと思えるような人がここにはいないんだ」

「それは、金曜の夜に何時間も話しているFBIの特別捜査官と関係あるか?」

セインはぱっと振り返り、父の目を見た。どうしてそのことを知っているんだ? 誰にも話していないのに。混乱した感情を、自分でも理解できていなかった。

アプリがビープ音を鳴らした。「セイン、信号を受信したぞ」

「誰の?」

父が目をしばたたいた。「シャイアンの携帯電話だ。古い工場に通じる未舗装道路から一・五キロ外れた場所だ」

セインはサイレンを鳴らし、未舗装道路をできる限り速く走った。

父がバッジをつかんだあと、無線機を手に取った。「携帯電話の信号を受信した」場所を伝える。「応援をよこせ」

小川沿いのハイウェイを八キロ走ったあと、未舗装道路に入った。土煙が舞いあがり、砂のカーテンのごとくヘッドライトの光に反射した。

「この近くのはずだ。あとどれくらいだ？」セインはきいた。

「もうすぐだ」父がスポットライトを引っ張りだした。「約三十メートル南西」

セインは車を停めた。スポットライトを車に取りつけてスイッチを入れた。モミやポプラの木立の下生えがカサカサ音をたてる。車のステップから飛びおりると、銃を構えた。

木の根元で枝が揺れている。コヨーテが小枝の合間からふたりを見つめたあと、走り去った。

セインは銃を持っていないほうの手で懐中電灯を使い、先頭を歩いた。父は携帯電話を見ながらすぐうしろをついてきた。

セインは懐中電灯を左右に動かした。ひざまずいて木の葉や松葉を調べた。肩をこわばらせてつぶやく。「足跡だ」

「シャイアンのか？」

「コンバットブーツだ」セインはじっと耳を澄ました。

誰かに見られているような気がした。木立の奥を見つめ、さらに耳を澄ます。

なんの気配もしない。

直感を信じることで四回の軍務を生き延びた。大きな木の枝の下をそっとくぐり、父にこっちへ来るよう合図した。「誰かがいるような気がしたんだ。どの方向へ行ったかはわからない。わかるか?」

子どもたち全員に追跡方法とサバイバル術を教えた男は、かがみこんで懐中電灯が照らす範囲を目を凝らして見たあと、首を横に振った。「足跡の隠し方を知ってるな。消し去ったのがかろうじてわかるくらいだ。ここにいたのはたしかだが、どっちへ行ったかはわからない。道路に戻ったのかもしれない。問題は、タイヤの跡も見えなかったことだ」

ふたりは銃を構えながら木立のなかを捜索したあと、シバムギの生えた場所へ移動した。そこできらりと光るものを見つけ、セインはかがみこんだ。

携帯電話だ。胃がねじれるような思いがした。

「シャイアンのだ。その真っ赤なケースでわかる」父が肩越しにのぞきこんできた。

セインは手袋をつけてから携帯電話を拾った。すぐに証拠物件袋に入れたあと、ビニール越しに画面をタップする。画面が明るくなった。「ロックがかかっている。パスワードを知ってるか?」

「誕生日だ」

「甘いな。簡単に破られる」セインはつぶやきながら番号を入力した。「解除された。

シャイアンを見つけたら、パスワードを変えさせよう」写真やメッセージやメールを調べた。「おれに電話したあとは、全然使ってない」

「メッセージもないのか？　信じられんな」

「シャイアンを拉致したやつが電話を捨てたんだ」

「そして、どこかへ連れ去った」父は国有林へ続く道を眺めた。「単純すぎるな。森へ向かったんじゃない。犯人はこれまで証拠を残さなかった。正しい方向に導くはずがない」

「ああ。じゃあ、来た道を戻るか？」

父が肩のマイクをつかんだ。「ブラックウッド保安官だ。黒のSUVとシャイアンのBOLOの範囲を近隣全州に拡大しろ。それから、ペンダーグラスをよこしてくれ。新たな現場が見つかった」

父が命令しているあいだ、セインは携帯電話が落ちていた場所の周辺を歩いて手がかりを探した。

下生えに目を凝らしながらぐるぐる歩きまわって……それを見つけたとき、三メートル離れた場所でぴたりと足を止めた。息をすることもできなかった。

ああ、まさか。

低木の茂みの端……土が盛られていて、その向こうに枯れ枝や枯れ葉で覆われた穴があった。セインは横目で父をちらっと見たあと、その穴に駆け寄った。キツネが常緑樹の葉の下をあわてて走り去った。

セインは穴を見おろした。

ここにいるなよ、シャイアン。頼む。

心の準備をしてから、枝をよけた。

その下には、ぼろぼろのテントとフェンスの支柱が何本か埋まっていた。

膝の力が抜けた。セインは地面にどさりと座りこんだ。よかった。

「何があった？」父のきびきびした声に、はっとした。「シャイアンなのか？　シャイアンは……」

セインは立ちあがり、急いで父のもとに戻った。「違う、この前の鉄砲水の残骸だった」

父が目を閉じた。セインはシャイアンを見つけられなかったことに感謝するのはいやだったが、一瞬、あの穴に姉の遺体があると本気で思ったのだ。二度とそんなふうに思いたくなかった。もう二度と。

無線機が音をたてた。

「保安官、母上の件です。目を覚まされましたが、問題があります」

ワシントンDCは眠らない。深夜になっても。近くでクラクションが鳴り、車の警報装置の音が暗闇を切り裂いた。ライリーはトムが運転する車の助手席でそわそわしていた。犯行現場を立ち去ってから、彼はずっと黙っている。彼の沈黙は悪いことの前触れだ。

トムはライリーのアパートメントの前で車を停めると、シフトレバーをパーキングに入れた。エンジン音が鳴り響く。病院を出てからずっと、話をする機会を待っていたのだ。

「ひどい顔をしてるぞ」彼の声は穏やかだがきびきびしていて、まなざしは険しく、すべてを見通すかのようだった。「銃創のせいじゃない。最後にまともに睡眠をとったのはいつだ？」

ライリーはこの事件に没頭していたここ二週間を思い返した。パトリシアを知り、正しく理解し、好きになろうとした。同時に、モンスターの心に入りこんで、邪悪な層をはぎ取った。

なんと答えていいかわからなかった。

「思ったとおりだ」トムが長いため息をついた。「前回の事件のあとで、わたしが言ったことを覚えてるか、ライリー？」

ライリーは返事をしなかった。絶対に従えない命令を繰り返されても意味はない。彼女は事件に深入りしないと仕事ができない。被害者の、そして殺人犯の心に入りこむ――それこそが彼女の才能だ。そうやって事件を解決する。そうやってオニールを見つけた。いまさら変えられない。

ライリーが平然と目を見つめると、彼は首を横に振った。

「全員を救うことはできない」トムは眉根を寄せた。「きみもわかってるはずだ」顎の下をつまんだ。「まだ彼女のことをあきらめられないんだろう？」

「ＦＢＩに入ったのは人の命を救うためです。パトリシアのような人を」高望みだろうか。たぶんそうなのだろう。だからといって、今夜の失敗の苦みが消えることはない。オニールの行動を予測するべきだった。それが彼女の仕事なのだから。

「パトリシア・マスターズのことを言ったんじゃない。きみのお姉さんのことだ。きみはすべての被害者にお姉さんを重ねあわせていて、そのせいでぼろぼろになっている。そんなのいつまでも続かないぞ、ライリー」

ライリーは唇を引き結んだ。真実なので否定できないが、認める必要はない。

「きみをこの班に抜擢《ばってき》した理由がわかるか？　ＦＢＩに入ってたった三年のきみを」

「愛嬌《あいきょう》があって、同僚とうまくやれるからでしょうか？」ライリーはそっけない口調で答えた。

「きみが、この二十年のあいだにクアンティコで訓練を受けたなかで最も優秀なプロファイラーだからだ」

ライリーは驚いて口をあんぐりと開けた。

「きみは犯人の頭に入りこんで思考を読む。これは実験的な班だから、きみみたいな人材が欲しかったんだ。クアンティコにいる職員はデータを処理する。捜査は捜査官の役目だ。このチームはふたつのスキルを組みあわせた。そのため、地元の捜査班と合同捜査をする際は、たびたび最悪の事態に直面する」

「チームはうまくいっています」

「ああ。われわれの解決率はどのチームよりも高い。問題はそこじゃない。きみを最高のプロファイラーたらしめる才能そのもののせいで、きみは職を失いかけている。きみは感情移入する。被害者と一緒にすべての恐怖を体験するだけでなく、殺人犯の頭のなかにも入りこむ。うまくバランスを取らないとやっていけないぞ」

彼女のＦＢＩでの命運を握る男の言葉に、喉を締めつけられ、息ができなくなった。

ライリーは爪を手のひらに食いこませ、どうにかパニックを抑えこんだ。「大丈夫です、トム。本当です」

トムが眉をあげた。三十年近くプロファイラーをしてきた彼は、何も見逃さない。

「一週間の自宅待機を命ずる」

「でも――」

「きみは負傷した。エネルギーが不足している」

トムが包帯を巻いた彼女の腕をちらっと見た。ライリーは連続殺人犯に先に撃たれてしまった。だが、イブプロフェンで治るようなかすり傷だ。問題ない。

パトリシアと違って。

ライリーの職業における失敗とは、報告書の遅れなどではない。失敗すると誰かが死ぬのだ。許されることではない。忘れられることでもなかった。

「トム――」

トムが片手をあげた。「反論したら二週間に延長する。復帰したときに、今後この仕事をどのように精神的にうまくやっていくつもりか、具体的に報告してもらう。いまの状態では、最高の仕事ができるとは思えない」

トムは車を降りて助手席側にまわり、彼女が降りるのに手を貸した。

「わたしは本気だぞ、ライリー。七日間真剣に考えろ。これは命令だ」

トムはそう言うと、車に乗りこんで走り去った。

テールランプが角を曲がり、見えなくなった。ライリーは頭が混乱した。一週間。一週間で人生の大半を費やしてきた仕事を続けていけるということを彼に納得させる答えを見つけなければならない。

いまの地位を失うわけにはいかない。守らなければならない約束がたくさんある。一番大きな約束は、姉のマディソンにしたものだ。

頭上の街灯が点滅していた。首筋がぞくぞくする。ライリーは拳銃を握りしめ、十年前に単身用アパートメントに改装されたエレベーターのない古い建物の小さな門を、急いで通り抜けた。

コンクリートの階段をあがり、ドアの鍵を開けた。古いオークのドアがきしみながら開いた。なかに入ってドアを閉める。

玄関ホールは静まり返っていた。自分の部屋へと続く階段を重い足取りであがった。左右をきょろきょろと見まわしながら廊下を歩き、突き当たりの右手のドアに鍵を差しこむ。いつものようにすんなりと入った。

部屋に入ると、ただちに警報装置を解除し、在宅モードにセットし直した。

束《つか》の間《ま》の安全地帯で、ライリーはまっすぐ寝室へ向かい、バッグを放りだしてベッドに腰かけた。膝が震えている。両手に顔をうずめ、ごしごしと目をこすった。深い絶望に襲われた。たしかにエネルギーが不足している。腕を怪我したせいではない。パトリシアを死なせてしまったせいだ。ああ、彼女を助けたかった。

力を振り絞ってズボンとシャツを脱ぎ、ベッドにもぐりこんだ。顔を洗うのは明日にしよう。

ベッドサイドのランプを消しても、真っ暗にはならなかった。バスルームのそばのコンセントに差しこまれた小さな常夜灯がかすかな光を放っている。

ライリーは部屋を真っ暗にすることはなかった。

暗闇が大嫌いなのだ。

子どもの頃は、悪いことは暗闇のなかでしか起こらないと思っていた。年を重ねるにつれて、恐ろしい出来事はいつでも起こり得るのだと学んだ。

でも、そんなことをほかの人は知らなくていい。悪魔も悪夢も多すぎる。説明したくないことが多すぎる。

心の奥底から込みあげる息苦しいほどの恐怖を、ほかの人は知らなくていい。誰も理解できないだろう。ライリーは頭の下で手を組み、天井を見つめた。影がからかうようにねじれる。

いいえ、ひとりだけいる。彼だけは理解してくれるだろう。

本能が理性に勝り、携帯電話に手を伸ばした。画面が明るくなったが、新しい通知はなかった。電話もメッセージもメールも来ていない。

「セイン」画面を指でなぞりながらささやき、深い絶望と闘った。彼の声が聞きたかった。自分が頭のなかの暗い場所にのまれていくのを感じた。セインなら適切な言葉で、いらだちと疑念の海に溺れそうな彼女を救うことができる。たった一週間の火遊びが戯れの電話につながり、それが命綱になるなんて思いもしなかった。

声を聞いただけで気分を察知できる彼の不思議な力が怖かった。もちろん、彼女も彼の気分を察知できる。

週に一度の会話を首を長くして待つようになった。心の支えにしていた。そのおかげで正気を保てた。たいていの場合は。

指が画面の上をさまよった。画面に触れればセインの携帯電話が鳴る。彼の声が聞ける。

先週、三回電話をもらったが、ライリーは出なかった。だから、かけるのをためらっているの？　気づかれたくないことに、彼は気づいてしまうかもしれない。仕事にむしばまれていることに。

枕の下に電話を押しこみ、片手を添えた。今夜時間があれば、彼のほうからかけてくるだろう。

枕を拳で叩いたあと、怪我をしていないほうの腕を下にして丸くなった。常夜灯が投げかける光の輪郭を探した。疲労や鎮痛剤に抗うことはできない。目をしばたたいた。ごしごしこすった目が痛んだが、閉じたくなかった。眠りに落ちる直前の時間がいやだった。

起きる直前はもっと。夢は彼女を放っておいてくれず、悪夢はずっと続くからだ。

今夜も同じだ。

ねじれた影が壁を滑り落ち、暗闇にのまれた。まぶたが重くなり、とうとう開けていられなくなった。少しずつ眠りに落ちていく。

シャベル一杯分の土がライリーの上にかけられ、胴体を覆い、両腕を押さえつけた。すがすがしい土のにおいが感覚に刻まれた。

ライリーは深く息を吸いこんだ。土が口にくっついた。見あげると、美しい青空が見えた。雨が降っていて寒いほうがいいのに。青空の下では死ねない。

突然、ライリーは墓穴から抜けだした。穴のそばに立って見おろしていた。

穴のなかを見たくなかった。

胸がばくばくした。無理やり穴のなかに視線を向けた。

恐怖にさらされた罪なきパトリシア・マスターズの死体が、責めるようなまなざしで彼女を見あげている。「どうして助けてくれなかったの？」

「ごめんなさい。本当にごめんなさい」ライリーの目に失意の涙が込みあげた。パトリシアの顔から目をそらすことができなかった。

その姿が変化した。

ブロンドの髪がとび色に、大人の顔が十二歳の少女の顔に変わった。

マディソン。ああ、姉のマディソンだ。

ライリーは悲鳴をあげた。

ぱっと起きあがる。動悸《どうき》はおさまらなかった。震える息が詰まった。

うめき声をあげながら、やわらかい羽毛枕にふたたび頭を沈めた。

目をさっとぬぐって、土に覆われていないことを知った。時計に目をやる。午前三時四十五分。三十分だけ眠っていたのだ。

ちくちくする目をふたたび閉じた。眠ったほうがいい。体が休息を必要としている。心にも必要だ。

息を吸って、吐いて。吸って、吐いて。じっと横たわっていると、記憶がまざまざとよみがえってきた。誘拐事件がまるで昨日のことのように思い出された。

パトリシアやそのほかのオニールの被害者たちと同じように、姉もどこかに埋められている。いまも発見されるのを待っているのでない限り。

ライリーはあきらめられなかった。あきらめる気もない。何があろうと、マディソンを見つけるまで捜すのをやめるものか。絶対に。

十五年前

「マディソン、ライリー、早く起きなさい。あと十五分でバスが来るわよ」

マディソンはまばたきしながら目を開けたかと思うと、窓から差しこむ太陽の光がまぶしくてまた目を閉じた。

隣から小さないびきが聞こえたかと思うと、節くれだったふたつの膝が彼女の背中にぶつかった。

「痛いっ！　おりなさい、ライリー」マディソンは妹をベッドから突き落とした。

「どうして自分の部屋で寝ないの？」

ライリーは絨毯《じゅうたん》にどさりと落ちてうめき声をもらした。「ひどいわ、マディー」

「マディソンと呼びなさいって言ったでしょ。マディーなんて子どもっぽいわ。あんたみたい」

マディソンは窓辺へ行って外をのぞいた。小さくため息をつく。よかった、あの男はいない。この一週間は毎日、学校から帰る途中で見かけていたのだ。

ゆうべはこの窓の下に立っていた。

ママには言っていない。言ったらパジャマパーティーが中止になるだろうから。全部終わったあとで話すつもりだった。それまでは、気をつけるしかない。

わたしはもう中学生。ほとんど大人だ。

マディソンは軽快な足取りでクローゼットに近づくと、おろしたてのフレアジーンズとホルタートップを取りだしたあと、ベルトとして使うスカーフとフープイヤリングをつかんだ。そして、それらをベッドの上に放った。

ライリーが手を伸ばしてアクセサリーに触ろうとした。

「やめてちょうだい。わたしのものに触るなって言ったでしょ、ライリー。だめにしちゃうから」

妹は目に涙を浮かべ、インクの染みがついた手を見おろした。マディソンは罪悪感のうずきを無視した。去年は一緒にバービー人形で遊んだかもしれないけれど、もう昔のことだ。

マディソンはお気に入りのボーイバンドの新曲をかけてから、ライリーと共用のバスルームに踊りながら入っていった。引き出しを開けた。

「ライリー！　ちょっと来なさい！　わたしのリップグロスをどこへやったの？」

ライリーが戸口に来て、唇を噛んだ。「床に落としちゃって。フラワーが持っていった」

「犬にわたしのリップグロスを食べさせたの？」マディソンはわめいた。「本当にだめな子ね」

マディソンはドアをバタンと閉めて鍵をかけた。ブラシを取りだすと、長いとび色の髪を百数えるあいだとかした。

ドアをノックする音がした。「早くして、マディー。あたしも準備しないと」

「だめ。これからはひとりで準備することにしたわ。それから、あんたが夜に忍びこんでこないように、寝室に鍵をかけるから」

「マディー……」ライリーが哀れっぽく訴える。「暗闇が怖いの」

「本当にあんたってばかね。モンスターなんていないのに。怖がりなんだから」

七年生にもなると、怪談は怖がらせるためのものだと知っている。マディソンは決して怖がらなかった。

だがその日の夜、マディソン・ランバートはモンスターが現実にいることを知った。

4

医学部の四年間、研修医の三年間、そして、救急医療フェローシップの経験をもってしても、これは想定外だ。

地下牢《ろう》――窓のない監禁場所をシャイアンはこう呼んでいた――は手術をするのに適した場所ではない。

それなのに、彼女はメスを手にしていた。待機手術の執刀医に片っ端から志願するので、ほかの医学生や研修医たちからは頭がおかしいと思われていた。だが、シンギング・リヴァーに戻って開業すると決めていたので、なんでも独力でやらなければならないとわかっていた。捜索救助や自動車事故、牛に蹴られる事故などで、移送する時間がない場合を想定していたのだ。人里離れた場所に拉致されて虫垂切除術を行うためではなかった。

外科研修プログラム中の経験《ローテーション》に感謝した。自分ならできる。

だが、間に合わせの助手は気絶せずにやり遂げられるだろうか？

イアンをちらっと見た。彼は器具がのったトレイのそばに立っていた。顔が青ざめているが、態度はしっかりしていた。

なんとかなるかもしれない。

シャイアンは患者を検査した。鎮静剤が効いている。局所麻酔をかけた。全身麻酔はかけられない。リスクが高すぎるからだ。バイタルサインを測定してくれる人もいない。幸い、厳しい状況下の救急医療フェローシップで、柔軟な医療を学んだ。

第一刀を入れ、直感と訓練を頼りに仕事に取りかかった。

ときどきイアンの様子をうかがったが、まだ気絶していなかった。

「開創器」シャイアンは命じた。

イアンがうろたえて目を見開いた。シャイアンが指さすと、彼はそれを取って彼女に渡した。

シャイアンは組織を押しのけて虫垂をあらわにした。そして、ぎくりとした。

ピンク色をしていて、なんの問題もない。

しまった。この場合、どうすればいい？

「どうかしたの？」イアンが恐怖に満ちた声でささやいた。

「大丈夫よ」シャイアンは嘘をつき、考えをめぐらした。

ドアが開き、アデレードが入ってきた。「もう終わる頃だってファーザーが言うの。報告しろって。ベサニーは治ると話していい？」震える声が、治ると言ってくれと懇願していた。

ようやく患者の名前がわかった。「病院へ連れていけば、その可能性は高まるわ」

「それは無理」アデレードは切羽詰まった表情で、間に合わせの手術台に一歩近づいた。「ねえ、ファーザーに知らせなきゃならないの。ベサニーは治る？」

「ええ」

「よかった」アデレードは背を向けて歩きだしたあと、立ちどまった。「ファーザーが虫垂を見たがってるの」すまなそうに言った。

シャイアンは胃がきりきりした。「いまは集中させて、アデレード。またあとで来て。でも、この前言ったことについて考えてみてね。わたしの父がみんなを助けてくれる」

イアンは目を見開いたが、何も言わなかった。アデレードは唇を噛み、うなずいたあと、外に出てかんぬきをかけた。

シャイアンは一瞬、スチールドアを見つめた。それから健康な組織を見おろして、ある計画を思いついた。腹部手術が行われると、虫垂は不要なのでほとんどの場合切除してしまう。その手順に従ったあと、虫垂を傷つけて病気に見えるようにしよう。誘拐犯に従えば、時間を稼げる。ほかの道を選ぶようアデレードを説得できる。

祈りを唱えながら処置を終え、虫垂を金属皿に置いた。

「これでもう大丈夫？」イアンがきいた。

まさか。症状を引き起こしたなんらかの原因が、いまも彼女の体を冒している。シャイアンは切開した腹部を調べて原因を探したが、異常は見られなかった。あとは縫合するしかない。

ステープラーで留め終えると、うしろにさがってイアンに言った。「手は尽くしたわ」病因を突きとめるまでは、これが精一杯だ。

「ベサニーはいつ目を覚ます？」

「わからない」通常、虫垂切除術を受けた患者は、術後数時間以内に目を覚ます。だが、ベサニーには必要のない手術だった。それに、本当の病気を治療していない。手袋を換え、抗生剤点滴をチェックしてから、マスクをさげた。「何もたしかなことは言えないわ、イアン。病院へ連れていかないと」

イアンがごくりと唾をのみこんだ。「ベサニーがよくならないと、ファーザーは満足しない」

シャイアンは膝が震え、近くの椅子に身を沈めた。ベサニーを観察して、病気を特定する症状を探す。イアンはシャイアンのそばをうろついて見守っていた。

どうにかして不可能なことをやってのけなければならない。健康な組織を病気に見せかけてファーザーをだます。そして、症状に基づいて診断する。

それができなければ、この部屋から生きて出られないだろう。


時計の優しい緑色の数字は、この前見たときから五分進んでいた。今夜はもう眠れないだろう。ライリーは何回も通った道を機械的にたどってリビングルームへ向かった。三年前に引っ越してきてから、小さなキッチンのテーブルを食事のために使ったことはない。新聞の切り抜きや写真、調書や鑑識のデータのコピーが入った箱が片側を占領していた。

殺風景な壁にアメリカの大きな地図が貼ってある。あちこちに刺された黒いピンは、姉と同じくらいの年齢の少女が赤の他人に誘拐された場所を示している。赤いピンは、少ないが被害者が生還したケースだ。たとえばエリザベス・スマートは、行方不明の子どもの平均余命である七十二時間を過ぎたあとに発見された。

赤の他人による誘拐は件数は少ないものの、死亡する確率は高い。

ライリーはそういったことをすべて把握していた。統計を調べた。姉は死んでいる、おそらく十五年前に。ライリーは家族のために事件に終止符を打たなければならない。どうにかして。なんらかの方法で。

FBIに入ってから、捜査はわずかに前進した。勤務時間外に全国のデータベースを検索して、パターンを見つけたのだ。マディソンだけではなかった。この十五年のあいだに、赤毛で鼻にそばかすのある十二歳くらいの少女が大勢行方不明になっていた。

地図からわかったことがある。その多くが、二十五号線から五十キロ以内で誘拐されていた。

跡形もなく姿を消した。

だが、忘れられてはいない。家族には。ライリーには。ライリーは絶対に忘れない。パソコンの電源を入れた。一週間の自宅待機を命じられたが、その時間も有効に使おう。ヴィンセント・オニールの最後のふたりの被害者を救いだそうと、完全に集中していたので、マディソンの事件はほったらかしになっていた。

もうそんなことはしない。

ＦＢＩのコンピューターシステムにログインした。まず、ＨＳＫデータベースをチェックする。

ハイウェイ連続殺人対策データベースが存在するなど、とんでもない国だ。ティーンエイジャーの頃に親の言いつけに逆らって図書館からアン・ルールが書いたテッド・バンディの本をこっそり持ちだして以来、数々の凶悪な事件を調べてきたあとでもなお、人間の邪悪な行為に衝撃を受ける。

邪悪なものを徹底的に調べることが、ライリーにとっては当たり前になっていた。トムには想像もつかないようなことまで扱っている。パラメーターの範囲を狭めて、若い女性の誘拐事件が新たに発生していないか検索した。

該当する事件はなかった。

安堵《あんど》といらだちがせめぎあった。恐ろしい事実だが、それでは困るのだ。マディソンを誘拐した犯人がミスを犯すか、新しい手がかりが見つからない限り、捕まえられる確率は低いままだ。プロファイルに一致する被害者はしばらく現れていない。犯人は犯行をやめたのだろうか。

いや、偏向的な性犯罪者は決してやめない。特定のタイプに、特定の年齢に惹《ひ》きつけられる。長いあいだ衝動を抑えることはできない。

目をこすって画面を見つめた。何を見落としているのだろう。何かあるはずだ。犯人は几帳面《きちょうめん》で手際がよく、用心深い。

被害者の外見が似ていることが、唯一の共通点だ。それから、中流階級か上流階級の家の子であるということ。

例外がひとつある。最初の少女――ワイオミング州シンギング・リヴァーで誘拐されたジーナ・ウォレス。マディソンが誘拐される数カ月前の事件だ。ジーナの母親は中流階級の出だが、依存症のスパイラルに陥った。ライリーはジーナの事件にはほとんど目を向けなかった。とはいえ、ジーナとマディソンは異様なほど似ていた。

一年前、休暇中にシンギング・リヴァーを訪れた。期待どおりに手がかりを得ることはできなかったが、セインと出会った。そして、彼に身を任せた……事件を忘れるために。

寝室から携帯電話の着信音がかすかに聞こえてきた。ライリーは手を止めた。セインからだろうか？

これまで彼がこんな遅くに電話してきたことはないが、話したくてたまらなかった。寝室へ走っていき、枕の下の電話をつかんだ。画面を確認してうめき声をもらす。

画面をタップして電話に出た。「ランバートです」用心深い声で言った。「わたしはきみになんと命令した？」

「何をしている、ライリー？」トムの怒鳴り声が聞こえた。「わたしが班に残るにはどうすればいいか考えろと」ライリーは重い足取りでパソコンの前に戻った。

「システムにログインしただろう。わたしに通知が来るよう設定しておいたんだ。真夜中に何を調べていたんだ？　事件は終わったのに」

ライリーは返事をしなかった。

「ああ、ライリー」彼の声から怒りが消えた。「きみには休息が必要だ。今回の事件のことも、お姉さんの事件のことも考えるな」

「あなたに言われたことについてきちんと考えています」ライリーはこわばった声で言った。「これ以上どうしろと言うんですか？」

「気が変わった。完全に休暇を取れ。ＦＢＩのシステムにログインするのも、お姉さんの事件を調べるのもだめだ。捜査を禁止する」

「勤務時間外なら、何をしようと――」

「調子に乗るな。ひとつの記事が調査の引き金となり、きみが政府の設備を利用して職務外の事件を個人的に調べていたことが発覚する。きみは行動分析班から追いだされるだけでなく、職を失う。FBIを解雇されたら、やり直すチャンスはないぞ」

ライリーはぞっとした。まさか。彼がそんなことをするはずがない。「トム……」言葉を失った。

「お姉さんが行方不明になってから十五年経っている。こう言ってはなんだが、一週間休んだところで何も違いはないだろう。きみには休息が必要だ」

「私生活に干渉されたくありません」

「仕事に影響するときは別だ。このままではきみを信頼できなくなる」

「あなたは誤解しています」

「それを証明してみせろ。ワシントンを離れろ。家族に会いに行って、きみが必死で隠そうとしている金曜の夜の電話の相手を驚かせてやれ。殺人事件のことは忘れて」

ライリーは電話を見つめた。「どうして知ってるんですか？」

「ばればれだったぞ。金曜の夜の八時になると電話が鳴って、きみは笑顔になる。あの顔には見覚えがある。わたしが妻と出会ったとき、鏡を見るとあんな顔をしていた。それにきみが笑顔を見せるのは、そのときだけだ」

ライリーは恥ずかしさのあまり、うめき声をもらしそうになった。「わかりました。

一週間ですね」セインに会いに行くと嘘をつくことでトムが干渉するのをやめてくれるのなら、そうしよう。仕事を失うわけにはいかない。マディソンを見つけるまでは。ライリーの人生では、何よりも姉が優先される。セインよりも。マディソンにはそれだけの借りがある。

「この件で騒ぎたてるなよ」トムが警告した。「わたしはきみの最大の味方になれる。きみのために全力で戦える。だが、きみが逆らったら、きみと六班のために、わたしは最大の敵になる」

トムが電話を切った。

ライリーは携帯電話をテーブルに放った。

パソコンがビープ音を発した。

赤い画面に黄色の大文字でメッセージが表示される。


〝アクセスが拒否されました〟


トムの仕業だ。本気だったのだ。彼女を締めだした。

ライリーは椅子の背にもたれ、膝を抱えた。めまいがした。パソコンは静まり返っている。置き時計の秒針の音がどんどん大きくなっていく。外でサイレンのくぐもった音が鳴り響いた。救急車だ。

膝に顔をうずめた。これまで一生懸命やってきたことが無駄になろうとしている。マディソンを捜すことはやめられない。ライリーは自分に誓ったのだ。母に。マディソンがいなくなった年に彼女を包みこんだ恐ろしい暗闇がよみがえり、喉が締めつけられた。ふたたび携帯電話をつかんで、明るい画面を見つめた。

セイン。彼の声が聞きたい。彼は交戦規定のことでシールズのチーム指揮官に一度ならず歯向かった。任務より政治が優先されるのはしょっちゅうで、安全な部屋にいる数人の幹部の選択のせいで罪のない人々が死ぬ。本当に理解してくれるのは、彼だけかもしれない。

画面に指をさまよわせたあと、目をぎゅっと閉じて電話を置いた。彼を頼るのは危険だ。ひとりでこの難局を乗り越えなければならない。頼れるのは自分だけだと、とっくの昔に学んでいた。

病院の病気のにおいと異様な照明は、人を不安にさせる。セインと父は、病院の両開きのドアを通り抜けた。受付を素通りし、右側の廊下を進んだ。

父は携帯電話で話していた。「何かわかったら、どんなことでも連絡してくれ」電話をポケットにしまうと、しかめっ面でセインを見た。「電話にはシャイアンの指紋しかついていなかったそうだ。手がかりがない」

「放して」叫び声が聞こえた。「遅刻しちゃう。学校へ行かなきゃならないの。子どもたちが待ってるわ」

「お祖母ちゃんだ」セインはびっくりしている父と目を合わせた。

ふたりは六号室へと急ぎ、戸口で立ちどまった。小柄な祖母の燃えるような目を見て、セインは愛情のこもった笑みを浮かべたが、同時に胸が痛んだ。祖母はベッドの端に腰かけて、立ちあがろうとしていた。百八十五センチある祖父がそっと押さえつけている。祖母が身をよじって払いのけると、祖父は腕をおろした。「おまえは引退したんだよ。授業はない」

祖母はかぶりを振り、床をじっと見つめた。「嘘よ。どうして嘘をつくの?」

セインは悲しくなった。祖母は十五年前に教師を引退している。過去に生きる祖母の姿を最初に見たとき――帰郷した直後は、どうしたらいいかわからなかった。アルツハイマー病は過酷な病気で、逆らわずに従うしかないのだと早々に知った。

「午前二時くらいに目を覚まして、それからずっと起きてるんだ」祖父が言った。

セインはベッドに近づき、微笑《ほほえ》んだ。「お祖母ちゃん、気分はよくなった？　頭の包帯がすてきだね」

祖母が包帯に手をやり、顔をしかめた。鋭い視線をさっとセインに向けたあと、目を見開いた。「リンカーン？　遅かったわね。おかしなお爺《じい》さんを追いだしてちょうだい」頭を傾けて祖父を示したあと、声を潜めた。「あの人、わたしをここに閉じこめようとするのよ。家に帰りたいのに」

セインは胸が締めつけられた。それまでは気づかなかったが、ある日シャイアンが見つけた古いスライドを見て、自分が若い頃の祖父によく似ていることを知った。祖母の隣に腰かけ、片手で手を握ったあと、もう一方の手を頬に当てた。「大丈夫？」「知らない人なのよ」祖母は祖父をちらっと見てささやいた。「いやな態度を取ってごめんなさいね。いい人そうだけど……知らないのよ」八十歳とは思えないほど強い力でセインの手を握りしめた。「怖いの、リンカーン。わたし、どこかおかしいみたい」

セインは目の奥がつんとし、まばたきしてこらえたあと、無理やり微笑んだ。「大丈夫だよ。おれたちがついているから」

「よかった。好きよ、リンカーン。いつか結婚してもいいくらい」祖母はセインの手を頬に押し当てて目を閉じたあと、彼にもたれかかった。

セインは祖母の体に腕をまわした。ああ、いやな病気だ。祖母がこんなふうに自分を見失っているときは、ほとんどなすすべがない。急に不安になるのだ。最近は、混乱すると爪を噛み、歯ぎしりをする。だが、ひとつだけ落ち着かせる方法を発見した。祖母は音楽に反応するのだ。

セインは頭をさげ、いつもの曲の出だしをハミングしながら、祖母の体を揺らした。この曲にまつわる物語を、セインは何度となく聞いていた。祖父は結婚二十五年目の記念日のサプライズとして、ブラックウッド牧場の外れにある川のよどみでロマンティックなピクニックを催したのだ。あたたかい夏の夜で、満月が浮かんでいて、トラックのラジオから『踊りましょう』が静かに流れていた。人里離れた場所で、星空の下、愛する男性とダンスをすることほどロマンティックなものはないと、祖母は言った。セインにワルツを教えるときも、その曲を使った。

セインはバリトンの優しいなだめるような声で、最初の歌詞を口ずさんだ。

祖母の呼吸が少しゆっくりになり、目が開かれた。その目は澄んでいた。

「ヘレン？」祖父がおずおずと声をかけた。

祖母は片手をあげ、恐る恐る包帯に触れたあと、不安げなまなざしで祖父を見た。

「リンカーン、ハニー、わたしの頭、どうなってるの？　わたしたち、事故に遭ったの？　ここは病院？」

祖父が祖母の反対隣に座り、手を握りしめた。「怪我をしたんだよ、ヘレン。診療所で。ゆうべ何があったか覚えてるか？」

祖母はいらだった。「もちろん、覚えてるわよ。シャイアンとボーイフレンドを夕食に連れていったの。いつか彼と結婚するわね」そう言って微笑んだあと、困った顔をした。「あの子、デザートにアイスクリームを食べたがったの。そのうちアイスのコーンになっちゃうんじゃないかしら」

「ハニー」祖父が言う。「シャイアンはもう大人だ。お医者さんになった」

「医者？」祖母の額にしわが寄った。「まさか。そんなはずない」

セインは祖母の手をさすったあと、立ちあがって父のそばへ行った。父の目に悲しみの色が浮かんでいた。毎日少しずつ祖母を失っているのだ。だが今日は、それだけでなく狼狽《ろうばい》が表れている。

父がセインの腕をつかんだ。「事件のことを覚えていないのか」

祖母が唯一の目撃者で、その記憶にシャイアンの命がかかっている。いつもなら、祖母が覚えていないときに無理強いすることはない。ただ引きさがる。だが今日は、そうはいかなかった。

セインはふたたび祖母のもとへ行き、ひざまずいた。「お祖母ちゃん」

祖母が澄んだ目で彼を見つめた。「セイン」彼の頰を軽く叩いた。

「ゆうべ、お祖父ちゃんがお祖母ちゃんを診療所に連れていっただろう。お祖父ちゃんがポーカーをするあいだ、お祖母ちゃんはシャイアンと夕食をとることになっていた。だけど誰かが侵入して、診療所を荒らした。覚えてる？」

「トライアングルを見たの」祖母がささやき、セインのクルーカットにした髪に指を走らせた。「赤い」首を横に振る。「看護師を呼んで。もう帰るから。学校へ行く準備をしないと、リンカーン。遅刻しちゃう」

セインは立ちあがり、祖母の頰にキスをしたあと、父と視線を交わした。

祖父が祖母の手をさすった。

「触らないで。ちょっかいを出さないで」

セインは近くにいた看護師を手招きした。「手伝ってくれるかい、ジャン？」

「もちろん」

セインと父は廊下を歩いて空き部屋に入った。「記憶が頭のどこかに残ってるかも」

セインは言った。「トライアングルってなんのことだと思う？　それに、赤って？」

「わからん。牧場で三角の焼き印を使ったことはない。軍用地図で三角を使うが、お袋が知っているとは思えない。頭のなかで、いまも三角法を教えているのかもな」

「赤は血かも」セインはひげが伸びてきた顎をさすった。「思い出すかもしれない。いまでも最近のことを少しは思い出せるんだ」

「お袋の記憶に頼ることはできないし、今日は大変な日だった。アルツハイマー病患者は現在よりも過去に生きている。しかも、殴られて気絶したんだ。思い出せるかどうか」父はこめかみをさすった。「手がかりはない」

セインは父のやつれた顔を見つめた。五十六歳だが、病気にかかって十歳くらい老けこんだように見える。だが、セインは真実を突きつけた。「おれは警官じゃないかもしれないが、麻薬常用者が犯人だというDCIのお決まりの説には賛成しない。人手を割かないことを正当化しているんだろうが、それじゃあ筋が通らない。薬が欲しいだけなら、シャイアンを傷つけたり殺したりはしても、拉致はしないだろう」

「おまえには刑事の勘がある」父が隈《くま》のできた目を閉じた。「今回の事件は、ジーナ・ウォレスの事件とよく似ている。ジーナ・ウォレスは発見できなかった。だが、シャイアンは見つける。必ず」

セインは自分のするべきことをわかっていた。助けてくれる人を知っていた。助けられるのは彼女だけかもしれない。自分で姉を見つけられないのは悔しいが、シールズに入ってすぐ、隊員それぞれの強みを生かすことを学んだ。ポケットから携帯電話を取りだした。「いい考えがある」

「誰にかけるんだ？」

「犯行現場で誰も見つけられない手がかりを見つけられる人。ライリー・ランバートだ」

「ランバート特別捜査官か。なるほど。彼女なら助けてくれるかもしれないな」父が顎をさすった。「言いづらいが、おまえが毎週彼女に電話をかけていることを知って、FBIの友人に連絡したんだ。彼女の評価を聞くために」

「嘘だろ？　おれは三十手前だ。十三歳じゃない」

父はまったく悪びれず、肩をすくめた。「情報はあったほうがいい。彼女が十五歳で高校を卒業して、二十歳のときには法律の学位を取っていたのを知ってたか？　出世コースにのっている。取りつかれたように、骨に食らいつくロットワイラーのように、事件に没頭する。おまえが彼女を呼び寄せることができれば、手伝ってもらえるかもしれない」

セインの親指が画面の上で止まった。それは知らなかったが、どうでもいいことだ。

彼が知っているのは、ライリーは仕事のために、使命のために全力を尽くすということ。ふたりの共通点は、ロットワイラーの精神を持っていることだ。全力でしがみつき、絶対に放さない。

そのほかの共通点は……セインはわきあがる不安を無視して、おなじみの番号にかけた。金曜の会話や孤独な夜を重ねて、この一年、ライリーに会いたいと、ほぼ毎日夢見ていた。ただ、こんなふうに会うことになるとは思ってもいなかった。


いつの間にか眠っていたようだ。ライリーは片目を開けた。

雨戸を通して染みこむ朝の光は、燃えるように熱かった。目をぎゅっと閉じて身動きした。

首が痛い。ソファで眠ってしまったのだ。

うめき声をもらし、頭を動かした。頬に何か突き刺さっている。右腕をあげ、肌にくっついたジグソーパズルのピースを払い落とし、顔をしかめた。撃たれて怪我をしたのだった。

じっとして痛みがおさまるのを待ってから、まばたきして目の焦点を合わせた。

コーヒーテーブルの上に四分の三まで完成した五千ピースのジグソーパズルと、半分からになったショットグラスが置いてあった。パズルの絵柄はボウルいっぱいに入った色とりどりのビー玉で、ピースは互いに関連がないように見える。

マディソンの事件のように。

それらの隙間に置かれた四分の三残っているテキーラのボトルを見つめた。もっと飲むつもりだった。酔うことすらできなかった。

うめき声をあげたあと、目をすがめて壁の時計を見た。八時ちょっと過ぎ。何時に眠りに落ちたのかわからない。頭がずきずきするので、それほど前ではないだろう。

クッションに頭をのせ、怪我をしていないほうの腕で目を覆って光をさえぎった。

今日は土曜日であるうえ、一週間は仕事に行けないのだ。まあ、政府のデータベースにアクセスできないとしても、ほかにも情報源はある。

ＦＢＩで多少学んだ。この一週間を利用して、姉の事件を最初から調べ直そう。トムにばれないように。

なじみのある着信音が聞こえ、ソファのクッション越しに振動が伝わってきた。偏執病にかかっていたら、トムに心を読まれたのではないかと疑うところだ。

こんな朝早くに電話をかけてくる人は……もしかして……手探りしてひからびたポップコーンらしきものや、それがなんだか考えたくないような妙な手触りのものにいくつか触れたあと、ようやく冷たい携帯電話を探り当てた。

着信音が三回鳴ったところで、電話をつかんだ。

画面を確認した瞬間、胸が高鳴った。「セイン？　金曜の夜のルールを破ったわね。でも、本当にうれしい――」

「ライリー」

低い声を聞いて、体が震えた。それは期待のためではなかった。その声には誘惑するような笑みも、からかうような響きも含まれていなかった。真剣だった。一度も聞いたことのないような声だ。

これまでいやになるほど感じたことのある胸騒ぎに、またしても襲われた。「何かあったの？」

セインがゆっくりと息を吐きだした。

ライリーは呼吸が浅くなり、ようやく言葉を絞りだした。「怪我したの？」

「きみに助けてほしい。姉が拉致された」

5

セインはシンギング・リヴァーの南に広がる澄みきった空を見あげ、ライリーが乗っているセスナ・キャラバンを探した。昨日から、シャイアンの捜索に町全体で取り組んだ。リヴァートンも飛行機を貸してくれた。最初は捜索のために。数時間前には、ライリーが暗くなる前に到着できるよう、デンヴァーまで迎えに行ってくれた。

近隣の州まで範囲を広げて、数百人で捜したが、今朝から進展はなかった――捜索済みの区域は増えたが。携帯電話を発見したあとは、なんの痕跡も見つからなかった。

セインは手を目の上にかざした。南東に小さな点が現れ、どんどん大きくなっていく。

ライリー。

電話をかけたあと、結局、ライリーの手を借りずにすむかもしれないと考えずにはいられなかった。自分たちで姉を見つけるか、姉がどうにかして連絡してくることをずっと期待しつづけた。だが、早めに彼女を呼んでおいてよかった。

セスナのプロペラの音が大きくなる。ようやく一本しかない滑走路にバウンドしながらセスナが着陸し、格納庫へ向かった。

あと少しで、一年ぶりにライリーに会える。一年前、ジャクソンホール空港で、連絡を取りあおうと曖昧な約束をして別れた。そういう約束は、二度と会わない気まずさをやわらげるために交わされる。

ところが、五日後の金曜の夜、東部標準時の十時、アフガニスタン行きの輸送機に乗りこむ前に格納庫で待たされているあいだ、セインは彼女に電話をかけた。彼女が無事に帰りついたことを確認するためだと自分に言い聞かせながら。ライリーは電話に出て、彼を笑わせた。そして彼は、彼女がいなくて寂しいと思うようになった。

その日のおしゃべりが、毎週のデートに変化した——電話をかけられるときはかけた。

だが、数えきれないほど電話で話したあとでも、いざ会うとなると、大きな作戦の直前にブラックホークに乗っているときのように緊張した。

ライリーは記憶のなかの彼女と同じだろうか。証拠もないのに、彼女にこれ以上のことができるのか？　プロファイリングの技術を持っているとはいえ、ライリーに現実離れした期待を抱いているのかもしれない……子どもの頃のように。

腕時計を確認しなくても、シャイアンの行方がわからなくなってから二十三時間が過ぎようとしているのを知っていた。

姉を生きて発見できる時間が少なくなっていく。

停止した飛行機に近づいていった。パイロットが降りてきた。

「本当に助かったよ、マック」セインはがっしりした男と握手をした。

「シャイアンを見つけるためならなんでも協力する。彼女はすばらしい人だ」マックが顔をしかめ、機体の下部の貨物室からダッフルバッグとパソコンバッグを取りだした。「まだ見つかってないんだな」

「ああ」

「給油したらまた飛んで捜索に参加する。この時期は八時半くらいまで明るいから、あと数時間は捜せる」

「家族みんなが感謝していると、ブレット・リヴァートンに伝えてくれ」

「ブレットもいま、問題を抱えているんだ。まあ、家族間に確執があるといっても、困ったときはお互い様だ」

セスナのドアが開いた。ライリーが地面に飛びおり、セインを見つめた。セインは口のなかが乾くのを感じた。一年の隔たりは長すぎた。

彼の任務と彼女の事件が、ふたりを引き離した。いまライリーが、一メートルしか離れていないところにいるというのに、セインは動けなかった。怖気《おじけ》づいていた。ハグしたいが、向こうの出方を見たほうがいいだろうか？　めずらしく自信が持てず、考えをめぐらした。

「乗り心地は悪くなかったかい、ランバート特別捜査官？」マックがきいた。

「十五分早く着いたわ」ライリーはバッグを肩にかけ、マックに微笑みかけた。「快適だったわ」深く息を吸いこんでから、セインのほうを向いた。「久しぶり、セイン」

彼女はまるで愛撫《あいぶ》するように名前を呼んだ。セインはすぐに抱擁できるくらい近くに寄った。ごくりと唾をのみこむ。この一年、誰かと話したいとき、感情をぶつけたいとき、彼女が電話の向こうにいて、その声で包んでくれた。

セインは片手をあげ、彼女の頬に指で触れた。久しぶりに彼女に触れた。ライリーが彼の手をぎゅっと握りしめ、同情に満ちた黄褐色の目で彼の目を見つめた。

「ライリー」妙に低い声が出た。

ライリーが彼の首に腕をまわした。「お姉さんのこと、本当に残念だわ」耳元でささやいた。

セインは目を閉じ、彼女を抱きしめてぬくもりを感じた。自分がライリーを切実に必要としていたことに、いま初めて気づいた。

腕に力を込め、抑えこんでいた感情を解き放ってこの瞬間に浸った。どれだけ長くそうしていたかわからない。彼女の存在だけを感じていた。

マックが咳払いをした。「紹介は必要ないみたいだな」

ライリーがはっと体を引いた。ぬくもりが消え、セインは現実に引き戻された。

マックから彼女のバッグを受け取った。「知り合いなんだ」

マックは眉をつりあげ、目をきらりと光らせた。「なら、あとは頼んだぞ。何か見つけたら、無線で連絡する」

「ありがとう、マック」

マックは空港事務所へ向かった。

セインは彼女を見つめた。胸が締めつけられた。「きみが来られるとは思わなかった。大きな事件を抱えているんだろう。きっと誰か推薦――」

「事件は解決したの。犯人を捕まえた。死んだわ。手遅れだった」

くそっ。彼には理解できた。任務を果たしたものの、高すぎる代償を払ったことは何度もある。彼女を抱きしめて慰めたかったが、彼女が歯を食いしばって感情を抑えこんでいるのに気づいた。それで、ただこう言った。「おめでとうは言わないよ」

「ありがとう」

問いつめるようなことはしないが、彼女はそのうち話したくなるだろう。セインは車を顎で示した。「行こう」

助手席のドアを開けてから、運転席に乗りこんだ。改めて彼女をよく見て、最初は気づかなかった細かい点を見て取った。髪をひとつに結んでいるので、こけた頬が目立った。この一年のあいだにずいぶんやつれてしまった。目が充血していて、濃い隈ができている。唇も、首も背中もこわばっていた。決意や意欲とは関係なく、ぴりぴりしている様子だった。

「疲れているみたいだな」彼は思わず言った。

「大丈夫よ」ライリーが真剣な表情で彼のほうを向いた。「よく聞いて。飛行機のなかでずっと考えてた。わたしはこういう個人的な事件を扱ったことはないの。姉を除いて」深く息を吸いこんだ。「協力するなら、あなたやあなたの家族と距離を置かなければならない。そうしないと、客観的には見られないわ」

セインは胸を殴られたような衝撃を受けた。「せっかくの再会がこんなことになるなんて、思ってもみなかった」顔をしかめた。

ライリーは彼の指に指を絡みあわせてぎゅっと握った。「全力を尽くすと約束するわ」

「ああ」セインは咳払いをした。「簡単に説明——」

ライリーが人差し指を唇に当てた。「やめて。わたしにはわたしのやり方があるの。拉致に関する情報は耳に入れたくない。いまはまだ。まず犯行現場を見たいわ」

「できるだけ多くの情報があったほうが、役に立つんじゃないか？」

「予想が知覚に影響するの。あらゆる要素を新鮮な目で見たい。先入観抜きで」

それだと時間が無駄になる。セインは唇を引き結んだ。

「不満そうね」

「一分一秒が貴重なんだ。シャイアンが拉致されてから、ほぼ丸一日経っている」壁を殴りたい気分だったが、努めて冷静に言った。

ライリーが彼の肩をさすった。その手のぬくもりに、セインは激しい怒りが一瞬だけやわらぐのを感じた。

「わたしを呼んだのには、わけがあるんでしょう」ライリーは優しく言った。「わたしは違うやり方で捜査するの。わたしのやり方で仕事をさせて」

「おれはただ——」

「お姉さんのことが心配なのよね。わかってる」

セインは何も言えなくなった。彼女は理解している。一年前、ふたりが出会ったとき、彼女は自身の姉の誘拐事件について個人的に調べていた。セインはエンジンをかけ、サイレンを鳴らしてシンギング・リヴァーへと疾走した。

「アメリカにいるって、どうして教えてくれなかったの？」ライリーが穏やかにきいた。「その制服、昨日から着始めたようには見えないわ」

セインは弁解のしようもなく、顔をしかめた。「二カ月前、親父が心筋炎にかかったんだ。心臓の感染症だ。回復はしているが、キャスパーの医者からきつい肉体労働は控えるよう言われている。おれは有給休暇がたまっていたから、事務所のみんなの負担を減らすために、臨時の保安官代理になってしばらく手伝うことにしたんだ」

「二カ月前」ライリーがつぶやいた。「だから、毎週電話をかけられるようになったけど、任務の話はしなかったのね。極秘任務についているんだと思ってた」

「話すつもりだったんだけど、きみは連続殺人事件の捜査に取りかかったばかりだったから――」

「わたしのせいにしないで」ライリーが小首をかしげ、挑むように彼を見つめた。

「本当の理由は？」

セインは髪をかきあげた。正直に話すしかない。「きみにまた会いたかったけど、せっかくのいい関係を壊したくなかった。おかしな話だけど、おれたちは遠距離だからうまくいってるんだ。でなきゃ一年も関係が続くはずがない。いままで一度もそんなに続いたことがないんだから」

「最悪なのは、わたしも同意見だってことね。つまり、どういうことだと思う、セイン？」ライリーが青いノートを取りだした。「答えなくていいわ。ふたりともセラピーを受けて前に進むべきなのよ」

セインは思わず笑い声をあげた。「きみが来てくれてうれしい」

彼女のまなざしが優しくなり、何か言いたそうに見えた。だがそのあと、表情が消えた。なじみのある目つきだった。シールズの隊員も、作戦行動の前はそんな目つきをする。

「お姉さんのことを教えて」

ライリーが仕事モードに入った。彼はいつか嘘をついたことの埋め合わせをしなければならないが、いまはシャイアンが優先だ。セインはきいた。「詳細は聞きたくないんだろう？」

「犯行現場についてはね。あなたのお姉さんのことが知りたいの。被害者学といってね、彼女を理解すれば、犯人のプロファイリングに役立つわ」

「そうか」セインはハンドルを握りしめ、つきまとう怒りを抑えこもうとした。「シャイアンはきょうだいの上から二番目で、唯一の女だ。一番頑固で、意欲的かもしれないが、思いやりがある。牧場で怪我をした動物を見つけるたびに家に連れて帰って、看病していた。親父とお袋はかんかんに怒ったけどね。将来は獣医になるんだろうと思っていたが、姉は在学中に考えを変えたらしい。故郷に帰って——おれにはその気持ちはまったく理解できなかったが——人を助けたいと言って、過疎地で働けば返す必要のないローンを申しこんだ。やりたいことをするのにお金がもらえると、笑いながら言ってたよ」

「お姉さんが故郷に帰ってくることを望んでいなかった人はいる？」

「町じゅうが喜んでいた。昼夜を問わず診察していたドクター・マラードが倒れて、郡内に医者はふたりしかいなかったから。彼は七十五歳だった」

セインは診療所の前の駐車場に車を停めた。「シャイアンは八カ月前に戻ってきた。親父の件でおれに連絡してきたのは姉なんだ。親父が無理しないよう、帰ってきて手伝えって」

「それで、帰ってきたのね」

セインは肩をすくめた。「家族だからな」

ライリーが肩掛けバッグを持って車から降りた。歩道に向かって歩いたあと立ちどまり、鋭い目つきで周囲を見まわし、あらゆるものを観察した。はす向かいのあわただしい動きに目を留めた。「ここから保安官事務所が見えるのね。そんなリスクを冒すなんて、犯人はよっぽど度胸があるか、追いつめられていたのね」

バッグからカメラを取りだすと、あらゆる角度から写真を撮った。建物の前に唯一停まっていた真新しい白のSUVを指さした。「あれはお姉さんの車？」

セインはうなずいた。「動かしていない。なかには何もなかった」

「目撃者はいないの？」

「金曜の夜の五時過ぎだ。メインストリートの店はほとんど閉まっていた」セインは黒のSUVの話をした。「BOLOの成果はなかった」

ライリーが少しためらったあときいた。「お姉さんに敵はいなかった？　誰かを怖がっていたとか？」

セインは首を横に振った。姉の私生活についてほとんど何も知らないことに、いま初めて気づいた。当然だ。戻ってくる気などなく、シンギング・リヴァーを出ていった。休日やたまに休暇を取ったときに帰ってくるだけでは、深い関係は築けない。

「おれに話さなかっただけかもしれないが。ハドソンが一番仲がいい。ひとつしか離れていないから」

「あとで彼に話を聞きたいわ」ライリーが言った。

「もちろん」セインはドアの前で立ちどまった。ペンダーグラスが黄色の立ち入り禁止テープを張って封鎖していた。「先週、シャイアンは薬が置いてある部屋に誰かが侵入しようとしたと言っていたんだ。だけど――」

「やめて」ライリーが片手をあげた。「詳細は聞きたくないと言ったでしょう」バッグから手袋を取りだしてつけた。

「何人も」セインはドアを開けた。「おれが最初に入った。祖母が怪我をしていたから、救急隊員が来た。そのあと、ペンダーグラス保安官代理が、DCIの捜査官と一緒に調べた」彼女の問いかけるようなまなざしを見て続けた。「ワイオミング州犯罪捜査部だ。科捜研がある」

ライリーははっとした。「お祖母さんが目撃者なのね？　どうして教えてくれなかったの？　お祖母さんはなんと言ってるの？」

「覚えていない。アルツハイマー病なんだ」その病気を声に出して言うのはいやだった。現実味が増す気がした。

「ああ、セイン。お気の毒に」ライリーが彼の手を取った。「どうして黙っていたの？」

「祖母は家族以外の人に知られるのをいやがってる」セインは言葉を探した。「変な目で見られたくないって。だから、おれも必要のない限り言わないようにしてる」

彼女は一瞬、傷ついた表情を浮かべた。だがそのあと、肩を張った。「アルツハイマー病患者と接したことがないの。お祖母さんは、シャイアンが拉致されたときのことを何も覚えていないの？」

「症状は話す相手によって違うが、意味のある情報を引きだすことはできなかった。調子のいい日ならまた違うかもしれないが、当てにはできない」

ライリーは長いため息をついた。「本当に残念だわ。前に来たとき、お祖母さんと会ったけど、全然わからなかった」

「記憶障害をうまく隠していたからね。だが、あのときより悪化している。ほとんど過去に生きているんだ」

「それでも、お祖母さんに話を聞きたいわ」ライリーが言った。「些細《ささい》なことが役に立つかもしれないし」部屋を歩きまわる。「指紋から何かわかった？」

「いまのところは何も。でも、あまり期待していない。患者の指紋だらけだから」

「血液は？」

「壁の血は祖母のだった。床のは……」セインは歯を食いしばり、何かを——できれば犯人の顔を殴りたい衝動を抑えこんだ。「シャイアンの血だと思う」

もっとひどい犯行現場なら何度も見たことがある、とライリーは思った。シャイアンは抵抗したようだが、診療所の受付はそれほどひどい状態ではなかった。

セインが床の血痕のそばにかがみこんだ。まなざしは鋭く、危険な雰囲気をかもしだしている。犯人がこの姿を見ていたら、シャイアンを拉致することはなかっただろう。

「ここから始めたくない」ライリーは言った。「シャイアンを一番表している部屋はどこ？」

「拉致されたのは待合室にいるときだ。祖母もそこで殴られた」セインが怒った口調で言った。

ライリーは胸が痛んだ。彼は保安官代理であると同時に、被害者家族なのだ。「あらゆる角度から犯行現場を調べるわ。でも、お姉さんについて知ることも、同じくらい大事なの。犯人が彼女を選んだのには、理由がある。だから、まず彼女を理解したいの。それがわたしのやり方。わたしを信じて、セイン」

セインは一瞬ためらったあと、うなずいた。「シャイアンはここを完全な仕事場にしてるんだ。奥のオフィスは別だけど」ライリーを連れて廊下を歩き、クルミ材のドアを通り抜けた。

ライリーはドアのすぐ内側で立ちどまると、部屋を見まわした。深く息を吸いこみ、シャイアン・ブラックウッドの泉に身を沈めた。

効率的に整頓されている。彼女が重要視しているものは明らかだった。デスクは、前任者はもちろんその前の医師も使っていたと思われるほど古びていた。ほかの家具も同様だった。奇妙なことに、あとから思いついたかのように、医学部の卒業証書が目立たない隅に飾ってあった。

彼女は物や業績や地位ではなく、人を大事にしている。

家族写真が壁にたくさん飾ってある。ポートレートではなく、愛情のこもったフレーム入りのスナップ写真だ。

「姉は写真を撮るのが大好きなんだ。この町を支配できるほど脅迫のネタを持っている」

セインの声に愛情がにじみでていた。心配も。

ライリーは分厚い絨毯を横切り、家族写真を注意深く調べた。ある写真が目に留まった。海軍の白い制服姿のセイン。立派できちんとしているが、目がいたずらっぽく輝き、唇に笑みが浮かんでいる。胸がどきんとした。かすかな笑い声が聞こえてくるかのようだった。

シャイアンはその一枚でセインの個性をとらえていた。弟をよく理解している。十年前くらいに撮ったカーソン・ブラックウッド保安官の制服姿の写真もあった。抱きしめている女性は、セインの母親だろう。

ここは仕事場らしくないかもしれないが、シャイアンは気にしていない。家族を愛している。その気持ちを堂々と示している。

天井から床まである大きなコルクボードが壁の半分を占めていて、子どもの患者が描いた絵が飾ってある。悲しげな青い色の絵も何枚かあるが、ほとんどが多彩な絵で、鮮やかな色が目に飛びこんできた。

一分ごとに、些細なことを知るにつれて、シャイアンとのつながりがリアルになっていく。トムの声が聞こえた。

〝また感情的になっている。深入りするな〟

〝黙って、トム〟

ライリーは自分を抑えることができなかった。セインとのこととは関係なく、すでに深入りしていた。それが自分のやり方だ。自分の心と感情と被害者を結びつけなければならない。

どんな代償を払おうと。

横目でセインを見た。シャイアンはとても愛されている。彼は姉のために戦うだろう。どんどん口元が引きつっていくが、黙ってライリーの仕事を見守っていた。急《せ》きたてはしなかった。セインのような行動派の人間はたいてい、質問をしたり急かしたりする。だがなぜか、じっと待っている。たぐいまれな人だ。

「わたし、お姉さんのこと、好きだわ」ライリーはようやく言った。

「おれもだ。生きて帰ってきてほしい」

「わかってるわ、セイン。これって……」ライリーは一枚だけ浮いている写真の前で立ちどまり、首をかしげた。人が写っていない写真はこれだけだ。数本のポプラやマツの背後に山がそびえたち、川のよどみがあった。妙だ。

「どうした？」セインがきいた。

「この写真はどこで撮られたのかしら？　わかる？」

「ああ。うちの牧場とリヴァートンの土地の境界だ。おれたちはよく『マウンテンマン』ごっこをして、リヴァートン兄弟と戦った。両家は昔から仲が悪いんだ」

「シンギング・リヴァーのハットフィールド家とマッコイ家？　初めて聞く話だわ」

セインは肩をすくめた。「すっかり忘れてた。長年にわたる確執があってね。家族への忠誠心から激しい対立関係が続いている」

「シャイアンもその中心にいたの？　その家族に拉致されて、囚《とら》われの身になっているとか？」

「まさか。姉は攻撃計画を立てるタイプだ」

シャイアンが兄弟を率いる姿を想像して、ライリーは含み笑いしたものの、写真の意味はわからなかった。どうしても気にかかった。「ここはもういいわ」

最後にもう一度オフィスを見まわしてから、廊下に出た。シャイアンを捜すのに役立つものを見つけられるだろうか？

心が闇にのまれ、パニックに陥った。

〝お願いだから彼女を見つけさせて〟

診察室のドアを開けた。荒らされた形跡はない。そのあと、医療器具や薬が置いてある部屋へ向かった。

妙だ。ハイリスクな強盗の場合、めちゃくちゃにされるのが常だが、ほとんどのものが手つかずで、いくつかの棚だけがからになっていた。

床を見おろした。「犯人はまず医療器具を探したのね」考えながら言う。頭のなかで出来事がぼやけた映画のように再現された。「ゴミ袋を使って――」

「どうしてわかる？」セインはさえぎった。

「犯人が箱から取りだしたとき、何枚か床に落ちたからよ。そのほかは整然としている。お姉さんは医療器具をきちんと整理してラベルを貼っている。彼女ならゴミ袋をたたんで箱に戻したはず」

「シャイアンはきれい好きなんだ。昔から」セインが小さく口笛を吹いた。「オフィスとこの部屋を見て推理したのか？」

「それがわたしの仕事だもの」ライリーは狭い部屋を歩きまわり、何枚か写真を撮った。いつもはスケッチもするが、現場はすでに乱されていた。必要があれば、あとでまた来よう。「鑑識は指紋や痕跡証拠を調べているの？」

「うちの法医学専門家のペンダーグラス保安官代理が、ＤＮＡサンプルとか発見したものを全部ＤＣＩに送った」

「犯人は医療器具をかき集めたみたいね」ライリーは棚のからになった場所を順に見た。「救急キットから手術器具まで。でも、薬品はそうじゃない。棚の扉や、保冷庫の扉まで引きはがしているのに、全部持っていきはしなかった。どうして……」首をかしげ、棚のラベルを眺めた。「お姉さんは在庫管理をどれくらいの頻度でやってた？」

「毎週土曜の半日診療が終わったあと、パソコンに入力していた」

「看護師や事務員は？　彼女と一緒に働いていた人全員に話を聞きたいの。何がなくなっているか、見ればわかるかも」

セインは首を横に振った。「先月、ドクター・マラードの頃からいた看護師が娘さんと暮らすためにキャスパーに引っ越したあとは、全部ひとりでやっていた。ここじゃなかなか看護師は見つからない」

「そうなると、把握するのは難しいわね。ちょうど一週間分の薬を使ったところだから」ライリーは棚を次々とのぞきこんで、薬のなくなっている場所と、手つかずの場所の両方を調べた。「犯人が鎮痛剤を持っていったのはたしかね。オキシコドンとかヒドロコドンとか」セインをちらっと見た。「欲しいものをちゃんとわかっていたみたい。医薬品の窃盗の傾向なの。前はなんでもかんでも盗んだけど、いまは選んでいる」

ライリーは唇を嚙んだ。何か引っかかるが、それが何かわからなかった。

「これが姉を捜すのにどう役立つんだ？」セインがきいた。

「医療器具を物色した人物は注意が足りない――あるいは、緊張していた。いろんなものがひっくり返ってるし、ちょっと雑ね。でも薬を物色した人物は、手際がよくて几帳面。少なくとも、犯人はふたりいる。彼らは静かにしようとはしなかったので、お姉さんは物音に気づいた」

「姉は犯人が気づかれずに侵入できるくらい長い時間、診療所を空けていたんだ」セインが言う。「姉は通りの向こうにいた。祖父と祖母が祖母の処方薬を受け取るために雑貨店にいたんだ。スケジュールを見ると、その日の最後の予約がキャンセルされていた」

「その患者の名前が知りたい」ライリーは待合室に入り、そこと外の風景の写真をあらゆる角度から撮った。それから、玄関のドアを開けた。「ベルは鳴らないのね。だから、お姉さんとお祖母さんが戻ってきて近くに来るまで、犯人は気づかなかった」

「姉はおれに電話をかけてきたんだ。その数秒後、悲鳴をあげた」

セインの声に感情はこもっておらず、客観的と言ってもいいくらいだった。ライリーもそのくらい冷静でいられたらいいとは思うが、それは彼女のやり方ではなかった。自分は感じなければならない。心臓が早鐘を打った。事件当時のシャイアンのように。「犯人が気づいたのね。お姉さんの声が聞こえたか、お祖母さんを見たかして。盗みを終えて、出ていくところだったのかもしれない」

ライリーは部屋の一隅にかがみこみ、次々とシナリオを思い描いた。しっくりこない。

「筋が通らないわ。身元がばれるのを恐れたのなら、どうしてお祖母さんを殺さなかったの？　大胆なのか、ばかなのか。あるいは慣れていないのか」現場を見まわす。「初めての犯行に見える。だけど、明確な目的があった」不慣れな犯罪者は取り乱しやすく、被害者が殺される傾向にあるということは言わずにおいた。「計画的な犯行だった。でも、混乱していた。誰かが陰で糸を引いているのかも」

「麻薬の売人か？　犯人は邪魔が入って、パニックを起こした」

「犯人の狙いが麻薬だけなら、医療器具まで盗まない。お姉さんを置いていくか、殺したはず」ライリーは露骨な言葉に顔をしかめた。シナリオに夢中になっていた。セインを見やると、顎をこわばらせていたものの、ほかには反応を示さなかった。トムを相手に話しているのではないのだ。なんでも口にしていいわけではない。彼は被害者の弟で、地元の警察官でもある。口を慎まなければ。「犯人はシャイアンを狙っていた。一日の終わりに。もしお祖母さんがここに来ていなかったら、お姉さんがあなたに電話しなかったら、誰が事件に気づいた？　いつ？」

セインがうなじをさすった。「土曜の朝、診療所が開く時間になっても姉が姿を見せなかったとき」

ライリーは部屋を見まわした。唇の内側を嚙んで、言葉があふれそうになるのをこらえた。沈黙が続いたあと、セインが両手を彼女の肩に置き、目を合わせた。目にいらだちが表れている。「何してるんだ、ライリー？　犯行現場を調べるとき、しゃべりながら考えると言ってたよな。どうして黙りこんでいるんだ？」

ばつが悪くなったライリーは、ため息をついた。「襲われたのはあなたの家族。あなたは――」

「すべて聞かせてくれ」セインがこわばった口調で言った。「いいだろう？」

ライリーは反論できなかった。息を深く吸いこんだ。薄氷を踏む思いだが、なんであろうとすべてを知りたい。「この部屋には数パターンの血痕がある」部屋の左半分を見渡せる場所に立った。「シャイアンは犯人とお祖母さんのあいだにいた。必死で抵抗したけど――たぶんお祖母さんがいたから余計に――犯人は彼女をデスクに向かって突き飛ばした。縁の下にたまっている血の量からすると、彼女はここに頭をぶつけた。そのあと椅子にぶつかってよろけて床に倒れたのが、血痕と部分的な掌紋からわかる。おそらくそれで意識を失った」

セインの体がこわばった。拳を握りしめて自制心を保とうとしている。「犯人は姉を拉致した」歯を食いしばって言う。「祖母じゃなくて」

「お祖母さんは邪魔だったんだと思う」ライリーは手袋を外した。「鑑識の報告書が見たいわ。それから、この一カ月のシャイアンのスケジュール帳と医療ファイルも。犯人は下調べをしたはず」

セインがうなずいた。「わかった」

セインがためらう素振りを見せた。

ライリーは理解した。彼が尋ねなかったことがひとつある。みんなそうだ。うながしてやることはできるが、無駄な質問だ。

「きいていいわよ」ライリーは静かに言い、彼の目を見た。人を寄せつけない用心深い表情をしていた。

「シャイアンは生きてるのか？」セインがきいた。「正直に答えてくれ」

ライリーは半分のハートのチャームがついた細いブレスレットを引っ張った。嘘をつきたかった。大丈夫だと言いたかった。

「わからない」

6

シンギング・リヴァーに夕日が沈み、ブラックウッド牧場へ続く道に車は一台も通らなかった。遠方でゆらゆら揺れる懐中電灯の光が、これから見つけるかもしれないものを予期させる。セインは姉の死体をいやでも想像させられた。拳が白くなるほど強くハンドルを握りしめた。

「大勢のボランティアが捜索に参加しているのね」ライリーが言った。

「小さな町だと他人に干渉しすぎるきらいがあるが、問題が起きたときは助けあうんだ。二十四時間以上ぶっつづけで捜索してる。誰も帰ろうとしない」

「あなたも加わりたいでしょう」

ライリーが当然のことのように言ったので、セインは反論しなかった。無理やり手の力を抜いた。「おれは行動していたいタイプだから。じっと待っているのは性に合わない」

「子守も苦手でしょ。牧場まで案内してくれなくても大丈夫よ」

「捜索には兄弟が参加してるんだ。ふたりとも追跡が得意でね。祖母と話をするときは、おれがいたほうがいい。数時間前に病院から帰ってきたばかりなんだ。それに、町の人や、いろんなことについておれが教えてやれる」

「十年も離れていたのに」

「そのあいだ、祖母が毎週メールや手紙で近況を知らせてくれていたんだ」

車で小高い丘をのぼると、ブラックウッド《B》牧場《R》が見えてきた。スポットライトで照らされた、中央にBRのロゴが入った鉄製のアーチが頭上に現れた。タイヤが家畜脱出防止溝をガタガタ乗り越えた。

「ここで育ったの？」

ライリーが牧場を訪れるのは初めてだと、セインはそのとき気づいた。前回彼女が来たときは、保安官事務所で父と会わせたのだった。「ここは何世代も前からブラックウッド家の土地なんだ。十八になるまで住んでいた」

長い私道を走った。母屋の前に父のSUVが停めてあったが、家の明かりはついていなかった。

「親父は祖父母の家にいるみたいだ」セインは右折した。「祖父母は数百メートル先に住んでる。母屋は一九二〇年頃に曾祖《そう》父母が入植したときに建てたものなんだ」

ふたつの家はプライバシーを保てるくらいに離れている。セインは放課後、この道を走っていくのが好きだった。祖母が焼いてくれたとびきりおいしいアップルクッキーを、きょうだいが帰ってくる前に牛乳と一緒に何枚もたいらげたものだ。

セインは車を停めて降りると、助手席のドアを開けに行った。「昨日、祖母は調子がよくなかった。問いつめないでくれ。思い出せないときは、どうしようもないから」

ライリーが彼の胸に片手を押し当てた。彼の胸が高鳴った。

彼女が同情のまなざしで彼を見あげた。「本当に残念だわ」

「ああ」セインは泣きそうな気持ちになった。「祖母は悔しがるだろう」

「どういう意味?」

「祖母は家族のために生きている。捜索に力を貸せるのに、自分が忘れていたと知ったら……」セインはドアの縁を握りしめた。「思い出してもらいたいけど、思い出したら打ちのめされるだろう」

ライリーが車から降りた。両手を彼の腰にまわし、きつく抱きしめる。セインは自分を抑えることができなかった。ライリーをしっかりと抱きしめ返し、彼女の香りを吸いこんで、ぬくもりを味わった。

この一年間、ずっとこうしたかった。彼女をふたたび抱きしめたかった。放したくない。

オオカミの遠吠《とおぼ》えが聞こえた。ライリーがはっとし、体を引いた。「いまのまさか――」

「そういう場所だ」セインは親指で彼女の顔をそっと撫でた。ライリーが目を閉じてうっとりした。彼女も感じたのだ。「きみも同じ気持ちなんだろう?」

ライリーがため息をついた。「否定はできないけど、セイン――」

「姉を見つけたら、きみをこの町から連れ去って、この一年ずっとしたかったことをする。楽しみにしててくれ」

「強引なのね」

「そういうところが好きなんだろう」

彼女は目を見開いたが、まばたきしてごまかした。「準備はできてるわよ」

セインは眉をつりあげた。

「なかに入りましょう」

セインは彼女を連れて玄関ポーチへ向かった。「祖母はきみのことを覚えていないと思う。悪く思わないでくれ。それから、同じ質問を繰り返されても、指摘しないで何度も答えて。そうすれば、長期記憶に変わるかもしれない。いつかは」

「覚えていることもあるの？」

「ああ。調子のいい日は結構思い出せる」

「何度もきけば、何か思い出す可能性はある？」

セインは体をこわばらせ、警告するようなまなざしで彼女を見た。

「ねえ、セイン、電話で話しているとき、あなたが黙りこむと怒ったんだとわかった。うまく隠しているけど、いまは顎が震えているのを見ればわかるわ」ライリーが彼の頬に触れ、目を見つめた。「お祖母さんを守ろうとしているのね。しつこくきいたりしない。約束する」

セインは祖母を守りたかった。だが、シャイアンの命がかかっているとなると、そうも言っていられない。まさに八方ふさがりの状況だ。ライリーの指に指を絡みあわせた。

「お祖母さんのことをすごく愛してるのね」彼女が言った。

「お祖母ちゃん子なんだ。ハドソンとシャイアンは牧場で祖父につきまとってた。祖父が引退したあとは特に。ジャクソンはひとりで森へ行っていた。おれはお祖母ちゃんといた」

「意外ね。お祖母ちゃんと遊びたがる男の子は少ないでしょう。強制されない限り」

「祖母は特別な人なんだ。祖父と結婚するまでは、かなり大胆なことをしていたらしい。アメリア・イアハートの本を読んだあと、飛行機の操縦法を学んで、十八になると家を出て貨物機を操縦した。五〇年代のシンギング・リヴァーでは、かなり騒ぎになったそうだ」

「すごい人みたいね」

「ああ」セインは笑みを浮かべ、手を離した。ふたりは家のなかに入った。

祖母は部屋の奥に立っていた。セインを見るとにっこり笑いかけた。「リンカーン！」急いで近づいてくる。「おかえりなさい」

「ただいま」セインは祖父の名前で呼ばれたことについて何も言わなかった。祖母の額にキスをしたあと、その背後にいる父と祖父を見やった。

「ご苦労さん」祖父が言った。

シャイアンは四十平方メートル弱の監禁部屋を、壁板に指を走らせながら歩きまわった。隙間はすべてモルタルで埋めてある。バスルームのドアを通り過ぎた。この狭い部屋には窓すらない。

疲れて動けなくなったシャイアンが数時間の仮眠をとったソファベッドが、ベサニーが寝ている部屋の奥のベッドの斜め前にあるだけだ。

腕時計を見た。ここに閉じこめられてから二十四時間以上経過している。時間の感覚がなく、時計がなければわからなかっただろう。

唯一の出口であるスチールドアは、昨夜、イアンがそこから出ていったあと、外側からかんぬきをかけられた。彼が夕食を運んできたとき、背後の長い廊下にふたつの人影が見えた。ここがどこなのか、ワイオミングにいるのかどうかさえわからない。セインたちは手がかりをつかんだだろうか。そして……心を捧《ささ》げた男性について考えるのはよそう。その心を投げ返されたのだから。わたしが行方不明になろうと、気にしないだろう。

でも、家族は捜すのをあきらめない。絶対に。とはいえ、助けがいるかもしれない。連絡を取る方法を見つけなければ。

ベサニーが苦しそうにうめき声をあげた。逃亡計画はあとまわしだ。彼女のそばへ行き、ガウンをまくった。術後の経過は良好のようだ。

十六歳の少年を助手にしてベサニーにメスを入れたときほど、恐ろしい思いをしたことはなかった。イアンはのみこみが早かったが。

シャイアンは両手で髪をかきあげた。ベサニーが手術を乗りきったとしても、病因は依然として不明だ。手術中に、見てわかる病気は除外した。腹部組織は概して健康に見えた。

傷跡の周囲に指先でそっと触れた。ベサニーがふたたびうめき声をあげた。肌がほてり、乾燥している。頬に赤い斑点ができていて、肩から前腕まで広がっていた。アレルギー反応だ。

しまった。

点滴をローラークランプで止めて、ペニシリンがこれ以上静脈に注入されないようにしたあと、部屋の隅にある冷蔵庫のなかの小袋を調べた。ペニシリンしかない。まずいことになった。ペニシリン以外の抗生剤を使用しないと、たちまち感染症にかかる可能性がある。本当の病因が細菌感染だったとしたら……いずれにせよ、患者は死ぬかもしれない。

自分も彼女も、ここから出なければならない。でも、どうやって？

もう耳慣れたかんぬきの音が聞こえ、シャイアンはぱっと振り向いた。

「逃げようとしても無駄だよ」イアンがフルーツとチーズをのせたトレイを持って

入ってきた。

彼はトレイのバランスを取りつつ、ドアを閉めた。ふたたび外側からかんぬきがかけられた。

イアンがベサニーを見つめた。「どうして頬があんなに赤いんだ?」

「ペニシリンアレルギーなの。でも、あなたたちが盗《と》ってきた抗生剤はそれしかなくて」シャイアンは腕組みをし、彼の目を見た。イアンの身長は百八十センチくらいで、彼女と変わらない。「ほかの抗生剤がなければ、感染症にかかる危険がある。病院へ連れていかないと」彼の腕をつかんだ。「お願い、イアン」

「無理だ」イアンはゆっくりとかぶりを振った。「ファーザーがものすごく怒るだろう」頬が真っ白になった。「罰を与えられる」

イアンの恐怖に満ちた表情を見て、シャイアンは首の筋肉がこわばるのを感じた。

「あなたたちがペニシリンしか盗ってこなかったのは、わたしのせいではないわ」

「失敗したのはあなたじゃない。あなたは罰せられない」イアンはベサニーをじっと見たあと、うなだれた。「報告しに行かないと」

「イアン」

「ベサニーを助けて。おれたちには彼女が必要なんだ。特に、子どもたちには」

イアン自身もまだ子どもなのに。だが、彼の口調は言葉以上に語っていた。ベサニーを愛しているのだ。

「力を尽くすけど、あなたの助けが必要よ」

「ああ」

イアンは背筋を伸ばし、深呼吸してから振り返った。二度ノックするとドアが開き、彼が出たあと速やかに閉められた。

シャイアンはあとを追い、冷たいドアに片手を押し当てた。「気をつけてね、イアン」ささやくように言った。この場所がどんなところかよくわからないが、みんな恐怖に支配されているのは明らかだ。

「どうしたの？」廊下から少女の震える声が聞こえてきた。「ベサニーは――」

「ハンナ、ファーザーかアデレードと話をしたいんだ」イアンが震える声で言った。

「ベサニーにはほかの薬が必要だ」

「まさか。二回も行ったのに。必要なものは全部持ってきたはずよ」ハンナが声を詰まらせながら言う。「ファーザーたちには言わないで。失敗したらどうなるかわかってるでしょ」

「ベサニーが死んでもいいのか？」

すすり泣きが聞こえてきた。シャイアンは目を閉じて怒りをこらえた。彼らは怯えている。でも、自分にできることはない。

どうにかしてここから出ないと。父を、保安官事務所のみんなをここに連れてくるのだ。でもまずは、今夜を生き延びなければならない。

枕元に腰かけ、ベサニーのバイタルサインをチェックした。体温は三十七・五度。それから、熱い紅茶を飲んでフルーツとチーズをちびちび食べた。頭のなかで警告する声が聞こえた。〝彼女が死んだら、あなたも死ぬ〟

「ベサニー」彼女の手をつかんで握りしめた。「ベサニー、聞いて。生きなきゃだめ。あきらめないで。病気の原因を突きとめるから。約束する」

ベサニーに回復する強さがあることを祈るしかない。それが、ふたりがここから生きて出る唯一の方法なのだから。

7

十五年前

十二歳のマディソンは砂糖でコーティングされたシリアルをじっと見つめた。「ママ、イングリッシュ・マフィンにしてくれる？　これだと太っちゃう」

ママが振り向き、エプロンで手を拭いた。笑みをこらえて言う。「大人になったのね」オレンジジュースの入ったグラスをマディソンの前に置いた。「いいわ。でも、車のなかで食べることになるわよ」

「ママ、あたしの靴は？」ライリーがキッチンに駆けこんできて、足を滑らせた。

「うわっ！」

マディソンは目を見開いた。すべてがスローモーションで見えた。ライリーがよろめいてマディソンの腕にぶつかった。マディソンはグラスを落とし、オレンジジュースがこぼれて服を濡らした。

げっ。べとべとして気持ち悪い。

「ライリー！　なんてことすんの！」マディソンはぱっと立ちあがった。「ママ、見てよ、これ！」

ママが唇を引き結んだ。「ライリー、家のなかで走っちゃいけないって、何度言ったらわかるの？　どうしてお姉ちゃんみたいになれないの？」まなざしをやわらげてマディソンを見た。「二階へ行って着替えてきなさい」

ライリーはうなだれ、下唇を突きだした。「わざとじゃないもん」

「もう、その顔やめて。赤ちゃんみたい」マディソンは顔をしかめた。「十歳になってちょっとは大人になったかと思ったけど、やっぱりまだ子どもね」ママに言う。「明日の夜のパジャマパーティーにライリーを参加させたくない。友達の前で恥をかかされるに決まってるもの」

「あたしも入れて、マディソン！　初めてのパジャマパーティーなのよ。いい子にしてるって約束するから」ライリーは黄褐色の目を見開いて懇願した。

その姿をひと目見るなり、マディソンは折れそうになった。だがそのとき、顔に冷たいものがしたたった。彼女は頭に触れた。「オレンジジュースが髪にもかかった」

そう叫び、ライリーをにらんだ。「絶対だめ。信用できない」

ライリーのすすり泣きにうしろ髪を引かれつつ、マディソンは階段をあがった。ちょっとかわいそうなことをしたかもしれない。

でも、ライリーを友達に会わせるなんて……絶対にだめだ。ライリーが怯えてわたしの寝袋で一緒に寝たがったり、友達に恥ずかしい話をしたりしたらどうするの？

マディソンは身震いした。これでいいのだ。

急いでバスルームへ行き、濡れたシャツを脱いだ。あーあ。遅刻しちゃう。

シャワーの栓をひねった。ライリーのバービー人形が石鹸《せっけん》置きにのっていた。マディソンはそれを洗面台に放りこんだ。ライリーが捨てようとしないしぼんだバースデー風船の横に。

ライリーはまだ子どもなのだ。明日の夜、友達が遊びに来るまでに、バスルームのおもちゃを全部片づけるよう言っておかないと。

シャワーを浴び、急いで髪を洗った。五分後には、最近ボブにした髪をセットしていた。毛先だけ紫色に染めるのを、ママは許してくれるかもしれない。ドライヤーを動かすと、半分のハートのチャームがついたブレスレットが揺れた。

もう半分のハートがついたブレスレットを、ライリーが持っている。去年のマディソンの誕生日に、妹がくれたのだ。

マディソンはブレスレットを外して石鹸置きに入れた。来年、ライリーが中学生になれば、また仲よくできるかもしれない。

最後にもう一度鏡を見て、お気に入りのリップグロスを手に取ってから、急いで寝室に戻ったが、廊下へ飛びだす前にふと立ちどまった。カーテンが風に揺れている。

変だわ。たしかに窓を閉めたはずなのに。ママは電気を無駄遣いすることを許さない。夏は特に。マディソンは窓を閉めてから庭をのぞいた。あの男がまたいるような気がした。

誰もいない。

ほっとため息をついた。

「マディソン、早く。遅刻するわよ」ママが叫んだ。

マディソンは階段を駆けおり、ママのあとを追って車へ向かった。またもや唇を突きだしたライリーが、後部座席に乗っている。車が走りだしたあと、マディソンは窓の外を見た。家の横の木の下に、黒ずくめの大きな男がじっと立って見守っていた。

「ママ、いまの――」

「何？」ママが顔をしかめ、鋭い口調で言った。

マディソンは唇を嚙んだ。ママはメイクをして髪を整える前に車で学校へ送っていくのをいやがる。でも、子どもたちがバスに乗り遅れてしまったので、そうするしかなかった。

朝の光がフロントガラスに反射した。マディソンは目を細めてもう一度外を見た。男は姿を消していた。気のせいだったのかもしれない。

バックパックからリップグロスを取りだした。助手席のミラーを開いてグロスを丁寧に塗ったら、男のことは忘れてしまった。

その日の夜、マディソンは身をもって学んだ。取り返しのつかないミスというものがあることを。


人の心をすっかりなごませる、住み慣らされた家というものがある。板張りの床で、壁に家族の写真が飾られ、張りぐるみの家具が置かれたブラックウッド家は、まさにそういう家だった。偽りのない感情に満ちあふれている。

部屋の中央で小柄な祖母を抱きしめているセインから、ライリーは目が離せなかった。ヘレン・ブラックウッドの身長は孫息子の顎にようやく届くくらいで、まるで命綱のように彼にしがみついている。セインはそっと抱いていた。ライリーは胸がいっぱいになった。

あれほど愛されたらどんな感じがするのだろう？

「リンカーン、おかえりなさい」ヘレンが制服に顔をうずめたまま、くぐもった声で言った。「会いたかった」

セインのつらそうな表情を見て、ライリーも胸が痛んだ。だが彼を、彼の家族をどうやって慰め、助けたらいいかわからなかった。自分にできるのは、行方不明になった家族を捜すことだけだ。彼女が提供できるものは、プロファイリングの技術しかない。

感情移入しすぎないよう気を引きしめ、ようやくセインから目をそらして、彼の祖父、そして一年前に姉の事件の調査に協力してもらった男性へと視線を移した。

つらい皮肉だ。

「ブラックウッド保安官」ライリーはそばへ行き、怪我をした腕をかばいながら握手した。

ずいぶんやつれた。病気と娘の事件が大きな負担となったのだろう。

「来てくれて感謝する、ライリー」保安官は疲れていてもなお鋭い目を細めた。「手がかりは見つかったか？」

「まだです。お母様に……」

「リンカーン？」ヘレンがセインのシャツを引っ張りながら、おずおずと言った。

リンカーン・ブラックウッドが妻に駆け寄った。「ヘレン、どうした？」

ヘレンは興奮した目つきで夫を見た。「あなたのことは呼んでないわ」

妻に突き放されたリンカーンは肩を落とし、何も言わずに引きさがった。

部屋が静まり返った。ライリーはアルツハイマー病患者に接するのは初めてだった。どうすべきかわからず、言葉を失う。

「わたし、どうしちゃったの？」ヘレンが両手に顔をうずめた。それから、目をすがめて部屋を見まわした。眉根を寄せ、呼吸が速くなり、胸を押さえた。パニックを起こしている。

セインがそっと腕のなかに引き寄せた。「お祖母ちゃん、大丈夫だよ。おれがいるから」

「リンカーン、何が起きているのかわからない。何もかもおかしいの」ヘレンがセインのシャツを震える手で握りしめた。「お願い、助けて」

セインがヘレンに微笑みかけた。痛ましい表情だった。「じゃあ、いつものように、気分がよくなることをすればいい。一緒に踊って、世界を遠ざけよう」

ヘレンがぴたりと動きを止め、彼の目をのぞきこんだあと、おずおずとうなずいた。

セインが祖母の頭越しにライリーを見た。〝これでわかっただろ?〟彼の表情がそう告げていた。

ライリーは衝撃を受けた。ブラックウッド家は、彼女が奇跡を起こすことを期待している。ヘレン・ブラックウッドの証言に頼るのは無理だ。そうなると、ライリーはゼロから始めなければならない。これまでに撮った写真をすべて見直して、証拠のひとつひとつを分析し、ほかの人々が見逃した情報の断片を見つけなければならないのだ。シャイアンにつながる手がかりを。

車を借り、数時間引きこもれる場所を確保しなければならない。静かで、気を散らすものがなく、犯行現場のことだけ考えられる場所を。保安官が——。

「親父、おれたちの曲をかけてくれ」セインがそう言ったあと、ヘレンをそっと抱き寄せた。

ライリーは息をのんだ。彼は素手で人を殺すことだってできるのに、いまは彼女がこれまで見たこともないような優しさを示している。

ブラックウッド保安官がステレオの電源を入れた。なめらかなアルトの声が愛の歌を歌いだした。

ふたりはワルツを踊り始めた。彼のゆっくりとしたボックスステップは優雅だった。セインが頭をさげてヘレンの耳に口を寄せる。ライリーはバリトンの歌声に耳を澄ました。

ブラックウッド保安官が近づいてきた。「母が混乱したときになだめられるのは、音楽だけなんだ。特に思い出の曲が効果がある」

「セインはお祖父様によく似ていますね」

「そっくりだ。母はセインを溺愛している。昔、学校から帰ってきたセインが、教会で初めてダンスを踊ることになったと怯えていたとき、あの子が自分の足につまずいたりしないように、学校が終わったあとに母が一週間かけてダンスを教えたんだ。セインはまだ十二歳だった。『踊りましょう』は両親の曲だが、セインと母の曲でもあるんだ」

ライリーはふたりを見守っているリンカーン・ブラックウッドに視線を向けた。寂しそうだ。保安官が彼女の心を読み取ったかのように、彼のもとへ行って片手を肩に置いた。

誰もしゃべらなかった。ライリーは邪魔者になった気がして、壁際へ移動した。頭のなかの圧力が高まっていき、いまにも爆発しそうだった。このうえなく優しく愛情に満ちた表情で祖母と踊るセインから目をそらせなかった。献身的で誠実だ。

感情を抑えきれなくなり、ライリーの目に涙が込みあげた。早くこの家から出て仕事に戻りたかった。複雑な感情にこれ以上耐えられない。

セインの腕のなかで、ヘレン・ブラックウッドの体から力が抜けていくのがわかった。彼女は突然踊るのをやめて目を閉じた。目をきつく閉じたあと、ぱっと開けた。

ヘレンのぼんやりした目に、突然光が宿った。

「セイン」ヘレンが彼に微笑みかけた。「ワルツの踊り方を覚えていたのね」

「お祖母ちゃんに秘訣《ひけつ》を教えてもらったからね」セインがまばたきもせずに言った。「ワン、ツー、スリー、ワン、ツー、スリー。四分の三拍子だ」

リンカーンがそっと妻に近づき、おずおずと手を差しだした。「ヘレン？」

ヘレンが夫に微笑みかけ、指を絡みあわせた。「どうしたの、ハニー？　疲れた顔をしてるわよ」

リンカーンが頬にキスをした。「なんでもない。おまえに会えてうれしい」

ライリーはいま起きたことを理解できなかった。まるでヘレンの頭のなかで電球がついたかのようだった。

ヘレンが鋭い視線をライリーに向けた。「あなたを知ってるわ」

ライリーはうなずき、近づいていった。「FBIの捜査官です。捜査を指揮しています」取り調べをどう進めていいかわからず、リンカーンに言った。「奥様とお話ししてもかまいませんか？　できれば静かな場所で」

リンカーンはヘレンの手をぎゅっと握りしめたあと、射るようなまなざしをライリーに向けた。やはりセインとよく似ている。ライリーが妻を苦しめると思ったら、躊躇《ちゅうちょ》なく止めるだろう。

「ちょっと、わたしは目の前にいるのよ、お嬢さん」ヘレンが夫の手を放し、ライリーと腕を組んだ。「サンルームへ行きましょう」

ライリーが来てから初めて、リンカーンが笑顔を見せた。「ブラックウッド牧場の女帝の仰せだ。でも、セインは一緒に行ってもいいだろう、ヘレン」

「ファニーが届けてくれたアップルクッキーを持ってきてくれるならいいわよ。わたしのクッキーには劣るけど、悪くないわ」ヘレンがライリーをドアのほうへ引っ張った。「サンルームはリンカーンがわたしのために建ててくれたの。夜はさらにすてきなのよ」

夜空に星が輝いていた。ライリーは思わず見とれた。都会では見ることができない景色だ。「きれいですね」

「ロマンティックでしょう」ヘレンがソファを勧めた。「座って。見せたいものがあるの」

ライリーがソファに座ると、ヘレンはコーヒーテーブルの上のバスケットから大きなスケッチブックを取りだした。そして、ライリーの隣に座ってページをめくった。驚くほどよく似た似顔絵だった。ヘレンの夫、息子、孫息子、孫娘。全員見てわかった。

「お上手ですね」ライリーは言った。「陰影をつけるのに4Bの鉛筆を使ってるんですね。わたしもそうしてるんですよ」

「あなたも絵を描くのね」ヘレンが微笑んだ。

「かじった程度です」ライリーはこの話を打ち明けたことが信じられなかった。誰にも言ったことがなかったのに。子どもの頃から。「見せたいものってなんですか?」

ヘレンの目が輝いた。「これよ」

ヘレンがページをめくると、ライリーとセインの絵が現れた。一年前に描かれたものだ。ふたりが初めて会ったとき。ファニーの民宿《B&B》の裏庭にあるガゼボに座っている。プロファイラーでなくとも、ライリーの顔に憧れの表情が見て取れた。恋をしている女性に見えた。

頬が熱くなる。「ああ」

「大丈夫か？」戸口のほうから、セインの心配そうな声が聞こえた。

ライリーは赤くなった頬に触れ、ヘレンはさっとページをめくった。「大丈夫よ。ライリーも絵を描くって知ってた？」

「いや」セインが鋭い目つきでライリーを見た。

気楽な遠距離恋愛で、まだ打ち明けていないことはお互いにたくさんある。

ヘレンが孫息子に向かって舌を鳴らした。「嘘でしょう、セイン。一夜をともにする前に、それくらいのことは知っておかなきゃ。まったくあなたたちときたら。今日、シャイアンと恋人にも同じことを言ったのよ」


部屋が静まり返り、セインはさっとライリーを見た。ショックを受けた顔をしている。アルツハイマー病を患っていても、祖母はみんなを黙らせることができるようだ。

「お祖母ちゃん、シャイアンにはつきあっている人がいるって、本当か？」セインは祖母の反対隣に腰かけてきいた。

「ええ。わたしをばかだと思ってるの？　あの子はバンジーコードをつけずに崖から飛びおりた。注意したんだけど、あなたたちはわたしの言うことなんて聞かないから」祖母が鼻を鳴らした。「年長者の助言は聞いておいたほうがいいのに」セインを見あげる。「それで、シャイアンはどこにいるの？」

セインは言葉を失った。

「今夜ここに来るはずだけど」祖母が言う。「その件で率直に話しあいたいの。大事な話よ」

沈黙が流れて、ガラス張りの部屋の外からコオロギのかすかな鳴き声が聞こえてきた。

誰も返事をしないと、祖母は震える唇をきつく嚙みしめた。眉根を寄せ、混乱した頭を必死で落ち着かせようとしているのがわかった。「何か変だわ。嘘をつかないで。わたしたちのあいだに秘密はなしよ。これ以上」セインのシャツを握りしめる。「教えて」

「もうすぐ来るよ、お祖母ちゃん」セインは嘘をついた。

祖母がソファの背にもたれかかり、スケッチブックが手から落ちた。脚をそわそわと揺すり始める。「怪我をしたのね？　そうでしょ？」

祖母が涙をこぼし、体を前後に揺らし始めた。「夕飯を一緒に食べることになっていたの」震える手を持ちあげて、親指の爪を嚙み始める。「たぶん。どうして思い出せないのかしら？」

セインは祖母を胸に抱き寄せた。「大丈夫だよ、お祖母ちゃん。大丈夫だから」心がずっしりと重くなった。祖母の手を握り、手のひらをそっと撫でて落ち着かせた。

「ゆうべ、お祖父ちゃんがお祖母ちゃんを診療所まで送っていって……」

「思い出した」祖母が繰り返しうなずいた。「そうよ。シャイアンに診療所を案内してもらうことになっていたの。シャイアンはとても誇りに思っていた。前にも見せてくれたんだけど、もう一度見せたがったの。でも本当はね、彼の話がしたかったのよ。初めて真剣につきあった相手だけど……」セインを見あげる。「秘密はよくないわ」

祖母がそわそわと身動きした。「何か変だわ」

ライリーが身を乗りだした。「ミセス・ブラックウッド、診療所へ行ったとき、何か変わったことに気づきませんでしたか？　どんな些細なことでもかまいません」

ヘレンが眉根を寄せた。「トライアングル」

意味がわからない。祖母はそれきり言葉を失ってしまった。筋の通った話をするときもあれば、理解できないフレーズを口にするだけのときもある。

「三角形を見たんですか？　車についていたとか？　エンブレム？　それとも、タトゥー？」

ライリーはうまく隠していたが、セインはその声にいらだちを感じ取った。無理もない。だが、アルツハイマー病の症状は予測もコントロールもできないということを、セインたち家族は学んでいた。

祖母が目を見開き、パニックに陥った。手を引き離し、爪を噛み始める。集中しようとしているのだ。

「ちくしょう」祖母が悪態をついた。

セインは口をぽかんと開けた。祖母の悪態なんて、片手で数えられるくらいしか聞いたことがない。

祖母はスケッチブックを拾いあげ、最後のページまでめくると、三人の人の姿を描いた。「三人組《トライアングル》」

祖母がその絵をライリーに突きつけた。

「診療所に三人組がいたんですね？」ライリーがきいた。

祖母がほっとした顔をしてうなずいた。「三人……いた。わたしは溺れている」

コーヒーテーブルの上のグラスをつかんで、水をごくごく飲んだ。「溺れている。水。喉が渇いた」セインをちらっと見た。

「正しい言葉が出てこないときもある。いつか思いつくよ」

祖母はかぶりを振り、片手を頭に押し当てて目に涙を浮かべた。「ご――ごめんなさい。わたし、もうだめね」

セインは祖母の額にキスをした。「何も謝ることなんてないよ、お祖母ちゃん」

祖母はうなずいたが、きらきら輝く目でライリーを見た。「あなたは助けに来てくれたのよね」

「はい。全力を尽くします」

「わかってるわ。秘密を暴くことが肝心よ。秘密がすべてをだめにするの」

「あなたを襲った犯人の特徴を教えてもらえますか?」ライリーがきいた。

祖母はかぶりを振った。「覚えていないの」

「〝赤〟と言ったよね」セインはうながした。「何か思い出さない?」

祖母が微笑んだ。「出会ったとき、リンカーンは赤毛だった」スケッチブックの前のページに戻り、十七歳くらいの祖父の絵を人差し指で撫でた。「あなたはそっくりね……髪は茶色だけど。そこはお母さん似ね。息子もいい相手を見つけたわ」

祖母はライリーにウインクし、ソファの背にもたれて脚を組んだ。「ねえ、あなたたちはいつ結婚するの?」

海軍に十年いたあとで、自分が赤面するとはセインは思ってもみなかった。祖母は目をいたずらっぽく輝かせながら、にこにこ笑っていた。「お祖母ちゃん！」

「わたしももう年なのよ。早く曾孫《ひまご》の顔を見せてもらわないと……」声が途切れた。

「なんの話をしてたっけ？」

祖母は背筋を伸ばすと、うろたえて部屋をさっと見まわし、何かを、あるいは誰かを探した。祖母の頭のなかで何が起こっているのか理解できたらいいのに、とセインは思った。

祖父が部屋に入ってきて咳払いをした。「ヘレン？」

祖母は返事をしなかった。ぱっと立ちあがると、祖父の腕のなかに飛びこんだ。祖父は祖母を抱きしめ、息を吸いこんで目を閉じると、背中をさすって慰めた。

「何が起きているのかわからない。怖いわ」祖母が言った。

セインはため息をついた。祖父が突き放されなかったのがせめてもの救いだ。突き放されるたびに、祖父の目に苦悩の色が浮かんだ。

「あとは任せろ」祖父が言った。

セインはライリーの手を引いて立ちあがらせると、サンルームのドアへ向かった。

ライリーが立ちどまって振り返り、不満げに唇を引き結んだ。

「いまはこれ以上ききだせない」セインは言った。「祖母は現在と過去のあいだを行ったり来たりしているんだ」

父のいるリビングルームへ通じる廊下で立ちどまった。

「お祖母さんは頭のどこかで覚えているのよ、セイン。シャイアンがトラブルに巻きこまれたのを知っている」ライリーが彼の腕をつかんだ。「もう少し話をすれば――」

「親父と祖父に任せよう。だけど、祖母の話を当てにすることはできないんだ。祖母は答えを口に出せないだけかもしれないし、そもそも答えを持っていないのかもしれない。それに、明日になったらまた状況が変わるかもしれない。すごく調子のいいときは、なんでもはっきりと思い出せるんだ」

「シャイアンの恋人って話は？　お祖母さんは確信があるようだったけど」

「祖母の記憶は当てにならない。特に最近の記憶は」セインは髪をかきあげたあと、ライリーを見た。「そもそも、ゆうべのうちにシャイアンが見つからなくてきみに電話したのは、祖母のせいなんだ。おれたちは奇跡を求めている」

ライリーが充血した目を閉じた。プレッシャーをかけるつもりはなかったが、理解してほしかった。「二カ月前、きみは十代の女の子を通りでさらった変質者を追跡して逮捕した。目撃者はいなかったのに。事件は迷宮入りするだろうとみんな思っていた」

「チームで解決したのよ」ライリーが目をそらした。

「嘘つけ。捜査中、おれはきみと電話で数回話したんだ。きみが何を発見し、どう推理したか知っている。きみにしかできないことだった。おれたちは、同じことをしてほしいと思ってる」

ライリーは両手で顔をこすった。ストレスで口が引きつっている。深呼吸をしたあと、背筋を伸ばした。「別の可能性を考える必要があるかも。犯人は強盗に見せかけたのかもしれない。シャイアンが犯人を知っていたら？　犯人像はまるで違ってくるわ」

「誘拐犯は被害者の知人である場合がほとんどだと、親父が言っていた」セインは彼女に近づいた。憂鬱そうな表情をしているのが気にかかった。情熱的な表情や決意の表情は見慣れていたが、いまの彼女は、自信なさげに見えた。

彼女の頭のなかに入りこめたらいいのに。彼女に触れそうなくらい近寄った。狭い廊下では、逃げ場がない。

「まったくの他人による誘拐はずっと少ないの」ライリーは確信のある口調で言ったが、声がかすかに震えていた。

ライリーが背中を壁に押しつけた。セインはためらわなかった。詰め寄って耳に口を近づけた。「おれにどうしてほしい？」

「本当にシャイアンに恋人がいるのか、兄弟にきいてみて。特にハドソンに。一番彼女と仲がいいんでしょう」

「お安い御用だ。あとは？」

「捜索を続けて」ライリーが彼の目を見た。「あなたたち家族が心から羨ましいわ、セイン。つらいときに力を合わせられない家族もいるから」

物欲しそうな口調が気にかかった。遠距離恋愛のあいだ、ふたりとも家族の話題は避けていた。セインにはそれなりの理由があり、彼女の理由についてはじっくり考えたことがなかった。

どういう意味かと問いつめる前に、携帯電話が鳴った。セインはポケットからそれを取りだし、画面を確認した。弟からだ。ジャクソンは山を捜索していた。「どうした？」

弟がすぐに答えなかったので、心臓が一瞬止まった。

「ひとりか？」ジャクソンが張りつめた声でようやく言った。

セインは廊下の先を見たあと、ライリーを引っ張って裏口に出た。「ライリー・ランバートといる。例のＦＢＩのプロファイラーだ。お祖父ちゃんの家の外にいる。スピーカーに切り替えるぞ」

「牧場の南東にある川のよどみを調べていたんだ。最初は気づかなかったんだが」

ジャクソンが声を詰まらせた。「墓標のない墓を発見した。最近掘られたものらしい」

8

十三夜の月の明かりで、目の前の土の小山がうっすら見えた。ライリーの肩越しに何本かの懐中電灯の光が投げかけられ、現場を丸く照らしている。彼女は小山のそばにかがみこみ、脳裏に浮かぶおなじみの悪夢を振り払った。

この前の事件の被害者——パトリシア・マスターズが埋められていたバラの庭と違って、肥料のにおいはしない。彼女の遺体はまだあたたかかった。

この仕事の一番いやな部分だ。発覚を防ぐためか、あるいは良心のとがめの表れとして、死体は埋められ、隠される。検死すれば、多くのことがわかる。

五感を働かせて細部を把握しながら現場を見渡した。川の大きなよどみの向こうに丘の斜面が広がっていた。太い木の枝から古タイヤがぶらさがっている。夏のあいだ、この場所で遊んでいたブラックウッド四きょうだいの姿が目に浮かんだ。

大きな岩の裏、並木のすぐ内側に、一×二メートルの土の小山があった——間違いなく墓だ。

ライリーは刺すような視線を背中に感じながら、小山のそばに立って見おろした。

「まったくＦＢＩの連中ときたら、田舎の人間には任せておけないんだな」ＤＣＩの鑑識捜査官、アンダーヒルがぶつぶつ言った。

自分の犯行現場にライリーがいることを迷惑がっているのを、彼は隠そうともしなかった。捜査に割りこまれたことにいらだって、足を踏み鳴らしている。だがライリーは、もっと厄介な相手に会ったことがあった。地元警察からの要請で捜査に協力していても、ほぼ毎回、気分を害する気難しい警察官がいる。

被害者よりも自尊心を重視する人間は尊敬できない。彼女はひとつの信条を持っている――被害者が何よりも重要だ。睡眠よりも、自身の身の安全よりも、当然、プライドよりも。

アンダーヒルが彼女のそばにひざまずいてにやにや笑った。「これ以上見るものなんてないよ、ランバート捜査官。おれたちが写真を撮った。さあ、土を眺めるのはそろそろ終わりにして、おれたちに仕事をさせてくれ。これは墓だ。最近作られたばかりの」

ライリーは冷やかな目つきで彼をにらんだ。「ランバート特別捜査官よ。あなたの言ったことの一部は正しいわ、アンダーヒル。これは墓よ。いまの時点でわかるのはそれだけ。さあ、うしろにさがって、わたしに仕事をさせて」

アンダーヒルは彼女をにらんだものの、うしろにさがった。

ライリーは唇を嚙みしめた。〝反感をあおっちゃだめ〟

ここは慎重にいかないと。この男を怒らせたら、ライリーの上司に連絡されるかもしれない。トムは激怒してただちに彼女を呼び戻し、懲戒審問が開かれるだろう。それはだめだ。

彼女の肩に置かれたセインの手はこわばっていた。彼に聞かれたくなかった。挑発に乗らなければよかった。ライリーはシャイアン・ブラックウッドがこの墓に埋葬されていないことを祈った。

バッグからスケッチブックを取りだして、月のほうへ向けた。

「照らしてくれ」セインが叫んだ。

数分以内に、別の保安官代理がスポットライトをいくつか用意した。セインがコードを発電機につなぎ、スイッチを入れた。

夜が昼に変わった。

「ありがとう」ライリーは紙の上で鉛筆を動かしながら、戻ってきたセインに言った。

「カメラがあるぞ」アンダーヒルが皮肉たっぷりの口調で言った。

ライリーは無視した。懐疑的な態度を取られるのには慣れている。だが、特に手つかずの犯行現場では、スケッチすることによって潜在意識が細部をとらえることを、長年かけて発見したのだ。些細なことが手がかりになるときもある。ここに埋められている人物がシャイアンでない場合、答えを待っている家族がいる。アンダーヒルが捜査を始めたら、その機会は失われてしまう。

ひそひそ話をする声が遠ざかっていった。ライリーは集中して輪郭をとらえたあと、影をつけた。ようやくスケッチブックを閉じると、アンダーヒルに言った。「終わったわ。あとはご自由にどうぞ」

「やっとか」アンダーヒルはつぶやき、待ちかねたようにカーソン・ブラックウッドを見た。

「掘れ」保安官が感情のこもった声で言った。

ライリーは保安官の青白い顔を見て、眉をひそめた。「お父さん、調子が悪そう」セインにささやいた。

「家に帰るよう言ったんだけど、台風が来てもここを離れないだろう。心筋炎くらいじゃ帰らない」

セインがすぐ近くに立っているので、涼しい夜でも彼の体温が服を通して伝わってきた。「シャイアンはここにはいないんだろう?」

ライリーは彼に伝えるリスクを考えた。

ライリーが黙りこむと、セインは彼女を自分のほうに向かせた。「本当のことを言ってくれ、ライリー。親父のために」

「そうでないことを望んでいる」

セインは彼女の肩をぎゅっと握りしめたあと、手を離した。ライリーは目を閉じた。

〝お願いだから、ここにはいないで、シャイアン〟

アンダーヒルとクイン・ペンダーグラスが土をゆっくりと丁寧に掘り始めた。セインの弟のジャクソンが彼らの周りをうろうろしている。並んで立つと、兄弟は不気味なほどよく似ていた。ふたりとも茶色の髪を短く刈りこんでいて、筋骨隆々で、まなざしに強い意志をたたえている。取りつかれたようなまなざしだ。ジャクソンは森林火災専門の消防士で、セインと同じように地獄のような体験をしてきただろう。それでも、ふたりに見せるべきではない。こんな近くで。もし掘り起こされるのがシャイアンならば。

ライリーは兄弟のほうを向き、背筋を伸ばした。「あなたたちはここにいてはいけないわ。お父さんのところへ行って」保安官を見やった。「そばにいてあげて。結果がわかったらすぐに知らせると約束するから」

彼らはぎくりとした。ジャクソンはライリーをにらんだが、セインはうなずき、その場は彼女に任せた。

ジャクソンは散々悪態をついてから父のもとへ歩きだした。セインもあとを追い、三人の男たちは緊張しながらじっと見守った。長男のハドソンはいまも捜索を続けている。

ひと掘りするごとに、ブラックウッド保安官の顎がこわばった。ライリーは胸が痛んだ。彼らの気持ちをよく理解できた。十八歳になってからというもの、数えきれないほどの——正確に言うと二十七カ所——墓地を訪れ、そのたびに姉が発見されるかもしれないと思ったのだ。

だが、マディソンの遺体はいまだ発見されていない。

背中がぞくぞくし、セインを見つめた。視線を感じたかのように、彼が視線をあげて彼女の目を見た。彼の表情は読み取れなかった。父親のように懸命に抑えこんでいるのでも、ジャクソンのように絶望がむきだしになっているのでもなかった。セインは無表情だった。シールズで訓練されたのだろうか？　責任感からかもしれない。

彼の右手に目をやった。指が小刻みに動いていて、やはり動揺しているのがわかった。

彼のそばへ行って手を握り、わたしがついていると言いたくてもできなかった。ライリーのように現場へ足を運ぶプロファイラーは少ない。だが彼女は、犯人の心のなかだけでなく、被害者の心のなかにも入りこむ必要があると、早くから悟っていた。だからひとりで見守り、待ちつづけた。

新たな土の山が刻一刻と大きくなっていく。アンダーヒルがふたたび土にシャベルを突き刺した。カツンという音がした。

アンダーヒルが動きを止め、ブラックウッド家の男たちが駆け寄ってきた。

ライリーは急いで墓の前に立ちはだかった。「わたしが見ます」

「シャイアンだったら――」保安官が言った。

ライリーは彼の苦悩に満ちた目を見た。「保安官、これはわたしの仕事です。このためにわたしは呼ばれたんです」

保安官がぎこちなくうなずいた。ライリーはセインに視線を移した。彼が父親の肩に触れ、ふたりはうしろにさがった。彼はものすごく冷静だった。

冷静すぎるくらいだ。必死で自制心を働かせているのだろう。

悲しみに耐える彼らをそれ以上見ていられず、ライリーは目をそらした。そして、アンダーヒルとペンダーグラス保安官代理と一緒に、墓のそばに立った。

ライリーはひざまずき、折れた一本の小枝を指さした。かすかな希望がわいた。

「なんの枝かわかる?」

「もちろん。ヤマヨモギだ。あの茂みのが折れて落ちたんだろう」アンダーヒルが顎を左へ向けた。「犯人が死体を埋めたときに」

「あの小さな黄色の花がついた草?」

アンダーヒルがうなずいた。

「でも、この枝には花がついていない」

こんなときでなければ、アンダーヒルのびっくりした顔を楽しめたかもしれない。ライリーはセインたちがいるほうをちらっと振り返った。彼らに希望を与えたくなかった。確信が持てるまでは。希望は絶望と同じくらい人生をめちゃくちゃにする。声を潜めて言った。「きっと動物が土をかきまわしたんだと思う」

「きみはすごいな」背後でセインがつぶやく声が聞こえ、驚いて地面に倒れそうになった。

ライリーは立ちあがり、ズボンについた土を払い落とした。鼓動が速まっていた。

「こっそり近づくのはやめて」振り向いて彼をにらんだ。

「それはオオカミの足跡だ」セインが顎で足跡を示した。

「オオカミが嗅ぎまわったからといって、被害者がここに埋まっていないとは限らない」アンダーヒルは反論したものの、それまでと違って自信に満ちた口調ではなかった。

「そのとおりよ」ライリーは認めた。

「シャイアンなのか？」保安官が叫んだ。「セイン？」

セインの顎が引きつった。穴に視線を向ける。「親父になんて言う？」

「最後まで調べさせて」ライリーは彼の手を一瞬握った。「お父さんのそばにいて。お父さんはいまあなたを必要としているし、わたしは集中しなければならないの」

セインはためらった。

「お願い。わたしがミスしたら――絶対に間違えるわけにいかないの」

セインはうなずき、父のもとへ戻った。

ライリーは背中にひたむきな視線を感じ、肩をこわばらせた。穴のそばにひざまずき、芸術家の目で細部まで見た。

「最後に雨が降ったのはいつ？」

「シャイアンが拉致された日の前日の夜だ」ペンダーグラスが答えた。

ライリーはペンダーグラスとアンダーヒルに向かって眉をつりあげた。「ここを人間が荒らしたとは思えない。土はまだ湿っている。それに、ヤマヨモギの件も考慮すると、この墓は半年以上前、冬のあいだに掘られたものだと思う。穴は拉致事件が起きる前に埋められていた」

アンダーヒルは反論できず、しぶしぶうなずいた。「彼らに伝えるか？」

「違うとはっきりわかったあとで。それでいい？」ライリーは刷毛《はけ》を手に取った。

「きみは万事心得ているみたいだな」

最高の褒め言葉だ。ライリーは刷毛を使って少しずつ丁寧に土をよけた。小枝や松葉をかき分けると、かたいものに当たった。刷毛を置き、手袋をはめた手で土を払うと、頭蓋骨の前部が現れた。

肉はなく、数本の髪だけが残っている。

鼓動が速くなり、ライリーはうつむいた。誰かがこの辺鄙な場所に人間を埋めた。捨てたのだ。

ブラックウッド家の男たちを振り返った。「シャイアンじゃないわ」

保安官が膝からくずおれた。セインがさっと彼を引きあげた。「たしかか？」

「死体はすでに腐敗している」ライリーはアンダーヒルをちらっと見た。「この地域では死体が白骨化するのにどれくらいかかる?」

アンダーヒルが土を見おろした。「そこの根がだめになっている。この時期だと、三カ月から半年ってとこだな」

保安官が息子たちを抱きしめた。ライリーは小さくため息をついた。セインが電話を取りだした。ハドソンにかけるのだろう。ライリーは抱擁を交わしたあと、セインがシャイアンのものではなかったが、ほかの場所に埋められている可能性はある。この墓はシャイアンうと、セインたちが乗り越えてくれることを願った。難しいことだが。この先何があろ
ライリーは頭蓋骨に目を戻すと、慎重に土を払って全体を調べた。法人類学者ではないが、研修で、それ以上に姉を捜しまわり、調査を長時間行うあいだにいくつか学んだことがある。

頭蓋骨は女性の平均よりも大きかった。横向きにした。側頭線がはっきりしている。最後に、眼窩《がんか》をのぞきこみ、下部を指でなぞった。比較的鋭い。上部の突出を考えあわせると、ほぼ確信できた。

「男性よ」アンダーヒルに言った。頭蓋骨を反対側に傾けた。耳があった辺りに小さな丸い穴が開いている。自然にできたものではない。

ライリーは立ちあがった。「保安官」

ブラックウッド保安官が腫れた赤い目で彼女を見た。「ライリー」彼女に近づいてきて、手を握った。「ありがとう」

何もしていない。シャイアンを見つけられなかったのだから。ライリーはゆがんだ笑みしか作れなかった。「この半年のあいだに行方不明になったハイカーはいますか？」

「シンギング・リヴァーではいないはずだが、報告書を確認してみる」

「まず、ふたり組のハイカーを探してください」

「なぜだ？　死体が二体あるのか？」

「いいえ。この男性は自然死したのではありません。殺されたんです」

シャイアンは死にそうだった。差しこみが起こり、地下牢のソファベッドの上で丸くなって泣いていた。

腹痛がし、喉に酸っぱいものが込みあげてひりひりする。さっと立ちあがり、バスルームまで走ってドアを開けた。

ドアを閉め、トイレの前にひざまずいた。胃の中身を全部吐きだした頃には、透明の液体に少量の血がまじっていた。シャイアンはあえぎながらうしろに倒れた。鼓動が速くなっている。まばたきをし、片手を下腹部に押し当てた。

叫びそうになるのを唇を嚙んでこらえ、壁に頭をもたせかけて荒い息を吐いた。

こんな思いをするのは初めてだ。だが、この症状は見たことがある。

ベサニーと同じだ。

額に玉の汗が吹きだした。シャイアンは集中して考えようとした。ふたりの人間に同じ症状を引き起こす原因。

「しっかりして、シャイアン。考えるのよ」

ふたつの可能性がある。感染症か公害病。

ふたたび差しこみが起こった。シャイアンはトイレにかがみこんで嘔吐《おうと》したが、胃のなかには何も残っていなかった。空嘔《からえずき》を繰り返し、とうとうバスルームの床に倒れこんだ。

何が原因？　手を握りしめ、短い爪を手のひらに食いこませて必死で考えた。

鑑別診断。これまで何百回、何千回と行ってきたことだ。

でも、こんなふうにつらいものではなかった。

ベサニーの苦痛を引き起こしている原因は特定できなかった。思い出せる限りの感染症病原体と照らしあわせてみたが、これほど潜伏期間の短いものは思い浮かばなかった。

感染症でないとしたら、残された可能性はひとつ。環境的な原因だ。

だが、イアンとアデレードは病気にかかっていない。ほかの人々には症状が出ていない。

シャイアンは体を起こし、やっとのことで立ちあがった。脚が震え、洗面台をつかんだあと、顔を洗った。しっかり立てるようになるまで、どれくらいかかるかわからない。力の入らない脚でベサニーのベッドまで歩いていき、腰かけた。

「なんなの、ベサニー？　わたしたちの病気の原因は何？　一日も経たないうちにわたしにも症状が出るほど毒性の強いものって？」

シャイアンは部屋を見まわした。隅々まで知っている。手術をする前に、病院用の清掃用品で手ずから掃除したのだ。このような急性反応を引き起こすものは見当たらなかった。

残された最後の選択肢を避けることはできない。シャイアンはベサニーの手を握った。「わたしは毒を摂取したのね？　あなたも。わたしたちは誰かに毒を盛られたんだわ」

驚いたことに、ベサニーが手を握り返してきた。

「ベサニー？　ベサニー？」

彼女は目を開けなかった。

数分待ったが、ベサニーはそれ以上身動きすることも意識を取り戻すこともなかった。シャイアンは疲れ果て、よろめきながら自分のベッドまで歩き、毛布の上に倒れこんだ。さまざまな考えが頭のなかを駆けめぐった。

これ以上考えられない。でも、ひとつだけわかったことがある。シャイアンを拉致する計画を立てた人物は、ベサニーの病気が虫垂炎だと信じている。そうでなければ、医療器具や薬を盗むはずがない。わたしに手術させるはずがない。

シャイアンはぞっとした。

ほかの誰かがベサニーの死を望んでいる。この部屋に入ることができる人物か、この部屋に運ばれる水や食べ物に近づくことができる人物。

その人物は、シャイアンの死も望んでいる。

エンジン音が空き地の静寂を破った。牧場のこの辺りは孤立していていつも静かなので妙に響く。セインは並木を通り抜けた。それまでに、現場にたどりついた何人かの記者を逮捕すると脅した。他人を食い物にするマスコミめ。センセーショナルな見出しと飽くなき憶測を生むだけのものは見ただろう。

シャイアンの拉致事件は全国ニュースになった。つまり、この小さな町が束の間注目を浴びることになる。ジャクソンが見守るなか、鑑識が墓の周囲を調べている。セインは弟に近づいた。

「親父がいまにも倒れそうだ」向こう側にいる父を見ながらつぶやいた。

「家に帰るよう兄貴が説得してくれるのか？」ジャクソンが小声で返した。

「誰かがやらないと」セインは顔をこすった。

父がふらつくのを見て、もう黙っていられなかった。「行くぞ」セインは弟をうながして父のもとへ行った。

「家に帰ったほうがいい、親父」セインは言った。「親父がまた入院するなんてことになったら、シャイアンが帰ってきたときにおれたちみんながどやされるぞ。姉貴の長い説教は聞きたくない」

父の顔に弱々しい笑みが浮かんだ。「シャイアンもおれの立場なら同じことをするだろう」ため息をつく。「自分の限界は知っている」無線機のスイッチを入れた。「状況を報告しろ」

捜索隊が順に報告するたび、悪い知らせが積み重なっていく。何も見つかっていない。シャイアンの痕跡はひとつもない。

父の肩がどんどんさがっていき、わずかに残っていた気力も失ってしまったようだった。

ジャクソンが咳払いをした。「親父、おれが家まで送るよ。捜索はセインとクイン・ペンダーグラスに任せよう。ふたりならうまく取りはからってくれる。それに、お祖母ちゃんとお祖父ちゃんのそばにいてあげないと」

父はためらったが、ようやくうなずいた。「何か新しい情報が入ったら知らせろ。どんなことでも」疲れてはいるが鋭い目で、セインとジャクソンを順に見た。

「わかってる」

葉がすれあう音が聞こえ、セインはさっと振り向いた。

スケッチブックを持ったライリーが、並木のすぐうしろに立っていた。

父がセインの視線の先をたどった。「ライリーが唯一の頼みの綱だということを、おまえもおれもわかっている」セインの腕をつかむ。「おれたちでシャイアンを簡単に見つけられるなら、とっくに見つけているはずだ」

「わかってる」セインは父に向き直った。

「彼女が必要とするものはなんでも用意してやれ。おれはこれまでの借りを全部返してもらうつもりだ。それどころか、協力してくれる人には一生恩に着る。シャイアンを無事に連れ帰れるなら」

「行こう、親父」

ジャクソンが父を連れ、ライリーの横を通り過ぎてトラックへ向かった。彼らの姿が見えなくなると、セインは彼女に近づいた。

「説得できたのね、よかった」ライリーが急いでスケッチブックを閉じたので、セインは彼女が描いた絵を見ることができなかった。

「親父は頑固だし、最近は自分の限界をわかっていないんだ。医者の命令に従わせることができるのは、シャイアンだけだ」

「あなたの家族はこの土地に深く結びついているのね」ライリーが言う。「あの木にあなたのイニシャルが彫ってあったわ。きょうだいのも。ここにはあなたにとって大事なものがたくさんある。この町や家族を愛しているのに、どうして離れたの？」

セインは首筋を揉《も》んだ。「曾祖父がここに入植したんだ。そして、保安官になった。祖父も保安官だった。親父も。おれは毎日ブラックウッド家の伝統を目の当たりにしてきた。ここじゃ息が詰まりそうだった。おれの生き方を見つけたかった」

「わかるわ」ライリーが言う。「あなたが思っている以上に。マディソンの事件が起きたあと、わたしも期待をかけられるようになった」ブレスレットに触れた。「ここに根をおろしたい？」

「そんなこと考えたこともなかったけど、先週指揮官から連絡があったんだ。そろそろ時間切れだ。シールズに戻るか、軍を辞めるか決めないと。チームはひとり欠けたままだ。おれを必要としている」

「あなたの家族もね」

セインは何も言えなかった。家族に勝るものはない。

「もう終わったのか？」セインはきいた。

ライリーがうなずいた。死体は片づけられ、ほとんどの人はシャイアンの捜索を続けるために立ち去っていた。残っているのはペンダーグラスとアンダーヒルだけだ。くたびれたエンジン音が暗闇を切り裂いた。揺れるヘッドライトが木立をさっと照らす。車はバックファイアーを起こして排気ガスを吐きだし、大きな音をたてた。やれやれ。そのポンコツ車に、セインは見覚えがあった。キャロル・ウォレスが車から飛びおりて、暴かれた墓のほうへよろよろと歩きだした。

キャロルが墓の縁でがっくりとひざまずいた。「あの子なの？　ジーナ？」

「大変」ライリーがささやいた。「キャロル・ウォレスだわ」

セインが止める前に、ライリーがキャロルに駆け寄った。キャロルはライリーを見あげ、ひっくり返りそうになった。

「あ——あんた」

ろれつがまわっていないことに、セインは気づいた。キャロルのそばへ行くと、アルコールのにおいがぷんぷんした。

ライリーがキャロルの腕をつかんだ。「娘さんはここにはいません。落ち着いてください。ジーナではありません」

ライリーの言葉は、キャロルの酒浸りの頭には届かなかった。キャロルは地面に倒れこみ、涙を流した。土を握りしめる。

ライリーはキャロルの肩をつかみ、無理やり立ちあがらせた。「キャロル、聞いてください。ジーナではないんです。娘さんはまだ発見されていません」

キャロルは徐々に泣きやんだ。はなをすすったあと、ライリーを見た。「でも、あんたは娘を捜してるFBI捜査官よね。ジーナじゃないなら、ここで何してるの?」

「シャイアンの捜索に協力してくれてるんだ」セインが答えた。

キャロルが目を見開いた。「いなくなったの?」

セインは驚いて彼女をまじまじと見つめた。

「金曜の夜に拉致されたんです」ライリーが言う。「彼女を見つけようと努力しています」

「わたしのジーナを見つけてくれたみたいに？」キャロルが皮肉を言った。

ライリーが怯《ひる》んだ。セインは顎を震わせながらキャロルに言った。「やめろ、キャロル。よくもそんなことが言えるな。ジーナの事件を十年ぶりに調べてくれた人に」

キャロルはあわてて口に手を当てた。「ごめん。その……金曜は最悪だったから」

ライリーと目を合わせることができなかった。「あたしはただ、あの子を取り戻したいだけなんだ」

セインがエドを逮捕したあと、キャロルはずっと飲んでいたのだ。セインは首を横に振った。「ペンダーグラス、おれはキャロルを家まで送ってくる。帰るとき、彼女の車を運転してくれる人を誰か呼んで、町まで運んでもらえるか？」

「了解。ここがすみ次第、手配する」

セインはライリーを見た。「もう出発できるか？」

ライリーがからの墓を見おろした。「また出直しね。ここはもういいわ」

セインはキャロルを自分の車へ連れていき、後部座席に乗せた。彼女は目をぬぐったあと、窓ガラスにもたれかかった。そして、すぐにいびきをかき始めた。

セインはライリーのために助手席のドアを開けてから、運転席に乗りこんでエンジンをかけた。酒のにおいを追いだすために、運転席と助手席の窓を開けた。

ライリーが眠りこんだ女をちらっと振り返った。「去年会ったときは、数カ月禁酒していたのに」

「努力はしているんだ」セインは言った。「先に彼女を家まで送ったあと、きみをファニーのB&Bへ連れていく」

「休まないわよ」ライリーは言った。「あなたが集めた資料や写真のプリントアウトをちょうだい。わたしの写真もプリントしたいし。それから、静かな仕事場も必要だわ」

「保安官事務所の会議室を使えばいい」

「あなたのしていることを見たくないの、セイン。わたしがふたつのシナリオを考えて、なんらかの手がかりを見つけるまでは。ひとりで静かに集中する時間が必要なの」

セインは携帯電話で電話をかけ、命令を下した。

「写真をここに保存して」ライリーにURLを教えた。「事務所の人間にプリントさせて、全部ファニーのところへ届けさせる。二、三時間かかるかもしれないけど」

ライリーが返事をする前に、セインはキャロルの家の前で車を停めた。ドアを開ける。「キャロル、鍵はどこだ?」

「植木鉢の下」キャロルがつぶやいた。「娘が帰ってきたときのためよ」

セインはキャロルを抱えあげた。身長百七十八センチ、体重は七十キロを超えている彼女を、軽々と運んだ。ライリーが急いで彼を追い越し、植木鉢を持ちあげた。鍵は鍵の跡がついた埃《ほこり》の横にあって、最近使われたようだった。

セインは散らかった家に入った。隅に銃の収納ケースがあり、数えきれないほどのライフル銃が乱雑に詰めこまれている。男物のトランクスと、キャロルをすっぽり包みこむであろう数枚のシャツがまじった洗濯物の山が、キッチンテーブルの上に散らばっていて、その横に食べ残したシリアルが入ったボウルや汚れたコーヒーカップがいくつか置いてあった――エドのだろうか?

長いあいだ掃除していないようだが、壁の一面はきれいで、娘の祭壇となっていた。

セインはため息をついた。「寝室はどっちだ?」

キャロルが手をゆらゆらと動かして、ドアを指し示した。ライリーがベッドの上に散らばっていた服をつかみ、隅にある椅子に置いた。セインはキャロルをベッドにおろした。「眠って酔いを醒《さ》ませ、キャロル。エドは当分出てこない」

キャロルは震えながら丸くなった。

「これでも頑張ってるの」ろれつのまわらない舌で言う。「いつまで頑張れるかな。娘を取り戻したい」

ライリーは床に落ちていた毛布をキャロルにかけてやった。キャロルがどんな問題を抱えているか、ライリーは知らないが、少しばかりの慰めを与えることはできる。

「姉の身に起きたことを突きとめるまで、わたしはやめません。娘さんの身に起きたことを突きとめるまで。キャロル、犯人に勝たせないで」

キャロルの充血した目がうつろになった。「もう負けてる」

9

小さくいびきをかきながら安らかな寝息をたてているキャロルを最後にもう一度見てから、ライリーはドアを閉めた。

「眠ったわ」セインに言った。

キャロルの言葉が頭のなかでこだましていた。〝もう負けてる〟

そう思ったことは何度もある。数えきれないほどの残虐な殺人事件に直面するたび。被害者たちは彼女に呼びかけた。正義を、答えを、解決を求めた。彼らの問いに彼女は決して答えられない。

〝どうしてこんなに時間がかかるの？　どうして助けてくれないの？〟

セインが玄関のドアを開ける前に、ライリーは彼の腕をつかんだ。「キャロルの言うとおりだと思う？　誘拐犯が勝ったの？　彼女のその後の人生を考えれば」

「絶望するのは当然だ。子どもが十五年も行方不明なんだから。きみのお姉さんと同じように」セインが静かな物悲しい声で言った。「でもきみは、悲劇を多くの人々を助けることにつなげた」

「そうかしら」ライリーは首を横に振った。心も体も疲れきっていて、疲労に押しつぶされそうだった。

ふたりは外に出て施錠したあと、鍵を植木鉢の下に戻した。ジーナのために。

ライリーが玄関の階段を一段おりたとき、セインが悪態をついた。彼女の手をつかみ、木陰に引きずりこむと、拳銃を抜いた。

「どうした――」

セインが人差し指を唇に押し当てたので、ライリーは目を見開いた。彼の視線をたどる。かすかな動きが目に留まった。セインの車のそばで誰かがかがみこんでいる。

ライリーはホルスターの拳銃を抜いた。セインが彼女に車の後部へまわるよう合図し、自分はそっと前部に近づいていった。

彼が人の気配に気づかなかったら、ふたりは罠《わな》にはまっていただろう。ライリーは隣家との境界になっているマツの並木の陰にこっそり入りこんだ。男がこちらへ逃げてきたら捕まえられる。

男が立ちあがり、ボンネットに身をかがめた。セインがすばやく庭を横切った。彼が男のもとにたどりつく前に、どこからともなく二発の銃声が聞こえた。

セインとライリーは同時に地面に伏せた。ライリーが顔をあげたときには、男は姿を消していた。ふたりは伏せたまま進み、車の陰に隠れた。

「無事か？」セインが叫んだ。「男がどっちへ逃げたかわかるか？」

「無事よ。わからない」

セインはさっと立ちあがり、車のドアを開けた。「銃撃事件発生」住所を告げたあと、振り返ってライリーを見た。「男に見覚えは？」

ライリーは首を横に振ったあと、漠然とした特徴を述べた。セインは推定身長をつけ加えたあと、無線機を座席に放り投げると、銃を手にライリーのもとへ戻った。

「スナイパーはふたりのうちのどちらかを殺すことができた」ライリーは露骨に言った。

「腕が悪いのかも」

「そうじゃないとわかってるでしょう」

セインがうなずいた。「スナイパーからは隠れられない。おれたちを殺す気はなかったみたいだな」

「なら、どうして撃ったの？」

「この贈り物が答えかも」セインはワイパーに挟まれていた封筒を、角をつかんで引っ張りだすと、ライリーに渡した。「きみの名前が書いてある」

ライリーは手袋をはめてから封筒を受け取り、ためつすがめつ見た。そしてバッグのなかからビニール袋を取りだすと、封筒の一端を丁寧に切り開いてから袋に入れた。

「最近は慎重すぎるくらいでちょうどいいの。いまもクアンティコで定期的に炭疽菌《たんそきん》の警告を受けているわ」

ビニール袋越しに封筒から一枚の紙を取りだして広げた。


〝捜すのをやめないと後悔するぞ〟


二日のあいだに二回も撃たれ、ライリーは一瞬、職業の選択を間違ったかもしれないと思った。選択の余地があったわけではないけれど。

ペンダーグラス保安官代理が乗った車のテールランプが見えなくなった。彼が手紙と証拠を科捜研に送ってくれる。現場を徹底的に捜索しても、薬莢《やっきょう》も、スナイパーが隠れていた痕跡も、目撃者も、ましてや脅迫状を置いていった人物も見つからなかった。ライリーは唇をゆがめて集中した。

「きみの考えていることはわかるよ」セインが言った。

「ふたりの人物がいた。ひとりは手際がよくて、もうひとりはずさんで衝動的」ライリーは車に乗りこんだ。セインもあとに続く。

「拉致事件のプロファイリングと一緒だな。手紙から指紋が発見されるかも」

「そうね。でも銃撃は不可解だわ。スナイパーはその気があればわたしたちを始末することができた。どうしてわたしを追い払おうと警告なんてするの？　何も証拠は見つけていないし、今日も一日、捜査に進展は見られないのに」

「手を引けという警告だ」

「だから、どうして？」ライリーは人差し指で唇をトントン叩いた。「きっといい線をいってるのよ。プロファイリングを再考して、証拠を調べてチャンスをつかまないと。集中できる静かな場所で」

「保安官事務所はだめだな」セインがつぶやくように言う。「捜査班が会議室を占領してる。この町できみが隠れられる場所はひとつしかない。そこなら集中できるよ」

セインが車を発進させ、すばやくUターンした。ファニーのB&Bへ行く道だと、ライリーはまもなく気づいた。一年前に彼女が泊まった場所だ。セインと夢中で抱きあった場所。遠い昔の出来事に思えた。

セインはB&Bの前で車を停めると、車を降りようとする彼女を引きとめた。「迅速に移動する。いいな？」

ライリーはうなずいた。発砲されたことで興奮してはいるものの、疲れがたまっていた。だが、休んでいる暇はない。頭のなかで犯行現場を再現し、どんな些細なことでも手がかりを見つけなければならない。証拠が必要だ。鑑識が貴重な発見をしない限り、チャンスは一度しかない。

シャイアンと拉致犯のプロファイリング。

ライリーはバッグに手を伸ばしたが、セインがバッグのストラップを肩にかけた。「おれが持つ」セインが有無を言わせぬ表情で言った。「いまにも倒れそうだぞ」反論できない。

セインは拳銃を抜いてから車を降り、助手席のドアを開けた。「行くぞ！」ふたりはB&Bの玄関ポーチまで走り、急いでなかに入ってドアを閉め、鍵をかけた。

セインはカーテンを全部閉めた。

ライリーの緊張した気分とは対照的に、焼きたてのお菓子の香りが漂っている。徐々に鼓動がおさまってきた。

洗練された居間に生花が飾られ、部屋の隅にさりげなく受付がある。南部らしい極上のあたたかいもてなしだ。

マホガニーのカウンターの奥にあるドアから、ファニーが飛びだしてきた。髪をきれいにセットし、ゆったりとしたシフォンのガウンにローブを羽織っている。ワイオミングに移住した本物の南部美人だ。

「いずれここに来ると思っていたわ」ファニーが眉をひそめ、ふたりをにらんだ。「どうしたの？　銃をしまってちょうだい」

「ケイドはいる？」セインがきいた。

ファニーが顔をしかめた。「ちょっと……調子がよくないの」

「それならいい」

ライリーの問いかけるような視線に、ファニーが答えた。「わたしの甥《おい》の息子で、戦争から帰ってきたばかりなの。心的外傷後ストレス障害《PTSD》を患っていて」

「お気の毒に」

「ええ。いま取り乱していて。何か用があったの？」

「ライリーがスナイパーに狙われたんだ。ケイドにここの警備を手伝ってもらおうと思っていたんだ」

ファニーがカウンターの下に手を伸ばして、ショットガンを取りだした。「わたしに任せて」

ガウン姿の七十代の女性がショットガンを持っていたら、普通は滑稽に見えるだろう。だが、ファニーは違和感を抱かせなかった。

「あなたが自分の身を守れることはわかってるよ」セインが言う。「犯人は姿を消したみたいだが、念のため今夜はここにいるつもりだ」

本当に姿を消したのならいいのだけれど、とライリーは思った。「帰っていいわよ、セイン。ひとりで大丈夫。わたしだって訓練を受けた警察官なんだから」

「そうかもしれないけど」ファニーが口を挟んだ。「きちんと休まないと。疲れきって頭が働かなくなったら、シャイアンを見つけられないでしょう」両手を腰に当てた。

「ちゃんと守ってね、セイン、わかった?」

セインは肩をすくめた。「ああ、そのつもりだ」

反論しても無駄だろう。ライリーは鍵を受け取ろうと手を差しだしたが、ファニーはセインに渡した。

「彼女を二階へ連れていって。前回泊まったのと同じ部屋よ。朝食は六時から十時のあいだ。チーズグリッツとブルーベリーマフィンとオムレツとサザンソーセージを用意するわ。もちろん、日曜日のビスケット&グレービーもね。防犯装置をセットしておくわ。侵入者の耳をつんざくような警報が鳴るように」

「ありがとうございます、ミセス・ローンベア」ライリーは言った。

「あの子を見つけてちょうだい、ランバート特別捜査官。彼女が帰ってくるまで、部屋を提供するわ。お代は結構よ」

「ありがとう、ファニー」セインが言った。

ファニーが私室に引っこんでから、ライリーとセインは重い足取りで階段をあがった。セインが開錠し、ドアを開けた。「どこに置く?」パソコンバッグを持ちあげる。

「テーブルの上に」ライリーはベッドに腰かけ、心地よいマットレスに沈みこんだ。このまま横になりたいところだが、仕事をしなければならない。

セインはダッフルバッグを荷物棚に置いたあと、カーテンを全部閉めた。真剣な、心配そうな表情で彼女を見る。彼がいると部屋が狭く感じられた。ベッドに近づいてくる。手を伸ばせば彼に触れられる。緊張を解き、ここに来てから高まりつづけている欲望に身を任せたかった。たやすいことだが、いまはそのときではない。

「おれにどうしてほしい?」セインが彼女の手をそっと取った。彼の手のぬくもりがうれしい。そのとき、ライリーのポケットのなかの携帯電話が鳴った。チャンスは失われてしまった。いったい誰? どうせまたトムが様子を確認しようとかけてきたのだろう。それともワイオミングに来たことがばれたの？　その理由も彼なら承知しているはずだ。この電話は解雇通知かもしれない。

不安な気持ちで電話を取りだし、しぶしぶ画面を確認した。驚いて目をしばたたき、電話に出た。「お母さん？」

「もしもし、ライリー」

ライリーは気持ちを引きしめた。母の声は疲れているように聞こえるが、それを言うならマディソンがいなくなった朝からずっとそんなふうだ。

「どうして電話したか、わかるわね」

わかっていなければならないと言わんばかりの口調だった。ライリーは電話に表示された日付を見た。

ライリーの二十五歳の誕生日だ。

一瞬、息が止まった。自分でもすっかり忘れていたが、母は覚えていてくれたのだ。十四年ぶりに。電話までくれた。

驚きのあまり、言葉を失った。信じられない。何度もまばたきした。なんて言えばいい？　〝娘のように扱ってくれてありがとう。わたしがまだマディソンを見つけられないことを指摘しないでくれてありがとう〟

〝電話をくれてありがとう〟と言うだけでいい？

「来週で、マディソンの行方がわからなくなってからちょうど十五年経つでしょう」母がいつものように感情のこもらないきびきびした口調で言った。「特別な追悼式を開く予定なの。あなたにも来てもらわないと。団結を示すのよ。マスコミを呼んでおいたわ。それから、犯罪番組がまた事件を再現してくれるそうよ。解決の糸口になればって。あなたがマディソンを連れ帰るという約束を果たしてくれないから」

ライリーは目を閉じ、胃を押さえた。一瞬気を緩めたせいで、余計にこたえた。

マットレスがたわんだ。セインが脚が触れあうほど近くに座った。ライリーの指に指を絡みあわせ、同情のまなざしで彼女を見た。母の言葉が聞こえたの？

ライリーは涙が込みあげるのを感じた。さっと立ちあがって窓辺へ行き、腕を組んでカーテンを見つめ、シンギング・リヴァーの夜空を思い浮かべた。満天の星がきらめき、傷ついている彼女を笑っている。一瞬、期待してしまった。母が……。

〝だめよ、ライリー。そんなこと考えちゃだめ〟期待するほうがばかだ。自分にそんな権利はない。

マディソンのことを考えなければ。姉はまだ行方がわからないのだ。

咳払いをし、失望が声に表れないよう気をつけた。「行けるかどうかわからない。

捜査中なの」

不満げに唇を引き結ぶ母の顔が目に浮かんだ。ライリーと話すときはいつもそんな顔をしている。「これは義務よ、ライリー。あなたは来なければならない」

「マディソンのために」父のおずおずとした声が、ライリーの心を引き裂いた。

「なるべく行くようにするわ」ライリーはようやく言った。「それが精一杯よ。もう切らないと」

セインに泣き顔を見られる前に。

ライリーは電話を切った。背後に大きな体のぬくもりを感じた。力強い腕がまわされ、たくましい胸に引き寄せられる。振り返ることができなかった。彼と向きあえない。自分を守らなければならない。ほかに守ってくれる人はいないのだから。心も見た目も、強くタフでなければならない。

目をぎゅっと閉じた。セインがさらにきつく抱き寄せる。ライリーは銃創を圧迫されて顔をしかめたが、体の痛みなど胸の痛みに比べればなんでもなかった。だから、黙って抱擁を受け入れた。

頬を伝う涙を止めることはできなかった。

部屋は静まり返り、フクロウとホイッパーウィルヨタカの鳴き声が窓の向こうからかすかに聞こえてくる。セインはライリーを抱きしめた。彼女の母親の言葉は聞こえなかったが、彼女の反応に胸をえぐられた。

まだ震えている。

ライリーには味方が必要で、セインは自分がいると伝えたかった。当然のことだ。

一年前、ナイトクラブに入り、ビリヤードで大勝しているライリー・ランバート特別捜査官を見た瞬間、セインは心を奪われた。惹きつけられるように近づいていった。彼女は〝ちょっかいを出さないで〟と警告するようなタフな雰囲気を身にまとっていたが、目の奥にたたえた悲しみを彼は見て取った。それをジョークやダンスで吹き飛ばしてやりたかった。

彼女はダンスは断ったが――ダンスはしないの、と彼女は言った――セインのジョークに笑い、B&Bまで車で送っていった彼を部屋に誘った。

最初の夜ですべてが変わった。セインは彼女に夢中になった。ひと目見たり、軽く触れたりするだけで激しい欲望に駆られたが、それだけではなかった。彼女のことがすっかり好きになり、この一年、その気持ちは変わらなかった。そして今日、驚かされた。彼女は鋼の神経と尽きることのない勇気の持ち主だった。

一年前、本気で恋に落ちかけた。一時の欲情ではなかった。これは本物だ。ブラックウッド流の愛だ。

今日、セインは確信した。ライリー・ランバートと永遠の愛を誓いたい。

永遠の愛は存在すると、彼は知っていた。両親も祖父母も深く愛しあっている。だがどちらも、十八歳になる頃には出会っていた。セインはもうすぐ二十八歳だ。いまさら見つからないだろうとあきらめかけていた。

ライリーに出会うまでは。

一年間ライリーと電話で話し、彼女の恐怖に耳を傾け、行動分析班に配属された喜びを分かちあった。彼の任務や、仕事の邪魔をする政治家に対する不満や、シールズの仲間を失ったときに必ず生じる疑念を打ち明けた。それで、ひとつわかったことがある。ライリーは彼のパートナーになれる。恋人になれる。お互いがその気になれば。

だが、ふたりとも壁を築いたままだった。自衛本能だ。それに、出会ったばかりだ。

ライリーがもたれかかってきて、片手を顔にやった。涙を拭いているのだろう。気まずい思いはさせたくないが、こちらを向かせたい衝動に駆られた。けれど、そのまま抱きしめつづけた。

「話をしたい？」耳元でささやいた。「力になれるかも」

「どうやって?」ライリーがうわずった声で言い、ぱっと振り返った。頬に涙の跡が残っている。「今日はわたしの誕生日なのに、両親は覚えていなかったって事実を変えられるの? 毎年のことよ。電話をかけてくるのは、姉が誘拐されたことをわたしに思い出させたいときだけ。忘れるわけないのに。この十五年間、ずっと頭から離れないのに。姉を見つけて遺体を家に連れて帰ろうと、一日じゅう頑張ってるのに」

ライリーがあわてて口に手を当て、驚いて目を見開いた。

セインもぎょっとした。彼女が取り乱したところを見るのは初めてだった。

彼女は顔を赤らめ、うめき声をもらして首を横に振った。「いますぐ撃ち殺して」

「無理だ。きみのことが好きだから」セインは彼女の顎を持ちあげた。「おれに最初に言わせてくれ。誕生日おめでとう、ライリー」

両手で彼女の顔を包みこんだ。目をそらせなかった。彼女の目が涙で光っている。電話越しに手を伸ばして、彼女の両親の首を絞めることができるなら、そうしたかった。

ライリーが目をしばたたき、傷ついているのを隠そうとした。セインはその傷を治してやりたかった。彼女は大事にされるべきだ。愛される資格がある。

ゆっくりと唇を近づけていき、軽く触れるくらいのキスをした。

彼女を包みこむように抱きしめた。大事にされていると感じさせたかった。

前回はただ抱きあげ、情熱に身を任せた。それがいつものやり方だった。しゃべらないほうが楽につきあえる。

ただ、ライリーとはしゃべった。たくさん。

彼女は抱かれる必要があるが、今夜は情欲の問題ではない。それ以上のものを必要としている。セインは顔をあげて彼女の目を見た。

ライリーが彼の腕のなかからそっと抜けでた。とまどった顔をしている。「やりにくいわね。公私混同しないつもりだったのに」

「おれは平気だ」セインは嘘をついた。ライリーから離れたくなかった。彼女が自分を必要としているときに。たとえ彼女がそれを認めなくても。

「あなたって不器用だと感じたことはないの？」

ライリーが話題を変えたがっているのは明らかだったので、調子を合わせた。「十二歳のとき、声変わりした。手足もやたら長くなって、祖母に人間サヤインゲンって呼ばれてた」顔をしかめ、首を横に振った。「とにかく、当時好きな子がいたんだけど、学校でダンスパーティーが開催されることになった。その子を誘いたかった。好きな子を抱きしめるチャンスだからね。でも、おれはダンスが下手だった。祖母に教わって、ワルツを踊れるようになったんだ」笑みを浮かべ、片腕を彼女の腰にまわし、もう一方の手を自分の胸に当てて左右に揺れた。「それくらい踊れないとな」

「わたしはダンスをしないって知ってるでしょう」ライリーが黙りこんだ。

「最後に誕生日のお祝いをしたのはいつ？」セインは無理やり目を合わせようとした。ようやく彼女が目を見た。警戒するような表情を浮かべていた。

「十五年前。姉が誘拐される少し前よ」ライリーが肩をすくめた。「次の年は、気にしなかった。その次の年も。姉がいなくてすごく寂しかったから。そのあとは、どうでもよくなったわ。何もかも変わってしまった。誕生日は過去のものになった。わたしたちが本物の家族だったとき、マディソンがいたときのものに」

子ども時代を奪われた少女を思って、セインは胸が痛んだ。「大変だったな」

ライリーは震える指でこめかみをさすった。「ねえ、疲れてるの、セイン。それに、仕事をしないと」

「まだだめだ」

彼女に話す隙を与えず、セインはドアを開け、閉めだされないよう掛け金を起こした。彼女は本当に疲れているように見えた。彼女の話から、マディソン・ランバートが誘拐されたことで、家族が崩壊したのだとわかった。ライリーの傷は一生癒えることはない。彼はわかっていなかった。

今夜、ライリーがつけていた仮面が外れた。頭が切れ、直感の鋭い美人プロファイラーの下に隠された姿を、セインは目撃した。

怯えるべきだ。ライリーが必要としているものを与えるのは、想像以上に大変だ。だがセインは、何があろうと彼女のそばにいると伝えたかった。彼女はひとりじゃないと。

階段をおりて食堂へ向かった。案の定、ファニーお手製のマフィンが置いてあった。セインはクリームチーズのフロスティングがのったシナモンロールと、ナイフと皿をつかむと、急いで階段をあがった。

ライリーはドアを閉めていた。

まだ夜は終わっていない。彼はノックしようと手をあげた。悲しそうな泣き声がかすかに聞こえてきて、一瞬ためらったが、そっとドアを叩いた。

泣き声がたちまちやんだ。

一瞬の静寂のあと、足音が近づいてきた。鍵が開く音がして、ノブがまわされ、ドアが開けられた。「仕事をしないと」ライリーがふたたび言った。

セインはシナモンロールを持ちあげた。「誕生日にはケーキがないと」

ライリーはシナモンロールを見つめたあと、彼を見あげ、震える息を吸いこんだ。

「それに、ひとりで過ごすものじゃない」セインは彼女のすぐそばに立った。彼女の髪の甘い香りがした。「一緒に過ごそう。今夜はきみをひとりにはしない。ずっと。少なくとも、犯人を捕まえるまでは」

ライリーが脇にどいて彼を部屋に入れた。「どうしてそんなことするの？」

「銃撃されたから」

「シナモンロールのことよ」

セインは返事をせず、ドアを閉めた。「キャンドルがなくてごめん」

ライリーは一日じゅう着ていたジャケットを脱いで、オーダーメードの白いシャツ姿になっていた。袖越しに、赤い染みがついた包帯らしきものが見えて、セインはぎょっとした。「なんだ、それは？　さっききいたときは無事だと言ったよな？」

ライリーがシャツを見おろした。「そうよ。着替えておけばよかった。たいした怪我じゃないの。金曜の夜、ちょっとね。ほんのかすり傷よ。縫う必要もなかった」

セインは鼓動が速まるのを感じた。息が苦しくなる。必死で怒りを抑え、部屋の中央にある小さなテーブルの上にシナモンロールを置いた。だが、振り返って彼女を見たとき、怒りが爆発した。「撃たれたことをいつ話すつもりだった？」

10

セインが本気で怒ったところを、ライリーは初めて見た。目は細められ、声はやけに低く冷やかだった。

「あなたに話す必要はないでしょう、セイン。平気だったんだから」ライリーは小首をかしげた。「あなただって半年前、爆弾の破片が脇腹に当たったことを、何週間も黙っていたじゃない」

「それとこれとは違う。あのときは、きみは遠く離れた場所にいて、何もできることはなかった。でも、きみはおれがそばにいるのに、ずっと黙っていた！」セインがまくしたてた。「なぜだ？」

「いまは、わたしのことなんてあとまわしにすべきだからよ」ライリーは叫んだ。「いまはシャイアンのことだけを考えないと」

セインのまなざしがやわらいだものの、完全に怒りが消えたわけではなかった。顎が引きつっている。だが、ライリーは引きさがるつもりはなかった。彼女のほうが正しい。彼もそれはわかっている。

心配してくれるのはありがたいが、たまにうずくくらいで、怪我のことは彼女自身ほとんど忘れていた。

「ライリー――」

そのとき、セインの携帯電話が鳴った。「ブラックウッドです」彼はライリーを見据えたまま電話に出た。「すぐに行く」電話をポケットにしまった。「資料が届いた。受け取ってくる」

セインはいらだちに体をこわばらせたまま、部屋を出ていった。彼の姿が見えなくなったとたんに、ライリーは膝の力が抜け、ベッドに腰かけた。階段をおりる足音が聞こえたあと、玄関のドアがバタンと閉まった。

叫ぶつもりはなかった。でも、仮面の下の顔を見られたと思うと耐えられなかった。必死に隠してきた真実を、彼に知られてしまった。

ライリー・ランバートFBI特別捜査官は、強く自信に満ちた優秀なプロファイラーで、邪悪な人間の心の目を通して世界を見ることができる。そういう自分を、いまセインと彼の家族は必要としている。

本当のライリー・ランバートは傷つきやすい女性だ。十二歳だった姉が行方不明になって以来、家族はその悲劇からずっと立ち直れずにいる。

その弱さを、欠点を、セインに気づかれたくなかった。

どうしてこれまでどおりの関係でいられないの？

手の付け根で目をこすった。テーブルの上の小さなバースデーケーキが、彼女を嘲《あざ》笑《わら》っていた。セインはシールズの隊員だが、優しい人だ。彼にすべてを委ねてしまわないよう、気をつけないと。

彼は多くを見すぎた。彼といると感情的になってしまう。

立ちあがって窓辺へ行った。カーテンを少しだけ開けて、隙間からのぞいた。

B＆Bの前にセインがいた。銃弾が飛んできてセインが撃たれるのではないかという恐怖に駆られた。

車が走り去ると、セインがファイルの入った箱をふたつ抱えて、背後で爆弾が爆発したかのように急いで建物に駆けこんだ。

ライリーは深々と息を吸いこんだ。やるべき仕事がある。脅迫状や、セインとの個人的な関係にかかずらっている場合ではない。

洗面台へ行って顔を洗ったあと、鏡をのぞきこみ、隈ができている充血した目や、引き結ばれた唇を見た。「シャイアン、どこにいるの？　家族はあなたを必要としているわ」

心臓が胸郭から飛びだしそうなくらい激しく打ち、呼吸が浅くなった。

ブラックウッド保安官やセイン、家族全員の姿が頭に浮かんだ。

シャイアンを見つけなければ。ブラックウッド家のために。セインのために。

大理石の洗面台をつかんでパニックを鎮めようとした。いつもなら、直感が捜査を進むべき方向へ導いてくれる。だが、今回は違った。ライリーは自信を失っていた。

ヘレン・ブラックウッドが何か重要なものを見たはずだと直感は告げているが、それはどうにもならない。振り出しに戻らなければ。一からやり直しだ。

何度か深呼吸してから顔をあげた。こんなことをしている暇はない。冷静にならないと。目が痛かろうと関係ない。胸に渦巻く後悔も。捜索に全力を尽くそう。自分にできるのは、結果を出すことだけだ。

ドアが開き、セインが入ってきた。ふたつの箱を持ち、その上にバスケットをのせている。それらを無言でベッドの上に置いた。

「ありがとう」気まずい空気が流れる。

「どうやってシャイアンを捜す？」

何もなかったふりをすることに、ライリーも賛成だった。捜査に集中しよう。

「カフェインと静寂が必要ね」ライリーは言った。「その順番に」

「ファニーがコーヒーを余分にくれたよ」セインがバスケットを彼女に渡した。

ライリーはコーヒーメーカーに水を入れ、濃いコーヒーを淹《い》れてから彼に向き直った。

「保安官事務所では、会議室に捜査官が集まって証拠を鑑別している」

「すばらしい。指紋や血液サンプルが特定されたら連絡を――」

「暫定結果では、血はシャイアンと祖母のもので間違いないだろうとのことだ。シャイアンが軍で働いていたときの記録にDNA情報が含まれていて、祖母は病院にサンプルがあったから、それを送って照合したんだ。指紋に関しては、診察室でしか採取できなかった。犯人は手袋をしていたようだ」

ライリーはぴたりと動きを止めた。「物証はひとつもないの？」

「まだ捜査中だが、この新たな情報からすると、難しいだろうな」セインはひと息ついてから続けた。「まだ親父には話してないんだが、いまのところ手がかりと呼べるものは黒のSUVだけで、BOLOの成果は出ていない」

「そう」几帳面な人物と不注意な人物。コーヒーがわき、ライリーはファイルが入った箱の蓋を開けた。「セイン、わかってちょうだい。しばらくひとりになりたいの」

「手伝うよ。ふたりでやったほうがはかどる」セインが穏やかに言った。

彼の声に切実なものを感じたが、ひとりでなければできないこともある。「ごめんなさい。あなたに与える影響を心配しながら、プロファイリングすることはできない。頭のなかでシナリオをこねまわして、声に出す必要があるの。あなたを傷つけてしまうかもしれない。それがわたしのやり方なのよ。ひとりじゃなきゃできない」

「わかった」セインは彼女に近寄ったが、触れはせず、探るように目を見た。「でも家には帰らない。下にいるから。きみを守る。約束する」

「間違いないわ」ライリーは目をそらせなかった。「犯人はミスを犯している。わたしたちはそれを見つければいいだけ」

シャイアンを生きているうちに発見するチャンスはまだある。統計に関係なく。

誘拐被害者のうち、警察の介入なしに、あるいは犯人に解放されることなく逃げだせるのは六パーセントだけだ。

つまり、ライリーとセイン、そしてシンギング・リヴァーの住人たちの手でシャイアンを見つけなければならない。ライリーの最初の直感が間違っていて、シャイアンが知り合いに連れていかれたのでない限り。

もしそうなら、彼女はすでに死んでいるか、あるいは犯人に解放されるかもしれない。

まったく異なる結果につながる。

シャイアンを家に連れて帰りたいなら、早く真相を解明しなければ。

セインがうなずき、ドアの前まで行って振り返った。「何かあったらおれを呼べ。いつでも駆けつける。それだけは忘れるな」

彼の強い視線に、ライリーは目をしばたたいた。「わかった」

「姉を見つけてくれ」セインがドアを閉め、鍵がかかった。

〝おれたちはきみを頼りにしている〟

そんな言葉が聞こえた気がした。

階下の時計のチャイムが十二時を告げた。

まずはコーヒーだ。ライリーは大きなマグカップにコーヒーを注いだ。数口飲めば元気を取り戻せるだろう。

両手にぬくもりを感じながら、目を閉じてコーヒーを飲んだ。体が内側からあたためられた。シンギング・リヴァーの忘れられない思い出がふたつある。セインと過ごした一週間と、ファニーのスペシャルブレンドコーヒーだ。

ひとつ目はこれからどうなるかわからない。けれどふたつ目は、シャイアンの事件を解決するまできっと力を貸してくれることだろう。

テーブルの上を片づけ、シナモンロールをベッドサイドのテーブルに移した。それを最後にもう一度見てセインを名残惜しく思い、クリップで髪をまとめたあと、箱の中身を調べ始めた。数分後、円テーブルにパソコンや備品を広げた。壁の絵を外し、時系列に沿って付箋を貼っていく。ブリーフケースからセインがくれた事件簿を取りだし、間に合わせのボードに犯行現場の写真や診療所の見取り図や地図を貼った。

うしろにさがって、写真をじっと見た。行ったり来たりしながら一枚一枚眺める。コーヒーを飲んだ。分析すればするほど、犯人が盗んだものに目的があるように思えてくる。でも、なんのために？　どうして？

何より、誰が？

医療器具。ライリーは部屋を横切り、パソコンを操作した。すばやく検索して、探していたものを見つけた。

「シャイアン・ブラックウッドの診療所は町で唯一の診療所」じっとしていられない。うろうろ歩きまわりながらつぶやいた。「薬と医療器具が欲しいのなら、もっと在庫の多い郡の医療施設を狙ったはず。マーブルトンの診療所ならそれほど遠くない。四十分くらいで行ける。

だから、犯人の狙いは医療器具だけじゃなかった。それを扱える医者が必要だった。でも、どうしてあなたなの、シャイアン？　どうしてここだったの？　偶然？　格好の条件だった？　場所のせい？」

目を閉じて、診療所にいる自分を思い浮かべた。外で逃走用の車の運転手が見張っている。「シャイアンは長身で丈夫。押さえつけるには少なくともふたり必要」

一枚の写真を見つめた。床の血に目を凝らす。死に至るほどの量ではない。

頭か顔を殴られたのだろう。気絶するくらい。

「シャイアンはドアノブをつかまなかった。血痕も指紋もついていない。つまり、連れ去られたときは気絶していた」

五時過ぎで、メインストリートの店は閉まっていたから、目撃者はいなかった。だからシンギング・リヴァーを、小さな町を選んだのだ。

唯一の目撃者であるセインの祖母は、覚えていない。

「考えるのよ、ライリー」

通りに人けはなかった。シンギング・リヴァーと周辺地域の地図に指で触れる。黒のSUVはウインド・リヴァー山脈のふもとの湖付近で目撃された。シャイアンの携帯電話は町の北西の山に向かう途中で発見された。

ライリーは三つの地点に赤いピンを刺した。

それから、ブラックウッド牧場の川のよどみ――約半年前に死体が埋められた場所に白いピンを刺した。関連はないだろうが。

気に入らない。地理的プロファイリングは未完成だ。少なくともあと一カ所は必要だ。それでも確信は持てない。犯人は周到に計画している。町を出て西へ移動したあと、北東へ向かって携帯電話を捨てた。

キャロルの家にもピンを刺した。銃撃された場所。シャイアンを拉致した犯人は近くにいて捜査を監視していた。捜索隊に加わっているのだろうか？

シャイアンが近くにいるのかどうかはわからないが、そうであることを願った。

いつもなら、班のメンバーと意見を出しあって考えることだ。でも今回はひとりでやらなければならない。

金銭目的の窃盗でないのは確実だ。ライリーはおなじみのリンクをクリックした。ほかにも医療器具が盗まれた事件があるかもしれない。ＦＢＩのデータベースのログイン画面が表示されると、指を交差させて幸運を祈ってから、ＩＤとパスワードを入力した。

〝アクセスが拒否されました〟

ああ、もう。

トムは本気で一週間締めだすつもりなのだ。

いくつか調べたいことがあり、できれば自分でやりたかった。地元の捜査官は、一見無関係な事件を無視する傾向がある。プロファイラーをしていてひとつ学んだのは、始まりを新たな視点から見ることだ。

携帯電話にメールが届いた。画面を確認する。トムからだ。

〝ワン・ストライク!〟

こうなったら、選択肢はふたつだ。トムに連絡して命令に従わなかったことを知らせるか……セインに協力を求めるか。

少なくとも、ブラックウッド保安官には本当のことを打ち明けなければならないだろう。拉致事件に協力するのはデンヴァー支局だと、保安官なら知っているはずだ。この事件に連続性はなく、本来であればプロファイラーは関与しない。ライリーが正規の手続きを踏まずにシンギング・リヴァーにやってきたと知っても、ブラックウッド保安官は驚かないだろう。彼女が自宅待機を命じられていることも保安官は知らない。だが、娘が行方不明とあっては、そのことを問題にはしないだろう。

ライリーはベッドにドスンと座り、正座した。すかすかのボードが彼女を嘲笑った。捜査が進展するような物的証拠はない。いまのところ。

新たな観点が必要だ。

バッグからスケッチブックと4Bの鉛筆を取りだした。スケッチブックを途中までめくる。何を見落としているの？

自分の部屋でスケッチするのは次善の策だ。鑑識が到着する前に現場で描くのがベストだが、これで間に合わせられるようになった。

目を閉じて、診療所を思い浮かべた。正面の部屋から始める。

そのあと、写真を見ずにスケッチし始めた。奥にあるシャイアンのオフィスから。荒らされておらず、指紋は検出されなかった。壁に写真が飾ってあった。スケッチが完成する頃には、目がぼやけていた。スケッチを持ちあげて写真と比べる。

ライリーは壁に飾ってあった写真のフレームを床と平行に描いた。だが写真では、ひとつのフレームがわずかに傾いていた。彼女はそれを見つめた。ほかの写真はすべて患者や家族や、ライリーも見覚えのある場所が写っている。

牧場と川のよどみを写したそれだけが風景写真だ。

枕にもたれ、奇妙な写真を指でなぞった。わらにもすがろうとしているだけかもしれない。視界がさらに曇った。目をしばたたいたが、ぼやけたままだった。

頭もぼんやりしている。彼女は目を閉じた。少しだけ休もう。そうしたら、ふたたび考えられるようになるはずだ。


B&Bの入り口にぶらさがっている銀のドリームキャッチャーに反射する朝の光がまぶしくて、セインは目を細めた。ハドソンに手を振った。セインが家に帰ってシャワーを浴び、着替えをするあいだ、兄にB&Bの警備をしてもらったのだ。そよ風がチャイムを揺らした。その美しい音色が風に乗って聞こえてきたが、歓迎ではなく、警告しているようだった。

セインは玄関の階段の下でためらった。日の出が早すぎるようにも、遅いようにも感じる。体を動かしているのはアドレナリンだとわかっていた。訓練のおかげで少ない睡眠でも動けるが、本能でシャイアンを見つけることはできない。無精ひげの生えた顎をさすった。ここに戻る途中で確認していた。昨夜も空振りだった。姉の痕跡は見つかっていない。

父と捜索を中止するかどうか話しあった。捜索隊に脅迫があったことを公表したが、ほぼ全員が顎をあげ、怒りに燃えた目をしていた。各チームに武装した見張りをつけた。捜索は困難を極めた。

二日目の夜が明けた。保安官事務所では、誰もセインと目を合わせようとしなかった。シャイアンがもう死んでいると思っているのだ。とはいえ、あきらめたわけではない。もちろん、セインも。

頭が統計をささやき、心がそれをやめさせた。

シャイアンはファイターだ。頭も切れる。

チャンスはあると、ライリーは考えている。セインは彼女を信じている。

ライリーは彼を追い払った。彼はシャイアンのために折れたが、姉を見つけたらライリーとじっくり話しあうつもりだった。彼女を連れ去り、一週間、いや、二週間くらい考えるのをやめさせたあとで。

重い足取りで木の階段をあがり、ドアを開けた。一階の開いた窓から差しこむ朝日が、彼を嘲笑った。たしかに、暗いバーで三杯目のビールを飲んでいるほうがよかった。別に飲みたいわけじゃない。それならば、シャイアンが見つかったということだからだ。

明るい装飾が癇《かん》に障った。階段の上のドアをちらっと見たあと、階段を一段抜かしであがってノックした。

返事がない。

ドアに体を寄せた。なんの音も聞こえない。

もう一度ノックしようと、拳をあげた。

「やめなさい、セイン・ブラックウッド」ファニーが南部訛りの声で脅した。

今朝の美人コンテストの元女王は、七十五歳という実年齢より二十歳若く見えた。髪をきれいにセットし、化粧を巧みに施している。清純に見えるが、それは見せかけだと彼は知っていた。

ファニーが階段の下から彼をにらむ。「おりてきなさい」わざとらしいささやき声で言い、人差し指を振った。「コーヒーを淹れたから」

「ライリーと捜査を進めないと」彼は言った。

「十五分前に、彼女にコーヒーのお代わりを頼まれたの。準備ができたらおりてくるわよ。そっとしておいてあげなさい」ファニーが批判するような目つきで彼をじろじろ見た。アイロンをかけていないワークシャツとジーンズに目を留めた。「ひどい格好ね」

セインは最後にもう一度ドアをちらっと見たあと、あきらめて下におりた。「ゆうべは見張りをしていて、ろくに眠れなかった。それに、シャイアンもまだ見つかっていないし。痕跡すら見つからないんだ。六時間、捜索区域を隅々まで照らしながらしらみつぶしに捜したのに」

「わかってるわ」ファニーは彼をキッチンに案内し、鋳鉄製のフライパンを火にかけた。「座って」

ファニーがブラックコーヒーをマグカップに注いだ。セインはマホガニーのがっしりした椅子を引きだした。背後のキッチンカウンターに、〝教会〟と書かれたラベルを貼った段ボール箱が四つ置いてある。きちんと積み重ねられてはいるが、この居心地のよい部屋に唯一そぐわないものだった。

ファニーはマグカップを彼の前に置くと、コンロに向かってベーコンを何枚も焼き始めた。

おいしそうな香りが漂ってくる。「土曜の朝は、お祖母ちゃんがおれたちきょうだいに食事を作ってくれたんだ。特に夏は。ベーコンとかビスケット&グレービーとか。おれたちはたらふく食ってから、川のよどみへ遊びに行った」

「もとはわたしのレシピなのよ」ファニーが振り返って悲しそうに微笑んだ。「いまはもうヘレンのほうがわたしよりビスケットをうまく作れるけど。もっとおいしくするために、隠し味を加えたと言ってたわ。絶対に教えてくれなかったの。今日、教会で会ったらきかなくちゃ」

〝永遠に忘れてしまう前に〟

ふたりともその言葉は口にしなかった。

セインはコーヒーを飲んだ。うまい。任務に復帰するときは、ファニーのスペシャルブレンドを基地に持っていこう。「シャイアンを拉致した犯人を、お祖母ちゃんは見ているんだ」

ファニーはフライパンの上のベーコンをひっくり返した。「ヘレンは調子のいい日のほうが多い。思い出すかも」

「頭のなかがどうなってるのか、わかればいいのに」セインはマグカップを置いた。「それさえわかれば、記憶を呼び起こせるかもしれない」

「あなたはよくやってるわ。ヘレンの心に呼びかける方法を知っている」

「時間と忍耐が必要だ。でも、シャイアンは待っていられない」

「ヘレンは家族のためならできることはなんでもするわ。それはわかってるでしょう。

いまは……できないってだけで」

「わかってる」セインは鼻筋をつまみ、いらだちをこらえようとした。「お祖母ちゃんはアルツハイマー病について、あなたにはなんて言ってる？　病気の話はあまりしないんだ。お祖父ちゃんも、おれたちみんなも」

ファニーはすぐには返事をしなかった。コンロの火を調節してから、セインのほうを向いた。「わたしたちもしないわ。話すことなんてないでしょう。どうしたって止められないんだから。わたしたちにできることは、病気を受け入れて、うまくやっていく努力をすることだけ。みんなそうしてる。わたしはヘレンのレシピを教わっているわ。お母さんが亡くなってしまったから、ヘレンはあなたたちきょうだいのためにレシピを書き留めてもらいたがっているの」

「二年前、クリスマスに帰省したときに、お祖母ちゃんが同じ質問を何度も繰り返しているのに気づいた。でも、まだいつものお祖母ちゃんだった」セインはマグカップをのぞきこんだ。「いまは変わってしまった」

「この半年で悪化したの。薬が効かなくなって。ヘレンとノーマとウィローとわたしで、いまも毎週水曜に読書会を開いているんだけど、昔からのお気に入りのアガサ・クリスティについてしか話さないの。新しいのは読まない」ファニーがエプロンを外した。「五年前、ヘレンが記憶力が低下しているのに初めて気づいたのも、そのときだったの。覚えられなくて、同じ段落を何度も読まなければならなかった」

「あなたたちはいつから知っていたんだい？」

「本人もおかしいとは思っていたけど、最初に気づいたのはノーマだった。ノーマのお母さんとお姉さんも同じ病気だったの」ファニーが彼の向かいに座り、手をさすった。「ヘレンがついにアルツハイマー病と診断されたとき、みんな大泣きしたけど、その前からわかっていた。知らないうちに進行する病気で、わたしたちもあなたたち家族と同じように、順応した。ヘレンが落ち着けるように、過去の話ばかりしているわ」

「お祖母ちゃんはいい友達を持ったな。この病気にかかってどんな気持ちか、きいたことはなかった。でもいまは、病気だってことも理解できないんじゃないかな」

「セイン、ヘレンが言っていたのは、リンカーンや家族の重荷にはなりたくないってことだけ。自分が家族の世話をすることができなくなったときは、代わりに気にかけてやってほしいと頼まれているの」

セインは胸がいっぱいになった。「お祖母ちゃんらしいや。できることがなければ、ただ押し通す」

「みんなそうよ」ファニーの目に涙が浮かんでいた。「もうやめましょう。こんな湿っぽい話ばかりしてたら、ヘレンに叱られちゃうわよ」立ちあがると、ペーパータオルを敷いた皿にベーコンをのせた。「あの日のことを何度も尋ねるのよ、セイン。ヘレンはできるものならシャイアンを助けたいと思っている。ときどき過去に生きているけど、いま起きていることも、まだたくさん覚えてるわ。思い出したいときにすぐに思い出せないだけで」

ファニーはシナモンロールを彼に差しだしたあと、小首をかしげて目を輝かせた。

「さあどうぞ。ゆうべ焼いたの」

セインはシナモンロールを見おろした。「知ってるんだろう?」

「ゆうべあなたがひとつくすねたこと? それをライリーの部屋に持っていったこと? ええ、知ってるわよ。そのあとすぐ、あなたが部屋から飛びだしていったのも聞こえたわ」ファニーが彼にフォークを渡した。「食べて」

セインはべとべとしたシナモンロールにフォークを突き刺したが、口に運びはしなかった。食欲がない。皿を押しやった。「おれが手伝う必要はないと言われた。それだけのことだ。あと、おれは飛びだしてなんかない」

ファニーが上品に鼻を鳴らした。南部のレディにしかできないことだ。「ばか言わないで。あなたはあの子に夢中。わたしは賛成よ。彼女は賢くて親切だし、あなたたちふたりが同じ部屋にいると空気がびりびり震えるの。そんなカップルを見たのは、あなたのご両親以来よ」

「勘弁してくれ、ファニー」セインは首を横に振った。「すでに問題は山積みで、お婆ちゃん探偵の相手をしている暇はない。あなたたちは、アガサ・クリスティの読書会を開いていればいい」

「からかったわけじゃないのよ、セイン・ブラックウッド。本当の相手と何人出会えると思う？　一生にひとりよ」

「ライリーとおれは……複雑なんだ」

ファニーが驚いて目を見開いた。セインはぎくりとした。振り返らずともわかった。

「とても複雑なの」ライリーのかすれた声が聞こえた。

ライリーはキッチンを横切り、コーヒーを注いだ。それから、平然としたまなざしで彼を見た。怒りもいらだちも表れていない。

どんな感情も示さなかった。

「でもいまは、わたしたちのことはどうでもいい。重要なのは、シャイアンを見つけることよ」

11

ライリーはあたたかいキッチンで呆然《ぼうぜん》と突っ立っていた。食欲をそそるはずのベーコンのにおいも、コーヒーの味すら感じなかった。ファニーのスペシャルブレンドを飲んでいるのだと頭ではわかっていても、喉を滑り落ちる液体が白湯《さゆ》だろうとホットチョコレートだろうと違いはないだろう。

複雑。

セインに抱いている気持ちを表すのにぴったりの言葉だ。彼に心を見抜いてほしいのに、拒むしかなかった。彼が当然期待すること——身も心も捧げることはできない。彼の姉を、そして自分の姉を見つけだすことに全身全霊をかけなければならないと充分にわかっているときには。

ライリーはＦＢＩ特別捜査官の顔になった。トムにしょっちゅう指摘されるように、感情がときどき入りこんでしまうかもしれないが、抑えることはできる。シャイアンを見つけるまで。

見つけられればの話だが。

ファニーが咳払いをしたあと、しくじったわねと言わんばかりの目つきでセインを見た。

「そろそろ出かけないと」セインが慎重に言った。

「準備はできてるわ」ライリーはほとんど口をつけなかったコーヒーをシンクに置いた。二階で五杯飲んだので、それで当分持つことを期待するしかない。

「教会へ行く？」ファニーがきいた。

「保安官事務所に寄ったあとで」セインがライリーを見た。「ＢＯＬＯの結果と、医療記録を入手できたかどうか確認する」

ライリーはうなずいた。「ちょっとだけ事務所のコンピューターを使わせてほしいの」

彼が問いかけるように眉をあげたのを無視して、ノートとスケッチブックと写真を入れたバッグをつかんだ。

ファニーが首を横に振り、舌を鳴らしたあと、カウンターを指さした。「セイン、左側のふたつの箱を事務所に持っていってくれる？　おいしいものが入ってるから」

「あとのふたつは？」セインがきいた。

「教会の集会ホールの捜索救助本部に持っていくわ。ヘレンと給仕する予定なの」ファニーがセインの手を取った。「あなたとライリーならシャイアンを見つけてくれる。そう信じてるわ」

セインは身をかがめてファニーの頰にキスしたあと、箱を取りに行った。「このバスケットも？」

ファニーが首を横に振った。「それは裏口に」

「ケイドのか？」

「今朝わかったんだけど、どうやら部屋を引き払って森へ向かったみたいなの。フラッシュバックを起こしているのよ」

ファニーのとても悲しそうな表情と声に、ライリーは胸が痛んだ。

「治療は受けたんですか？」ライリーはきいた。

「順番待ちなの。リストに載るようシャイアンが手を尽くしてくれたわ。ケイドにとって彼女は救いの神よ」ファニーがセインの腕をつかんだ。「ケイドを見かけたら、必要なときはいつでもそばにいると伝えて。お願い」

「ああ。捜索隊にも、彼に注意するよう言っておく」セインがポケットからキーを取りだした。「行けるか?」

「ひとつだけ」ライリーはファニーにきいた。「あなたが目撃したＳＵＶについて、奇妙な点はありませんでしたか?」

「窓ガラスが黒くてなかが見えなかったことくらいよ」ファニーはマフィンを詰めた袋を箱に入れた。

片足でコツコツと床を踏み鳴らした。「もっと注意深く見ろって、ノーマにいつも言われるのよね。そうやってミス・マープルは謎を解くのだから」両手を腰に当てた。

「きれいな車だった。つまり、ワックスでぴかぴかに磨かれていたってこと」

「新品同様に」ライリーは言った。「意外ではありません」

ファニーが引き出しからガムテープを取りだし、箱の長さ分引きだしたあと、手を止めた。「そういえば、ナンバープレートが泥で汚れていた。そのせいで文字も数字も読めなかったの」

ライリーは鼓動が速まるのを感じた。「色は覚えてますか?」

ファニーが目をきつく閉じた。「ライトブルーか白だったと思う。文字は黒」にっこり笑った。「思い出せたわ」

「アガサも喜びますよ」ライリーは言った。

「たぶんワイオミングだな。あるいはネヴァダかも」セインが言う。「事務所へ行って、ほかに該当する州を調べよう」

ライリーはセインを見た。「ワイオミングのナンバープレートなら、シャイアンは案外近くにいるかもしれない」

「なら、捜しに行って！」ファニーが言った。

セインはドアの前で立ちどまった。

「犯人はわたしたちを監視していると思う？」ライリーはきいた。

「可能性はある。気をつけて」

「隠れているわけにはいかないわ」

ふたりは車に駆け寄った。ライリーがバックドアを開け、セインが段ボール箱を積みこんだ。

「あれから、新しい情報は？」セインが車を出してから、ライリーはきいた。

彼が真剣な目をした。「シャイアンの痕跡は見つからなかった。こんなのってないよな。姉はずっと人助けをしてきたのに。昔、姉が納屋に群れからはぐれたピューマの子を隠していたことがあったんだ。母親は子牛を殺して、牧場主に撃たれた。子も死んでしまうところだったが、姉が育ててやったんだ。公園局に連れていかれたときは、一週間泣き暮らしていた」

信じられないという気持ちは、ライリーも理解できた。彼女もそんなふうに感じていたが、考えたり想像したりするのに時間を費やすのは、陥りやすい罠だ。「ゆうべは一睡もしなかったの？」

「よくあることさ。きみこそ寝たのか？」

ライリーは肩をすくめた。「あとで眠るわ」セインが保安官事務所の前で車を停めると、ライリーは足元のバッグをつかんだ。「ちょっと調べ物をしたいから、事務所のコンピューターを使わせてほしいの」

「きみのパソコンじゃだめなのか？」

ライリーは目をそらし、ドアハンドルをつかんだ。

セインが彼女の腕をつかんで引きとめた。「何か隠してるな」

ライリーは唇を噛んだ。警察官が大勢いる部屋で打ち明けるよりも、いま話しておいたほうがいい。彼のほうを向き、顎をあげた。「ここに来る許可を得ていないの。プライベートで来ているのよ」

「休暇中ってことか？」

「ちょっと違うんだけど」どう説明すればいいのだろう。息を吸いこんだ。「上司に自宅待機を命じられたの。そのあいだ、国のデータベースにもアクセスできない。締めだされたの」ひと息に言った。

　セインは驚いた顔をし、座席にもたれた。「いったい何があった？　きみはチームのエースだろう。今朝も、シャワーを浴びに帰ったとき、ニューステロップで見たぞ。東海岸の連続殺人犯を捕まえたのは、ＦＢＩの功績ってことになってるけど、あれはきみの手柄だろう」

「どうして言いきれるの？」

　セインが彼女に触れようとするかのように片手をあげたあと、ふたたびおろした。

「きみは悪人を捕まえるまで立ちどまらないからだ。おれたちは毎週話をした。きみはおれに仮説を話して聞かせた。それが全部合っていた」

　ライリーは首を横に振った。

「よせ、ライリー。被害者を救えなかったのは知っている。でもきみのせいじゃない」

　ライリーは黙りこんだ。どうしてセインは黙っていられないの？　窓の外を見つめ、彼が会話を打ちきってくれることを願った。

「彼女が亡くなったのは、きみのせいじゃない。それはきみもわかってるはずだ」

「でも、わたしがもっと早く真実を突きとめていれば」視界がぼやけ、間に合わなかった苦しみに体を折り曲げた。「彼女を救えなかった。救いたかったのに」

声がうわずった。セインが悪態をつき、彼女を腕のなかに引き寄せた。彼女は押しのけようとしたが、彼はきつく抱きしめ、髪を撫でた。

「きみは最善を尽くした。おれたちが勝てないときもある。認めたくはないが、現実を受け入れないと」

「わたしの上司みたいなことを言うのね」

セインが顔を引き、彼女の顎を持ちあげて目を見た。「どうして自宅待機を命じられたんだ？」

彼の探るような、すべてを見透かすようなまなざしが気に食わなかった。ライリーは歯を食いしばった。「理由なんてどうでもいいでしょう。おかげでここに来る時間ができたんだから」

「なんでも話してくれ。理解するから。友達だろう」

セインを愛するわけにはいかない。いずれにせよ、シャイアンを見つけられなかったら、彼を失うだろう。愛に条件は付き物だ。生まれた家で身をもって知った。だから、何も言わずに身をよじって自分の座席に戻った。

ようやくセインが車のドアを開けた。「シャイアンを見つけたら、友達とはどういうものか、じっくり話しあおう」

「わたしたちのあいだにあるのは友情なの？　それとも、複雑な友情？」彼の返事を聞く前に、バッグをつかみ、急ぎ足で保安官事務所へ向かった。

日曜日なのに、事務所は活気にあふれていた。通信指令係が電話に応対している。ファックスが音をたて、プリンターがフル回転している。地図を持った制服警官が〝会議室〟と表示されたドアを開けた。その向こうで、三人の男が腰かけてファイルを調べていた。背後の壁一面をボードが占めていて、ライリーのボードと同様に、時系列のデータや写真が貼られている。

「親父のオフィスはあっちだ」セインがため息をついた。

奥のほうからガチャンという大きな音が聞こえてきた。開いたドアのすぐ向こうで留置所に入れられた男が、古い西部劇のワンシーンのように、鉄格子にキャンプ用の金属カップを滑らせていた。

「ブラックウッド、ここから出せ、この野郎」目を充血させて無精ひげを生やした白髪の男が鉄格子を揺さぶった。「こんなとこ、あと一日もいられねえ」

「判事は月曜まで戻らないんだよ、エド。念のため言っておくと、月曜は明日だ」セインは腕組みをした。「金曜の夜、あんなばかなまねをしたおまえが悪い」

「本気じゃなかった」

「ナイフを使ってキャロルを人質に取ったんだぞ。保安官代理を——おれを脅した。ギブソン判事は容赦しないだろう。今回は刑務所行きだな、エド。逃げ道はないぞ」

この男がキャロル・ウォレスの同棲《どうせい》相手か、とライリーは思った。

エドがふたたびカップを鉄格子に滑らせた。「不公平だよな。ガキの頃、おまえはおれ以上にろくでもないやつだったのに、親父さんは大目に見た」

「おれも自慢できないようなことをいろいろしたかもしれないが、女性を脅したことはないぞ」セインが鉄格子に近づいた。「余計な口を利くな。おまえはまだ酔っている。少なくともここにはベッドがある。それとも路上で寝たいか？　キャロルに追いだされたんだろう」

「いまだけさ」エドは自信たっぷりに言った。「ほかに相手をしてくれる男なんていやしない。それに、おれはあいつの娘のジーナに何があったか知ってるんだ。あいつには選択肢がない」

寝違えて首の筋を痛め、シャイアンは目を覚ました。腹痛にうめき声をもらしたものの、いくらかましになっていた。暗い部屋の向こうからかすかないびきが聞こえてくる。ベサニー。ぱっと目を開けた。

現実に引き戻された。ここは病院じゃない。まったく違う。地下牢だ。

吐き気で体が思うように動かず、うめきながら起きあがった。目をこすったあと、手探りで明かりのスイッチを探す。

スイッチを入れると、蛍光灯が部屋を照らした。いまが夜か昼かもわからない。午後八時かもしれないし、午前八時かもしれない。

よろよろ歩いて患者のそばへ行った。

ベサニーは上掛けをすっかりはねのけていた。少なくとも、ペニシリンに対するアレルギー反応として顔に生じた赤い斑点は消えていた。だが、まだ紅潮している。

シャイアンは手の甲を患者の額に押し当てた。湿っている。ガウンやシーツも湿っていた。

ベサニーは高熱を出していた。必要のない手術を行ったせいで。

シャイアンは考え得るあらゆる病因を除外した。彼女を気絶させるために彼らが使用した薬は原因ではない。効果はもう切れている。つまり、毒素がこの部屋にあるということになるが、自らの手で部屋じゅうを消毒したので、摂取したとしか考えられない。

シャイアンは食べ物と水しか口にしていない。

そこに、ベサニーが高熱を出したとはいえ意識を取り戻した理由があるのかもしれない。シャイアンがこの部屋に閉じこめられてから、ベサニーは何も食べていない。

軽い足音が部屋のすぐ外を通り過ぎた。重い足音が続いたあと、悲鳴が響き渡った。

「放して！　ママとパパに会いたい。お願い！」少年が叫んだ。

シャイアンはベッドから離れ、金属のドアの前に立って拳をきつく握りしめた。

「パパとママは、あんたのことはもういらないって、マイカ」感情のこもっていない穏やかな女の声が言った――アデレードだろうか？

「ぼくの名前はマイカじゃないって言っただろ」

「いまはマイカになったのよ」

「やめて」シャイアンはドアを叩きながら叫んだ。

ドアがバタンと閉まる音がした。

「やめて。お願い」マイカが叫ぶ。「あそこに入りたくない。もう泣かないから。約束する」

また別のドアがガチャンと閉まった。少年の声はまったく聞こえなくなった。

「なんてこと」シャイアンは顔から血の気が引くのを感じた。

少年が何をされているのかはわからないが、最悪のことを想像してしまう。ここから逃げだして助けを呼ばないと。

かんぬきを外す音がした。「ドアから離れて」聞き慣れた声が言った。

イアン。

シャイアンはうしろにさがった。ドアが開いた。その向こうに、銃を持った手が見えた。

このドアの向こうにいる誰かが、ベサニーに毒を盛ったのだ。シャイアンにも。

いったい誰が？

シャイアンはここにいる人を数えあげた。イアン。アデレード。マイカ。ハンナ。そして、ファーザーと呼ばれる人物。ほかにもいるのかどうかわからない。

青ざめた顔をしたイアンが部屋に入ってきた。「叫んだりするべきじゃなかった」

「まだ小さな男の子みたいだけど。どうなってるの？」

「あなたにはわからない。ここはおれたちの家なんだ。おれたちのいるべき場所だ。マイカもそのうちわかるよ」

イアンの口調は機械的で、感情がこもっていなかった。

シャイアンはイアンの腕に触れた。「大丈夫?」

イアンは充血した目で彼女の目を見てうなずいた。「ベサニーの具合は?」

「高熱を出してる。早急に抗生剤が必要だわ。このままだと助からない」

イアンはぎこちない足取りでゆっくりとベッドに近づいていった。ベサニーの頬に手を置いた。「ベサニーがいないとおれたちは生きていけない」静かに言う。「彼女が必要なんだ」

シャイアンは彼の肩に手を置いた。イアンがはっと息をのみ、肩をすくめた。

まさか。

シャイアンは吐き気を覚えながら、気を引きしめて彼のシャツの首をそっとずらした。イアンは抵抗しなかった。

肩に丸い古い傷跡がいくつもあった。肩甲骨のすぐ上の肌が真っ赤になっていて、丸い火傷《やけど》の跡に水ぶくれができていた。最近のものだ。背中の上部には、細長い十字の古い傷跡が並んでいる。

「イアン」この少年が味わってきた――いまも味わっている苦しみを思い、シャイアンは涙が込みあげた。

「いいんだ。ベサニーのためだ」イアンは彼女の手を振り払った。「抗生剤が手に入ることになった」

彼の目は不屈の輝きを帯びていた。十六歳の少年がどうしてこんなに強くなれるのか。答えは簡単だ。とっくの昔に子ども時代を奪われたのだ。

「シンギング・リヴァーに行ける？　弟のセインのところに。保安官代理なの。シールズの隊員でもあるのよ。弟が助けてくれる」

イアンは首を横に振った。「あなたにはわからない。ここはおれたちの家だ。おれたちのいるべき場所だ」

「わかるわ、イアン」そうは言ったものの、シャイアンは理解できなかった。彼を説得しなければ。抗生剤を与えなければベサニーが助かる見込みはまずないが、与えたとしても五分五分といったところだろう。「でも、ここで起きていることは、間違っている。あなたを傷つけたり、ベサニーを病院へ連れていかなければならないときに、わたしと一緒にここに閉じこめたりするのは間違ったことよ」

「おれたちは家族なんだ。一緒にいなければならない。もし――」

「よく聞いて。弟に伝言を伝えてほしいの。彼女を救えるかもしれない。力を合わせれば」

イアンがあとずさりし、ドアにぶつかった。「無理だ」かろうじて聞き取れる声で言う。「ごめんなさい」

シャイアンの望みはついえた。イアンはベサニーを愛しているかもしれないけれど、食べ物や水に毒を盛るほど怯えているの？　シャイアンにはわからなかった。犯人がわかるまで、何も口にしないようにするしかない。

ドアが開いた。ドアのすぐ外にファーザーが立っていた。イアンが背筋を伸ばした。

「おれたちは家族だ。一緒にいるんだ」


保安官事務所は静かで、プリンターの音だけが聞こえた。セインはエドを永久に黙らせてやりたかった。エドは鉄格子を握り、殴りたくなるようななしたり顔をしている。彼の隣にいるライリーが、ゆっくりとエドを見た。エドの目が輝いている。それが希望の光でないことを彼は願った。

エドが鉄格子のあいだに頭を押しつけた。「あんたを知ってるぞ。ＦＢＩだな。キャロルの娘を捜してただろ。おれはあの子に何があったか知ってる。教えてほしければ、ここから出せ」

セインは鉄格子のあいだからエドのシャツをつかんだ。「ふざけるな。何も知らないくせに」少し間を置いてから続ける。「それとも、ジーナがいなくなったことにおまえが関係しているのか？　キャロルの娘に興味を持ちすぎたんじゃないか？　抑えが利かなくなったのか？」

「冗談じゃねえ」エドが吐きだすように言う。「おれは変態じゃない。情報を持ってるんだ。キャロルが寝言で言ってた」

ライリーがセインの腕をきつくつかんだ。セインは振り向いて彼女の顔を見た。落ち着いている。握りしめた手と違って、感情が表れていない。ＦＢＩのプロファイラーの仮面をつけていた。感情を押し隠して。

「情報を提供していただけたらありがたいです、ミスター――」

「ザリンクシーだ。エドと呼んでくれ」

ライリーは微笑んだが、セインは彼女を魅了しようとするエドの哀れな試みに鼻白んだ。シャツから手を離した。「好きにすればいい。だが、こいつは根っからの嘘つきだぞ」

ライリーは小首をかしげてエドをしげしげと見た。「わたしがよそ者だからかもしれないけど」鋭い視線をセインに向ける。「ミスター・ザリンクシーはこの町で起こっていることをなんでも知っていそうな気がするの」

「ああ、そうさ。生まれてからずっとここに住んでるからな。いろんな秘密を知っている。ここにいる保安官代理殿の秘密もな。公然の秘密もあれば、忘れ去られた秘密もある。どれもこのなかに入ってる」エドが頭をぽんと叩いた。「バーに行けばみんな冗舌になる。おれは酒に強いから、覚えてるんだ」

「そうでしょうね」ライリーが微笑みかけた。

彼女はエドを手玉に取っている。たいしたものだ。

セインは壁に寄りかかってショーを見物した。エドにはくつろいでいるように見えるだろうが、もしおかしなまねをしようとしたら、すぐに止めるつもりだ。

「キャロルの娘さんの身に何があったと思われますか?」ライリーがバッグから赤い分厚いノートを取りだした。

「あいつをはらませた、あの流れ者」エドがセインに向かってにやにや笑った。「おれをここから出さないなら、話はこれで終わりだ」独房の奥へ行き、簡易ベッドにどさりと腰かけ、彼らに背を向けた。

「おまえは加重暴行罪に問われている、エド。逃げられないぞ」

エドがちらっと振り返った。「キャロルはおれを必要としている。証言しないさ」

「おれが証言する」

「誰も怪我しちゃいない」エドが肩をすくめる。「おれは少し酔っていた。おれは町長にコネがあるんだ。どうせ執行猶予がつくだろうよ。いま出したって同じだ」

「おまえの相手をしている暇はないんだ、エド。あきらめろ」

セインはライリーの怪我をしていないほうの腕をつかむと、部屋を出てドアを閉めた。「やつはここから出たいだけだ」

ライリーはうなずいたものの、ドアを見つめていた。

「そうかもしれない」ライリーが思案しながら言う。「ジーナが行方不明になったとき、お父さんはエドに話を聞いたの？」

「もちろん。容疑者のひとりだったが、除外された。ペンダーグラス保安官代理が確固たるアリバイを証言したんだ。ジーナが誘拐されたとき、エドは刑務所にいて、何も知らないと言っていた」

「本当は何か知っているのかも」

「おれだったら期待しない」

ライリーが彼の腕をつかんだ。「一年以上ぶりに姉の事件の新しい手がかりをつかめるかもしれないのよ」

セインは彼女の苦悩に満ちた目から視線をそらせなかった。一年前、ライリーがシンギング・リヴァーにやってきたのは、彼女の姉の事件とジーナの事件に関連性があるという非現実的な仮説を立てたからだ。セインの父親も懐疑的だったが、ライリーと会うことに同意した。ジーナの事件がずっと心に引っかかっていたのだ。いまでも、犯行現場で採取された指紋をＦＢＩの自動指紋識別システム《ＩＡＦＩＳ》のデータベースと照合しつづけている。

　会議室のドアが開き、ペンダーグラスが手招きした。

「もう一日やきもきさせておこう」セインは言った。「そうしたらしゃべる気になるかもしれない。もし本当に何か知っているのなら」

「そうね。つけあがらせるわけにはいかないわ」会議室へと向かいながら、ライリーがつぶやいた。「町長にコネがあるっていうのは本当かしら？」

　セインは眉をつりあげ、唇をゆがめた。「おれも同じことを考えてた」

　ペンダーグラス保安官代理が、ふたりに椅子に座るよううながした。

「何かわかったか？」セインはライリーのために椅子を引きだした。

　彼女が驚いた顔でこちらを見たので、彼は肩をすくめた。海軍で十年過ごしたあとでも、祖母から教えこまれたマナーは身に染みついている。

「血液証拠の最新情報が入った」アンダーヒルが答え、書類をふたりの前に置いた。

「予想どおり、床の血痕の血液型はシャイアンと一致した。Ａ型。壁際でお祖母さんの血液が発見された。O型。これも一致した。DNAで確認――」

「それはもう知ってる」セインはさえぎった。

「まあ、最後まで聞け。きれいに拭かれていたから、あまり期待していなかったんだが、待合室のデスクからわずかな血痕が発見されたんだ。お祖母さんのでも、シャイアンのでもなかった」

「患者のか？」

「記録を調べた。血液型はAB型Rhマイナスで、めったにいない。最近、診療所を訪れた患者のなかに、同じ血液型の人物はいなかった」

セインは身を乗りだした。「DNA鑑定できるくらいの量か？」

アンダーヒルがうなずいた。「いまやってる。統合DNAインデックス・システム《CODIS》のデータが軍のデータベースか全米DNAインデックス・システム《NADIS》にヒットしたら、すぐに知らせる」

会議室のドアがぱっと開いた。

「セイン！」通信指令係が駆けこんできた。「捜索隊からたったいま連絡が入ったの。何か見つけたそうよ」

12

行方をくらましたければ、ウインド・リヴァー山脈のこの孤立した場所は絶好のスタート地点になると、ライリーは思った。

保安官事務所を出る時点では、彼女とセインは詳しいことを教えてもらえなかった。捜索隊が国有林の近くでシャイアンの痕跡を発見したとしか聞かされていない。その後、連絡は取っていなかった。この山では、携帯電話はつながりにくいのだ。

舗装道路を外れて泥道を走ったあと、山のふもとで車を降りた。もちろん、セインは険しい地形でもシロイワヤギのごとく歩いた。ライリーはマツの枝を払いのけた。高地にいるせいで息が苦しく、脚が痛くなった。

土道が細くなり、マツのトンネルが朝日をさえぎった。八月なのに肌寒い。ライリーは木の下をくぐった。木々のあいだから人の声が聞こえてくる頃には、道は下生えにすっかり覆われていた。

「太陽が見えないから方角もわからない」彼女はつぶやいた。

セインは足を止めずにちらっと振り返った。「だからこの森はすごく危険なんだ。十三歳のとき、次の峰で兄弟と迷ったことがある。祖父と親父が捜してくれたが、見つけるのに一日かかった。隠れていたわけでもないのに」

「迷いやすいのね」ライリーは静かに言った。

「行方不明になりやすい」セインは森を抜けて空き地に出た。突然、荒野に捜索救助隊が現れた。

隅のほうに六名のボランティアがいる。空が開け、東に山脈がそびえ、ガネット・ピークが見える。標高四千メートルくらいだと、ライリーは何かで読んで知っていた。ワイオミングは広大な土地で、何もかもが実際より近く見える。

「アイアンクラウド」セインが叫んだ。

アイアンクラウド保安官代理は片手をあげて挨拶したが、数本の黄色の旗が立っている場所から動こうとしなかった。

「少なくとも、証拠は守られていそうね」ライリーは足を速めた。

女物のハンドバッグが見えた。セインがぎくりとした。バッグの脇に口紅や小さなフォトアルバムやブラシが散らばっている。

「シャイアンの？」ライリーは彼を横目で見た。

セインはうなずき、咳払いをしたあとバッグのそばにひざまずいた。ライリーは写真を何枚か撮ってから、手袋をつけた。かがみこんでバッグに手を伸ばす。

「ＤＣＩが来るまで待たなきゃならない」アイアンクラウドが言う。「現場を荒らすなと、アンダーヒルに命じられた」

彼の口調は、言葉よりも多くを物語っていた。ライリーと同じように、アイアンクラウドもアンダーヒルをよく思っていないのだ。

ライリーはかまわずバッグを手に取った。「あとでわたしが彼と話をするわ。写真を撮るだけじゃ、バッグの中身も何がなくなっているかもわからないから」

「時間がないんだ、アイアンクラウド」セインが言う。「ライリーが問題ないと言うんなら、手順なんてどうでもいい」

アイアンクラウドは両手をあげた。「反論するつもりはない。アンダーヒルはうぬぼれ屋だ」

ライリーはバッグの留め金を外して開け、中身をそっとまさぐった。「財布はある。ＩＤも名刺も現金もクレジットカードも残ってる。車のキー、香水。犯人の目的が強盗でないのはたしかね。それに、持ち主の身元が判明してもかまわないみたい」

〝わたしたちに彼女を見つけられると思っていないから〟

セインを見るのが怖かったが、ちらっと盗み見た。唇を引き結び、目に苦悩の色を浮かべている。彼はこの状況の意味を理解している。ライリーは何も言わずに彼の腕に手を置いた。「犯人がお姉さんを連れていったのには理由がある。わたしはいまもそう思っている。そのためには、生かしておきたいはず」

セインは軽く頭をさげたが、ライリーを信じたかどうかはわからなかった。無理もない。彼女も次第に悲観的な考えがわいてくるのを止められなかった。

「どうしてこんな遠くまで連れてくるんだ?」セインがきいた。「この辺は、とっくの昔に放棄された炭鉱くらいしかないのに」

「行方をくらますためだろ」アイアンクラウドが前に出て言った。「実際、保安官が捜索範囲を半径数キロ拡大するよう命じなければ、ここを捜すことはなかった」

「そうね」ライリーはバッグを発見した場所に戻した。「バッグがここに置かれてからそれほど時間は経っていないはず。そうでなければ、動物に荒らされていたでしょうから」

「セイン!」ジャクソンの叫び声が並木の向こうから聞こえてきた。弟が枝のあいだを走ってきて、荒い息をしながら言った。「足跡を見つけた」

セインが駆けだし、ライリーもすぐあとを追った。生い茂るマツのあいだを数百メートル走ったかと思うと、ジャクソンは突然立ちどまった。そして、下生えの隙間からかすかに見える地面のくぼみを指さした。

よく見つけたものだ、とライリーは思った。自分の専門外だとわかっていたので、うしろにさがった。

セインがひざまずいて足跡を調べた。「コンバットブーツだな。体重が百キロはある」ライリーにきいた。「携帯電話が捨てられていた現場でおれたちが発見した足跡の写真はあるか？」

ライリーはバッグから写真を取りだした。セインはそれを受け取ると、足跡の横に置いた。

ライリーでも足跡の深い溝を見て取れた。「一致するな」セインがぞっとするような笑みを浮かべた。「見つけたぞ」

ジャクソンが足跡の横を歩いた。「歩幅からすると、身長は百九十センチくらいだな」

「足跡を消さなかったのか？」セインが弟のあとを歩いた。「ひと組しかない」失望を隠そうともしなかった。心配そうだった。

「犯人は三人組だという仮定に従うと、ほかのふたりはどこへ行ったの？　別行動を取った？　シャイアンは？」ライリーはきいた。

「この男はシャイアンを運んではいない」セインが言った。「足跡はそれほど深くない」

「向こうに集合場所があるんじゃないか」ジャクソンが遠くを見つめた。「そこに姉貴がいるのかもしれない」

「こんな草木の生い茂った場所で、どうやって犯人を見つけるの？」ライリーはきいた。

「見通しのいい道を進んでいったとすれば、洞窟のほうへ向かったことになる」セインが言った。「人を隠すのにうってつけの場所だ」

今朝、B&Bを出発して以来、彼の目に初めて希望の光が灯《とも》った。ライリーは鼓動が速まるのを感じた。もしかしたら……手がかりをつかんだのかもしれない。

「こんなのおかしい」ジャクソンが目をすがめた。「犯人はおれたちを間違った方向に導くはずだ。これまではものすごく慎重だったのに」

「急いでいたのかも」ライリーは言った。

「罠かもしれない」セインは遠くに目を凝らした。

「その洞窟はどのくらい遠いの？」ライリーは車から降りたときにセインから渡された水筒の水を飲んだ。

「山のふもとにある」セインが岩だらけの山を指さした。「毎年、地元のボーイスカウトがここでキャンプするんだ。矢じりや銀塊を探してハイキングする。ワイオミング翡翠《ジェイド》が見つかることもあるんだ」

「ブラックウッド兄弟は全員イーグル・スカウト（二十一個以上の技能賞を得たボーイスカウト）だったんでしょう」

「ハドソンとジャクソンはな。おれはあんまり」セインは岩をまたいで進んだ。

ジャクソンがにやりとした。「兄貴はおれとハドソンが面倒なことにならないようにしてくれてたんだ。しょっちゅう両親を困らせて。おかげでおれたちがいい子に見えた」

ジャクソンは緊張をやわらげるために言ったのだろうが、セインは無視し、眉根を寄せてライリーを振り返った。「道は全部五十年代に造られて、とっくに消えている。犯人がここにいるなら、土地勘があるということだ」

その言葉が意味することにライリーはぞっとしたが、確かめなければならない。

「登山客とかハイカーは来ないの？」

セインはジグザグに歩きつづけ、ジャクソンが答えてくれた。「この辺には来ない。ほとんどはフリーモント湖から出発して国有林をのぼる。ここは私有地なんだ。見渡す限り、リヴァートン家の所有地だ」

ライリーは小さく口笛を吹いた。「つまり、ここは荒野の真っただ中で、シンギング・リヴァーの子どもたちが毎年やってくるのね。犯人が隠れられるような、さらに辺鄙な場所はある?」

セインの横顔をちらっと見た。歯を食いしばり、目に怒りの炎を燃やしている。胸騒ぎがした。

セインが弟の目を見た。「大洞窟か?」

「だな」ジャクソンが言う。「うまく隠れていて人目につかないし、その存在を知っている人は少ない」

「何人くらい?」

「片手で数えられるくらいだ」セインが歯を食いしばって言った。

「誰か特定の人物を思い浮かべてるでしょう」ライリーは確信を強めた。

セインは鼻筋をつまんだ。「まあ。でも、そんなはずない。ケイドはシャイアンを拉致したりしない。幼なじみなんだ」

「ファニーの親戚？　シャイアンが助けているという？」

セインがうなずいた。「あいつなら土地勘がある」

「シャイアンには恋人がいると、お祖母さんが言っていたわよね。ケイドのこと？」

それなら、ライリーが考えた二番目のシナリオに当てはまる。犯人がシャイアンの恋人なら、いろいろなことに説明がつく。ヘレンが殺されなかったことも、拉致のタイミングが完璧だったことも。

セインは弟の目を見ながら答えた。「昨日きかれたら違うと答えただろうが、いまはもうわからない」

「ケイドがシャイアンを拉致したなら、あっさり解放してくれると思う？」

「もしあいつが姉貴を拉致して祖母を傷つけたんなら、正気を失ってるってことだ」

セインの恐ろしい表情を見て、ライリーはぞっとした。「非常に危険だ」

西のほうから不満げな声が聞こえてきた。ライリーははっとした。セインは背後をうろついている六名の捜索隊員を振り返った。

「ジャクソンとおれはこの足跡をたどる」セインが声を張りあげた。「おれたちが安全だと判断するまで、アイアンクラウド保安官代理と待機していてくれ」

ブーイングが起こった。

「忠告しておく。警官の護衛なしで民間人が来たら、全員捕まえて留置所に放りこんで、姉貴が見つかるまで放っておくからな」

男たちは静まり返り、ライリーはうつむいて笑みを隠した。セインはこの町のやり方を知っている。

セインがアイアンクラウドに向かってうなずくと、アイアンクラウドが近づいてきた。「何が発見されたか、親父には黙っておいてくれ」セインが言う。「期待させたくない」拳銃を抜いた。「それから、彼らをあまり歩きまわらせないように。何が起こるかわからない」

アイアンクラウドはうなずき、捜索隊のもとへ戻った。

セインがライリーを見た。彼が口を開く前に、彼女は首を横に振って拳銃を抜いた。

「止めても無駄よ。わたしは訓練を受けているし、あなたには応援が必要よ」

セインはいらだちを見せながらも、鋭くうなずいた。「常におれたちが見える場所にいろ」

セインは道を外れて森へ向かった。三メートルくらい歩いたところで立ちどまる。

「犯人は怪我をしているな。足取りにむらがある。右足に体重をかけている」

「だから、医者が必要だったのかも」ライリーは言った。

「でももう歩けるようになったのなら……」ジャクソンが言いよどんだ。

誰もその先を続けなかった。利用価値がなくなったのなら、犯人はすでにシャイアンを始末しているかもしれない。この道の終わりで、彼女の死体を発見することになるかもしれない。

三十分間、一行は荒野の真っただ中を歩いた。道も文明の痕跡も見当たらない。セインはまったく音をたてずに歩く。ジャクソンでさえときどき枝を踏むのに。

「幽霊みたい」ライリーはつぶやいた。

「何か言ったか？」セインがきいた。

ライリーは赤面した。「別に」

ジャクソンが彼女に近づいてきてウインクした。「兄貴は高校生のとき、ああやって毎週末こっそり家を抜けだしていたんだ」

「シールズで訓練されたんだと思ってた」

「違う。兄貴は生まれつきこそこそするのが得意なんだ」

さらに数分歩き、ポプラの木立を通り抜けた。木の葉が震え、メロディーを奏でた。ライリーは筋肉が痙攣していたが、休憩したいとは言わなかった。彼らがまだ歩けるのなら、自分も歩けるはずだ。

突然、セインが立ちどまり、腕を突きだしてジャクソンの行く手をふさいだ。無言で片手をあげ、ふたりに止まるよう合図する。ひざまずき、下生えに指を走らせると、細いワイヤーが現れた。

〝ブービートラップだ〟声を出さずに口の動きで伝えた。

一行は来た道を戻った。セインがジャクソンに体を寄せた。「アイアンクラウドのところへ行って、周辺の捜索隊員全員に連絡させろ。その場を動かないよう警告するんだ」ライリーに言う。「きみも一緒に行け」

「応援が必要でしょう」

セインのうなり声が聞こえた気がした。

「できるだけ早く戻ってくる」ジャクソンが言う。「間違っておれを撃つなよ。それから、死ぬなよ、兄貴」

ジャクソンはちらっと振り返ったあと、急いで引き返していった。

「おれが歩いた場所を正確にたどれ」セインが小声で言う。「グリーンレーザーか、せめてひもスプレーがあればいいのに」

ライリーは聞き間違えたのかと思った。「何?」

「ひもスプレーは罠を見破るのに使えるんだ。トリップワイヤーが仕掛けられていれば、ひもが引っかかる」

その情報を役立てなければならない日が来ないことを、ライリーは願った。彼女は彼の足取りを正確にまねた。セインがワイヤーを慎重にたどると、古いダイナマイトに行きついた。

彼はそれをしばらく観察したあと、ベストのポケットから万能ナイフを取りだしてワイヤーを切った。「あとで爆発物処理班を呼ぶ。半世紀前のものに見えるな。向こうに爆発物の入った箱があるとして、ニトログリセリンの状態いかんで不安定になっている可能性もある」

セインはじっと動かなかった。ライリーはただ待った。

「できるならきみを帰したいけど、ひとりでは行かせられない。おれのそばを離れるなよ、ライリー。走れと言ったらためらわずに走れ。いいな?」

彼の決意に満ちたまなざしに、ライリーは射すくめられた。

セインは森のなかを縫うように歩き、定期的に立ちどまっては耳を澄ました。ライリーは彼の足跡を正確にたどり、彼が立ちどまると足を止めた。数羽の鳥や、さっと通り過ぎる動物の気配しか感じなかった。

ゆっくりと洞窟に近づいていく。一歩進むごとに、セインが通った場所に足を置くたびに、胃が締めつけられる感じがした。

分岐点に差しかかり、セインが一瞬、立ちどまった。右側の道のほうが歩きやすそうに見える。彼はためらわずに左を選んだ。

「こっちでいいの?」ライリーは小声できいた。「右の道のほうが最近誰かが通ったように見えたけど」

「ここから五百メートル離れた山腹に一本の坑道がある。ほかのより古い。何も出なかったんだ。八百メートルほど上へ移動したところで大当たりした。おれが犯人なら、使われなかった古い坑道につながる道を選ぶ」

ライリーは納得した。拳銃を握りしめ、五感を研ぎ澄ました。

右手で木の葉が鳴った。ライリーはぱっと振り向いた。一羽のウサギが駆け抜けて森のなかに姿を消した。彼女は小さく息を吐きだした。

それから四百メートルのあいだに、セインはブービートラップをさらに三つ見つけた。ほかの人が一緒に来ていたら、死んでいたかもしれない。

そのあとすぐ、約十五メートル前方に、切りたった岩肌がかろうじて見て取れた。セインは立ちどまり、ぴたりと動きを止めた。

迷彩服を着た人影が洞窟に駆けこむのがぼんやり見えた。

くぐもった爆音が鳴り響いた。岩ががらがらと落ちてくる。セインは飛びのき、ライリーを地面に押し倒した。彼女に覆いかぶさり、背中に岩が当たるとうめき声をあげた。

崖崩れがおさまった頃には、ふたりの体は埃に覆われていた。「大丈夫か?」セインが耳元でささやく。

ライリーは咳をしてからうなずいた。まばたきして目に入った埃を払い、首を曲げて振り向く。「セイン」声を詰まらせながら言った。

森林迷彩服を着た男が立っていた。カモフラージュメイクを施し、黒い髪を三つ編みにしている。M4カービンを構え、セインの背中に狙いを定めている。

恐怖に見開かれた男の目に決意がみなぎった。

「合い言葉を言え!」男が叫び、セインの首筋に銃を押しつけた。

「クリムゾン」セインは両手をあげて穏やかに言った。

男がたちまち銃を引っこめた。セインは寝返りを打ったが、ライリーを男からかばうような姿勢を取りつづけた。

男の目はうつろだった。彼はいま戦場にいるのだ、とライリーは理解した。ふたりは彼の悪夢に入りこんだのだ。

男が目をしばたたいた。「セイン？　なんでここにいるんだ？　カンダハールにいるはずだろう」

「新しい任務を与えられた」セインが言う。「極秘任務なんだ、ケイド」

「彼女は誰だ？」ケイドがライリーを顎で示した。

「CIAだ」セインはすらすらと嘘をついた。「スパイだ」

「くそっ、スパイか。あいつらがおれたちを死に追いやるんだ」ケイドがぶつぶつ言い、かがみこんだ。「森には少なくとも六人の敵がいる。それだけじゃない。ほかにもいる」

セインはそっと立ちあがった。「ケイド、おまえの任務は？」

「チームを連れて帰ることだ。戦略目標が漏洩《ろうえい》し、人質を取られた。勝ち目はない」

ライリーの右手で、枝が折れる音がした。ケイドがぱっと振り向くなり、森に銃弾を浴びせた。

ライリーは地面に伏せた。

「何するんだよ」遠くでジャクソンの叫び声がした。

「休め、ケイド」セインが命じる。「向こうにわれわれの味方がいる」

ケイドの顔が青ざめた。「しまった」銃を放りだす。全身が震えだした。「死んじまった。みんな死んじまった」

ぱっと背を向けると、片脚をかばいながら森のなかに駆けこんだ。

まるでカンダハールにいるみたいだ。セインはゆっくりと口笛を吹いた。銃声がまだ耳の奥でこだましている。ケイドが戻ってくるかもしれないので、空き地の端の木立の震える葉に目を凝らした。あの状態では、彼を信用できない。

全身の神経が張りつめているのを感じた。長年の訓練で研ぎ澄まされた闘争・逃走反応だ。ライリーの肩に手を置いた。「大丈夫か」

ライリーが振り向き、目を丸くしながらもうなずいた。「息が苦しかっただけ」

「ごめん」セインは手を差しだし、彼女を助け起こした。

「岩に押しつぶされるよりましよ」

すぐ近くから立てつづけに悪態が聞こえてきた。セインは空き地の端に駆け寄った。

「ジャクソン？　生きてるか？」

「くそっ、危なかった」ジャクソンがシャツやジーンズについた小枝や松葉を払いながら、大きな木のうしろから現れた。「特殊作戦を続けていいぞ、兄貴。いつでも撃ってくれ」

セインは弟をしっかりと抱きしめた。肩越しに、ずたずたにされた木の幹を見て顔をしかめる。弟は死んでいたかもしれない。腕に力を込めた。

「放せ。らしくないぞ」ジャクソンがにやりとした。目に安堵の色が浮かんでいる。ひどく動揺したのは、弟だけではない。「死ぬほどびっくりしたじゃないか。気をつけろ」

「ああ。おれに何かあったら、親父は兄貴のことをただじゃおかないだろうな」ジャクソンが肩をすくめた。セインも死に直面したとき、そんなふうに肩をすくめる。

今日死なずにすんだことに、感謝の祈りを捧げるべきときもある。

「ガキの頃、兄貴はおれをトラブルに巻きこんでは、親父にどやしつけられていただろう」ジャクソンが言葉を継ぐ。「おれが悪い弟だったら、この兄貴の失態を武器に利用するかもな、この先何十年も」

セインは弟の背中を叩いた。「脅したってちっとも怖くないぞ」

弟が無事だとわかったので、ライリーをちらっと振り返った。彼女はひと言もしゃべらず、青白い顔に奇妙な表情を浮かべている。セインは彼女に近寄った。「大丈夫か？」

「ええ。撃たれるのは初めてじゃないから」

様子がおかしい。

「そうだったな」セインは彼女の右腕に鋭い視線を向けた。「ケイドは事件について何か知っているかもしれない。あとを追いかけないと。フラッシュバックから引きずりだせたと思うが、すぐに逆戻りするかも。怪我人が出たら大変だ」弟のほうを向いた。「ジャクソン、ライリーをもとの空き地に連れ帰ってくれ。すぐ戻る」彼女がいたら、気が散ってしまう。

ライリーが口を開いたが、彼はすばやいキスでふさいだ。彼女が驚いて目を見開く。「念のために言っておくが」彼は耳元でささやいた。「ファニーに言ったことは嘘だ。きみに対して抱いている感情は複雑なんかじゃない。きみに夢中だってことを、知られたくなかっただけだ」

背筋を伸ばし、彼女が何か言う前にケイドが向かった方向へ走りだした。ジャクソンならライリーを守ってくれる。ケイドを見つけ、シャイアンを救出することに集中できる。みんなを助けなければ。

ケイドがこんなことをするなんて、セインはまだ信じられなかった。だが、ケイドは三度目の海外赴任で悪夢のような体験をしたのだ。任務は大失敗に終わり、セインの班があと始末をした。ケイドは死んだ仲間ふたりの下敷きになっていて、瀕死《ひんし》の状態で発見された。

情報漏洩による待ち伏せ攻撃を受け、生き残ったのはケイドだけだった。銃撃戦で何が起こったのか、セインは知らない。報告書はいまも機密扱いだが、想像はつく。

木々をかき分け、ケイドの足跡をたどった。簡単についていけた。それだけでも、彼が本来の自分ではないとわかる。この森に隠れたければ、誰にも気づかれずに何年でも隠れていられるはずなのに。

曲がり角を曲がり、ポプラの鬱蒼《うっそう》とした木立の前で立ちどまった。一本の木の真ん中辺りの枝が折れていた。それを押しのけると、なんとか通れるくらいの岩の割れ目があらわになった。

この森のことなら隅々まで知っているつもりだったが、これは見落としていた。下生えにケイドのブーツの跡が残っていた。パニックに陥った特殊部隊員に忍び寄るのは危険だ。撃たれかねない。いまの精神状態がどうであれ、ケイドは射撃の名手なのだ。

ゆっくりと慎重に狭い隙間を進んだ。岩が背中をこする。頭を傾けて視野を広げた。野営地も、敵も、シャイアンの姿も見えない。姉貴はどこにいる？

一発の銃弾が発射され、セインの頭上の岩に当たった。

「こっちに来るな!」ケイドの震えた声が聞こえた。「彼女を見つけないと。もう誰も殺したくないが、彼女を助けないといけないいんだ」

ケイドが本気で当てる気だったら、セインは死んでいただろう。

「セインだ」全身を緊張させ、いつでも地面に伏せられるよう準備をしながら、開けた場所に出た。「どうした、相棒?」

ケイドは銃をわずかにおろしたものの、その狂気じみた目を見て、セインは動きを止めた。ケイドは何を見ているんだ? 最後の悪夢のような銃撃戦のただなかにいるのか?

「おれたちは包囲されている。それなのに、どうやってくぐり抜けた?」ケイドはセインの頭に狙いを定めた。「おまえ、寝返ったな! 裏切者め」

全身が恐怖にわななき、引き金にかけた指も震えている。チャンスは一度きりだ。

「おれは、おまえを救出するために送りこまれた」セインは嘘をついた——まるきり嘘というわけでもないが。「南の尾根にいる仲間を救うために、情報が必要だ」

ケイドが目を一度、二度しばたたいた。「情報」

「おまえの基地はどこだ?」

「こっちだ」

ケイドは干上がった川床を横切り、狭い野営地へと案内した。たき火の跡と寝袋と、ファニーのところから持ってきた食料があった。

セインは視界の端でごちゃごちゃしたものをとらえた。リップクリーム、アーグレイティーが入ったビニール袋――シャイアンの好物だ。見覚えのある裁縫セット。うなじがぞくぞくした。「その物資はどこで徴発した、ケイド?」

「見つけたんだ」ケイドがうつろな目で答えた。

セインは背筋を伸ばした。「正確な時間と場所を言え、兵士《ソルジャー》」

「一昨日の二十時十五分、およそ三十キロ西方、路肩」

「携帯電話はあったか?」すでに答えはわかっていた。

「ああ。回収するのは危険だった。追跡される可能性がある」

「ケイド、重要なことなんだ。そのとき車を見なかったか?」

「二〇一四年式エスカレード、ネヴァダ州のナンバープレート。WHX0501。何者かが後部座席からバッグを投げ捨てた」

「その人物に見覚えはあるか?」

「スモークガラスで、運転手は見えなかった。バッグと携帯電話を捨てたのは男だった。女がさらに物を捨てたあと、車は走り去った」

くそっ。セインは目を閉じた。失望したと同時に、幼なじみが犯人ではなかったことに安堵した。ケイドは目撃者だ。

つまり、犯人はシャイアンを拉致した数時間後にバッグと携帯電話を捨てた。それからずいぶん時間が経っている。セインはケイドを視界から外さないようにしたまま、手袋をつけて品物を調べた。コンパクトを開けた。ただの鏡だ。「これで全部か?」

ケイドはかぶりを振った。そして、ベストのポケットに手を入れた。セインは緊張して、拳銃を握りしめた。ケイドはネックレスを取りだした。細い金のチェーンが壊れていて、彫刻されたアミュレットがぶらさがっている。これほど大きなワイオミング・ジェイドを、セインは初めて見た。「女が捨てたのはこれだ」

シャイアンのことか?　セインは警戒したままゆっくりとケイドに近づいた。

「シャイアンが行方不明なんだ、ケイド。おれの姉貴のシャイアンが。おまえは姉貴を拉致した犯人を目撃したかもしれない」

ケイドが困惑して眉をひそめた。両手が震え始め、顔から汗がしたたった。

セインはさらに一歩近づいた。もう一歩。「町に戻ろう、ケイド。武器をよこせ」

突然、イヌワシが舞いおりて鳴き声をあげた。六メートル先で、鋭い鉤爪《かぎづめ》がウサギをとらえ、連れ去った。

ケイドがさっと振り返って発砲した。それから、ひざまずいてセインに狙いを定めた。

「おまえは敵だな！」

13

空き地の北のほうで銃声が鳴り響いた。ライリーと、待機している男たちはぎくりとし、辺りは静まり返った。

セイン。

空き地の端の木立にそっと近寄ってのぞきこんだが、鬱蒼としていて何も見えなかった。頭上をワシが鳴きながら飛んでいった。

ジャクソンが来て彼女の腕をつかんだ。「行っちゃだめだ」

右腕をつかまれたので、顔をしかめて彼の手を払いのけた。「銃声が聞こえたでしょう。セインが助けを必要としてるかもしれないわ」

「ケイドも一流の兵士だが、セインのほうが一枚上手だ。大丈夫だ」

そうは言いながらも、ジャクソンの目にも心配の色が浮かんでいるのを、ライリーは見て取った。「セインはケイドを説得したがっていた。それじゃ、公平に戦うことはできないわ」拳銃を抜いた。「もう待つのはたくさん。わたしは行くわ」

ジャクソンがすかさず彼女の前に立ちはだかった。「きみから目を離したとセインが知ったら、一生おれを責めるだろう。死んでもおれに取りつくぞ」

さらにおびただしい銃声が鳴り響いた。

ライリーは足を踏ん張った。「応援が必要よ。お兄さんをひとりきりで戦わせるつもり？」

ジャクソンの顎が引きつった。その仕草はセインを思い出させ、ライリーは胸が痛んだ。

「セインはきみを守りたいんだ。兄貴を信じろ。シールズの隊員だぞ」

ライリーはじっとしていられず、両手で顔をこすりながらうろうろ歩きまわったが、ジャクソンがぴったりとついてきた。

心臓が早鐘を打ち、心配のあまり全身が緊張している。無事に戻ってきて。彼のいない人生など考えられない。

まさか。彼を愛しているの？　感情が理性をうわまわった？

三十分後、ライリーはふたたび木立をのぞきこんだ。なんの気配もない。これ以上待っていられなかった。ジャクソンのほうを向いた。「一度はあなたに従った。もう待つのは終わりよ。止めないで」

「弟を困らせるな」背後からセインの声が聞こえてきた。

ライリーはぱっと振り返った。銃を何丁も持ったセインがケイドを連れて現れた。

ライリーが彼の腕のなかに飛びこむ前に、アイアンクラウド保安官代理が駆け寄った。「地面に伏せろ。逮捕する」

「やめろ、アイアンクラウド」セインが言った。

「見逃すわけにはいかない。おまえとおまえの弟を殺していたかもしれないんだぞ。それに、シャイアンの件はどうなんだ？」

「ケイドは犯人じゃない。だが、犯人の車のナンバープレートを目撃した」セインはケイドのほうを向き、手錠を持ちあげた。「すまない。みんなの安全のためだ」

ケイドの目は、ライリーが先ほど見たときと違って澄んでいた。

「おれは何をした？」ケイドはショックを受けた表情を浮かべ、かろうじて聞き取れる声で尋ねた。

「ジャクソンとおれを殺しかけた」セインは淡々と答えた。

「こんなところでいったい何をしていたんだ？」ジャクソンがきいた。「どうしておれたちに助けを求めなかった？」

ケイドは首を横に振った。「町には耐えられない。うるさくて。古いトラックのバックファイアーの音とか。くらくらするんだ。ひとりになりたかった」手首を差しだした。「ああ、すまない」

セインは手錠をかけたあと、ケイドの肩に手を置いた。「昨日の深夜、キャロルの家の前で発砲しなかったか？」

ケイドが眉根を寄せた。「あの物資を見つけたあと、任務に就いていた。おれを捜さないよう警告したのに、敵は聞き入れなかった」

「味方はいたか？」

ケイドがうなずいた。「おれがメモを届け、連絡員が敵の攻撃を阻止してくれた」

セインは目を閉じた。「おれたちがおまえを助ける」

「ケイドがわたしたちを脅迫したの？」ライリーはきいた。

「おれたちじゃなくて、敵をな。だが、発砲したのは別の人物だ。ケイドの病気につけこんだんだ」セインが顔をしかめた。「ろくでなしどもが」

ライリーは少しためらったあと、セインのそばに行って拳で腕を叩いた。「さっきはさよならの挨拶もしないうちに、さっさと行ったでしょう。二度とあんなことはしないで」背伸びをして彼の頭を引き寄せ、ありったけの思いを込めてキスをしたあと、押しのけようとした。

だが、セインは放そうとしなかった。「必ず戻ってくると言っただろう」片腕できつく抱きしめた。

ひやかしの言葉が飛んできたが、ライリーは他人にどう思われようとどうでもよかった。正しいことをして、困っている仲間を助けたいという英雄願望のせいで、彼は死んでいたかもしれないのだ。

きつく抱きしめられ、ぬくもりに包まれた。これなしではもう生きていけない。この一年持ちこたえられたことが信じられなかった。

セインがジャクソンに合図した。「ハドソンに連絡しろ。ＰＴＳＤの治療をしている一番近い施設を探して、とりあえずケイドをファニーのところへ連れていくようにって」声を潜めた。「ケイドは何をしでかすかわからないと伝えろ。心の準備をさせておいたほうがいい」

「了解」

ジャクソンはケイドを連れて空き地の端へ向かった。

「ファニーの手に負えるの？」ライリーは心配そうにふたりを見送りながらきいた。

「亡くなったご主人もＰＴＳＤを患っていたんだ。当時は戦争神経症と呼ばれていたが。ケイドの問題をファニーは理解している」

空き地を出る前に、ケイドが足を踏ん張り、ジャクソンを立ちどまらせた。

ライリーは緊張したが、ジャクソンがケイドをしっかり捕まえていたし、ケイドも逃げようとはしなかった。彼はセインに言った。「バッグと電話を捨てたあと、車はハイウェイに戻らずに国有林へ向かった」咳払いをしてから続ける。「申し訳ない、セイン。あの車にシャイアンが乗っていると知ってたら、何がなんでも守ったのに。彼女はおれを助けてくれているんだ」

「わかってる」セインはライリーを抱き寄せた。「ケイドはナンバープレートを覚えていたうえに、これをくれた」ポケットから宝石のアミュレットがついた金のネックレスの入った証拠物件袋を取りだした。「ジャクソン、ちょっと待て」

ジャクソンが立ちどまり、セインは駆け寄った。「ケイドが見つけたネックレスに見覚えはあるか？」

ジャクソンはかぶりを振った。「悪いが、初めて見た」

セインはしかめっ面で宝石を見つめた。「そうか」

ライリーのところに戻ってくると、失望のため息をついた。

「誰のなの？」ライリーはきいた。

セインが肩をすくめる。「ジャクソンが知っていることを期待していたんだが。ケイドは、女が車から投げ捨てたとしか言わなかった。姉貴のかと思ったけど、おれも一度も見たことがない」

高そうなネックレスだ。ライリーはシャイアンについて知っていることを思い返した。高級アクセサリーを自分のために買うような女性だとは思えない。

「プレゼントかしら？」

「シャイアンが犯人のを引きちぎったのかもしれない」

「そうだとしたら、犯人は車から降りてネックレスを捜すはずよ。それで身元が割れるかもしれないもの」

空き地の向こう側で叫び声がした。ブラックウッド保安官が近づいてくる。激しい運動をしたのと、怒りで顔が真っ赤だ。「あとで話がある。おれに発見したものを隠そうとしただろう。まずは状況報告しろ。いますぐ」保安官が命じた。

怒りで目が燃えている。じわじわと怒るところは、セインと同じだとライリーは思った。

「いっさい省略するなよ」保安官が念を押した。

セインはケイドの話を伝え、父親をなだめた――あまり効果はなかったが。そして、ネックレスを渡した。「見たことはあるか？」

保安官は長い口笛を吹いた。「こいつはかなりの値打ちもんだぞ。このサイズだし、天然のワイオミング・ジェイドはもう採れない。シャイアンが自分のためにそんな大金を使うとは思えない……診療所には使うかもしれないが、宝石みたいな贅沢品《ぜいたくひん》を買うわけがない」

ライリーも同じように考えた。「誰かからのプレゼントでしょうか？　つきあっている相手とか？」

「シャイアンは私生活に関しては……秘密主義なんだ」保安官が言う。「おれはこのネックレスを見たことがない。もしかしたら……母なら……シャイアンも母になら話したかもしれない」

だが、ヘレン・ブラックウッドは情報を提供できる状態ではない。保安官の目にいらだちが表れた。無理もない。多くの疑問の答えをひとりの女性が握っているのに、答えることはできないのだから。

「ハドソンは？　シャイアンと一番仲がいいと、セインから聞きました」

「兄弟に恋愛の話は絶対にしないだろう」保安官が言った。「息子たちに話したら、相手の男を脅すか、シャイアンをしつこくからかうかのどっちかだ」

ライリーは唇を噛んだ。「保安官、ネックレスは犯人か、シャイアンのものである可能性が高いです。十八金のチェーンとダイヤモンドの留め金がついていて、独特の彫刻が施されています。一点物なら、持ち主を突きとめられるでしょう」ひと息入れてから続ける。「ネックレスがシャイアンのものかどうかわかる可能性のある人は、ほかにいませんか?」

セインと保安官が視線を交わした。

「心当たりはありませんか?」

セインがうなずいた。「祖母の読書会のメンバー、お婆ちゃん探偵だ。彼女はなんでも知ってる。ファニーにきいてみよう」

尾根を下るのは、のぼるよりはるかに危険だ。セインは十代の頃、兄弟とふもとへ向かって駆けおり、六十メートルの高さを危うく落下しそうになってそれを思い知った。いまも駆けおりたい気分だったが、ライリーのことが心配で思いとどまった。シャイアンの命が危険にさらされて以来初めて、たしかな手がかりをふたつつかんだ。

車へ戻る頃には、太陽が高くなっていた。「今日は日曜だ。みんな教会にいるだろう」セインは運転席に乗りこんだ。「ＤＣＩが衛星電話をたくさん提供してくれたおかげで、ここから連絡できる」

ケイドから聞いたナンバープレートに広域手配をかけ、ライリーがシートベルトを締めるのを待った。彼女は兵士顔負けだったとはいえ、本領外だ。水筒を彼女に押しつけた。「水分補給しろ。高山病の予防になる。きみは低地に住んでいるんだから」

彼女の手を握ったあと、サイレンを鳴らして猛スピードで山を抜け、シンギング・リヴァーへ向かった。

教会の駐車場は車であふれていた。セインは捜索救助本部として使われているテントと軽食スタンドのそばに車を停めた。一同が動きを止め、恐怖と期待の入りまじった表情で彼を見つめた。

セインは車から飛びおり、ドアをバタンと閉めると、大声で言った。「まだ見つかってない」

ボランティアたちがうめき声をもらした。セインも同じ気持ちだった。疲れきっていて、失望することにうんざりしている。

でも、ライリーがそばにいてくれる。彼女が心を読んだかのように、セインの手を取ってぎゅっと握った。いまは彼女の支えが必要だった。認めたくはないが、落胆が大きかった。

アドレナリンが切れて、いまにも倒れそうだ。

セインは捜索救助本部にいる保安官代理に近づいた。「新しい情報は?」

保安官代理はかぶりを振った。「ナンバープレートを調べた。二日前、マーブルトンで盗難届が出された白のSUVだった」

「黒のSUVとナンバープレートを取り換えたのね」ライリーが言った。

「これも行き詰まりか」セインは保安官代理に言った。「マーブルトン警察と連携して、シンギング・リヴァーかシャイアンにつながる手がかりがないか調べろ」

保安官代理が無線機をつかんで報告した。

「何も出てこないだろうが」セインはつぶやき、ボランティアたちを見渡した。

「でしょうね」ライリーが同意した。

彼女は嘘をつかない。またしても失望に終わり、時間が刻々と過ぎていく。

「まだネックレスがある」ライリーはセインに歩調を合わせた。

ファニーが読書会のメンバーたちと、周辺の森から昼食を求めて押し寄せてきた疲れきった町の人々にコーヒーや食事を出しているテーブルに、ふたりは近づいた。彼らの気の毒そうな表情を見て、もうあきらめているのだとわかった。

だが、セインはあきらめることはできなかった。

最後のひとりがおいしい食事を受け取り、重い足取りで教会に入っていくまで待った。ほかの人に話を聞かれたくなかった。

「ちょっと時間をもらえるかな？」

ファニーが両手を腰に当て、セインをじろじろ眺めた。「あなたたちが食べながら話すのなら。ふたりとも、いまにも倒れそうな顔をしているわよ」

「ノーマ、ふたりに椅子と食事を」ファニーが命じた。「ウィロー、コーヒーをたっぷり持ってきて」

セインはライリーに肩をすくめてみせた。従ったほうがよさそうだ。

数分後には、セインはローストビーフのサンドイッチにかぶりつき、ブラックコーヒーをごくごく飲んでいた。

向かいに座っているファニーが、テーブルの上で両手を組みあわせた。「それで、なんの用、セイン？」

セインが見やると、ライリーはネックレスを取りだした。「シャイアンか犯人のものだと思われます。見覚えはありませんか？」

三人の女性たちは驚いた顔をして視線を交わした。

「見たことないわね」ファニーがつぶやく。「でもこの宝石の話なら聞いたことがあるわ。先代のリヴァートンが大げさに言ってるだけだと思っていたけど」

セインは驚いて椅子の背にもたれた。ブラックウッドとリヴァートンは犬猿の仲だとはいえ、拉致事件にまで発展するとは思えなかった。

セインが言葉を見つける前に、祖父が祖母を連れて現れた。

祖母がネックレスをじっと見つめた。「ワイオミング・ジェイドね」静かに言い、ライリーをまっすぐ見た。「リヴァートン家のよ。どこで見つけたの？」

祖父が微笑んで妻を抱きしめた。「覚えていたんだね、ヘレン」

「ちょっと、リンカーン、わたしのことをばかだと思ってるの？　もちろん、見ればわかるわよ。それはリヴァートンがあの地面の穴を最初に掘ったときに見つけた石よ。きれいね」祖母が微笑んだ。

「お祖母ちゃん、このネックレスが誰のものか知ってるのかい？」

セインはあえてシャイアンの名前を出さなかった。先入観を与えたくなかった。祖母は記憶に空白があるせいで、ときどき事実を組みあわせてつじつまを合わせることがある。いまはそれでは困る。

「本当は秘密にしなくてはならないんだけど」祖母が証拠物件袋をライリーから受け

取った。「ダイヤモンドの留め金のことを、シャイアンが話してくれたの。本当にきれいだわ。もちろん、あの子がこれを大事にしている理由は別にあるのだけれど」

セインは祖母の頭越しに、驚いている祖父と目を合わせた。

「そのネックレスはシャイアンのなんですか？」言葉を失っているセインの代わりに、ライリーが尋ねた。「確信があるみたいですね」

「間違いないわ」祖母がライリーに体を寄せ、声を潜めた。「シャイアンはリヴァートンの息子に夢中なのよ。でも、問題なしと判断できるまで話したくないみたい。自分の気持ちが本物だとわかるまで、秘密にしておいてほしいと約束させられたわ」

祖母がセインに向かって舌を鳴らした。「お姉ちゃんに返してあげないと。愛する人からの贈り物をなくしたら、とても悲しむわ」

「そうだね、お祖母ちゃん」セインは立ちあがり、祖母の頬にキスをした。「ありがとう」

「いいのよ」祖母はライリーの手を取ると、そっと引っ張って立ちあがらせた。「あなたたち、とってもお似合いよ」

「ああ」セインはライリーの手をつかんだ。「またあとで。シャイアンにネックレスを返しに行かないと」

「あら、まだ帰らせないわよ」祖母がにっこり笑い、リンカーンの手を取った。「将来の妻への思いをこれ以上隠さないで。あなたがリンカーンのように本物の愛を見つけるのを、ずっと待っていたのよ。ほら」

「お祖母ちゃん？」セインはやっとのことで言った。

「彼女にキスしなさい」

14

ライリーは動きたくても動けなかった。頬が熱くなり、セインの祖母を見つめた。なんて言えばいい？

必死でセインの様子を探った。彼も驚いているように見える。さらに……なんとシールズの隊員が顔を赤くしていた。信じられないけれど。

「お願いよ」祖母がセインをライリーのほうへ押しやった。「キスしたことはあるでしょう。少なくとも一回は。ファニーのところで見たのよ」

不意をつかれたセインが、よろめいてライリーにぶつかりそうになった。ライリーは両手をあげ、広い胸に手のひらを押し当てた。彼のぬくもりが伝わってきて、胸が高鳴る。唇をなめ、彼の熱い視線から目をそらせなくなった。

みんなの前だから、軽いキスですませるだろうと思った。

ところが、セインは片手を頬に当て、もう一方の手で彼女をきつく抱き寄せた。

ライリーは息をのんだ。仕事に私情を持ちこまないようにしようと決めていたのに、彼が銃撃された恐怖のせいで、心に築いた壁が崩れた。そしていま、セインの祖母がその壁を粉々にした。

誰かが冗談を言うとかなんとかして、この気まずい状況からふたりを救いだしてくれることを、ライリーは期待した。だが、誰も何も言わなかった。セインは彼女を放そうとせず、彼女は受け入れた。離れたくなかった。

セインは緊張していた。ライリーは彼のシャツを握りしめて気持ちを落ち着かせた。茶色の瞳に見つめられ、うっとりする。彼の瞳孔が開いた。時がゆっくり流れ、一秒が一分に感じられた。彼以外の人は目に入らなくなった。

彼女の部屋でなら、こんなふうに大勢の人に囲まれることなく、簡単にふたりきりになれたのに。セインが彼女の顎を持ちあげ、ゆっくりと唇を近づけた。

彼を押しのけることもできた。彼は放してくれただろう。だが、ライリーはそのまま動かず、長いあいだくすぶっていた感情に身を任せた。まばたきしながら目を閉じた。唇を開いてキスを受けとめる。セインが敏感な唇に舌をそっと這わせた。

ライリーは彼にしがみついた。セイン・ブラックウッドはキスがうまい。すっかり忘れていたが、体は覚えていた。胸が高鳴り、頭がどくどく脈打つ。膝が震え、子宮がうずく。彼の腕のなかが自分の居場所だ。ずっとそうだった。否定してもしかたがない。

ぼんやりした頭に、ようやくひやかしの口笛が届いた。セインにも聞こえたらしく、彼がゆっくりと唇を離した。

セインはおどけて目を輝かせているだろうと思ったら、そうではなかった。それとはまったく違う、用心深いとも言える顔つきをしていた。彼はまばたきしたあと、笑みを顔に張りつけた。だが、目は笑っていなかった。

「これでいいかな?」セインがライリーを抱きしめたまま、ヘレンに言った。

ヘレンがにっこりした。「よくやったわ、セイン。ワルツのレッスンをしないとね。結婚式で踊れるように」

セインが身をかがめて祖母の頬にキスをした。「そうだね。もっとうまくならないと。でもいまは、ほかにやらなきゃならないことがあるんだ」

ヘレンが微笑んで彼の手をさすった。「夕飯の前にいらっしゃい。練習しましょう」リンカーンと腕を組んだ。「ちょっとふたりで練習しない? そのあと、わたしたちのお気に入りの場所へ行きましょう。セインとライリーを見ていたら、いいことを思いついたの」なまめかしいウインクをした。

リンカーンが含み笑いをした。「日曜なのにずいぶん元気だね」

リンカーンの満面の笑みを、ライリーは初めて見た。ヘレンに身も心も捧げているのは見てわかる。病めるときも健やかなるときも。

ヘレンとリンカーンは心から愛しあっている。本物の愛だ。そんなものが存在するなんて、ライリーは信じていなかった。

リンカーンがヘレンの手を唇へ持っていき、手のひらにキスをした。「いいよ、そうしよう。早番が全員戻ってきて、腹をすかせた彼らに昼食を出したらすぐに」

ヘレンが眉をひそめた。「ジーナが早く見つかってほしいわ。まだ十二歳なのよ。かわいそうに」

ヘレンはまたあっさりと過去に、十五年前に逆戻りしてしまった。

「そのためにライリーが来てくれたんだよ、お祖母ちゃん。彼女を見つける手伝いをするために」セインはやすやすと祖母に調子を合わせた。祖母の手を取り、指を絡みあわせる。

これほど優しい男性が世の中にどれくらいいるだろうか。彼のような人を、好きにならずにはいられない。

そう考えて、ライリーはぎょっとした。まさか。ブラックウッド家は彼女の固定観念を覆してしまった。

セインが身をかがめ、ライリーの耳元で言った。「おれがファニーとケイドの話をしているあいだ、祖母の相手をしていてくれ。そのあと、リヴァートン家へ行こう」

ライリーはうなずき、ヘレンのもとへ行った。

「セインはいい子でしょ」ヘレンが言った。

「ええ」ライリーは話を聞いているファニーを見守った。セインが彼女を抱きしめてなだめている。

「見かけは強い戦士だけど、心の優しい子なの。あの子を傷つけないで、ライリー。これまで、あの子を傷つけられるような女性は現れなかった」

ライリーはなんと答えたらいいかわからなかった。彼女に言わせれば、心をずたずたにすることができるのはセインのほうだ。彼女が思いきって心を開けば。

セインが袋と魔法瓶をファニーから受け取って戻ってきた。「行けるか？」ライリーにきいた。

ライリーはヘレンの輝く目を見てから、魔法瓶をつかんだ。「もちろん」セインと急いで車に戻った。

「驚いたかい？」セインが運転席に乗りこみながらきいた。

ライリーはちらっと彼を見た。「ええと……」

セインはにやりとしながらギアを入れ、ハイウェイに向かった。「最近、祖母は何も考えずにしゃべるんだ」

ライリーは頰が熱くなった。「あなたのお祖母さんに腹を立てることはできないわ」シートベルトをつかんだ。彼女がシンギング・リヴァーに来たのは、シャイアン・ブラックウッドを無事に連れ戻すためだ。刻々と、その可能性が低くなっていくように思える。

「言いたいことはわかるよ。たしかに難しい」セインがアクセルを踏みこみ、回転灯をつけた。

ライリーはこの手がかりがどこかへ導いてくれることを期待した。彼女のいわゆる専門知識は、いまのところ役に立っていない。ネックレスがシャイアンを連れ戻してくれることを祈った。

「サンドイッチを出してくれないか？　きみは食べなきゃいけないし、おれも腹が減った。もうすぐリヴァートンの地所に入る」セインが言った。

ライリーは気分転換できることにほっとして、袋を開けて昼食の残りを取りだした。サンドイッチをひと口かじると、ターキーに塗られたスパイシーなマスタードで舌がぴりぴりした。アイスティーでサンドイッチを流しこむ。「お祖母さんの話を信じる？　ネックレスはシャイアンのものだと思う？」

「イエスと答えたら驚くか？」

「お祖母さんの記憶は当てにできるの？」

セインはしばらく黙りこんだあと、鼻筋をつまんだ。「医者の説明で、なるほどと思ったのがあるんだ。記憶が子どもの頃を起点として螺旋《らせん》を描くものだとする。年々実線が外側に円を描き、記憶を蓄える。アルツハイマー病は実線の隙間を縮めるんだ。新しい記憶は消えるのもあれば、残るのもある。そして、病気は少しずつ過去にさかのぼって記憶を破壊していく。祖母はおれたち孫のことを忘れ、息子の嫁、そして息子の記憶も失う。やがて夫を忘れ、とうとうきょうだいや両親のことも忘れる。最後は、食べたり飲んだり、飲みこんだりすることもできなくなる」

ライリーは呆然として彼を見た。「知らなかった。怖いわね」

「ああ。人間を人間たらしめているものは、記憶や経験だ。アルツハイマー病は人間を定義するものを少しずつはぎ取っていく。いいことなんてない。何ひとつ」

セインの声がくぐもった。ライリーはブラックウッド家が経験していることを、少しはわかった気でいた。しかし、全然わかっていなかった。

気は進まないが、きかないわけにはいかなかった。「それなら、どうしてネックレスがシャイアンのものだというお祖母さんの話を信じられるの？」

「新しい情報も繰り返せば、長期記憶に入るんだ。しばらくのあいだは。シャイアンの恋人の話は、それだと思う」セインは〝恋人〟という言葉をうなるように言った。

「シャイアンが結婚するとなったら、祖母はそのことばかり考えただろう。ロマンティストだからな」

「なるほど。シャイアンを拉致した犯人は、田舎道や携帯電話が捨てられた現場周辺の地理を熟知していた。そして、リヴァートンはその土地を所有している」

道路脇に柱が立ち並び始めた。「ちょうどリヴァートン牧場に入ったぞ」

「何千エーカーもあるんでしょうね」

「三万エーカー以上ある」

そのとき、衛星電話が鳴った。「ブラックウッドです」

「ハドソンだ」セインは少し話を聞いてから言った。「ちょっと待て」スピーカーに切り替えた。「ライリーのために繰り返してくれ」

「この半年くらいのあいだ、シャイアンは誰かとつきあっていた。相手の名前は教えてくれなかった。おれが知ってるのは、買い付けから帰る途中、たまたまシャイアンの家に寄ったからなんだ。家に入れてもらえなくて、部屋でジャズが流れていたから、ピンと来た。誰が来てるんだいってきいたら、ドアを閉められた。親父やおまえに身元調査されるのがいやだったんだろうな」

「おれはそんなこと――」

「嘘つけ、セイン。おれも何度かフットボール選手を脅したが、おれが卒業したあとは、おまえが率先してやっていただろう。キャル・リヴァートンがシャイアンを口説いて、そのことを言い触らした結果どうなったかは、みんな知ってるぞ。一週間は学校に来なかった」

「あれは違うんだ」セインは顔をしかめた。「おれはあいつの目の周りに黒いあざを作っただけだ。あいつは三つも下のやつに負かされたってばれるのが恥ずかしくて学校に来なかっただけだ。そんなにひどい怪我じゃなかった。あいつはシャイアンを泣かせたんだぞ」

「ああ、だけど、親父はおまえに罰を与えた」

セインはさらに顔をしかめた。「夏のあいだずっとリヴァートン牧場で働かされた。しかも最初の週は無給で」

「待って」ライリーは言った。「そのキャルって人が、シャイアンのつきあってる相手なの？」

「なんだって？」ハドソンが叫んだ。

「キャルはワイオミングを出て、カリフォルニアで起業した」セインが言う。「もう何年も帰ってきていない。おれはブレットだと思う。キャルのひとつ上で、リヴァートン牧場の経営者だ。祖父の土地を何度も買い取ろうとしている。シャイアンとつきあって土地を手に入れようとしているんだとしても、驚かないよ」

セインはブレット・リヴァートンに対する反感を隠そうともしなかった。

「シャイアンを見つけろ、セイン。ブレットが関与しているかどうかわかったら、すぐに知らせてくれ」ハドソンはそう言うと、電話を切った。

リヴァートン牧場を示す大きな石と鉄のアーチにたどりついた。ライリーは目をすがめた。「あれって監視カメラよね」

「一キロ以上手前から動作検知器をいくつか見かけた」セインが暗い声で言う。「最近設置されたもののようだ」

「柱の根元の土が掘り返されているのに気づいた？」

セインがうなずいた。

「牧場ってカメラを設置するものなの？」

「設置しているところは多い。牛泥棒とかがいるからな。とはいえ、ここのはそれとは違う」

家畜脱出防止溝をガタガタ乗り越え、納屋や畜舎や訓練施設に囲まれた大きなランチハウスに向かって進んだ。

「リヴァートン家は鉱業をしていたのよね？」

「金が金を生む。ブレットはクォーターホースの訓練に夢中なんだ。十代の頃はロデオに出ていた。父親が失踪するまで。噂《うわさ》によると、ラスヴェガスでマフィアに借金して、そのまま帰ってこなかったらしい」

セインは大きな石造りの家に通じる長い私道に車を乗り入れた。

ライリーは背筋を伸ばした。「納屋の近くにいた男たちに気づいた？」

「武装した警備員がいたな。いくらブレット・リヴァートンでも、これはおかしい」

セインは車を停めると、拳銃を確かめた。「単に話を聞くだけじゃすまなそうだ」

彼はホルスターを隠すためにジャケットを羽織ってから車を降りた。ライリーは彼の隣を歩いた。従業員に監視されているのを感じて、背中や肩の筋肉がこわばった。そわそわと左右を見まわす。撃たれた腕がまだ痛むのに、銃に囲まれるなんて。

「少なくとも三人は見張りがいる」セインが言った。

彼がドアをノックした。警戒した目つきの痩せぎすの従業員が出てきた。「なんの用だ、ブラックウッド保安官代理？」

「ブレットに用がある」

男は歯を鳴らした。「それは無理だな。出直してこい」

セインは腕で男の動きを封じた。「シェップ、おまえと言い争っている暇はないんだ。姉が行方不明で、いますぐブレットに話を聞きたい……さもないと、拉致の容疑で彼を逮捕する」

シェップの骸骨のような顔がゆがみ、ぞっとするような顔つきになった。癌《がん》患者の容貌だ、とライリーは思った。

「いいから通せ。どうせ食後に保安官を訪ねるつもりだったんだ」部屋の奥から疲れた声が聞こえてきた。

「しかし、ミスター・リヴァートン、お加減が――」

「言うとおりにしろ、シェップ」

「そうだ、シェップ。通せ」セインがシェップを押しのけてなかに入った。

ライリーもあとに続いたが、敷居をまたいだとたん、ふたりは歩みを止めた。

セインの目に驚きの色が浮かんだ。

痛みに顔をゆがめた男が、杖《つえ》を突いて歩いてきた。実年齢より何十歳も老けて見える。重い病気なのだ。死にかけているのかもしれない。

セインが知らなかったのは明らかだ。

「くそっ、ブレット。いったい何があったんだ？」

15

背後で大きなオークのドアが静かに閉まり、セインとライリーはリヴァートン家に閉じこめられた。セインはリビングルームを見まわした。この家に入るのは初めてだった。マホガニー材や豪華な家具が金のにおいを発散させているとはいえ、見せびらかすわけでもなく、使い勝手がよく居心地のよさそうな部屋だ。レミントンの絵が何枚か飾ってあり、石や矢じりやその他の宝物が詰まった大きなディスプレーボックスが、巨大な壁の中心を占めていた。

シェップは腕組みをし、無言でセインと雇い主のあいだに立ちはだかっていた。まるでセインを止めてやるとでも言わんばかりに。シェップは肺癌だと噂で聞いていたが、どうやら本当だったらしい。いつも指に煙草《たばこ》を挟んでいたのに、ニコチンの染みもついていない。やめてから少なくとも一、二カ月は経っている。

「やつれたな、ブレット」

「どうも」ブレットは車椅子にゆっくりと腰かけた。

ブレットのことも、祖父を悩ませる彼の評判の悪い弁護士のことも、セインはよく思っていない。だが、セインの四つ上、ハドソンのひとつ上のブレットといえば、フットボール部のディフェンシブエンドで、たくましく敏捷《びんしょう》だった。

いまはその面影もない。鎖骨が浮きでていて、頰がこけ、肌は青白かった。

セインは同情を押し殺した。監視カメラに気づいた瞬間、うなじの毛が逆立った。あまり期待しないよう、ライリーに言われていた。祖母は病気のせいで、間違った結論を出したのかもしれないと。たしかにそうだが、いまはもうブレットが何かを隠していると疑わざるを得ない。

「シャイアンのことで来たんだ」

「見つかったのか？」苦悩に似た表情がブレットの顔をよぎった。興味深い。罪悪感か？

「まだだ」

ブレットの眉間に深いしわが刻まれた。「てっきり……」鋭い悪態をつく。「力になれなくてすまない。ご覧のとおり、当分のあいだここを離れられないんだ。おれに何か用か？」

「質問に答えてくれ、ブレット。今日、親父に会いに行くつもりだったんだよな？　どうしてだ？」

ブレットの顎がこわばる。答えたくないのだ。葛藤が見て取れた。

「監視を強化したのはいつからだ、ブレット？　あの装置は、一般市民には手に入らないモデルだ。どういうことだ？」

ブレットが歯を食いしばった。「牛泥棒の被害が増加したんだ」

「本当か？」セインは腕組みをした。「嘘が下手だな」

ブレットの唇にかすかな笑みが浮かんだ。「真実を避けるのが得意だとよく言われる」

「姉貴に嘘をついたか？」

ブレットの表情がうつろになった。「おまえには関係ない」

「姉貴を見つけるまで、シャイアンに関することは全部おれに関係がある」セインの声がくぐもった。刻一刻と不安が募っていく。「行方がわからなくなってから三十六時間以上過ぎた」ライリーをちらっと見た。

「三十六時間を過ぎると、被害者が助かる可能性は五パーセントを切ります」ライリーはブレットに近寄った。「ＦＢＩ特別捜査官のライリー・ランバートです、ミスター・リヴァートン。一部の設備の許可について、おききしたいことがあります。政府の所有地に動作検置器が設置されていました」

「おれが道路を造った」ブレットがうなるように言った。

「政府の所有地です」ライリーが反論する。「あなたを召喚することができます」

「手を引け、ブラックウッド」戸口にいるシェップが怒鳴った。「それか、ちゃんと仕事をしろ」

セインは首をかしげた。「どういう意味だ?」

ブレットは首を横に振り、拳が白くなるほど車椅子の肘掛けを握りしめた。「痛み止めを持ってきてくれ、シェップ」

シェップは顔をしかめたものの、部屋の奥にある戸口から出て、ドアをバタンと閉めた。

「春から何度も泥棒に入られたんだ」ブレットの額と上唇に玉の汗が噴きだした。肘掛けをさらにきつく握りしめる。「半年くらい前に、従業員が新しい備品を盗んで逃げた。居場所を突きとめられず、告発できずにいる」

セインは兄の高校時代のライバルだった男をじっと眺めた。表情が読み取れない。たいてい嘘は見抜けるのだが。ブレットの言うとおりだ。彼は嘘がうまい。だが、体調のことやシャイアンに関することで何か秘密を抱えていることは隠せなかった。

真実を暴こうと決意し、ブレットに近寄って見おろした。「金曜の夜はどこにいた？」

ブレットが乾いた笑い声をたてた。「どこにいたと思う？」腕を振りおろして、痩せ細った体を示した。

「シェップは？」

「コーディだ。化学療法を受けていた」ブレットが身をかがめた。「なあ、おれはシャイアンの事件とはなんの関係もない。信じてくれ」

セインはライリーをちらっと見た。彼女がうなずき、ネックレスをセインに渡した。その表情から、ブレットが何か隠していると、彼女も思っていることがわかった。セインは我慢の限界を超えた。ブレットの顔に証拠を突きつける。「これに見覚えはあるか？」

ブレットの顔がさらに青ざめた。「どこで手に入れた？」

「こっちが質問してるんだ」セインが袋を傾けると、部屋の薄明かりのもとでも、大きな宝石はきらりと光った。「いくらするんだ？」

ブレットがわずかに車椅子をバックさせた。「くだらない。ネックレスの値段なんいだ」


て関係ないだろう」

「リヴァートンの鉱山で採れたものか？」

「わかってるんだろう。おれの曾祖父が発見したワイオミング・ジェイド鉱脈の色合いだ」

「有力な情報だな」セインはメモを取った。「高価でふたつとない。あんたが依頼した宝石職人は必ず見つかるだろうが、いま話してくれれば手間が省ける」

「気はたしかか？　おれはシャイアンの居場所も、彼女が拉致された理由もわからない。それどころか、捜索のために飛行機を提供しただろう。協力するよう従業員に呼びかけた。おれだって参加できるものならしている」

ライリーがセインの隣に来た。「犯人が捜索や調査に加わるのはよくあることです」

セインは喝采を送りたい気分だった。追い打ちをかけるのがうまい。ＦＢＩの看板も役に立つだろう。ブレットは手ごわい相手だ。

「くだらん」握りしめたブレットの拳が震えている。

「あんたとシャイアンはつきあっていた。証人もいる」祖母だと教える必要はない。

ブレットは黙りこんだ。

「あんたたちは恋人同士だった」セインは吐きだすように言った。「こんな状況でなければ、シャイアンの――姉の私生活には干渉しないようにするだろう。だが、いまはそんなことを言っている場合ではない。

セインは袋に入ったネックレスをブレットの手に押しつけた。「あんたはものすごい値打ちのある宝石をシャイアンに渡した。あるいは、姉貴が盗んだのか」ブレットが動揺したのがわかった。やはり、シャイアンのネックレスなのだ。

「くそったれ」

「姉貴を取り戻せるなら、なんでもするさ」

ライリーが身を乗りだした。「ミスター・リヴァートン、あなたが誰かを守ろうとしているのは明らかです。ネックレスのことを教えてください。シャイアンの携帯電話やそのほかの私物と一緒に発見されたんです。拉致されていたときにつけていたものと思われます」

ブレットが目を閉じた。「くそっ。つけるなと言ったのに」

彼の右手が震えだし、震えは全身に広がった。シェップが部屋に飛びこんできた。

セインをにらみつける。「いったい何をした?」

「ミスター・リヴァートン?」シェップがブレットの口を開け、薬を二錠押しこんだ。

あわてふためいて周囲を見まわす。

セインは水の入ったグラスをシェップの手に押しつけた。シェップがグラスを傾けた。「飲んでください」

ブレットが薬を飲みこんだ。白目をむき、手足が痙攣している。椅子から滑り落ちそうになり、セインは駆け寄ってシェップとともに支えた。

「救急車を呼ぶわ」ライリーがポケットから携帯電話を取りだした。

「やめろ」シェップが言う。「呼んでも無駄だ。数分待てば薬が効く」

「医者に診せないと」

「医者は手を尽くしている」シェップは声を詰まらせた。「ミスター・リヴァートンは毒を盛られて治療中だが、治るまでは時間がかかる」目を閉じる。「病気のことはできるだけ隠さなきゃならない。取締役会に乗っ取られないように。そうなったらおしまいだ」

痙攣するブレットを見て、セインはたじろいだ。「数分待つ。それでもこのままだったら救急車を呼ぶ」

ライリーは画面に親指を添えたまま待った。二分もすると、痙攣はおさまってきた。

衛星電話が鳴り、セインは画面を確認した。「ちょっと表に出てくるが、シェップ、まだ話は終わっていないぞ。ブラックウッドです。ちょっと待ってくれ」

ライリーを連れて玄関ポーチに出た。武装したカウボーイが近づいてくる。

セインはジャケットを広げて拳銃を見せた。「向こうへ行け」男がためらうと、玄関にいたシェップがすばやくうなずいた。

セインはライリーをうながして車に乗りこんだ。「プライバシーが必要だ」そう言って、スピーカーに切り替えた。

「川のよどみの近くに埋められていた死体の身元が判明した」ペンダーグラス保安官代理が報告した。「ランバート特別捜査官の言うとおり、四十代半ばで、死亡時期は春だ」

「誰だ？」

「ついていたよ。歯の診療記録が残っていたんだ。約一年前に歯周膿瘍《のうよう》にかかった。ブレット・リヴァートンのところの従業員だ」

鍵のかかったドアの向こうから、ささやき声が聞こえてくる。シャイアンは患者の額に手を当てた。また熱があがっている。指先で脈を測った。百二十。

ベサニーがうめき声をあげ、どんよりした目を見開いた。「聞こえる？」シャイアンはそっと声をかけた。「頑張って、ベサニー。わたしも全力を尽くすけど、あなたにも頑張ってもらわないと」

一瞬、目が合った。シャイアンと同じくらいの年齢だ。強靭《きょうじん》な精神力の持ち主であることが見て取れた。「みんなあなたを必要としていると、イアンが言ってたわ」

ひと粒の涙がベサニーの頬を伝った。「助けて」そうささやいたあと、目を閉じた。

もう限界だった。シャイアンは金属のドアに近づいた。鼓動が速まるのを感じながら拳をあげ、ドアを叩こうとしたところで思いとどまった。イアンたちの状況を悪化させてしまうかもしれない。この半年間ネックレスがあった場所に手を伸ばした。

拉致されたあと、引きちぎられたに違いない。それを握りしめ、なめらかな感触を確かめて、贈り主を思い浮かべたかった。力をもらいたかった。

彼にこっぴどく傷つけられた。それでも、シャイアンはほとんど何も言わなかった。言えないことがたくさんあった。ここを生きて出られたら、そのときは……。

シャイアンはため息をついた。そんなことをしてなんになるだろう？　やり直せないこともある。前に進むしかない。患者を振り返った。抗生剤を与えなければ、ベサニーは死んでしまう。

与えたとしても、まだ誰かがふたりの命を狙っている。

「彼女が嘘をついているのかもしれない」ドアの向こうから男の低い声が聞こえた。

「外部の人間は信用できないといつも言ってるだろう」

「ベサニーは死んでしまうかもしれないんですよ、ファーザー」女が反論する。「それでもいいんですか？」

少し長すぎる沈黙が流れた。「よくもそんなことを」ピシャリという音がした。「ベサニーはおれの子だぞ」

「なら、イアンを信じていないんですか？」女の声は小さくて、かろうじて聞き取れた。

「あいつは医者と一緒にいすぎた。それで、いいことを思いついた。あの医者をここに置いておくのはどうだ？　永久に。彼女ならマイカを教育できる。あいつには科学と数学の才能があるようだ。優秀な医者になるだろう」

シャイアンは膝が震えた。永久に閉じこめられるの？

「部外者を？」アデレードの声だ。「ここに置くの？」

「家族がすべてだ」男がため息をつく。「おまえの言うとおりだ。彼女はわれわれを裏切るだろう。ほかの者たちと同じように。リスクは冒せない。ベサニーがよくなったら、医者は始末しなければならない」

「ファーザー――」

「もう決めた」

「はい、ファーザー」

「おまえはいい子だ、アデレード」

チャイムが鳴った。「音楽のレッスンの時間だ。マイカにはチェロの才能もあると知っていたか？　父親に手を折られかけて台なしにされるところだったが、間一髪でわれわれが救いだした」

「あなたの命令で、ファーザー」少し間が空いた。「抗生剤は？」

「イアンはひとりで仕事をこなせないかもしれない。一緒に行って、わたしに報告しろ。それから、アデレード、イアンには反抗した罰を与えなければならない」男は少し間を置いてから続けた。「わたしは完璧なものだけを求める」

シャイアンは目を閉じた。助けがなければ、ここから逃げられない。どうしようもない。

「いいえ、シャイアン。何か方法があるはず」祖母が教えてくれたのは、あきらめないことだ。〝譲歩するのも、挫折するのもいいけど、決してあきらめないで〟祖母の口癖だった。

「あきらめない、お祖母ちゃん。見ていて」

バスルームに入り、顔を洗って手探りでタオルを探した。この部屋にあった鋭利な器具はすべて片づけられてしまった。武器がない。でも……。

洗面台の脇にある木製のタオル掛けを見つめた。もしかしたら。タオル掛けをつかんで力一杯引っ張った。力が出ない。毒を盛られていると気づいてからは、食べ物を隠し、飲み物は捨てていた。

だめだ。

壁に寄りかかって片足をあげ、タオル掛けを蹴った。ボキッという音がバスルームに響き渡った。

鼓動が速まるのを感じながら、ふたたび蹴った。ついに裂けた棒が地面に落ちた。彼女はそれを拾いあげ、手のなかでひっくり返した。「あきらめないわ」


ライリーの首筋を汗が伝った。真昼の太陽が車の窓に照りつけたが、彼女は窓を開けなかった。ブレット・リヴァートンの警備員に話を聞かれたくない。

「死因は?」セインがきいた。

「ランバート特別捜査官の言うとおり」ペンダーグラスが言う。「鋭利なもので右耳のすぐうしろを刺されていた。だが検死によって、殺害される前にも外傷を与えられていたことがわかった。被害者は殴打され、致命傷を受ける前に意識を失っていた可能性がある」

ペンダーグラスが川のよどみで発見された死体に関する報告を続けた。

セインがライリーの目を見た。彼女は座席に手を置き、小指で彼の指にかすかに触れた。彼が手をあげ、彼女の頰を伝う汗をぬぐった。セインはただのがつがつしたシールズなんかじゃない。どうしてこんなにすてきなの？　彼にもたれかかり、大丈夫だと安心させたかったが、できなかった。

ふたりとも偶然は信じない。これも共通点だ。

リヴァートン牧場の従業員が殺されていた。ブレット・リヴァートンは毒を盛られ、彼とつきあっていたシャイアンが拉致された。

偶然のはずがない。

「急いでくれ、ペンダーグラス。車のなかで焼けそうなんだ。つまり、リヴァートンの従業員が殺されて、犯人に関する証拠はないってことだな」

「すまない、セイン。行き詰まりだ。ブレット・リヴァートンからききだすしかない」

「ああ、白状させる。親父の様子は？」

ライリーはペンダーグラスの話を聞きながら、窓の外に目をやった。ウィンチェスターライフルを肘にかけた警備員が見えて、目で追った。武装した警備員たちが放牧場を歩きまわっていた。一定のペースで決まった道をたどりながらも、たびたび離れ家のほうに引き寄せられる。彼女は目をすがめた。気のせいかしら？

すぐにパターンに気づいた。彼らはある建物に向かっている。

ようやくセインが電話を切った。

「お父さんは大丈夫みたいでよかったわ」ライリーは言った。

セインが眉をひそめる。「ストレスや睡眠不足は回復を妨げる。でも、親父を休ませられるのはシャイアンだけだ」彼女のほうを向いた。「きみもあの建物に気づいたみたいだな」

「なかを調べたほうがいいと思う？」

「ブレットは嘘をついている。調べてみるべきだろうな。さあ、あぶり焼きにされる前に降りよう」

ライリーはドアを開け、涼しい風を頰に受けた。ふたりは母屋には戻らず、敷地を横切った。その小さな——人を閉じこめておけるくらいには大きい——建物への道のりを半分も行かないうちに、警備員三名が銃を構えて立ちはだかった。

「家に戻ったほうがいい、保安官代理」

「カーティス、拉致事件の被害者を――おれの姉貴のシャイアンを捜してるんだ」セインは高校時代の同級生に言った。「姉貴とリヴァートンを結びつける証拠がある。捜査の邪魔をしたとわかったら、ギブソン判事はおまえを刑務所に放りこむだろう。判事の娘を妊娠させたんだから、なおさらだ」

カーティスが顔をしかめる。「やめろ、セイン。ただでさえ嫌われてるんだ。それに、この仕事を失ったら困る」ほかの従業員に聞こえないように小さな声で言った。

「だったら、邪魔するな」

セインとやりあえると、この男は本気で思っているのだろうか。ここにいる誰にも無理だろうと、ライリーは思った。

「開けろ、カーティス」背後でシェップが言った。

セインが頭を傾けた。カーティスがドアの鍵を開けに行った。

ライリーはセインの手を握った。「わたしに先に行かせて。お願い」

「だめだ」

シャイアンがなかにいますように――生きていますようにと祈りながら、ライリーは彼と並んで建物に入った。

天窓から光が差しこんでいる。干し草が敷かれた部屋の奥で、馬が鼻を鳴らした。

セインは奥へ進んだ。ブレットの大事な馬の一頭が横たわっていて、死にかけているように見えた。たてがみはぼさぼさで、毛が抜け落ちている。リヴァートン家の獣医がそばにいて、腹を撫でていた。

「その馬はどこが悪いんですか、先生？」

ドクター・ティルマンが振り向いた。「銅中毒だ。ブレットはこの工作室を動物病院にしたんだ。今日、一匹死んだ」

ライリーは振り返った。犬小屋で一匹の犬が耳を伏せて寝ていた。皮膚に発疹《ほっしん》ができ、足が赤い泥に覆われている。小屋はあと三つあり、猫と、オオカミのように見える動物がそれぞれ入れられ、残りのひとつはからっぽで掃除されていた。

「こっちの動物は大丈夫なんですか？」

「たぶん。キレート剤を与えて、汚染源を突きとめようとしている」ティルマンが咳払いをした。「シャイアンのことは残念だ。一刻も早く見つかることを願っている」

セインがそっけなくうなずく。苦しんでいる動物たちを最後にもう一度見てから、ライリーは彼のあとについてドアへ向かった。

カーティスがぶらぶらと近づいてくる。「このことをあちこちに触れまわるんじゃないぞ、セイン。ブレットにこれ以上苦しんでほしくない。いいボスなんだ」

「環境保護庁《EPA》と疾病予防管理センター《CDC》には知らせないと」ライリーは言った。「やむを得ないわ」

カーティスは立ちどまり、首を横に振ったあと、巡回を再開した。「まったく政府の職員ってやつは」

「悪く思わないでほしい」セインがライリーに言った。「こっちの人間は、政府が州の半分を所有してることに腹を立ててるんだ」

母屋に戻る途中で、ライリーは歩く速度を緩めた。セインが歩調を合わせた。

「いったいどんな理由で犯人はブレットや動物に毒を盛ったのかしら？　リヴァートンの問題とシャイアンの事件のつながりが見えないわ」

「姉貴らしいな。なんでも難しくする」

セインは冗談を言ったが、うけなかった。ライリーは数時間前から、もう少しでシャイアンを見つけられるかもしれないと期待していた。ブレットへの尋問でたしかな手がかりを得られなければ、スタート地点に逆戻りしなければならない。

「ブレットは自分に悪意を持っている人物に心当たりがあるはずだ」セインが間に合わせの動物病院をちらっと見た。「そうでなければ、武装した警備員に見まわりをさせたりしないだろう」

玄関ポーチにたどりつき、ライリーは立ちどまった。「判事とは親しいの？　ここの捜索令状を出してもらえる？」

「難しいな。判事は親父の釣り仲間だけど、個人の権利を重んじるんだ。それに、リヴァートンはこの町で羽振りを利かせている。でも、シャイアンのためなら……頼んでみる価値はある」

「ブレットはシャイアンのことを思っているし、事を荒立てたくはないでしょう。ここで起こっていることは知られたくないものの、彼が医療の助けを必要としているのは明らかかね。ちょっと圧力をかけてみたら」

セインはぞっとするような笑みを浮かべた。「いいね」

ふたりはノックをせずに家のなかに入った。ブレットは身をかがめ、携帯電話で小声で話していた。

「誰と話してるんだ、ブレット？」

ブレットは電話を切ってポケットにしまった。「仕事の話だ」

「面倒なことになるぞ、リヴァートン。ライリーはCDCとEPAと土地管理局を短縮ダイヤルに登録している」セインは腕組みをした。「政府職員に敷地に踏みこまれたくはないだろう」

ブレットが両手で顔をこすった。苦悩に満ちた表情で、セインを見つめる。

セインはブレットに駆け寄り、車椅子の肘掛けを叩いた。バシッという音が部屋に響き渡った。「くそっ。川のよどみで掘りだされた遺体は、ここの従業員だと確認された。半年前から給料が支払われていない」

「まさか」ブレットが首を横に振る。「半年前って、それはシャイアンが――」

セインはブレットのシャツをつかんだ。「どうなってるんだ？　姉貴とどういう関係だ？　あんたが拉致したのか？　ここで何かやましいことをしていて、姉貴に気づかれたのか？　あんたの鉱山が水を汚染してるのか？　それとも、誰かがあんたや動物に毒を盛ったのか？」

シェップがドアを勢いよく開けて部屋に飛びこんできた。「放っておいてくれ。おまえたちにはわからない」

セインがぱっと振り返った。これほど恐ろしい顔をしている彼を、ライリーは初めて見た。

「引っこんでろ、シェップ」セインがシャツを握りしめた手に力を込めた。「一度しかきかないぞ、リヴァートン。姉貴はどこだ？」

「知らない」ブレットは声を詰まらせながら言った。

「セイン」ライリーは片手をセインの肩に置いた。「彼は嘘をついていない。見て」

ブレットの顔はこのうえなく白く、いまにも気絶しそうだった。

「嘘の達人なんだ」セインは吐きだすように言った。「このバッジをつけていなければ、吐かせてやるのに。おれは真実を引きだすやり方を知っている。ちくしょう、つけていてもやるかも」

脅しの言葉が響き渡った。セインは深く息を吸いこむと、ブレットを押し戻した。

「おれの見たところ、あんたは嘘をついてる。シャイアンの命を危険にさらしている」

「おれが彼女を傷つけるようなまねをするはずがない」ブレットは落ちくぼんだ目でセインの目をまっすぐ見た。「彼女を……大事に思っている」

「そうは見えないが」

ブレットがセインの手首をつかんだ。「おまえは何もわかってない。おれは彼女を守ろうとしているんだ」

ライリーは彼の言うことを信じた。深い悲しみが表情に表れていた。

この新情報をもとに、またプロファイリングし直さなければ。つじつまが合わない。無関係の事実が多すぎて、まとまりのあるシナリオを描けなかった。

「答えろ、ブレット」セインはシャツをさらにきつく握りしめた。「誰かを雇ってシャイアンを拉致させたのか？　そいつが祖母を壁に叩きつけたのか？」

ブレットは渾身《こんしん》の力を振り絞ってセインを突き飛ばした。「くそっ、ブラックウッド、もちろんそんなことはしていない」

「どうして信じられる？」セインがブレットをにらみつけた。

ブレットはぱさぱさした細い髪をかきあげたあと、唇をゆがめた。「シャイアンはおれの妻だからだ」

16

部屋の壁が迫ってくるように感じた。セインはめまいがし、うしろによろめいた。

「あり得ない。シャイアンは絶対に――」

「なんだ？　リヴァートンとは結婚しない、か？」ブレットが自嘲するように笑った。「彼女がプロポーズを受け入れてくれたときは驚いたよ。そのあと本当に結婚してくれたときも」

「キャルにあんなことをされたあとで、姉貴があんたたちに近づくはずがない。ましてや、結婚するなんて」

ブレットがセインをにらんだ。「あの件を持ちだしてくれてありがとうよ。キャルは反省していた。何度も謝ったんだ。シャイアンは……大目に見たとでも言っておこう」

セインはブレットの向かいにある革椅子に身を沈めると、彼の左手を見つめた。ぶかぶかの金の指輪をはめている。ライリーがセインの隣に座り、脚を触れあわせた。心配そうな目をしている。捜査は混乱を極めた。

「シャイアンは道を踏み外したことが一度もなかった。完璧な子どもで、完璧な生徒で、完璧な娘だった。駆け落ちして結婚するタイプじゃない。ましてやリヴァートンとなんて。正式なやり方で進めるはずだ。半年間婚約して、教会で結婚式を挙げて、披露宴を開いて」

ブレットの顔がこわばった。「おまえは何もわかっていない」

「言ってることがめちゃくちゃだ」シャイアンの柄にもない行動を、セインは理解できなかった。自分の知っている姉ではない。

「シャイアンの夫だからといって、容疑が晴れるわけではありません」ライリーが言う。「それどころか、第一容疑者になります」

「ふたりとも地獄に落ちろ」ブレットが両手で髪をかきあげた。「時間の無駄だが、家宅捜索でも、シェップに尋問でもなんでもして、さっさとおれを容疑者リストから外せ。そして、早く彼女を捜しに行くんだ！」

ライリーが膝でセインの脚を小突き、目を合わせた。尋問を代わりたいのだ。このままではらちが明かないので、セインはすばやくうなずいた。

ライリーは膝に肘を置いて身を乗りだした。「どうして結婚のことをすぐに話さなかったんですか、ブレット？　ますます疑われるだけなのに」

ブレットは黙りこんだ。彼の目にいらだちが表れる。気の毒なことだ。

「質問に答えろ」セインは歯を食いしばって言った。

ライリーが先ほどより強く小突いた。わかったよ。セインは口を閉じ、彼女のお手並みを拝見することにした。自分の経験では、リヴァートンには脅しがよく効くのだが。

ライリーはブレットの反抗的な目を見つめた。「お願いです。理解したいんです。つきあっているときに関係を公表しないのはわかりますが、結婚したのにどうして隠すんですか？」

ブレットはそわそわとうなじをさすった。ため息をつき、ようやく口を開いた。

「最初から、シャイアンもおれも誰にも気づかれたくないと思っていた。彼女が開業したあと、怪我をした従業員を車で診療所まで送っていったときに、再会したんだ」

思い出し笑いをする。「シャイアンが傷口を縫い終える頃には、夢中になっていた。彼女は頭の回転が速くて、面白くて、おれが金持ちだってことには少しも興味を示さなかった」

癪《しゃく》に障るが、セインはその気持ちがわかった。自分は金持ちではないが、シールズの隊員とつきあって自慢したいと考える女が寄ってくることがある。ライリーは彼の名字も職業も気にしなかった。彼自身を好きになってくれたのだ。

「ディナーに誘ってOKしてもらったときは、信じられなかった。おれたちは……意気投合した。だけど、ふたりともつきあっていることを公にはしたくなかった。この町じゃどうなるか、わかるだろ?」

ライリーが共感して微笑んだ。「わかる気がします。ファニーとか?」

ライリーは巧みだった。ブレットは徐々にリラックスしていった。セインは彼のすべての反応を読み取って手がかりを探そうとした。

「お婆ちゃん探偵は悪名高いんだ。シンギング・リヴァーじゅうの家に盗聴器を仕掛けてるんじゃないかと思うよ。彼女たちならやりかねない」ブレットが目を細めてセインをにらんだ。「たしかおまえのお祖母さんが始めたんだよな?」

「おれは悪くない」セインは言った。「誰にも止められないんだ」

シェップが水を運んできて、ブレットはそれをひと口飲んだ。「リヴァートンとブラックウッドは百年近く前にここに移住してからずっと対立している。ガキの頃はどんなだったか、覚えてるだろう。おれもシャイアンも、争いを再燃させたくなかった。

だから、誰にも言わなかった」

「でも、大変だったでしょう。関係を秘密にするのはつらいことだから」ライリーが意味ありげな視線をセインに投げかけた。

セインは彼女の言いたいことを理解した。ブレットは本当のことを話している。

「秘密の関係からいきなり結婚するか？」セインは言った。

「シャイアンは計画を立てるのが好きでね。週末、遠出して人目を気にせずに過ごそうってことになった。彼女はラスヴェガスで学会があると嘘をついた。おれは牛の競りがあるってことにした。ラスヴェガスで落ちあってちょっと飲みすぎて、それで……」ブレットが咳払いをした。「プロポーズしたんだ。彼女はＯＫしてくれた。ラスヴェガスで起きたことが続くこともある」

「シンギング・リヴァーに戻ってきたときに打ち明けなかったのはなぜですか？」ライリーが問いつめた。

「シャイアンに本物の結婚式を挙げようと説得されたんだ。おまえのお祖母さんが喜ぶような……できるだけ長く覚えていられるような式をって。お祖母さんの記憶から消えても、写真を見せられるように。家族をがっかりさせたくなかったんだと思う」

またしても、ブラックウッド家の期待があだとなったのだ。セインはこめかみをさすった。本物の結婚式とは、いかにも姉の考えそうなことだ。

「ここに来た日に彼女の家を捜索しました」ライリーがバッグから青いノートを取りだしてメモを取った。それから、スケッチブックを取りだしてめくる。「あなたのことや、結婚していることを示すものは何もなかった。結婚式を計画していることを示すものも」

「だろうな」ブレットが険しい表情を浮かべた。「一カ月前から、おれにいやがらせの手紙が送られてくるようになった。匿名で、鬱憤を晴らしたいだけのように思えた。よくあることだ。おれは金を持ってるし、強欲な地主だからな。長年のあいだに受け取った脅迫状と一緒にしまいこんでいたんだが、ある日、犬が病気になった。ブルーは優秀なブラッドハウンドだった。獣医が原因を特定するのにしばらく時間がかかった。そのあとすぐ、従業員が同じ症状のオオカミを発見したんだ。やがておれまで、その謎の病気にかかった」

「シャイアンは知っていたの？」

「心配させたくないから、ごまかした。彼女は胃腸炎だと思っていたが、おれはそうではないとわかっていた。最初は原因を突きとめられなかったが、彼女が病気になる前になんとかしなければならなかった。探偵を雇っても何もわからなかったから、彼女を突き放すしかなかった」

セインは腕組みをした。「その話を信じるとして、シャイアンがあんたを見捨てるはずがない。病気だと思っていたんなら、なおさらだ」

ブレットはうつむいて目をそらした。

「お姉さんのことはよくわかってるだろう。頑固だから、嘘をでっちあげたんだ。大変だったが、おれとは別れたほうがいいと、ようやく納得させることができた。あのときはそうだった。おれは彼女を守れなかった。自分自身さえも。彼女はおれのもとから去っていったよ。おれは初めから存在しなかったと思ってくれと言って、婚姻無効を申し立てた。顔面に指輪を投げつけられた」

ブレットは顎を震わせながら、声を絞りだすように言った。「彼女はネックレスをつけないと約束したが、おれがどんなにひどい男だったか忘れないために取っておくと言ったんだ」

セインは納得がいった。ブレットは拉致事件となんの関係もないと信じ始めていた。だが、あとひとつききたいことがある。

「姉貴が行方不明になったとき、どうしておれたちのところに来なかった？　黙っているのは無実の人間のやることじゃない」

「マックを送りだしたし、できる限り従業員を捜索に参加させた。なあ、セイン、おれはシャイアンとの関係を誰にも知られていないと思っていた。まだネックレスをつけていたことも、いま知ったんだ。知っていたら、絶対に話をしに行った」

「じゃあ、なんで親父に会いに行く気になったんだ？」

ブレットが杖をつかんでようやく立ちあがり、足を引きずってデスクまで歩いていった。引き出しを開け、封筒を取りだす。「今朝、何者かがこれをドアの隙間から滑りこませた。それで、会いに行かなければならないと思ったんだ」咳払いをした。

「もし……シャイアンが見つかったとき、このことは言わないでくれ。屈辱を受けるだろうから」

ブレットは封筒をセインに渡した。セインはしぶしぶ受け取ったものの、ブレットの表情を見て開けるのをためらった。

ライリーは手袋をつけ、セインから封筒を取りあげると、なかから数枚の写真を取りだした。

彼女は目を見開いた。ブレットを見あげると、青白い顔に赤みが差していた。

「なんの写真だ？」セインはきいた。

「シャイアンには黙っていて」ライリーが写真をセインに渡した。

ひと目見たとたんに頬が熱くなった。セインは姉の顔から無理やり目をそらした。ブレットとの激しい情事をあらゆる角度から写した写真だった。写真をライリーに突き返す。「誰かに尾行されたんだな。脅迫されたのか？」

「手紙はついていなかったが、覚悟しておくべきだろうな。送り主はシャイアンとおれの関係を知っている。おれを嘲《あざけ》っている。シャイアンの事件となんらかの関係があるのかもしれない。結局、彼女を守れなかったようだ」ブレットは弱々しい力でデスクを叩いた。

「この場所に見覚えがあるわ」ライリーは封筒に写真をしまった。「シャイアンのオフィスに写真が飾ってあった」

ブレットの唇にかすかな笑みが浮かんだ。「おれたちの場所だ。ワイオミング・ジェイド鉱山の近くの地所の南側に滝がある。孤立した場所で、誰も近づかない」

「おれたちがガキの頃によく遊んだ場所か？」セインはきいた。

ブレットはうなずくと、ふたたび車椅子に座り、うめき声をもらした。

ライリーは写真をバッグに入れた。「証拠品として預からせてもらいます」

ブレットは少しためらったあと、しぶしぶうなずいた。「彼女はいやだろうな」

「秘密は厳守する」セインはブレットを信じたいと思った。拉致を実行する体力がないだけでなく、本当にシャイアンのことを思っているように見えた。

ブレットを殺そうとしている誰かが、シャイアンを拉致したように思える。そうでなければ、ブレットがアカデミー賞ものの演技をしていることになる。

「あとひとつ、知らせておいたほうがいいことがある」ブレットが言う。「病気が銅中毒だとようやく判明したあと、汚染源は滝につながる小川だと突きとめた」

セインは立ちあがり、ステットソン帽をかぶった。「次の行き先は滝だな」

十五年前

スクールバスは放課後の騒がしい笑い声に満ちていた。マディソンはクラスのお調子者がやっているバックストリート・ボーイズの物まねになど興味はなかった。サンディエゴから転校してきた男の子から目をそらせなかった。ボビー・フロスト。
もう一度——これが最後だと自分に言い聞かせて、彼をちらっと見た。目が合った。胸がどきんとし、顔が熱くなる。ボビーの髪は片目に垂れかかっている。誰にも、何事にも関心がないように見える。すごくクールだ。

マディソンの家がある通りの一本向こうの通りで、バスが停まった。

「早く、マディソン！」妹がじれったそうに体を揺らした。

どうしてこの町は、六年生を中学校に入れてくれないのだろう。小さい子たちと、妹と一緒に小学校に通わなければならないなんて。

ボビーの横を通り過ぎるとき、マディソンは意識しないよう努めた。彼がウインクした。マディソンはつまずいて両膝をついた。

みんながどっと笑った。ライリーの声が一番大きかった。

マディソンはバックパックをつかむと、乗降口へと走った。最後の階段を飛びおりる。

「待って、マディソン」ライリーが追いかけてきた。

家の前まで来て、マディソンはようやく速度を緩めた。身をかがめて空気を吸いこんだ。

「どうしてそんなに急ぐの？」

「別にいいでしょ」マディソンは怒鳴った。「行くわよ」

ライリーはうなだれ、地面を足でこすった。マディソンはいつものように罪悪感でうずいたが、何も言わずにドアを開けた。

キッチンで、両手を腰に当ててママが立っていた。やれやれ、面倒なことになりそうだ。

「ライリー・エリザベス・ランバート。あなたの部屋の壁のあれはなんなの？」

ライリーはママに駆け寄った。何もわかっていないのだろう。

「あたしの絵、気に入ってくれた、ママ？　滝であたしのお誕生日会をしてるところよ。風船とケーキも描いたの」

ママはライリーのお尻を叩いたあと、石鹸とバケツを押しつけた。「掃除がすむまで夕飯はお預けですからね。全部きれいに落とすのよ、わかった？」

ライリーはバケツを見おろした。涙が頬を伝ったが、何も言わなかった。うなだれ、重い足取りで階段をあがっていく。

「チョコチップクッキー食べる、マディソン？」ママの声が急に優しくなった。ママはライリーのことをわかっていない。全然。

「いらない。宿題があるから」マディソンは嘘をつき、妹を追いかけた。二階の廊下にたどりついたときには、ライリーは寝室のドアを閉めていた。

ドアの向こうからすすり泣きが聞こえてきた。マディソンはそっとノックした。ママに聞かれたくなかった。

「ライリー？」ささやくように言う。「ねえ、ライリー、なかに入れてよ」

泣き声がやんだ。マディソンは息を凝らした。ドアノブが回転する。ドアが開き、顔に涙の跡をつけ、赤い目をしたライリーが現れた。「何？」

マディソンは部屋をのぞきこんだ。青と白の滝の絵が天井近くから茶色の岩へと流れ落ちていた。まるで本物みたいだ。近くに風船が浮かんでいる。

中央にライリーがいた――肩までの長さの髪と、頭につけた明るい紫色のリボンでわかった。マディソンもいる。ママとパパも――笑っている。まあ、その点はリアルじゃないかも。

「これ全部ひとりで描いたの？」マディソンはきいた。

「うん」ライリーは腕組みをし、顎を突きだした。「だから何？」

「すごく上手」マディソンはにっこり笑い、キャンドルを灯したバースデーケーキの絵に近づいた。

「誕生日の願い事は？」

ライリーは唇を噛んだあと、そっぽを向いた。「どうでもいいでしょ」

マディソンは床の上であぐらをかいた。「いいじゃない、ライリー、教えてよ」

妹は深く息を吸ったあと、きらきらした目でマディソンを見た。「大人になったら絵描きになりたいの」まくしたてるようにしゃべりだした。「美術館に自分の絵がかかっているところを見たい」バケツを見つめてため息をついた。「それなら誰にも消せなんて言われないから」

ライリーがスポンジをバケツの水に浸した。ひと粒の涙がこぼれ落ちた。

マディソンは急いで妹のもとへ行った。持っていたスポンジがマディソンの胸に当たり、ライリーは目を見開いたあと、たじろいだ。「ごめんなさい、マディソン。わざとじゃないの」

マディソンはくすくす笑った。「いいのよ、ライライ」壁を見たあと、ライリーに視線を戻した。「いいこと思いついた」

自分の部屋へ走っていき、クリスマスに両親からもらったカメラを取ってきた。

「絵を取っておくことはできなくても、写真を撮ればいい。一生残るわ」

妹がにっこり笑った。「いいの？」

マディソンは微笑んだ。「もちろん」

フィルムの半分を使って撮影した。「いつ見られる？」ライリーがきいた。

「フィルムを使いきったら」

ライリーが眉をひそめた。

「大丈夫よ。今日、プールでたくさん撮るから」

「わかった」ライリーが小声で言う。「そろそろ始めなきゃ。時間がかかりそう」

「わたしも手伝う」マディソンはバスルームに駆けこんだ。今朝、石鹼置きに入れたチャーム付きのブレスレットが目に留まった。それをつけてから、スポンジを持って部屋に戻った。

姉妹は巨大な絵の前に立った。「本当にきれいよ、ライリー」

マディソンは茶と黒の水性マーカーで描いた岩をこすり始めた。自分で作った『パフ』の替え歌を歌いながら。

〝うまくいかないときや、人生が不公平に思えるときは
しっかりつかまって
いつもそばにいるよ〟

傑作がどんどん消えていっても、ライリーはその歌のおかげて微笑んでいられた。

ようやく壁がもとどおりになった。

「これを見たら、ママはまたあたしのことを好きになってくれると思う?」ライリー

が小声できいた。

「いまも好きよ」

「いい子にしてるときはね」ライリーはベッドに腰かけたが、いつもと違って寝転がりはしなかった。「どうすればいい子になれるか教えてくれる、マディソン？　あたしもお姉ちゃんと同じくらい好きになってもらいたいの」

マディソンは何度かまばたきしたあと、ブレスレットをいじった。どうすればいい？　ライリーは無意識のうちにママをいらつかせてしまうのだ。

「おいで、おチビさん」

ライリーが立ちあがり、目をぬぐった。「何？」

「踊ろう。元気が出るから」マディソンは両手を差しだした。

ライリーがその手を取ると、マディソンは歌い始めた。ママに教わったボックスステップを踏む。

〝うまくいかないときや、人生が不公平に思えるときは
しっかりつかまって
いつもそばにいるよ〟

妹をくるりとまわした。ライリーはくすくす笑いながらベッドに倒れこんだ。

マディソンも笑った。「練習しないとね」目を腫らした妹を見おろした。「ねえ、プールに一緒に来ていいわよ。そのあと、計画を考えましょう」

「ママにあたしを愛してもらう計画ね。少しだけでも」

マディソンは胸が痛んだが、自信に満ちた笑みを顔に張りつけた。そんな計画を思いつく自信はなかったけれど。

「そうよ、ライリー、ママはあんたのことが一番好きになるわよ」


リヴァートン鉱山に通じる道はマツの木が立ち並んでいた。その香りが辺りに充満している。ライリーは深呼吸をしたあと、身震いした。どうして悪人たちは人里離れた美しい場所が好きなのだろう。

答えは明らかだ。誰にも悲鳴を聞かれずにすむから。

ライリーはアームレストをきつく握りしめた。セインが彼女の手に手を重ね、問いかけるようなまなざしを向けた。山道をのぼり、僻地《へきち》へと入っていく。

金曜日と同じように。

「大丈夫か?」

「片側が高さ六十メートルの断崖になっているガードレールのない寂れた山道を走るのは、楽しいものじゃないわね」ライリーはそっけない声で言った。

「コロラドのミリオンダラー・ハイウェイに比べたら、なんてことない」

「信じるわ」

ライリーは後部座席をちらっと見た。シェップは背筋を伸ばしてブレットを見守っている。ブレットは一緒に行くと言い張ったのだが、いまやドアにもたれかかっていた。

「大丈夫ですか?」ライリーはきいた。

「ああ」ブレットは歯を食いしばり、手が震えていた。

大丈夫じゃないのは明らかだが、ブレットは認めないだろう。ライリーはそっとしておくことにし、前に向き直った。道端で何かがきらりと光り、目を引いた。ここにもカメラが隠されていた。

「ここにも監視カメラがあるのか?」ライリーが指摘する前に、セインが尋ねた。

「キャルの会社は国土安全保障省と契約を結んでいるんだ。おれは機密扱いされていない試作品をテストしている。お互いにメリットがある。おまえの親父さんが病気になる前、この辺り一帯の牧場主を悩ませていた牛泥棒の一味を逮捕できたのも、これのおかげだ」

「キャルがシリコンバレーの巨人になるなんて思ってもみなかった。高校時代はCプラスも取れなかったはずなのに」

「弟は、実はみんなが思ってるより賢いんだぞって、ひそかに得意になっていた」

ライリーは猜疑心《さいぎしん》に駆られ、しぶしぶブレットに尋ねた。「おふたりとも牧場の株を持っているんですか?」

「弟が四十九パーセント、おれが五十一パーセント所有している。地元に残って働くほうに経営権を与えられている」

「弟さんが利益を得ることに不満はないんですか?」

「親父がそうしたんだ。いつかキャルが帰ってくることを期待していたんだと思う」

ブレットが含み笑いをする。「それに、公平な取引なんだ。おれは起業資金を援助して、あいつの会社の株の四十九パーセントを所有している」

セインがライリーに向かって眉をつりあげた。ブレットがライリーをにらんだ。

「こうなるに決まってるよな」ブレットが眉根を寄せた。「キャルが川に毒を入れたか、シャイアンを拉致したかもしれないと疑ってるんだろう。あいつはもう何年もこっちに戻ってきていない。毒を盛る動機はないし、この一週間は香港で開催された技術会議で基調演説をしていた。アリバイがある」

「誰かを雇ったのかもしれません」

「そんなことをしてなんの得になる？」ブレットが反論した。

「シャイアンが登場して、あなたに子どもができるかもしれない。跡取りがいなければ、あなたが死んだあと牧場はキャルのものになります」

「おれたちが金持ちなのは、牧場のおかげじゃない、ランバート特別捜査官。キャルの会社は何十億ドルもの価値がある。それに比べたら牧場の利益などはした金だ」

それなら、金は動機にはならない。

「どうしてもきいておかなければならなかったんです。あなたとシャイアンの関係が、プロファイリングに新たな解釈を加えたので」

「きみは人を見たら泥棒と思うのか？」

ライリーは痛いところを突かれて、顔をしかめた。

「黙れ、リヴァートン。ライリーはシャイアンを見つけようとしているだけだ。そのせいで傷つけたんだとしたら、悪かったな」

セインがライリーの手をぎゅっと握りしめた。

「いいのよ」ライリーは言った。「気持ちはわかるから」

「それでも、頭に来ることに変わりはない」セインがつぶやいた。

ブレットが眉をあげた。「秘密の関係を持っているのは、おれだけじゃないようだな」

セインが拳が白くなるほどハンドルを握りしめた。運転中でよかった、とライリーは思った。彼がブレットを一発でノックアウトする心配をせずにすむ。

右手にポプラの木に囲まれたリヴァートン鉱山の案内標識がぼんやりと見えた。監視カメラが並んでいる。

「いつから監視してるんだ？」セインがきいた。

「前は鉱山の入り口にカメラをふたつ設置していた」ブレットは疲れてしわがれた声で答えた。「おれが病気になってから、いくつか増やした」

「数週間分のこの道の映像は保存されていますか？」テープを入手できれば、有力な手がかりになる。

「ああ。キャルは映像圧縮技術を取り入れたんだ。一年分の検出された動作を録画できる。一日ごととか一週間ごとにデータを消去する必要はない」

セインが低い口笛を吹いた。「莫大《ばくだい》な費用がかからなければ、警察も活用できそうだな」

「キャルはコストを抑え、信頼性を高めた。その技術をフリーランスで提供してるんだ。かなりの大金を注ぎこんだが、製造コストは低いと言っていた」

「立派な弟さんですね」ライリーは言った。

「ああ。過去を反省して、新たな未来を築いた。おれはキャルに感心してる……」ブレットの声が途切れた。

ライリーがちらっと振り返ると、ブレットは目を閉じていた。「大丈夫なの？」シェップにきいた。

「いや。本当は出かけられる状態じゃないのに」シェップが顔をしかめた。「頑固だからな。キャルに連絡するのも止められているんだ。ミスター・リヴァートンはミズ・シャイアンのことしか考えていないが、まず自分の体を大事にしないと」

シェップは苦しそうに息を吸いこんだあと、空咳をした。ポケットからハンカチを取りだす。

咳が止まらず、白いハンカチに赤い染みがにじんだ。ようやく咳がおさまると、彼はハンカチをポケットにしまい、まばたきして涙を払った。「丘の頂上のあの大きな岩の向こうに道がある。スピードを落とせ。見えにくい」

セインはアクセルを緩めた。少なくとも直径二メートルはある岩が、数十メートル先にぼんやり見えた。「この道はいつもこんなに人けがないのか？」

ブレットがまばたきしながら目を開けた。「ワイオミング・ジェイド鉱脈は祖父が死ぬ前に枯渇した。金や石英はまだ少し採れるが、それよりも、雪が降るまでのあいだ観光客のために開けているんだ。二週間前に閉めたのは、水が汚染されたからだ」

「シャイアンが拉致されるずっと前だな」セインが考えこんだ。

「ここで曲がれ」シェップが言った。

セインがあわてて左折した。「くそっ、見えにくいな」

「だから言っただろう」シェップがライリーの座席につかまった。細い手が震えている。

車は草にすっかり覆われたでこぼこ道をガタゴト進んだ。

「人けがないのも当然ね」ライリーは言った。シートベルトを締めていなければ、天井に頭をぶつけていただろう。「子どもの頃、ここで遊んでいたの？」

「馬だともっとまっすぐ来られる」セインが答えた。

「あと三キロだ」ブレットがかろうじて聞こえる声で言った。

車が揺れるたびに胃がひっくり返る。曲がりくねった山道が最短ルートでないのは明らかだ。

道の真ん中に大きなマツの木立が現れた。

「迂回《うかい》しろ」ブレットがさらに弱々しい声で言った。

滝の近くまで道が続いていることをライリーは願った。ブレットは長い距離を歩けないだろう。

「まるで別世界に来たみたい」ライリーは言った。両側にマツがそびえたち、息苦しいほどだった。「文明が存在しない」

セインは運転に集中していた。スピードを緩め、森の奥へと入っていく。「ここにもカメラがあるのか、ブレット？」

ブレットはかぶりを振った。「ここはプライベートな場所だ。おれたちの……」咳払いをする。「おれの聖域だ」

滝はブレットとシャイアンにとって特別な場所だった。

監視カメラもない――ふたりの写真を撮った人物は、それを知っていたのだ。

地面から岩が突きでていて、道は行き止まりになった。

セインがブレーキを踏んだ。「次はどうする？」

「もう着いた」

ブレットがドアを開けると、シェップがあわてて車から飛びおりて反対側にまわった。「動かないでください、ミスター・リヴァートン」

セインがエンジンを切った。ライリーはドアを開け、バッグをつかんだ。ライラックの強い香りに一瞬圧倒されながら、車から降りた。

地面におり立つと、足が赤い泥にめりこんだ。リヴァートン牧場の作業所にいた犬の足についていた泥だ。

「セイン」ライリーは地面を指さしながら叫んで、靴についた泥を払い落とした。

「中毒にかかった馬はここにいたんだわ」川岸にかがみこんで、水のサンプルを採取した。

「サンプルを採取する必要はない。精密な検査を行った。原因は銅だ」ブレットが静かに言った。

「あなたの鉱山から流出したものですか?」

ブレットはかぶりを振った。「皮肉なものさ。この鉱山にはたいして銅は含まれていない。地面や水に正常な濃度以上の銅が含まれるはずがないんだ」

ライリーはブレットの歩みに注意しながら、うしろを歩いた。彼は岩の上をゆっくり歩き、三メートルくらい進むごとに立ちどまって震える息を吸いこんだ。流れる水の音が森のなかを追いかけてくる。

セインが先頭に立って木立に入った。明るい紫色の花があちこちに咲いている。ハニーフルーツのにおいが充満していたが、少し歩くと別のにおいが鼻を突いた。

よく知っているにおいだ。

「待って」ライリーは叫び、急いでブレットとセインの前に移動した。

セインはすでに立ちどまり、無表情で待っていた。

「死体がある」ライリーはささやいた。セインが拳銃を握り、ライリーを背後にかばった。

ライリーも拳銃を抜いた。「あなたたちは武器を持ってる?」小声でブレットとシェップにきいた。

シェップがうなずき、ベストの前を開いた。四五口径のコルトだ。

「気をつけて」

鬱蒼とした木立のせいで、一メートル先までしか見えない。セインは下生えの上を静かに歩き、不意に立ちどまった。腐敗臭がきつくなり、滝の音が大きくなる。

木立を抜けると、夢のような景色が広がっていた。滝が岩へと勢いよく流れ落ち、鏡のようなたまりができていて、その周囲に紫やピンク、青、白色の花が咲き乱れている。

空き地の向こう、森のなかに、死体がうつぶせに転がっていた。着ている服がずたずたになっていた。

深紫色。シャイアンが拉致されていた日に着ていた服の色だ。

被害者の髪に視線を移すと、ライリーは鼓動が速まり、目を閉じた。

赤褐色で、背中まである。

シャイアンのように。

「まさか」セインの声は震えていた。「シ……シャイアン！」

17

地面が揺れている感じがした。セインは繰り返し首を横に振った。あり得ない。あの死体がシャイアンのはずがない。絶対に。

ブレットが枝をかき分け、セインを追いかけた。

「ああ、まさか、そんな！」ブレットはがっくりと膝をついた。シェップが支えていなければ、そのまま倒れていただろう。

セインは目にしたものを受け入れられず、ただじっと見つめた。

銃撃戦の最中は、アドレナリンや本能に支配される。戦うか逃げるか。直感で生死が分かれる。

しかしこれは、それとはまったく違う。

姉が死んだ。

ライリーが彼の腕に触れた。「わたしに行かせて」

セインははっとわれに返った。彼女の手をきつく握りしめる。「だめだ。犯人が近くにいるかもしれない」頭はぼんやりしていても、体はすべきことをわかっている。慣れ親しんだ拳銃を握り、空き地を縁取る木立を見渡した。ライリーを守らなければ……それと……ごくりと唾をのみこんだ。死体も。

左手で葉擦れの音がし、セインははっとした。拳銃を握りしめる。

一匹のリスがマツの木の下に向かって走っていく。途中で足を止め、頭をあげて鼻をクンクンさせたあと、走り去った。

セインは手の力を少しだけ緩めた。姉に一歩近づく。

ライリーが彼の肩に手を置いた。「わたしに任せて、セイン。そのためにここにいるんだから」

セインはその言葉をなかなかのみこめなかったが、ライリーは彼の背中をさすりながら、優しくなだめるように言った。

セインは深呼吸をし、まばたきして涙をこらえた。血まみれの死体から目をそらせない。目の前の真実を否定したい気持ちもあった。この半日で、シャイアンを見つける自信は粉々になっていたが。希望を持つことが、失望へ続く愚かな旅のように思えた。

「その前に周辺を調べる」セインは手順にしがみついた。どんなときも、安全が第一だ。周囲を見まわした。シェップがブレットを木に寄りかからせた。また痙攣している。「あの状態じゃ、驚かせるわけにはいかない」

ライリーはうなずき、銃を抜いた。セインは最後にもう一度ブレットを見た。いまにも卒倒しそうだ。シャイアンの拉致事件にブレットが関与している疑いは、これできれいさっぱり消え去った。本気で疑っていたわけではないが。セインは直感を信じている。そのおかげで、この十年生き延びられたのだ。

けれど、直感ではシャイアンを助けられなかった。ああ、父になんて言えばいいのだろう。祖父母に。兄弟に。

「おれが戻ってくるまで動くな」ライリーに言った。「気をつけろ」

セインは足音をたてずに周辺を入念に調べた。西へ向かったところで立ちどまった。下生えが荒らされている。

何者かが足跡をごまかそうとしたのだ。セインはかがみこんだ。

森のことなら熟知している。追跡する方法も。ポケットからペンを取りだし、蔓《つる》を右によけた。足跡の縁が見えた。ハイキングブーツのようだ。サイズは大きくない。二十八センチくらいだろうか？　痩せた男で、体重は七十キロ弱というところだろう。

その場所を心に留め、それ以上手を触れなかった。偵察を終えると、空き地に戻って報告した。「安全だ」

ライリーが銃をおろした。シェップもそうした。

「足跡の一部を発見した。犯人のものだと思う」セインは死体に目をやった。まだシャイアンだとは思いたくない。

「もういい？」ライリーがきいた。

セインは歯を食いしばってうなずいた。

空き地を横切った。ライリーが手袋をつけた。

セインはうつむいた。〝神様、どうか間違いであってください〟頻繁に祈るタイプではないが、祈るしかないときもある。

ライリーが最後にもう一度同情のまなざしを彼に向けたあと、死体のそばにかがみこんだ。彼女はこんな結末を迎えたくはなかったものの、最初からずっとこうなることを推測していたのだと、その目を見ればわかった。

彼女がバッグからメジャーを取りだした。「シャイアンの身長は百七十五センチよね？」

「ああ」

「体重は六十キロくらい?」

セインはうなずいた。

ライリーが彼を見あげた。「シャイアンじゃないわ。百七十センチもないし、ものすごく痩せてる。脚に筋肉がついてない。衰弱している」

「シャイアンじゃない」シャイアンじゃない。セインは心のなかで繰り返した。まだ姉を生きているうちに発見するチャンスはある。まばたきをして涙をこらえた。

ブレットが両手に顔をうずめた。ふたたび顔をあげたとき、目には涙が浮かんでいた。「違ったのか?」空を見あげた。「彼女じゃなかった」さらに何やらもごもご言ったあと、安堵のあまりぐったりした。

「でも、この服はシャイアンのだ」セインは言った。

ライリーが服の襟を引っ張った。「そうかもしれないけど、サイズが全然合っていない。ディオールだわ。シャイアンの家のクローゼットを調べたけど、ブランド物にお金を注ぎこむタイプには見えなかった」

「シャイアンは買い物が好きじゃないんだ」シャイアンがブランド物を買うどころか、試着しているところさえ想像できなかった。

ブレットが咳払いをした。「それはシャイアンの服だ。ラスヴェガスでおれがプレゼントした」

セインはライリーの隣にかがみこんだ。「どうして彼女がシャイアンの服を着てるんだ？　姉貴が拉致されたことに、どう関わっている？」

「わからない。この女性の健康状態は、犯人がシャイアンを拉致したのは医者だからで、治療させるためだというわたしの仮説と矛盾する。血色が悪くて、手首や足首にあざがあることから、殺される前は拘束されていた……」

ライリーが一瞬、黙りこんだ。「ろくでなし」そうつぶやいたあと、死体の手を持ちあげた。

セインは簡易爆発装置《IED》にやられて手足を失った人をそれなりに見たことがあるが、これはそれとは違った。指先が一本一本切り落とされている。

ライリーは被害者の髪をそっと払いのけ、口を開けると、顔をしかめてのけぞった。

「歯を抜かれてる。指紋も歯の診療記録も確認できないし、顔もこんなにあざだらけじゃ、身元を特定するのは難しいわね。ＤＮＡが記録されていない限り」

むごたらしい最期だったに違いない。

「あなたは誰なの？」ライリーは死体をじっと見つめ、静かにきいた。

彼女の仕事に対するひたむきさに、セインは感動した。彼女はいつもこのような残虐な行為に立ち向かっているのだ。どうしてやっていけるのだろう。セインは仲間や、敵によって危険にさらされている人々を助けることに集中することで、戦争の暴力に耐えていた。だが、ライリーは日々サイコパスによる殺人に直面しているのだ。それでも、こうして見知らぬ人に、犠牲者に誠意を持って接しながら、科学者のように冷徹なまなざしで事細かに分析している。

驚かされるばかりだ。

「心配しないで、家に連れて帰ってあげるから。そして、あなたを……傷つけた犯人を見つける」ライリーが死体の頭をそっと傾けた。「セイン」手招きし、耳のうしろを指さした。髪に血がこびりついている。彼女は傷口を調べた。「小さな丸い穴が開いている。昨日、川のよどみで発見した男性と同じ武器で殺されたんだわ」

セインは身を乗りだしてよく見た。「ブレットのところの従業員を殺害したのと同一犯ってことか。ブレットとシャイアンの拉致には関係があった。ただし、最初に思っていたのとは違う形で」

ライリーがうなずいた。「犯人はもうふたり殺している」

きっとまた殺すだろう。

その前に見つけない限り。

十五年前

プールのあちこちで叫び声が響き渡っていた。太陽の光がコンクリートに反射し、激しく照りつける。これほど混雑したプールを、マディソンは初めて見た。みんなが集まっていた。

「マディー、見て！」

マディソンはぱっと振り返り、プールサイドに目をやった。ライリーが笑いながらジャンプし、両膝を抱えて水に飛びこんだ。

マディソンは水しぶきを浴びた。にっこり笑い、ライリーが水面に浮かびあがってくるのを待った。

「すごかったわね、ライライ」

妹は目にかかった髪を払うと、頬も裂けんばかりの笑顔を見せた。

妹が抱きついてきた。「掃除を手伝ってくれてありがとう。あと、ママにあたしを連れていくよう言ってくれたことも」小声で言った。

マディソンはママをちらっと見た。全身に日焼け止めを塗りたくり、日よけのために大きなチューリップハットをかぶっている。

「ママも楽しんでるみたいね」

ライリーはくすくす笑った。「ママはプールが大嫌いなのよ。いつまであそこにいられるかな。帰らされる前に、マルコ・ポーロ（鬼ごっこ。鬼が〝マルコ〟と言ったら、逃げる人は〝ポーロ〟と答える）やろうよ」

「人が多すぎるわ」マディソンはさっと見まわした。知っている顔は見当たらない。少しほっとした。

「やろうよ」ライリーがせがんだ。「去年はプールに来るたびにやったのに」

「わかった」マディソンは実はそのゲームが好きだった。でも、ママが言うように、大きくなったら子どもっぽい遊びは卒業しなければならない。

とはいえ、今日はいいか。

マディソンは目を閉じた。「マルコ」

「ポーロ」遠くでライリーが叫んだ。

マディソンは声のしたほうをぱっと振り返った。ぐずぐずしていたら、ライリーは移動してしまう……あるいは、ほかの人たちのしゃべり声で方向がわからなくなってしまう。そのとき、誰かにぶつかった。少年が悪態をつき、彼女の脚を蹴った。マディソンは蹴り返した。「ばか」そう言ったあと、叫んだ。「マルコ」

「ポーロ！」

声のしたほうへすばやく飛びこみ、やみくもに手を伸ばした。水中に潜ったあと、浮上して息を吸いこんだ。

「まだそんな子どもっぽい遊びをしてるの？」

マディソンはぱっと目を開けた。ブロンドの髪でわかった。あきれた表情は見飽きている。背筋を伸ばし、目にかかった髪を払った。「まさか」

「ポーロ！」ライリーが叫んだ。「ポーロ、マディー！」

マディソンは無視した。

「パジャマパーティーに行くつもりだったけど」学校で一番人気のある生徒のエラが鼻にしわを寄せた。「あなたの妹もいるんでしょ。キャンディ・ランド（子ども用ボードゲーム）でもするの？」

「妹は参加しない」マディソンは鋭い口調で言った。「でも、あなたは来ないほうがいいかも。真実か挑戦ゲームはやりたくないでしょう。オリヴィアのバースデーパーティーの日に、あなたがクローゼットのなかでクレイグ・ジェントリーにさせたことを打ち明けたくないでしょうから」

「月曜日、あたしたちのテーブルに来ないでよ、マディー」

「マディソンよ」彼女がそう言ったとき、エラはすでに泳ぎ去っていた。頭のてっぺんで束ねた髪は乾いたままだった。

振り返ると、がっかりした顔をしたライリーがそこにいた。「パーティーに参加しちゃだめなの？　約束したのに。部屋の掃除をしたあと、あたしもいていいって言ったでしょ」ライリーの目がきらりと光った。

塩素のせいだろう。

「もう帰るわよ」ママが立ちあがった。アイメイクがにじんで、赤くなった頬に流れ落ちている。

ライリーは腕組みをし、マディソンをにらんだ。「嘘つき」

マディソンは目をぐるりとまわした。「ねえ、今日は楽しかったけど、わたしはもう大人で、あんたはまだ子どものよ、ライリー。あんたが中学生になったら、また一緒に遊べるかも」

ライリーはマディソンの顔に水をはねかけたあと、プールサイドまで泳いだ。涙を流しながらマディソンをにらみつける。

「お姉ちゃんなんていらない。いなくなればいいのに。きっとせいせいするよ」

「そうね」

マディソンもライリーも、その言葉を忘れなかった……その言葉がまさに現実となったのだ。

ブレットとシャイアンが愛を交わした美しい空き地が犯行現場となった。思い出がぶち壊されるのを、またしても止められなかった。

黒い遺体袋のファスナーを閉める音が響き渡った。周辺の写真はすでに撮影され、検視官が遺体を運んでいる。ライリーはできる限りのデータを集めたが、疑問は深まるばかりだった。

また犠牲者が出た。身元不明の死体。

空き地の端に立っているブレットは口を引き結び、ふらついている。シェップが薄い肩で雇い主を支えた。「ミスター・リヴァートン、家に帰りましょう。休まないと」

「大丈夫だ」ブレットはつらそうにうなずいたあと、セインにきいた。「何か手伝えることはないか?」

「探偵と話がしたい」セインはすかさず言った。「それと、川のよどみで発見された従業員の情報をくれ」

ブレットがうなずいた。「わかった」

　セインが手を差しだし、ブレットがその手を握った。「家に帰れ。つらそうだ」

「何かわかったらすぐに連絡をくれ」ブレットがごくりと唾をのみこんだ。「結果がどうあれ」

「ああ」セインはブレットの左手を見おろした。「シャイアンと誠実に向きあえ。帰ってきたあとは、失敗するなよ。アイアンクラウド保安官代理が送っていく。探偵を彼に紹介してほしい」

「ブレットは大丈夫だと思う？」ゆっくりと歩み去る彼を見送りながら、ライリーがきいた。

「回復してきているとシェップは言っていた」セインはこめかみをさすった。「だが、シャイアンが見つからなかったら、よくなりたいとは思わないかもな」

　ライリーは黙りこんだ。セインの身に何かあったら？　自分は生きていたいと思うだろうか。というより、生きられる？

「次はどうするんだ、ライリー？」

　殺害された女性がシャイアンの服を着ていると気づいたときから、ライリーはずっとその答えを考えていた。

「振り出しに戻ったみたい。お姉さんは激しい愛情の持ち主みたいね」

セインはかがみこんで靴ひもを結んだあと、妙な目つきで彼女を見あげた。「もちろん。うちの家族はみんなそうだ。ときに、度が過ぎるほどにね」

「見ればわかるわ」ライリーは少し考えてから続けた。「セイン、ブレットに突き放された理由をシャイアンが突きとめていたとしたら――」

「全力で助けようとしただろう」セインが立ちあがった。

「ここで見てはいけないものを見てしまったのかもしれない」

セインは両手で彼女の顔を挟むと、音をたててキスをした。「きみは天才だ。いままで言ったことがあったっけ？　出発点がわかった。西へ向かうぞ」

セインは先ほど発見した足跡のところまでライリーを引っ張っていった。彼が下生えをよけると、彼女は驚いて目を細めた。「どうして気づいたの？　全然わからなかった」

「ここの小枝が曲がってるだろう。人が歩いた跡だ。ボブキャットや、ピューマやクマにしては高すぎる。直立歩行の足跡だ」

「クマも立って歩けるんじゃない？」ライリーはセインが簡単に気づいた点を苦労して探した。犯罪現場で彼女が行うことと似ている。セインは荒野のプロファイラーだ。

「一般的に、クマがうしろ足で立つのは何かに興味を持ったときだけだ。それに、この辺に鉤爪の跡は見当たらない。だから、足跡を探したんだ」

「あの女の子を殺害した犯人がこの方向へ向かったと考えているの？」

「そうでなければ、足跡を隠す理由はない」

「こっちのほうには何があるの？」

「数キロ先まで行くと国有林に行き当たる。そのあいだにたいしたものはない。ゴーストタウンや、もっと古い鉱山跡があるくらいで」

「一週間くらい人が隠れられるような場所？」

「ああ」セインがうなずいた。

衛星電話が鳴った。「ブラックウッドです」

「また不法侵入があった。病院で」


病院に到着したときには、夕日が沈み始めていた。セインは足跡を追跡したかったが、ライリーをひとりにするわけにはいかない。

だが、弟が追跡チームを率いてくれることになった。ジャクソンは町で一番追跡が得意だ。いや、ケイドの次に。

「ここが病院なの？」ライリーが小さな建物を眺めてきいた。

「ベッドの数は十二床ある。満床になることはほとんどない」

セインは武器を確かめたあと車から飛びおりた。ふたりは入り口の正面に停めてある二台のパトカーのあいだを歩いた。消防車がライトをつけた状態で待機していた。

消防士の一団がしかめっ面で、ぶつぶつ言いながら病院のなかへ入っていく。

「何があった？」答えを知りたくなかった。

「犯人の野郎を早く捕まえてくれ、セイン」消防士のひとりが言った。「ひどいもんだ。クローリー看護師を殴りやがった」

「怪我の具合は？」

消防士は首を横に振った。「側頭部を殴打されて、助からなかった」

セインは歯を食いしばった。常に後手後手にまわっている。

「犯人は手段を選ばなくなっている」ライリーが言った。

「それなのに、おれたちは犯人の目星すらついていない。シャイアンに関する手がかりもさっぱりだ」

廊下でペンダーグラス保安官代理と行きあった。「クローリー看護師が……」顔が青ざめている。

「聞いた。詳しく報告してくれ」

ペンダーグラスはメモを見ずに話した。セインは父親の右腕である彼を、シールズの仲間と同じように信頼していた。

「犯人は防犯カメラのある正面玄関を通らなかった。裏口から侵入したに違いない」

「鍵はかかっていたんだろう？」セインは町に帰ってきたばかりの頃、郡の防犯訓練を手伝ったので知っていた。

「カード式だ。病院のＩＴ担当者が記録を調べている。犯人は抜かりがない。周到に計画された犯行だ。調剤室にまっすぐ向かった。クローリー看護師が部屋の鍵を持っていて、邪魔になったんだと思う」

「シャイアンの診療所にいたヘレンと同じように」ライリーが言った。「鑑識はまた何も見つけられないでしょうね」

「今回は、目撃者を残すこともしなかった」祖母も危ないところだったのだ。セインはペンダーグラスにきいた。「クローリー看護師は亡くなる前に何か言ってたか？」

「意識を取り戻すことはなかった」

「くそっ」セインは首筋をさすった。「犯人の人数はわかるか？」

「見当もつかない」

「おれたちにはそうかもしれないが」セインはペンダーグラスに言ったあと、ライリーに向かって眉をつりあげた。

「これ以上詳しい話を聞く前に、犯行現場を見せて」ライリーが言った。

「ああ」ペンダーグラスが先頭に立って廊下を歩き、立ち入り禁止テープが張られた両開きのドアを通り抜けた。〝調剤室〟と表示された部屋に入ると、シートで覆われた死体があった。

「検視官がこっちに向かっているところだ」ペンダーグラスが言った。

祖母のお気に入りの看護師、ジャンがはなをすすりながら近づいてきた。「ほんの少しのあいだひとりにしただけなのに、セイン」シートから目が離せないようだった。

「わたしが一緒にいれば――」

「それでも犯人は止められなかっただろう、ジャン」セインはきっぱりと言った。

ジャンはうなずいたあと、何度か深呼吸した。セインが腕をまわすと、彼女は彼の胸で泣いた。

ライリーはそっとふたりから離れたが、セインは彼女の一挙一動を見守っていた。彼女は部屋をじっと見まわし、手袋をつけたあと、死体のそばにかがみこんでシートを持ちあげた。

セインは彼女の様子を見て、小声でペンダーグラスに言った。「部屋を出ろ」

「えっ？」ペンダーグラスがきいた。「ジャンに話を聞かなくていいのか？」

「少し休ませたほうがいい」セインはジャンをそっとペンダーグラスに引き渡した。

「それに、ランバート特別捜査官も静かなほうが集中できる」

ほかのみんなが出ていくと、セインは部屋の隅へ行き、犯行現場を調べた。彼女と同じものが見えるだろうか？

シャイアンの診療所と違って荒らされていなかったので、犯人はどこへ行けばいいかも、何を探すのかもわかっていたのだろう。セインにもそれくらいはわかる。

ライリーがシートを引きさげ、死体の腕のあざをあらわにした。「手首をきつく握りしめられている。あざができてるでしょう」

「卑怯者《ひきょうもの》め」セインはつぶやいた。クローリー看護師のような弱い人間を相手にこんなことをするとは。

ライリーは胸まで高さがあるガラス製のカウンターをまわり、通路を往復したあと、立ちどまった。「犯人はこの棚にあるものを持っていった。それだけを」

「前と同じだな。欲しいものをわかっていた。でも、どうしてまた薬を？　診療所にもまだ残っていたのに」

「さらに必要になったから？」ライリーは少し考えたあと、バッグから青いノートを取りだしてめくった。「セイン、ジャンを呼び戻してくれる？」

しばらくして、泣き腫らした目をしたジャンがライリーの前に立った。

「なんの薬が盗まれたのか教えてくれますか？」ライリーがきいた。

「ああ、それなら簡単ですよ。リストを作っておきました。抗生剤が三種類。ペニシリンは盗まれませんでした。それから、オキシコドンが全部なくなっていました」

「ありがとうございます」ライリーが言った。「とても助かりました」

「ランバート捜査官、お願いします。犯人を捕まえてください。クローリー看護師は……わたしたちにとって祖母のような存在だったんです。こんな目に遭ういわれはありません」

「全力を尽くします」

ジャンとペンダーグラスがふたたび部屋を出ていった。

セインはライリーのそばへ行き、からっぽの棚を見つめた。「犯人はどうしてここに来た？　どうして別の人間を殺した？」

「犯人は薬が必要だった」ライリーが目をこすった。「さっぱり理解できないわ。まったく異なるふたつのプロファイリングをしているみたい」

ライリーはもう一度部屋を見まわした。ガラスのカウンターに反射する光が目に留まった。カウンターに近づき、かがみこんだ。「セイン」うわずった声で言った。

セインは彼女の隣にかがみこんだ。「なんだ？　最近磨かれたばかりのようだな。これがどうした？」

「よく見て。ほかのガラスは指紋だらけで汚れている。でもこの中央の部分だけきれいだわ。二度拭いた跡がある。わざとそうしたのよ」

「何が言いたいんだ？」

「きれいな部分の真ん中を見て。わかる？」

セインは目を凝らした。すると、ライリーが部屋の向こうからでも気づいたものがようやく見えた。はっと息をのんだ。「まさか……」

ガラスの真ん中に、意図的に残された、完璧な親指の指紋がついていた。

18

シャイアンは小さな洗面台で布切れを濡らし、洗面器に水をくんだ。部屋の壁が迫ってくるように感じた。どんどん衰弱していき、激しい腹痛はおさまったものの、これで疑いが間違っていなかったことが証明された。毒を盛られていたのだ。とはいえ、患者は毒のせいではなく、必要のない手術を行ったせいで死んでしまうかもしれない。一刻も早く抗生剤を投与しない限り。

シャイアンはベッドのそばの椅子に腰かけた。布切れを絞ってからベサニーの顔や首、腕、胴体、脚を拭いた。また熱があがっている。

現時点で、抗生剤が役に立つかどうかはわからない。術後の感染症が体内で猛威を振るっている。

ベサニーが寝言を言った。何を言っているかはわからなかった。布切れがぬるくなったので、ふたたび水に浸して絞ってから、同じ作業を繰り返した。ほかにしてやれることはない。

額を撫でると、ベサニーが目を開けた。どんよりしている。「わたし、助からないんでしょ？」かすれた弱々しい声で言った。目の端から涙がこぼれる。「あの子たちに約束したのに。絶対に見捨てないと。必ず守ると」シャイアンの腕を握りしめた。

「お願い。子どもたちを助けて。あなたしか頼れる人がいないの。ほかの誰も……」

咳をしてから言い直す。「ほかの誰も知らない」

「ここで何が起きているの、ベサニー？　子どもたちって誰なの？　ここはどういう場所なの？」

ベサニーが目をすがめた。「ファーザー。彼が……子どもたちを連れてきたの。心がゆがんでいるのよ」

「わかるわ。おつむが弱い感じ」

ベサニーの唇にかすかに笑みが浮かんだ。息を吸いこむと、咳きこんだ。シャイアンは息が楽になるよう、彼女の体を起こした。ティッシュを当てると、血を吐きだした。

「危険よ」ベサニーがささやき、目を閉じた。

「ベサニー？」シャイアンは脈をはかった。ゆっくりと規則的に脈打っている。「あきらめないで。子どもたちのために」

かんぬきを外す音がした。ドアが開き、イアンが小さなダッフルバッグを持って入ってきた。

彼がぎくしゃくとシャイアンにバッグを渡した。「これでいい？」目を合わせようとしない。

シャイアンは立ちあがってバッグを受け取ると、なかをのぞきこんだ。

「ええ」彼女はうなずいた。「ありがとう」

「よかった」イアンはいつもと違って、シャイアンとベサニーから目をそむけていた。

「イアン？　どうしたの？」

イアンは少しためらったあと、ジャケットを広げた。シャツに血がついている。

「怪我したの？」

「おれの血じゃない。おれは……止められなかった」イアンはまばたきをしたが、涙をこらえることはできなかった。涙をぬぐう。「こんな姿は誰にも見せられない。おれたちは泣いちゃいけないんだ」

イアンがドアへと走った。彼が何をせざるを得なかったのか、シャイアンには想像もつかなかった。〝ファーザー〟の支配力はそれほど強いのだ。イアンとアデレードを説得するしかない。ベサニーには時間がない。いちかばちかやってみないと。

「待って。あなたの助けが必要なの」

「無理だ。おれは……」

「すぐすむから」シャイアンはセファロスポリンの入った袋をつかみ、彼に手招きした。点滴を吊《つる》しながら横目でちらっと見た。「ファーザーがアデレードに話しているのを聞いたわ。わたしがあなたに影響を与えていると思っているみたいね」

イアンがうなずいた。

「そうなの？」

「ここに来る前のことは忘れていた」イアンが唇を嚙んだ。「でも、あなたに会って思い出した」

「ここにいる必要はないのよ」シャイアンは深呼吸をした。彼には良心がある。彼を信じるしかない。「イアン、ベサニーは虫垂炎じゃなかったの」

「なんだって？　でも、あなたは切開した。おれも虫垂を見た」

「手術が必要だと思ったんだけど、臓器に問題はなかった」

イアンがかぶりを振った。「ベサニーは病気だった」

シャイアンは彼の肩に触れた。「誰かに毒を盛られたのよ。わたしも」

イアンの膝ががっくりと折れた。

「座って。膝のあいだに頭を入れて、深呼吸して」

イアンはベッドの足元に座り、息を吸いこんだ。ふたたび顔をあげると、目に涙が光っていた。「どうやって毒を？」

「食べ物か水に入れられたんだと思う。両方かも。それに気づいてから、何も口にしていないの。気分はよくなったけど、犯人はすぐに気づいて別の方法で仕事をやり遂げるでしょうね。誰かがベサニーの死を望んでいる」

「まさか。みんな彼女のことが大好きなんだ。彼女を必要としている」イアンの声が大きくなった。

「しぃっ」

イアンがあわてて口に手を当てる。シャイアンは彼の両手をつかんだ。「とても難しいことを頼みたいの、イアン。わたしの父と弟に連絡して。ふたりがわたしたちみんなを助けてくれる。あなたの両親も見つけてくれるかも」

イアンは鼻を鳴らした。「おれの家族はそんなこと望んでない。あんなの家族じゃなかった。おれがいなくなったことにすら気づいてないかもな」シャイアンを見あげた。十六歳のタフな男が、初めて怯えた子どもに姿を変えた。「そんなの無理だ。誰もここから出られない」

ドアがぱっと開いた。しかめっ面をした白髪まじりの赤毛の男が杖を手に部屋へ入ってきた。スーツはアルマーニのようで、きちんとプレスされている。靴もぴかぴかに磨きあげられていた。一分の隙もない。

ぞっとする。

「イアン、なぜここにいる。マイカを指導してやれ。あいつは従おうとしない。このままだと罰を与えざるを得ない。あるいは、おまえに。おまえに託したのだからな。あいつのところへ行け。いますぐ」

「はい、ファーザー」イアンがうなだれた。

シャイアンはソファーベッドを見つめた。枕の下にタオル掛けで作ったナイフを隠してあるが、取りに行けない。イアンはベサニーの頬に触れたあと、部屋を出ていった。

ファーザーと呼ばれる男がシャイアンのほうを向いた。

「ドクター・ブラックウッド、ベサニーの具合はどうだ?」

「調子が悪くなったときにすぐ病院に連れていけば、とっくによくなっていたわ」

シャイアンは鋭い口調で言った。

「親に礼儀作法を教わらなかったようだな」ファーザーは妙に穏やかな声で言った。「育ちがわかる」

ぞっとするような冷やかな目をしている。彼がベサニーに一歩近づいた。生存本能は逃げろと叫んでいたが、シャイアンは無理してその場を動かず、彼の目をまっすぐ見つめた。

「薬を与えただろう。ベサニーはいつ目を覚ます？」

ファーザーが毒を盛ったのだと思っていたが、そうだとしたら、どうしてベサニーの具合を気にするの？　手の込んだ策略なの？　イアンの言葉を信じれば、子どもたちはベサニーを愛している。ベサニーも子どもたちを愛している。だからファーザーは嫉妬しているの？

静寂が神経に障った。ファーザーはまばたきをせず、目をそらしもしなかった。ただ彼女を見つめ、視線で愚弄し、返事を待っていた。

シャイアンは従うことを拒否した。

ファーザーは唇の端をわずかにつりあげた。「よくやった。勇気がある。だが、相手を間違えたな。もう一度きく。わたしの娘はいつ目を覚ます？」

この男には勝てないだろう。逃げるために時間稼ぎをしなければならない。いまとなっては、アデレードが唯一の頼みの綱だ。イアンには頼れない。アデレードと話すチャンスが訪れるまで、ファーザーに調子を合わせなければならない。いまは、正直に話すことが得策かもしれない。

「わからない。助からないかも」

ファーザーが眉根を寄せた。ベサニーに歩み寄り、額に手を当てる。「おまえなら乗り越えられる。絶対に」

彼の顔に、初めて表情がよぎった。ベサニーのことを思っているのだ。ここにいる人はみんな。

大きなベルの音が鳴り、ファーザーがドアをノックした。ドアが開いた。戸口にアデレードが立っていた。シャイアンと目を合わせようとせず、うつむいて服従のポーズを取っている。

ファーザーが言った。「ベサニーが意識を取り戻さなかったら、大変なことになるぞ、先生。今度わたしが来たとき、思い知ることになるだろう」

ドアが閉まり、かんぬきがかけられた。シャイアンは椅子に身を沈めた。膝が震えている。ファーザーが姿を見せた。その意味を、彼女はわかっていた。

これで運命は決まった。自分は生きてここを出られない。

狭い調剤室が人であふれ返った。鑑識係がガラスの指紋を採取するあいだ、ライリーは隅に立っていた。危険を冒して指紋を残した人物が、シャイアンの命を救うことになるかもしれない。その情報を利用して彼女を見つけられれば。

「ずいぶんきれいな指紋だな」作業を終えたペンダーグラスがつぶやいた。

「すべてのデータベースと照合して」ライリーは命じた。「大至急」

セインが顎をさすった。「ついでに、周辺の町で似たような医薬品の窃盗事件が起きていないか調べてくれ」

「了解」ペンダーグラスは道具を持って部屋を飛びだした。

かすかな希望の光が見え、ライリーは胸が高鳴った。

「突破口が見えたな」セインが驚きに満ちた声で言った。

「肝心なのは、内部の人間が進んでリスクを冒したってことよ。わたしたちに直接接触することはできないかもしれないけど、唯一の手段を使ってメッセージを残した」

「メモを残すことはできなかったってことか」セインは考えこんだ。

「そういうこと」ライリーは彼にこの情報を隠したいと思っていた。だが、隠しても無駄だ。彼は犯人の心理をよく理解している。

「この巧妙な手段でメッセージを伝えようとした人物は、身の危険を感じながら生活している」

ライリーは否定できず、うなずいた。「早く指紋が一致することを願うしかないわ。でも、IAFISには一億人の指紋が登録されているから、照合に二十四時間かかるのよね」壁に寄りかかり、部屋を別の角度から眺めた。「指紋を残した人物は大きなリスクを冒した。ますます時間がないわ」

アイアンクラウド保安官代理が部屋に飛びこんできて、セインに近づいて何やらささやいた。

セインはライリーに言った。「親父からの伝言で、保安官事務所に来てほしいそうだ。すでに記者会見が始まっている」

「指紋の件は伏せておいたほうがいいわ、セイン。内通者のために」

「マスコミは問いつめるだろう」

「確実な手がかりはないと言うべきよ。犯人が追いつめられたと思ったら、内通者だけでなく、シャイアンの命も危険にさらされる」

セインはうなずいた。保安官事務所に到着すると、数えきれないほどのテレビ局のバンが道路をふさいでいた。シャイアンの拉致事件は全国的なニュースとなっていた。

ブラックウッド保安官が建物の前の演壇に立ち、何本ものマイクに向かって話し始めていた。

セインがライリーのジャケットを引っ張った。「親父のそばに行こう」

ライリーは首を横に振った。「わたしは映るわけにはいかないわ。仕事で来てるわけじゃないから。わかるでしょう」

セインが演壇にあがる前に前置きが終わったので、彼もライリーと一緒にうしろのほうにいた。幸い、保安官は屈することなく、ほんの少ししか情報を明かさなかった。心配するまでもなかったようだ。

「ブラックウッド保安官、この二日間のあいだにシンギング・リヴァーで三件もの殺人が明らかになりました。お嬢さんの事件の手がかりがまったくつかめないことについて、どんなお気持ちですか？　お嬢さんはまだ生きていると思いますか？」記者が叫んだ。

ライリーははっと息をのんだ。「なんてやつなの」

保安官の頬が紅潮し、セインが歩み寄ろうとした。彼は息子と目が合うと、片手をあげた。「わたしは部下たち、ＤＣＩ、そして、ＦＢＩ職員が全力を尽くして娘を見つけてくれると信じています」

「DCIとデンヴァー支局は最低限の人員しか割いていないと聞きましたが」別の記者が叫んだ。「政府はお嬢さんの捜索を充分に支援していると思われますか？」

手厳しい質問だ。保安官はよく耐えている。ライリーはセインをちらっと見た。いまにも記者たちを殴り倒すか、演壇に飛び入りそうな様子だった。

「お父さんはうまくやっているわ」ライリーはささやいた。

セインがそっけなくうなずいた。顎と右手がかすかに震えていた。

「幸運にも、FBIのライリー・ランバート特別捜査官がすべての証拠を再検証してくれています。ランバート特別捜査官は先日、東海岸連続殺人事件の犯人、ヴィンセント・ウェイン・オニールの逮捕に貢献しました」

保安官が大勢の記者越しにライリーをまっすぐ見た。記者たちがいっせいに彼女のほうを向いた。

ライリーはうめき声をもらした。トムに話が伝わったら、もうおしまいだ。

「保安官、捜査を中止しろと脅迫を受けたという情報を入手しました。記者会見を開いたりしたら、娘さんの命を危険にさらすことになりますよね？」

脇に立っていた記者が質問した。一同ははっと息をのみ、保安官に向き直って質問を浴びせた。

保安官は背筋を伸ばし、片手をあげた。「進行中の捜査の詳細をすべて明らかにするわけにはいきません。娘を発見したら、さらに情報を提供します」

「さすがね」ライリーはささやいた。「まったく動じない」

「内心はそうでもない。右手が震えてるだろう？　いらだっているとき、ああなるんだ」

ライリーは彼に身を寄せた。「息子と同じね」

セインは驚いて彼女を見つめたあと、右手を見おろした。

「最新の殺害現場で発見された指紋についてお話しいただけますか、保安官？　それが最も有力な手がかりですか？」

「くそっ」セインが言った。「どこからもれたんだ」

保安官は咳払いをした。「ノーコメントです」

さらに質問が浴びせられた。

「ひとつずつお願いします。全部お答えしますので」

セインとライリーは記者団から離れた。「まずいことになったわね」ライリーは言った。「指紋を残した人物の身に危険が差し迫っている」

「報道を差し控えさせることはできない。生放送だ」

ライリーの携帯電話が鳴った。彼女は画面を確認した。最悪。

「これは出ないと」セインにささやいたあと、堂々と顔をあげたまま記者団を押しのけて保安官事務所に入った。

ブラックウッド保安官のオフィスに入り、椅子にどさりと座りこんだ。

セインがついてきて、ドアを閉めた。ライリーは彼を見てため息をついた。彼にわたしの破滅を見届けてもらおう。電話に出た。「ランバートです」

「ワイオミング州シンギング・リヴァーでいったい何をしているんだ、ライリー？」

「こんばんは、トム」

「シンギング・リヴァーの誘拐事件とお姉さんの誘拐事件を結びつけて考えているのか？　お姉さんの事件は捜査するなと命令したはずだ」

「マディソンの事件を調べているわけではありません」

「たまたまそこへ行ったのか？」

「保安官のお嬢さんが拉致されたんです。ご家族に協力を頼まれました。断れないでしょう」

「〝ノー〟と言えばいいだけだ。デンヴァー支局がすでに捜査中だ。確認した。どうしてきみが手を貸しているんだ？」

ライリーはため息をついた。「一年前、六班に配属される直前にここを訪れたんです。休暇中で、保安官とその家族と知りあいました」トムは何も言わなかった。彼女は咳払いをしてから続けた。「個人的な調査をしていたんです」

トムが悪態をついた。「デンヴァー支局長がいまにもDCに飛んでくるところで、厄介なことになりそうだ。わたしは警告したはずだ、ランバート。きみのすべての行動を徹底的に調査し終えるまで、無給の停職処分とする。DCに戻れ、ライリー。いつ首になってもおかしくないぞ。大統領が介入しない限り首がつながることはないかもしれないが、FBI特別捜査官ひとりの免職を気にするほど彼は暇ではないだろう」

トムは弁解する間も与えずに、電話を切った。弁解のしようもなかったが。シンギング・リヴァーに来ると決めた瞬間から、こうなることはわかっていた。心のどこかで望んでさえいた。

セインが眉をあげた。「きみの上司は声がでかいな。いまのは本当か？　きみが許可を得て来たわけじゃないのは知っていたが、命令を無視したのか？」

ライリーは彼のすべてを見通すような視線を避けた。

「おれたちのために、キャリアを犠牲にしたのか？」

「犠牲者扱いしないで、セイン。わたしが来たのは、お姉さんを捜す手伝いをしたかったから。一週間も何もせずにアパートに閉じこもっているなんて耐えられなかった。でも本当の理由は、去年あなたと過ごしたときが、一番ほっとできたからよ」

ライリーはバッグからバッジを取りだして手のなかで転がした。

「きみがＦＢＩに入ったのは、お姉さんを見つけるためだろう」セインが言う。「ＤＣに戻れ。もう充分助けてもらった。あとは自分たちでやる」

「わたしに帰ってほしいの？」ライリーは意外なほど傷ついた。

「まさか」セインが彼女の両腕をつかんで立ちあがらせた。彼女が顔をしかめたのを見て、怪我をしたほうの腕を放した。「あの指紋を発見できたのはきみのおかげだ。身元が割れたとき、ほかの捜査官じゃなくて、きみに捜査してほしい。きみにここにいてほしい」彼女の目を見つめる。「でも、ライリー、首になったらどうなる？　お姉さんのことはいいのか？」

ライリーはうつむいて目をそらした。「姉を見つけたいわ、セイン。でも、もう死んでると、頭ではわかってるの。だけど、シャイアンはまだ生きているかもしれない。選択しなければならないときは、十五年前、姉が誘拐されたときの捜査官と同じように選択するわ。わたしは帰らない」

ドアを鋭くノックする音がした。プレスのきいたスーツを着た男が現れ、バッジを見せた。「デンヴァー支局のノーラン捜査官だ」咳払いをしてから続ける。「きみのバッジと銃を取りあげるよう命令されている、ランバート特別捜査官。そして、ここから連れだすようにと」

ライリーはためらわずに拳銃を抜き、バッジと一緒にノーランに押しつけた。

セインがふたりのあいだに割りこんだ。「それはないいんじゃないか、ノーラン捜査官」

「なあ、保安官代理――」

「きみはいま、シンギング・リヴァー保安官事務所の要請を受けておれの管轄区にいる。おれがきみなら、いますぐ立ち去る。おれたちはきみじゃなくて、彼女のスキルを必要としているんだ」

ライリーはセインの腕をつかんだ。「トラブルを起こさないで。FBIの協力は必要よ。わたしのことはどうでもいい。シャイアンのことを考えて」

ノーランが首を横に振った。「やれやれ、ときどきこの仕事がいやになる」ライリーのバッジと拳銃をバッグにしまいながらぶつぶつ言う。「この件を報告しなきゃならないが……」腕時計を見た。「もう五時を過ぎてる。報告書を書くのは明日にしよう」

「ありがとう、ノーラン」ライリーは他人が、しかも初めて会った人が自分のためにリスクを冒してくれることが信じられなかった。

「きみが何をしたのか、おれは知らない、ランバート。だが、上層部があんなに怒っているのを見たのは初めてだ」ウインクをしておめでとうと言ったあと、部屋を出ていった。

ライリーは両手に顔をうずめた。「これで本当にひとりになったわ」

「まさか」セインは彼女の顎を持ちあげ、目を合わせた。「周りを見てごらん。みんなサポートしてくれる。行動分析が実際に役に立つかもしれないと、あのアンダーヒルにさえ納得させることができたんだ。データベースよりも、きみのほうがずっと価値がある、ライリー」

「わかってないわね」ライリーは目をそむけた。「わたしの仕事は、チームで協力してする仕事なの。最初からトムに話すべきだったと、いまならわかる。彼のほうが経験がある。わたしには見えなかった証拠やパターンを見つけられたかもしれない。ここに着いたときにすべてを打ち明けなかったせいで、お姉さんを危険にさらしてしまった」

セインが彼女を抱き寄せた。「きみの班がここに協力しに来ることはないと、ふたりともわかっていた。せいぜいデンヴァーに連絡するくらいだっただろう。最初は単独の拉致事件にすぎなかった。きみの班に何ができた？」

「そこが問題なのよ。わからないの！　チームで取り組んでいたらとっくにシャイアンを発見できていたかも」

セインは悪態をこらえた。「わかった、なら、いまから倍努力しよう。事件が起きて以来、初めて有力な手がかりをつかんだんだ」

携帯電話が鳴り、彼は画面を確認してから電話に出た。「ハドソン、何かあったか？」

「ああ、お祖母ちゃんがいなくなった」

日が暮れた。二日前に、シャイアンが拉致された。そして今日、祖母までいなくなった。セインは車の鍵を開けた。

ライリーが助手席に乗りこんだ。

「きみは来なくていいのに」セインはドアをバタンと閉めた。「いまにも指紋がヒットするかもしれない」

「そのときはすぐに連絡が来るでしょう。一緒に行くわ」

セインはエアコンを強にした。生あたたかい風が吹きだしてくる。「教会に着けば涼しくなるだろう」心配そうに眉をひそめた。「どこへ行ったんだ？」

「アルツハイマー病患者は徘徊《はいかい》する」ライリーが言う。「それくらいわたしでも知ってるわ」

「祖母はしたことがない。少なくとも、これまでは」

「悪化しているから」

「当然だ」セインは鋭い口調で言った。「アルツハイマー病はよくなる病気じゃない」

ライリーは黙りこんだ。セインは悪態をつき、ハンドルを叩いた。「ごめん」

「謝る必要はないわ」

「いや、悪かった。ただ……祖母は弱いんだ。こんな病気、大嫌いだ」

セインは教会の駐車場に入り、窓を開けた。建物の周りで、大勢の教区民たちが両手を口に当て、祖母の名前を叫んでいる。この二日間、シャイアンの名前を叫んでいた場所で。

世界が崩壊していく気がした。セインはギアをパーキングに入れると、車から飛びおりた。テントの近くにいた祖父に駆け寄った。ライリーもついてきた。「何かわかったか?」

祖父は青ざめていた。調子が悪そうだ。「何も。こんなことは初めてだ。カーソンには知らせたか?」

「親父はまだ記者会見中だ。マイケル・アイアンクラウドに伝言を頼んできた」

「次に連絡を取るまでに見つかってるといいんだが」

セインは周囲を見渡した。「どこへ行ったと思う?」

ライリーは唇を噛んだ。「お祖母さんのことをよく知ってるわけじゃないけど、森に入ったってことはない?」

セインはかぶりを振った。「それはどうかな。祖母は普段から森には行かない。何か言ってなかった、お祖父ちゃん?」

「いや、赤毛の子どもがどうのとか言ってたが。ずいぶん動揺していた。記憶にとらわれているのだろうと思った。そのあと、化粧室に行くと言ったから、ひとりで行かせたんだ」祖父がうなだれた。「目を離すべきじゃなかった」

セインは祖父の腕を握りしめた。「お祖母ちゃんを捜そう」

ライリーがセインの耳元でささやいた。「シャイアンが拉致されたあと、お祖母さんは供述で〝赤〟と言っていた」

セインは目を見開いて彼女を見た。「二日前のいま頃」

「シャイアンの診療所」ライリーとセインは同時に言った。

「お祖母ちゃんの居場所がわかったかも、お祖父ちゃん」

「おれも行く」祖父が言った。

セインはかぶりを振った。「ただの勘なんだ。ここに戻ってくるかもしれないし。お祖母ちゃんを見つけたら、真っ先に知らせる」

「勘が当たることを願っているよ、セイン」

祖父がこれほど弱々しく見えたのは初めてだった。まもなく、猛スピードで駐車場を出てサイレンを鳴らした。

「お祖母さんは何かを思い出して、診療所に戻ったんだと思う?」ライリーがきいた。

「その可能性はある。あるいは、単にシャイアンを捜してるのかも」

数台の車が路肩に寄った。数分後、診療所に到着した。

ふたりは車から飛びおりた。ドアがわずかに開いていて、立ち入り禁止テープが破られていた。セインは祖母がここにいることを……無事であることを祈りながら、拳銃を抜いた。「デジャヴだ」

ライリーが脇へ寄り、そっとドアを押し開けた。

セインは診療所に足を踏み入れた。動悸が少しおさまった。待合室の椅子に祖母が座っていた。スケッチブックに身をかがめ、大量の色鉛筆が脇に置いてある。手をせわしく動かしている。セインは拳銃をおろし、ライリーに手招きした。

「お祖母ちゃん？」小声で呼びかけた。

祖母は顔をあげずに答えた。「ちょっと待って。見たものを描いてるの。シャイアンのために」

祖母の言葉は明快で、現在に生きていた。小さな舌を突きだしている。この貴重な瞬間が失われないように、セインはしゃべるのをやめた。

ライリーを見ると、びっくりしていた。気持ちはわかる。この瞬間はいつだって思いがけない贈り物だ。

祖母がライリーに微笑みかけた。「あなたも絵を描くのよね？　４Ｂで陰影をつけると言ってた」唇を嚙む。「あれはあなただったと思うんだけど。最近は記憶があやふやだから」

セインは祖母の前にひざまずいた。「お祖母ちゃんは立派にやってるよ」

祖母は目を見開き、涙を浮かべた。「そんなことないわ。シャイアンを連れていった悪人たちのことを、忘れてしまった」最後の仕上げをすると、スケッチブックをライリーに押しつけた。「どう？　シャイアンを奪った男の子に似ている？」

ライリーは絵をじっと見つめた。「赤。犯人は赤毛だったのね」

〝赤〟の記憶は、祖父のことではなかったのだ。

「こいつがシャイアンを拉致した犯人なのか？　本当に？」セインは恐怖に目を見開いている十六歳くらいの少年の絵を眺めた。

「ええ。わたしはその場にいたのよ。そのあと、誰かに殴られて」額に手を当て、目を潤ませた。「やつらを止められなかった。かわいそうなシャイアン。必死で戦ったの。わたしを助けようとして。それなのに、わたしは止められなかった」

「やつら？　ほかの犯人も覚えてる？　三人いたんだよね？」祖母が最初に犯人の絵を描けていたら……。

「お祖母ちゃん、この少年を前に見たことがあった？」ライリーからスケッチブックを奪い、祖母の膝に置いた。

「ないと思う」祖母はため息をつき、椅子にぐったりともたれかかって、デスクの背後にかかっている絵を見あげた。「あれはわたしが描いたの。川のよどみ。リンカーンとあそこで過ごすのが好きなの」頰が赤く染まった。「彼は積極的だから、ふたりきりになるとキスや抱擁をしようとするのよ」ライリーに身を寄せる。「わたしも許すんだけど」

祖母はくすくす笑ったあと、意味ありげにウインクをした。「愛を見つけたら、しっかりつかんで放さないで。それ以上に価値のあるものなんてないわ」

セインは話をもとに戻さなければならなかった。「お祖母ちゃん、この少年のほかに、ここに誰がいた？」

「なんのこと？」祖母は鉛筆を置いたあと、セインを見て驚いて目をしばたたいた。「ここで何してるの？　シールズにいるんじゃなかった？」身を乗りだし、両手で彼の頬を包みこんだ。「あなたに行ってほしくなかった。お父さんも心配してる。こっちに帰ってきなさい。お父さんも寂しがっているわ」

祖母が立ちあがり、膝の上のスケッチブックが滑り落ちた。デスクに近づいていく。「もっとここをきれいにしないとね。来週の土曜日にウィローとノーマとファニーを連れてきて、春の大掃除をしましょう」

祖母はそう言うと、診療所から出ていった。

「過去に戻ったみたいだ」セインは祖母を追いかけて薄暗い外に飛びだすと、携帯電話を取りだして祖父にかけた。

「セイン？　ヘレンは――」恐怖のにじんだ声が聞こえた。

「診療所にいた。無事だ」

「よかった。そっちへ向かう」祖父は電話を切った。

セインは祖母の隣を歩き、腕を組んだ。「お祖父ちゃんが迎えに来るって」

祖母が彼を見あげた。「だめよ。シャイアンと夕飯の約束をしてるんだから」

「予定が変更になったんだ」

「あら」祖母が眉根を寄せる。「シャイアンはまたリヴァートンの息子といなくなったの？　そんなことをしたらろくなことにならないのに。彼は見かけどおりの人じゃないの。秘密を抱えている。危険よ」

祖母はほかの誰も気づかないことまで知っている。ブレット・リヴァートンはたしかに隠し事をしている。

「今夜、お祖父ちゃんはデートとダンスを期待していると思うよ」

「それだけじゃないわよ」祖母が目を輝かせ、セインの頬を叩いた。「恋愛のことなら、リンカーンから学ぶといいわ。今度話をするよう言っておくわね」

「わかったよ」セインは笑みをこらえた。ライリーを見やると、困惑して首を横に振っていた。気持ちはわかる。

「あなたはいい子よ、セイン。誰にも違うとは言わせない」

ピックアップトラックが急停止する音がした。「ヘレン！」祖父が祖母に駆け寄り、しっかりと抱きしめた。「きみを失うんじゃないかと思った」

「わたしはどこへも行かないわよ、リンカーン。あなたに追いだされるまで」祖母は祖父の胸に顔をうずめ、目を閉じて抱きしめ返した。

祖父は祖母の髪に頰を押し当てた。目にきらりと涙が光った。〝ありがとう〟声を出さずに言った。

セインはうなずいた。ふたりは心から愛しあっている。ブラックウッド流の愛だ。よくも悪くも。

祖父が祖母のほっそりした体を持ちあげてトラックに乗せた。祖母は運転席に体を寄せ、祖父の肩に頭をもたせかけた。

祖父は何も言わずに片手をあげ、走り去った。

「絵のことを話さなかったのね」ライリーが言った。

「期待させたくなかった。はっきりしたことがわかるまでは」

「あなたたち家族はどうしてお祖母さんについていくことができるの、セイン？わたしは頭が混乱しちゃって」

セインはその気持ちがわかった。故郷に帰ってきたばかりのときは、祖母に合わせるのが難しかった。「祖母の態度は毎日変化する。一分ごとに変化するときもある。コツは期待しないことだ。おれの知っているお祖母ちゃんが戻ってくる瞬間に感謝して、どんなときも祖母がくつろいでいられるよう手助けするんだ」

「すばらしい家族ね」

「みんな祖母を愛している。それは決して変わらない。でもときどき、戻ってきてほしいと思ってしまう。いまみたいに。なんでも話してもらえるように」セインは診療所を振り返った。「あのスケッチブックを取ってきて、少年を指名手配しよう」

ふたりは診療所に戻った。セインはスケッチブックをつかんで腰をおろした。

「絵はそれだけ？」ライリーが隣に座った。「わたしはいつも何パターンか描くけど」

セインはページをめくった。「ああ、お祖母ちゃん」絵をライリーのほうへ傾けた。

待合室のデスクの前に少年が立っていて、怯えた悲しそうな顔で、遠くにいる誰かを見つめている。窓の向こうに黒のＳＵＶが見えた。祖母は排気管から出る排気ガスまで描いていた。少年は片手に瓶と布切れのようなものを持っている。シャイアンは床に倒れていて、額に血のようなものがついている。そのそばに少女が立っていて、泣いていた。赤い髪を背中まで伸ばした、痩せぎすの少女。

セインは呆然としながら絵を眺めた。「これは現実だ」圧倒された。「金曜の夜に起きたことだ。祖母はずっと知っていたけど、おれたちに伝えることができなかった」

ライリーは少女を指さした。「彼女は滝で発見した子かも、セイン。見覚えがある。きっとあの子よ」

携帯電話が鳴った。セインは電話に出ると、スピーカーに切り替えた。

「ブラックウッドだ」

「指紋がヒットした」ペンダーグラスが言った。

「本当か？　こんなに早く？」セインは幸運が信じられなかった。ツキがまわってきたのかもしれない。

「全米犯罪情報センター《NCIC》のデータベースに載っていた」

「重罪犯？」ライリーがきいた。「逮捕状が出てるの？」

「大外れだ。指紋はブライアン・アンダーソンという少年のものだ。六年前に行方不明になっている」

19

世界が真っ白になり、ライリーは椅子にくずおれた。ペンダーグラス保安官代理の言ったことを理解できなかった。

セインの携帯電話を見つめた。「状況を整理させて。つまり、病院の調剤室に侵入して、クローリー看護師を殺害した可能性のある若い男性が残した指紋が、行方不明の子どものものだったというのね？」

「ああ。誘拐された当時、十歳だった」

「現在十六歳か」セインが言う。「まだ子どもだ」

「その子どもがいまじゃ、第一容疑者だ」ペンダーグラスが言った。

ライリーは胸が痛んだ。長年のあいだに、大勢の誘拐被害者と話をした。長期間監禁されていた被害者とも。彼らの人生は決してもとどおりにはならなかった。「彼もまた被害者なのよ」ライリーは鋭い口調で言った。「写真はある？」スケッチブックをめくり、少年のアップの絵を開いた。

「すまなかった。写真よりいいものがある。行方不明・被搾取児童センターがもとの写真と、現在の顔の想像画を持っている。セイン、少年を指名手配するか？」

セインがライリーを見た。「彼が内通者だ」

「指名手配したら、命を危険にさらすことになる。たぶん、シャイアンの命も」ライリーは鼻筋をつまんだ。「指名手配しないで。いまはまだ」

「聞こえたな、ペンダーグラス。指名手配は待て。写真をおれとライリーの携帯電話に送ってくれ」セインは彼女の番号を伝えた。「それから、記者会見が終わり次第、保安官に知らせてくれ」

「終わるまで待ってね」ライリーは言った。「マスコミに嗅ぎつけられないように。少年の身の安全のためよ」

「了解。おれもマスコミは嫌いだ」

「情報をもらすな」セインは注意した。「指紋について、誰かがマスコミにリークした。漏洩者が見つかるまで、厳しく管理してくれ」

セインが電話を切った。数秒後、ライリーの電話が鳴った。画像が画面に表示された。

とび色の髪をした少年の写真だった。見覚えがある。ライリーは絵と比較した。

「同一人物かも」セインに写真を見せた。

二枚目が表示されると、セインが息をのんだ。「現在の想像画は祖母の絵にそっくりだ。ほぼ同じと言っていい。同一人物だろう。ブライアン・アンダーソンがここにいたんだ」

ライリーはスケッチブックを握りしめ、絵と写真を交互に見た。

「ライリー？」

「見覚えがあるの」ライリーはつぶやいた。写真に見つめ返され、全身がぞくぞくする。首筋の毛が逆立ち、身震いした。

「祖母の絵を見たからだろう？」

「そうじゃなくて……」ライリーははっと息をのんだ。「なんてこと」

「どうした？」

「ちょっと待って」ライリーはスケッチブックを彼に渡すと、車に走っていってバッグをつかみ、胸に抱きしめた。鼓動が激しく打っていた。

診療所に戻ると、彼の隣に座った。「たぶん思い過ごしだと思うけど」バッグから赤いフォルダでふくらんだ分厚い蛇腹ファイルを取りだした。

脚と脚が触れあい、セインのぬくもりが伝わってきて、彼女の凍った心をあたためた。わたしの考えは当たっている？　資料を取りだした。

手が震えている。青ざめた顔でページをめくり、探していた写真を見つけた。

「まさか」

「それは誰だ？　容疑者か？」

頭が混乱し、首を横に振った。「こんなのあり得ない」

セインが彼女の手をつかんだ。「話してみろ」

ライリーは彼に写真を渡した。「この少女を見て」別のフォルダを取りだして写真を見つけた。胸が締めつけられる。「これも」

次々と写真を渡した。「見て」声が震えた。「写真が九枚。九人の赤毛の少女たち」

「誰なんだ？」

「待って」携帯電話をスワイプした。「これがブライアン・アンダーソンの十六歳の想像画」

一連の写真を床に並べた。「これは少女たちの十六歳の想像画。何か気づかない？」

セインは呆然とした。「顔の形も、髪の色も似ている。全員瞳はブルー。そっくりだ。この少女たちとブライアン・アンダーソンは」

「そうよ」

「誰なんだ？」セインがふたたびきいた。

「あと二枚見せたいものがあるの」ライリーは震える手で最後のふたつのフォルダを取りだした。自分は間違っていなかった。信じられない。

　写真を取りだすと、セインは息をのんだ。「ジーナ・ウォレスか？」

「ええ。これは十六歳の想像画」

　セインは椅子にぐったりともたれかかり、ライリーを見つめた。彼女と同じくらい驚いている。「シャイアンを拉致した容疑がかかっているブライアン・アンダーソンの容姿が、ジーナの男版だなんて。あり得ない」

　ライリーは目が熱くなり、頭がくらくらした。「これも見て」

　最後の写真をそっと置き、ごくりと唾をのみこんだ。

　セインはその写真を手に取った。鮮やかな青い目。微笑んでいる唇。半分のハートのチャームがついたブレスレットをつけている。

　ライリーのブレスレットと同じだ。

　セインはみぞおちを殴られたような衝撃を受けた。

「きみのお姉さんか？」

ライリーは息を深く吸いこみ、うなずいた。「マディソンよ」震える手で姉の顔を撫でた。いなくなった夜の姉が見えた。あの恐ろしい夜。

姉なんかいらないと言った日。

〝ごめんね、マディー〟

両手に顔をうずめ、痛いくらい目をこすった。目の前の現実をのみこめなかった。

「ライリー?」セインの声は優しかったが、緊迫していた。

ライリーはまばたきしたあと、彼を見つめた。「ブライアン・アンダーソンは、シャイアンを拉致した少年は、ジーナに似てる。それから、わたしの姉にも」


シャイアンはベサニーの枕元を離れられなかった。イアンとアデレードの説得に失敗した。ふたりはファーザーに怯えきっている。責められやしない。あんなに上品なのに、ものすごく怖い男だ。

不吉な予感にとらわれ、息が苦しかった。ベサニーの熱はようやくさがり始め、赤い斑点も消えた。まだ危険な状態を脱してはいないものの、回復する見込みはある。

そのことにファーザーが気づいたら、自分はいつまで生きていられるだろう。

運命をただ待ち受けるつもりはない。ブラックウッドは戦わずに屈したりしない。

廊下を走る足音が聞こえてきた。「こっちに来なさい、マイカ!」少女が叫んだ。

「いやだ! ママに会いたい!」

「わかってないわね。ママはあんたを愛してないの。あんたのパパを追いだしたのよ」

「ママが言ったことと違う」マイカが泣きじゃくった。

「嘘をついたのよ。みんな嘘をつくの。本当のことを話してくれるのはファーザーだけ」

マイカは泣きやまなかった。少女はとうとう悪態をついた。「わたしにはできません、ファーザー。あなたの期待に応えられませんでした」

「忍耐が必要だ、デライラ」ファーザーの感情のこもらない穏やかな声に、シャイアンは身震いした。「この子もそのうちわかるだろう。連れていけ。ハンナの部屋を使わせろ」

「はい、ファーザー」

ふたりの足音が遠ざかったあと、ドアをバタンと閉める音がした。

「ああ、かわいそうに」

一瞬の静寂ののち、泣き声が聞こえてきた。何があったの? イアンのあざを見たあとでは、ここで与えられる罰が生半可なものだとは思えない。

「泣かないで、ディー」マイカが言う。「困らせてごめん。でも、みんなわかってくれないんだ。ぼくの名前はマイカじゃないのに」

「ああ、マイカ」はなをすする音がした。「お願いだから、これ以上逆らわないで。危険よ。あなたに何か悪いことが起きるかもしれない」

「ぼくはあきらめない。ママは絶対にあきらめないんだ。だから、ぼくも」

「あきらめなきゃならないの。わたしの膝の上に座って。慰めてあげるから」デライラが歌い始めた。

子どものときによく聞いた歌だった。だが、歌詞が変えられていた。デライラの声は澄んでいて美しかった。テノールの声が加わり、完璧なハーモニーで『パフ』を歌った。

〝うまくいかないときや、人生が不公平に思えるときは
しっかりつかまって
いつもそばにいるよ〟

ベサニーが身動きした。「いつもそばにいる」歌うような声でささやく。

テノールの声が聞こえなくなった。

デライラは一瞬黙ったあと、ふたたび歌いだした。震えてはいるが、さらに大きな声で。

「歌って、マイカ」優しく言う。「お願いだから」

少年はつかえながらも歌った。

遠くからバイオリンの音が聞こえてきたと同時に、かんぬきを外す音がした。イアンがドアから顔をのぞかせた。目をしばたたいたあと、ベサニーを見つめた。目の下に隈ができている。食べ物をのせたトレイを持ってこそこそと入ってくると、ドアを閉めた。

「夕飯からこっそり取ってきた。おれたちは誰も病気になってないから」小さな鏡台にトレイを置くと、枕元に座ってベサニーの手を取った。

「具合はどう?」静かに尋ねた。

「よくなってる」

イアンは唇を嚙み、シャイアンの目を見た。「ベサニーが病気になる前は、おれは幸せだった。あなたとマイカが来るまでは」

シャイアンは希望の光が見えた。「助けてくれるの？」

「おれたちは監視されてる。常に。ハンナはばかだった。逃れられると思っていたなんて」

「ハンナって誰？」

「おれの友達だった。あなたの服を洗うよう言われたのに、盗んでおしゃれしようとしたんだ。彼女は見つかって、罰を受けた。帰ってこなかった」

きくのが怖いが、確かめなければならない。「それはどういうこと？」

「死んだんだ。罰を受けたのは、彼女が初めてじゃない」

「な――何人くらい？」

「わからない。いなくなった人たちのことは忘れるようにしているんだ。そのほうが楽だ」イアンが悲しそうな、無防備な表情をした。ベサニーの閉じた目を見つめる。

「彼女はとても勇敢なんだ。おれたちをかばってくれる」声を潜めた。「おれが助けを呼びに行く。マイカを連れてく。あの子は絶対になじめない。ここに連れてくるべきじゃなかったんだ。まだ小さすぎる」

期待に胸が躍るどころか、怖くてしかたがなかった。シャイアンは彼の腕をつかんだ。「あなたはとても勇気があるわ。マイカをシンギング・リヴァーへ連れていって。

セイン・ブラックウッド保安官代理を捜して。弟と父があなたたちを助けてくれる」

ドアがぱっと開いた。戸口にファーザーが立っていて、背後にアデレードがいた。

「イアン、ここで何をしている」ファーザーが低い声で脅すように言った。「マイカといるはずだろう」

「べ――べサニーのためにスープを持ってきたんです」イアンが震える声で答えた。

「何日も食べてないから」

ファーザーは顔をしかめ、悲しそうに首を横に振った。「アデレード、イアンを懲罰室へ連れていけ。戒めが必要だ」

アデレードが青ざめた。「ファーザー、お願いです、あたしにそんな――」

「黙れ」ファーザーがアデレードをにらんだ。

イアンが背筋を伸ばして立った。顎をあげ、ファーザーと向きあった。「自分で行きます」

ファーザーは無言でイアンを連れ去った。

数分後、悲鳴が響き渡った。

そして、世界が静まり返った。

20

保安官事務所は活気にあふれていた。父のオフィスにいる捜査班の期待が感じ取れるようだった。セインはオフィスの外で、電話を見つめて鳴るのを待っていた。ライリーは廊下を行ったり来たりし、ときどき窓辺で立ちどまってブラインドの隙間から地平線に沈む太陽を眺めていた。鮮やかなオレンジ色の細い線が夜の闇を食いとめている。

彼女は落ち着かない様子だった。父は、ふたりが事務所に飛びこんで仮説を披露してから三杯目のコーヒーを淹れることに決めた。

父がドアを開けた。「電話はあったか?」

セインはかぶりを振った。「まだだ」

「一致すると思うか?」

ライリーは父のデスクの向かいのかたい木の椅子に腰かけた。脚がそわそわと落ち着かなげに揺れている。

「ずっと、ジーナやマディソンたちを誘拐した男は性犯罪者だと考えていた。典型的な、型どおりの犯人だと彼らは誘拐し、虐待して、被害者で欲望を満たせなくなったら殺害する」ライリーがこめかみをさすった。「いまはもうどう考えたらいいかわからなくなったわ」

セインはブライアンの写真を表示した電話を持ちあげた。「ブライアン・アンダーソンは少女たちと外見が似ている。同一犯だ」

ライリーがかぶりを振った。「それはない。性犯罪者は被害者の性別を替えることはない。絶対に」

「こんなこと言いたくはないが、この犯人は例外なのかもしれない」いずれにせよ、セインは子どもたちを誘拐したろくでなしとふたりきりになりたかった。一時間でも足りない。子どもたちにしたことを後悔するような痛みを与えてやりたかった。

「そうかも」ライリーはしぶしぶ認めた。「でも、だとしたら、わたしのプロファイリングはずっと間違っていたことになる」セインの腕をつかみ、爪を食いこませた。

「ずっと間違った前提に基づいて間違った犯人を探していて、子どもたちはその報いを受けたんだわ」

完全に保安官モードに入った父が、デスクの革椅子に腰かけた。「シャイアンの拉致がどう関わっているんだ？　ブレット・リヴァートンの事件も」

リヴァートンの名を口にしたときの父の嫌悪の表情を見て、セインは顔をしかめた。

シャイアンが帰ってきたら、釈明する必要に迫られるだろう。

「ブライアン・アンダーソンが事件の鍵となることだけはたしかです」ライリーが言う。「彼はわたしたちに接触しようとした。ふたたび接触があったときのために、準備しておかなければなりません。指紋の情報をリークした人物が、ブライアンを危険にさらしました。本人はそれさえ知らないかもしれません」

「つまり、きみの仮説が正しいとすれば、ジーナときみのお姉さんとブライアンを誘拐した犯人を見つけなければならず、そうすればシャイアンも見つかるのか」父がコーヒーをぐいっと飲んだ。「ウイスキーを入れればよかったな。犯人は十五年も警察の手を逃れおおせてきたわけか」

つまり、いったいどうやったら見つけられる？　「でも今回は、内通者がいる」セインは言った。「とうとう隙ができたってことだ」

「どうして？」ライリーが静かに言った。「なぜいまになって？」

デスクの上に置いてある電話がけたたましい音をたてた。セインはスピーカーに切り替えた。

「ブラックウッド保安官代理」きびきびとした口調で言った。

「トム・ヒコック管理官だ。マディソン・ランバートの身体的特徴と犯人の手口に一致する誘拐された少年の検索を依頼したのはきみか？」

「はい。何か見つかりましたか？」

「ランバート特別捜査官はそこにいるのか、ブラックウッド保安官代理？」

「はい、トム」ライリーがそわそわとズボンをいじった。

「どうしてこんな依頼をしたのか知らないが、ライリー、六件ヒットした。何か見つけたんだな」

ライリーがセインの目を見てうなずいた。「強盗殺人現場に行方不明の子ども、ブライアン・アンダーソンの親指の指紋が残されていました。彼は――」

トムが低い口笛を吹いた。「リストに載っている」

「姉が拉致された現場でブライアンを見たという目撃者もいます」セインは言った。

「どうしてもっと早く知らせなかった、ライリー？　似顔絵と比較して身元を割りだせたのに。いったい何をしていたんだ、ランバート」

「黙れ、ヒコック」セインは怒鳴った。たとえ上司でも、ライリーを非難するのは許せない。「目撃者はおれの祖母で、アルツハイマー病患者だ」

沈黙が流れた。

「きみのお祖母さんは別の場所で写真を見たんじゃないのか？　牛乳パックとか。一カ月前、ブライアンの写真が載っていた」

「指紋が一致したんですよ、トム」ライリーが反論した。「ブライアンはＡＢ型で、犯行現場で発見された血液の型とも一致します。偶然の一致を信じるなと、あなたに教わりました」

ライリー・ランバートが一本取った。

「きみを復職させるつもりはない」トムが言う。「だが、六班がきみをサポートする。必要なら、すぐに飛んでいく」

そんなに悪い人間ではないのかもしれない。

「ヒコック管理官。ブラックウッド保安官だ。ご協力いただけるとありがたい。正式な要請と見なしてもらってかまわない」

「明日、そちらへうかがう」トムが言った。「ライリー、よくやった」

セインは電話を切った。ライリーが立ちあがった。「仕事をしないと」

ライリーは分厚いフォルダをつかんでオフィスを出た。セインがあとに続こうとすると、父に呼びとめられた。

「この事件を解決したら、彼女はお姉さんの身に何が起きたか、ようやく知ることができるかもしれない。キャロルもようやく気持ちの整理がつくかも」父が言った。

「誰にとっても荷が重すぎる。彼女は感情に負けてしまうかもしれない。できると思うか？」

「ライリーほど強い人間はいない」セインは言った。「おれたちの期待を裏切ることはないよ。それに、失敗は許されないとみんなわかっている」


ライリーは会議室のドアを開けてなかに入った。頭のなかで恐ろしい考えが渦巻いている。トムの電話で、リストに載っている人数はほぼ二倍になった。

ペンダーグラス保安官代理がうなずいて挨拶した。「言われたとおり、ボードにパネルをつけておいた」

ドアが開き、セインと保安官が入ってきた。

部屋が静まり返った。「たったいま、ランバート特別捜査官の上司から連絡があった。娘の拉致事件と十五年前の連続誘拐事件が関連しているのは、ほぼ間違いない。ジーナ・ウォレスの事件も含めて」

一同がはっと息をのんだ。「ランバート特別捜査官とブラックウッド保安官代理が説明する。ライリー？」

ライリーは十歳の少年の写真と現在の想像画をボードに貼った。セインはヘレンが描いたシャイアンが拉致された場面とブライアンの絵を、スケッチブックからそっとはぎ取った。「祖母が描いた絵だ」

ペンダーグラスが低い口笛を吹いた。「正確だな。これを見なきゃ信じなかったよ。悪く取らないでくださいよ、保安官」

「おれたちも驚いている」セインは言った。

「その少女は誰だ？」アンダーヒルがきいた。

「確信はないが、リヴァートンの地所で発見された女性だと思う。もう少ししたら、その理由をわかってもらえるだろう」

その後数分間で、ライリーとセインは壁一面のボードに誘拐被害者の写真を次々と貼った。一連の写真がまじりあった。隣りあう写真が異様に似ていた。

部屋が静まり返った。

「全員似ているなんて気味が悪い」ペンダーグラスが言った。

「ＤＮＡがないと女性の身元は特定できない」アンダーヒルが言った。

ライリーはうなずいた。

「くそっ」ノーランがさらに四枚の写真をセインに渡した。「これはヒコック管理官がメールで送ってきた少年たちの写真だ。彼の班がブライアン・アンダーソンの両親に事情聴取をしに行った。それがすみ次第こっちへ向かう」

ライリーは一同に向かって言った。「シャイアン・ブラックウッドを拉致した犯人のひとり――ブライアン・アンダーソンは六年前、十歳のときに誘拐されました。この少年が二日前には生きていた。シャイアン・ブラックウッドを発見できる見込みが高まりました。ほかの子どもたちも何人か生きているかもしれません」

「彼らを誘拐したのが同一犯だとして、どうしてブライアンはまだ生きているんだ？」ペンダーグラスがきいた。

「子どもに惹きつけられる犯罪者の多くが、自分より小さくて弱い者をコントロールしたがります。ブライアンを利用して被害者をおびき寄せていたのかもしれませんが、彼はもう大きくなりすぎました。なんらかの理由で、指紋を残してわれわれに接触した。自分に残された時間が少ないことをわかっているのかもしれません」

セインが付箋とひもとマーカーを手に取った。「よし、時系列を整理しよう」

一時間後、十五年間の年表が完成した。

「くそっ」保安官が彼が扱った最初の大事件の被害者、ジーナ・ウォレスの写真に触れた。「彼女がひとり目の被害者なのか？」

ライリーはフォルダを置いて保安官と向きあった。「ノーラン捜査官がジーナの事件から十年さかのぼって調べましたが、同じ手口の事件はありませんでした。ジーナ・ウォレスはシンギング・リヴァーに住んでいた。シャイアンの事件が偶然の一致だとは思えません」

「マディソン・ランバート、ライリーのお姉さんがふたり目の被害者だ」セインが言う。「一カ月も経たないうちに誘拐された」

「全国地図が必要だわ」ライリーは言った。「事件が起きた場所を表すために」

ペンダーグラス保安官代理が地図を取りに行っているあいだに、セインがライリーに言った。「リヴァートンの滝の近くの足跡の追跡結果をきいてみる。興味あるか？」

「もちろん」ふたりはそっと会議室を出て、保安官のオフィスへ移動した。セインが弟の衛星電話にかけた。

電話がつながり、ジャクソンが出た。「何かわかったか、兄貴？」

「同じことをききたい。足跡の追跡はどうなった？」

「どこにもたどりつかなかった。いくつかかすかな足跡を発見したが、どれも二キロ以内で消えた。犯人はおれより森を熟知しているようだ」ジャクソンがいらだった声で言った。「もう日が暮れたが、朝になったら捜索範囲を拡大できる」

ライリーはそもそも期待していなかったが、それでもがっかりした。犯罪行為の大半がリヴァートンの滝を中心としているように思える。

セインと目が合った。「そうして」ふたりは同時に言った。

ジャクソンが含み笑いをした。「やあ、ライリー。兄貴と意見が一致したようでよかった。カレンダーに印をつけておくといい」

セインが最新情報をジャクソンに伝えた。全体的に、不満が募る会話だった。「最後に、ケイドはどうしてる？」

「施設に入るのを拒んだ。シャイアンに恩があるから捜しに行くとかなんとか言って、ハドソンの目を盗んでB&Bから姿を消した。捜しているが、どこへ行ったかわからない」

「またフラッシュバックを起こしたら……」セインが眉をひそめた。「捜索中に戦闘モードに入った特殊部隊員に出くわすほど厄介なことはない」

「わかってる。もう少しで穴だらけにされるところだったんだから。退役軍人病院のベッドが早く空くといいんだが」

「お友達のことは残念ね」セインが電話を切ったあと、ライリーは言った。

「ああ。これ以上悪い状況にならないといいんだが。結局また山に入って姉を捜すことになるかもな」

ふたりはオフィスを出て、保安官事務所の主室を横切った。

「ここから出せ！」留置場に通じる開いたドアの向こうで、エドが叫んだ。「ジーナの写真が見えたぞ。何かわかったんだな！」目を血走らせ、鉄格子を揺さぶっている。

ライリーは立ちどまり、探るような目で見た。「ミスター・ザリンクシー」ノートを取りだした。「ジーナを知っていたんですね」

「ああ。前からそう言ってるだろ。おれに罪を着せるな」

「わかりました」ライリーは鉄格子に近づいた。「ジーナのファイルを読みました。彼女が誘拐された時期にあなたはキャロルとつきあっていた。間違いないですか？」

エドの顔が紅潮した。「ずっと見守ってたんだ……キャロルはおれの女だった。あの男にはらませられる前から」

「高校時代から、ストーカー行為をしていた。そういうことですね？」

エドの顔が真っ赤になった。痛いところを突いたのだ。

「ストーカーじゃねえよ」エドが冷笑した。「あいつはいやがってなかった。いまも」

「キャロルはおまえを追いだした。彼女にはもう近づくな、エド」セインが嚙みつくように言った。

「あいつにきいてみな、保安官代理。いま頃、おれを保釈するためにこっちに向かっている。もうすぐ着くはずだ」

ライリーはセインの腕をつかんだ。「わたしに任せて」鉄格子にさらに近づいた。

「ジーナに何があったと思いますか？」

「キャロルをはらませた流れ者にさらわれたんだ」

ライリーは身を乗りだした。「父親の素性は知らないと、キャロルは去年、話していました」

「知ってるさ。捨てられたから言いたくなかっただけだ。そいつとはキャスパーで出会って、売春婦みたいに使い捨てにされたんだ。だが、もうすぐガキが生まれるってときに、そいつは町に現れた。数年後にまた来た。その頃にはキャロルは飲んだくれていて覚えちゃいなかったが、おれは覚えてる。そいつはキャロルとジーナをじろじろ見ていた。キャデラックに乗っていて、大金を持っていた。ジーナに話しかけて、ぬいぐるみか何かをやったあと、急いで去っていった」

「ジーナが誘拐される何年も前のことですね」

「かもしれないが、ときどきキャロルの家の近くでぴかぴかのキャデラックを見かけた」

「ときどきってどのくらい？」

「年に一回くらい。ジーナの誕生日の頃に」

「ジーナがいなくなってから、キャデラックを見かけましたか？」すでに答えはわかっていた。

「そのあとは」エドが鉄格子の合間に顔を近づけた。「見ていない。一度も」

エドが大笑いした。ライリーはアルコールのにおいにむせ、咳をしながらうしろにさがった。もう充分だ。

「歯ブラシを持ってきましょうか？」作り笑いを浮かべながらきいた。

セインが身を乗りだしてにおいを嗅いだあと、エドをにらんだ。「誰から手に入れた？」

エドは肩をすくめた。

セインは腕組みをし、鉄格子に体を押しつけてエドを威嚇した。エドがごくりと唾をのみこんだ。

「名前を言うまでここを離れないぞ」セインが言った。

「言ったらここから出してくれるか？」

セインはベルトの武器の近くに手を置いた。「黙っていたら、その可能性はない。独房を調べる」

エドがセインをにらんだ。ライリーはセインのこの男の扱いのうまさに感心した。この仕事に本当に向いている。

「ある記者が、内部情報と引き換えにボトルをくれたんだ」

「自分のしたことがわかってるのか？」セインがぞっとするような冷やかな声で言い、エドの襟をつかんだ。「おまえの依存症のせいで姉貴が死んだら、ただじゃおかないからな。本気だ」

エドを突き飛ばした。

部屋を出るまで、セインは何も言わなかった。ドアをバタンと閉めた。「くそったれが。初日に家に帰せばよかった。どうせいつも罰を免れるんだ」

ライリーは彼の手を握った。つらそうな表情を見て、顔をしかめた。「自分を責めないで。こんなことになるなんてわからなかったんだから」

「かもしれないが、ドアを閉めておくべきだった。個人的な経験から、あの部屋が閉所恐怖症を引き起こしそうになると知っていた。だから、開けっぱなしにしておいたんだ。おれがエドにリークする機会を与えた。あの飲んだくれのせいで、ブライアン・アンダーソンはもう死んでいるかもしれない。姉貴を見つけるチャンスも失われたかもしれないんだ」

真っ暗な空に星が散らばっていた。ライリーは窓ガラスに顔を押しつけて、暗い家のなかをのぞきこんだ。

キャロルはこの二日間、仕事を休んでいた。ライリーはふたたびドアをノックしたあと、セインを見た。「大丈夫かしら？」

セインがドアをドンドン叩き、叫んだ。「キャロル、セインとライリーだ。家にいるのはわかっている。頼むから開けてくれ。きみの助けが必要なんだ」

ノーランがキャデラックを調べている。ライリーが調査した誘拐事件のうち少なくとも二件で、近辺でキャデラックが目撃されていたのは知っていたが、男児の誘拐事件については調べていなかった。そのつながりを見逃していたという事実を、まだ受け入れられない。ＦＢＩに入るずっと前から子どもの行方不明事件を分析していたというのに。

自分は思いこみをするという許しがたい罪を犯した。進行中の捜査を混合しないことで、必死に避けようとしてきたのに。

カーテンが揺れた。

「キャロル」ライリーはドアを叩いた。「お願いです、大事なことなんです」

ドアノブがゆっくりと回転した。キャロルの青ざめた顔が現れた。「なんの用？」ろれつがまわらず、目が血走っている。

「ジーナの父親についていくつかききたいことがあります」ライリーは閉めだされないよう、ドアの隙間に足を滑りこませた。

「ジーナは死んだ」キャロルがドアを閉めようとしたが、ライリーは譲らなかった。

「あたしが殺したって、みんな知ってる」

「違う」セインが言った。

「あたしが殺したようなもんよ。しょっちゅう酔いつぶれて、あの子をひとりにしていたんだから。自業自得よ」

キャロルがぱっとドアを開け、うしろによろめいた。酸っぱいにおいがライリーの鼻を突いた。覚醒剤とアルコールと尿と、知りたくもない何かのにおいがまざって吐き気を催させる。

セインが窓を開けて空気を入れ換えた。

キャロルはソファにどさりと座りこむと、氷の入った背の高いグラスを手に取った。ボトルの蓋を開け、グラスの縁まで注ぐ。

ライリーはすべての鍵を握っているかもしれない女性の向かいに座った。「シャイアンを見つけるために、あなたの助けが必要なんです」

「無理よ。自分のことすら助けられないんだから」キャロルはくすくす笑い、苦々しい口調で言った。「エドの保釈金を払うつもりだったのに、お金がなくなっちゃった」

何に使ったのかは明白だ。使用済みの覚醒剤のパイプがコーヒーテーブルに転がっていた。

「頼れるのはエドだけ。なのに、ぶち壊しちゃった。今度こそもうだめね」

ライリーは身を乗りだし、キャロルの手を握った。「ジーナの父親は誰?」

キャロルが目をしばたたいた。セインを見やり、首を横に振った。「彼の前で話したくない。男はわかってくれない。エドもそうだった。あたしを非難してるでしょう。わかるんだから」立ちあがる。「あんたなんか嫌いよ、セイン・ブラックウッド」セインの胸を叩いた。「ブラックウッド家。完璧な家族。あたしだってあんたみたいだったのに」彼の腕のなかにくずおれ、泣きだした。「あたしだって」

セインはキャロルを抱きあげ、ソファに運んだ。彼女はぐったりと座りこんだ。

ライリーは立ちあがり、彼の腕に手を置いた。「わたしに任せて。ふたりきりなら話してくれると思う」

セインはうなずいた。「すぐ外で待ってるが、おかしな音が聞こえたらなかに入るからな」セインは玄関から出ていき、そっとドアを閉めた。

キャロルは目をこすった。「あたしだって」

「わかります」ライリーはキャロルの手をさすった。「誰もわかってくれませんよね」

キャロルはまばたきし、ぼんやりした目を見開いた。「そういえば、あんたのお姉さんも誘拐されたんだったね」

ライリーはうなずき、写真を取りだした。「マディソンです。ジーナがいなくなった直後に誘拐されました」

「あんただって、もう死んでるってわかってるでしょう」キャロルがささやく。「みんな認めようとしないけど、死んでる。生きていればもうすぐ三十ね。子どももふたりくらいいたかも。あたしはお祖母ちゃんになってた」

「それでも」ライリーは胸が痛んだ。「姉を家に連れて帰りたいんです。母のために。ジーナに帰ってきてほしくないですか？」

キャロルの頬を涙が伝った。「それで何か変わるの？」

「わかりません」ライリーはため息をついた。「真相を知ることでよくなるのかどうか。でも、やらなければならないんです」両手を膝に置いた。「ときどき、マディソンが笑顔で玄関から入ってくる夢を見るんです。とてもリアルな夢を」

「幽霊よ」キャロルが言う。「真夜中にしょっちゅうジーナが現れるの。あたしを恨んでるのよ」

「それなら、ふたりに正義をもたらすために手を貸してください。ジーナの父親は誰なんですか？」

「一夜限りの相手よ。キャスパーのロデオ会場の外にあるバーの前で出会った。あたしは未成年だったから、なかに入れてもらえなかった。それまでも何度も追いだされていた」キャロルが眉をひそめた。「彼はカリフォルニアの有名大学の学生だった。聞いたこともないような言葉を話して、それが格好よかった」キャロルは目を閉じ、かすかな笑みを浮かべた。「手がやわらかかった。エドや、この辺のカウボーイたちと違って」

「すてきな人だったみたいですね」

「ええ。最初はね」キャロルは額にしわを寄せた。「バーに入れなかったから、彼のホテルの部屋に行った。お酒を何杯か飲んで。よく覚えていないんだけど、自分が特別な人間だって思えた。彼の腕のなかで眠ったの」

キャロルはグラスの半分を飲み干した。「朝になると、彼はズボンをはいて、さよならと言った。ついていってもいいかってきいたら、笑い飛ばされた。あたしはそれほど頭がよくないし、美人でもないって。彼は部屋を出ていった。それきり二度と会わなかった」

小さな町の十七歳の少女は、甘い言葉に簡単にだまされただろう。たったひとつの選択で人生が変わる。「妊娠したことを話さなかったんですか？」

「彼の名字さえ知らなかったもの」キャロルは肩をすくめた。「一度だけ彼の車を見た気がするの。キャデラックがいくらするか知ってる？　でも、あれは夢だったのよ」声が小さくなる。「夢を見ていただけ」

キャロルはソファに倒れこみ、意識を失った。

ライリーは立ちあがり、炉棚の写真に歩み寄った。とび色の髪の少女は微笑んでいるが、目は笑っていなかった。ジーナ・ウォレスは生まれたときから厳しい生活を送っていた。エドの話が本当だったら？　その流れ者が戻ってきて、ジーナを連れていったのだとしたら？

彼女が最初の被害者で、最初の被害者が一番多くを物語る。

望みは薄いかもしれないが、ほかに手がかりはない。

携帯電話を取りだしてなじみのある番号にかけた。

「ヒコックだ」トムが電話に出た。

「ライリーです」

「用件はなんだ、ランバート?」

「お願いがあります。ジーナ・ウォレスのDNA情報は記録されていますよね?」

「死体が見つかったのか?」

普通はそう思うだろう。指紋と同様に、DNA情報は比較のために使われる。記録に一致するものがあるときだけ役に立つ。

「ジーナの父親が犯人かもしれません。ジーナのDNAで、家族検索をかけてもらえませんか?」

トムが低い口笛を吹いた。「自分が何を言ってるのかわかってるか? 頭がおかしくなったんじゃないのか?」

「かもしれません。でも、必死なんです。早くなんとかしなければ、シャイアン・ブラックウッドもブライアン・アンダーソンも殺されてしまいます」

21

街灯が光の輪を投げかけている。セインはドアの側柱に寄りかかった。泣き声のあとに、ようやく女性のささやき声が聞こえてきた。

指先でトントン脚を叩いた。切迫感に駆られた。何か大きなことを発見しつつあるという予感がしたものの、シャイアンが見つかる兆しは見えないし、手がかりもない。十六歳の少年にすべての期待をかけている。妄想に近い考えだ。

左手のほうで葉音がした。セインは銃を抜いてかがみこみ、家の側面の茂みをのぞきこんだ。

鳴き声がしたあと、猫がシャーッと言いながら走り抜けた。セインは気を緩めなかった。猫が逃げたのには理由がある。

左手で影が動いたと同時に、玄関のドアが開いた。

「なかにいろ」セインが小声でライリーに言う。「おれが戻ってくるまで出てくるな」

ドアが閉まり、鍵のかかる音がした。

ライリーなら立てこもって身を守ることができる。セインは音をたてずに木立に駆け寄った。どこかに、おそらく路地か通りの先に隠されていた車のエンジン音が、静かな通りに響き渡った。まもなく音は聞こえなくなった。

いまさら追いつけないので、懐中電灯を取りだして地面を照らした。リヴァートンの滝の近くで発見したものと似た足跡がついていた。

セインは電話をかけた。「ペンダーグラス、キャロルの家に至急来てくれ。鑑識の道具を持って、今夜家に張りこめる人間を連れてこい」

「了解」

セインは電話を切ると、最後にもう一度周囲を見まわした。いまのはスナイパーだったのか？　それとも記者か？　誘拐犯か？　殺人犯か？

念のため、ペンダーグラスが到着するまで家の周辺を歩いた。

ようやく玄関のドアをノックした。

ライリーがドアを開けた。「何があったの？」

「誰かが監視していた」

セインはキャロルの家に鍵をかけ、追加で派遣されたＤＣＩの捜査官に鍵を渡した。

た。


「彼女から目を離さないように」

捜査官はうなずいた。セインは銃を抜いたまま、警戒しつつライリーと車へ向かった。

彼女は足を引きずっていた。疲れ果てているのだろう。今回の目まぐるしい事件は、暴動を起こした地域を五キロ走る以上にエネルギーを消耗する。

「また行き詰まりか?」

「そうじゃないかも」ライリーが詳細を伝えた。「DNA検索は試してみる価値がある。もっと早く気づけばよかった」

「きみは自分に厳しすぎる」セインは車を出しながら言った。警戒を解かず、おかしな点はないか目を光らせた。

ライリーがうなじをさすり、首をまわした。

「休んだほうがいい」

「今日じゅうにシャイアンを見つけたい」

「おれもだ」

ライリーはヘッドレストに頭をもたせかけて目を閉じた。「保安官事務所に戻って。ボードを完成させて、事件のひとつひとつを再考する。何かあるはず」

セインはギアをあげた。「何時間か睡眠をとったほうがいい。きみの仲間がブライアン・アンダーソンの角度から調べてくれている。DCIとデンヴァー支局が資料を綿密にチェックしている。鑑識で何か出たら、連絡をくれるだろう」

ライリーは首を横に振った。「だめよ。休んでなんかいられない」

「もう限界だろ。徹夜したからって姉貴が助かるわけじゃない」セインは息を吐きだした。「シャイアンが生きてるんなら、生かしておきたい理由があるってことだ」

ファニーのB&Bに向かって車を走らせた。「おれたち家族はきみの洞察力を、直感を、ほかの人には見えないものを見る能力を必要としている。休んでくれ」

ライリーは顔をしかめ、目をこすった。

「おれが正しいとわかってるはずだ」

ライリーが彼をにらんだ。「正しければいいってわけじゃないわ」

セインは口を閉じ、彼女が事実を認めるのを待った。今回はおれの言うとおりにすべきだと、彼女もわかっている。

「わかった。数時間だけよ」

「もちろん」

ライリーが正座し、彼のほうを向いた。口を開けて何か言いかけたが、また閉じた。

「遠慮せずになんでも言ってくれ、ライリー。この二日間、ずっと一緒に過ごしたんだから」

「この事件の結末がどうなるかわからないけど、いまのうちにこれだけは言っておきたいの。あなたの家族はかたい絆《きずな》で結ばれている」ライリーがまっすぐ彼を見つめた。「アドバイスしてもいい？」

「もちろん」

「何があろうと、家族がばらばらにならないよう努力して」

「きみの家族みたいにならないように？」セインは優しく言った。

「誰のせいでもなかった。マディソンは母の最愛の娘だった。それを奪われて、母の心は壊れてしまった。わたしには治せなかった。父にも。まだ離婚していないのが不思議なくらい」苦笑いをする。「離婚する気力もないのかもね」

セインは彼女の手を取り、指を絡みあわせた。「残念だ」

「長いあいだ、いくつもの事件を捜査してきた。仕事に就いたのは三年前だけど、その前からずっと。誘拐被害者の家族がばらばらになってしまうのは、よくあることなの。あなたにも同じことが起こってほしくない。あなたの家族は特別だから」

「十代の頃は、それがいやだった。だから町を出たんだ」

「でも、戻ってきた」

「シンギング・リヴァーのよさが改めてわかったよ。家族のよさも」

セインはB&Bの前で車を停めた。ドアを開けようとするライリーを引きとめた。

「ここで待ってろ」

車から降りて、周辺で怪しい動きはないか確認した。

それがすんでから助手席のドアを開け、彼女を連れて急いで建物に入った。

ファニーはカーテンを閉めていた。

ライリーが言う。「何か連絡があったら――」

「きみに知らせる。すぐに。今夜はきみをひとりにするつもりはないから」


シャイアンは患者の枕元に座り、イアンが持ってきてくれた食べ物を少し食べた。木の棒は手術着の腰に隠してある。ベサニーの呼吸は安定し、目を覚ましはしなかったが、安らかに眠っていた。

感染症の症状がおさまったことは、誰の目にも明らかだ。点滴で抗生剤を投与され、じきに目を覚ますだろう。経口薬を飲んで、食事もできるようになる。

シャイアンは必要なくなり、ベサニーはふたたび毒を盛った人物の支配下に置かれるのだ。

数時間前、ファーザーが部屋に入ってきて、傷口を見せるよう要求した。そして、満足してうなずくと、何も言わずに出ていった。

逃げるチャンスがあったら、そのチャンスをつかむしかない。

そのとき、ドアがぱっと開いた。

ファーザーが部屋に入ってきた。「ドクター・ブラックウッド、イアンと話をしたな。何を言った?」

妙に穏やかな口調にぞっとした。恐怖の表情を浮かべたアデレードがあとから入ってきた。

シャイアンは立ちあがり、彼女の生死を握る男と向きあったが、何も答えなかった。

ファーザーが唇を引き結んだ。「きみに罰を与えたくはないが、家族を守るためならやむを得ない。答えろ」

「別にたいしたことは言ってないわ」シャイアンは嘘をついた。

「きみはわたしの成果を台なしにした」口調こそ穏やかだが、頰が真っ赤になっている。「イアンは電子工学の天才だ。彼の脆《もろ》い心に記憶がどんな影響を及ぼすか、きみにわかるか?」ファーザーは手をうしろで組み、行ったり来たりした。「わからないだろうな。大義など考えない、利己的な世界に住んでいるから」

シャイアンは失望のあまりくずおれそうだった。イアンは逃げられなかったのだ。助けは来ない。

木の棒が脇腹に食いこんだ。チャンスは一度きりだ。完璧なタイミングを狙わなければならない。

ベサニーをちらっと振り返った。彼女を助けに戻ってこなければ。彼女が敵に襲われる前に。

ファーザーが眉をひそめた。「こんなことを望んではいなかったのだが。アデレード、罰を与えなければならない。全員に」シャイアンをにらむ。「これから起こることはすべてきみのせいだ。イアンはいい子だった。マイカもじきに学んだだろう。それなのに……」ため息をつく。「残念だ」

ファーザーが背を向け、ドアから出た。「彼女を連れてこい、アデレード」

アデレードが顔をしかめた。〝ごめんなさい〟声に出さずに言ったあと、シャイアンの腕をつかんだ。

人けのない廊下が誘惑した。チャンスは一度きり。そのチャンスをつかまないと。

シャイアンはアデレードを突き飛ばすと、武器を抜いて戸口に駆け寄った。

「ドアを閉めろ！」ファーザーが言った。

ドアが外からバタンと閉められた。シャイアンはドアにぶつかった。ぱっと振り返り、武器を手にドアに背をつけた。

逃げ場はない。

「愚かな子だ」ファーザーが床を二回叩いた。誰かがドアを開けた。シャイアンはうしろに倒れ、床に押さえつけられた。なじみのある甘ったるいにおいが鼻を突いた。顔をそむけようとした。息を止め、拳を握りしめる。

信じていた女性に目を向けた。「お願い、アデレード。助けて……」ろれつがまわらなくなった。

ファーザーはシャイアンを見おろし、微笑んだ。満足そうな表情に、シャイアンは吐き気がした。

「ごめんなさい。こうするしかないの」アデレードが悲しそうな表情で言った。

「きみはイアンとマイカと一緒に罰を受ける」ファーザーが言った。

シャイアンはまばたきし、抵抗しようとしたが、頭がぼんやりしてきた。

「イアン」彼女はささやいた。

視界がぼやける。

手錠をかけられた。体が動かない。目を開けることもできなかった。

「連れていけ」ファーザーが言う。「オメガルームへ」

何人かが息をのむ音が聞こえた。「ファーザー？」

「しかたのないことだ。彼女をしっかりと見張っていろ。イアンとマイカを連れてくる」

〝イアン。本当にごめんなさい〟

シャイアンの腰にひもが巻きつけられ、床を引きずられた。頭上から鼻をすする音が聞こえてくる。

「静かに」女の声がささやいた。「あんたも罰を受けたいの？」

「い――いや」少女が怯えた声で答えた。

「なら、言われたとおりにしなさい。ファーザーがいつも言ってることを忘れないで。家族がすべてよ」

ファニーのB&Bがこれほど狭く感じられたことはなかった。朝まで帰らないとセインに言われ、シャイアンは胸がときめいた。前に泊まっていくと言ったとき、彼は一週間帰らなかった。あの日から、世界が一変した。

「お先にどうぞ」セインが強情な顔をし、有無を言わせぬ口調で言った。金曜の電話デートでうんざりするほど耳にした口調だ。

「ひとりで大丈夫よ」ライリーは毅然《きぜん》とした態度を取らなければならない気がした。

「バッジは取りあげられたけど、あなたが銃をくれたし」

「おれたちは尾行されている。犯人を突きとめるまでは、おれはきみから離れない」

「過保護ね」

「それがおれの仕事だ」

ライリーはかすかに微笑んだ。実を言うと、彼に従うとすでに決めていた。連れがいたほうがいい。一歩歩くごとに体が重くなった。心身ともに疲れきっている。シャイアンのことが心配でたまらないと同時に、姉やほかの被害者たちの事件を解明できるかもしれないという現実離れした期待もある。さらに、これほどの苦しみをもたらした犯人に死をもって償わせたいという願望で、エネルギーを消耗してしまった。

「じゃあ、行きましょうか」ライリーは階段をあがった。キッチンにいたファニーとノーマとウィローがこっそりこちらを見ていた。

セインが立ちどまり、彼女たちをにらんだ。「外に出るときはボディーガードをつけたほうがいい。スナイパーが野放しになっている。わかったか？」

三人は目を見開いてうなずいた。セインは携帯電話を耳に当てながら続けた。「帰るときは声をかけてくれ。アイアンクラウド保安官代理が外で監視しているから、彼に車で送らせる」

彼女たちは興奮気味にひそひそ話をしながら、受付の奥のファニーの私室に入っていった。

「じっとしていると思う？」ライリーは疲れた声できいた。

「いたずら好きだが、状況の深刻さは理解している。おとなしくしているだろう」

階段をあがりきると、ライリーはバッグのなかの鍵を捜した。セインが彼女の手を押しのけて鍵を取った。そして鍵を開け、彼女を連れてなかに入ったあと、ドアを閉めてふたたび鍵をかけた。

ベッドが整えられている点を除けば、部屋を出たときと何も変わりはなかった。ボードもそのままだ。気まずい思いで部屋の中央に立った。

「シャワーを浴びたら」セインが優しく言った。

ライリーはひとりになれることにほっとして、バスルームに入った。服を脱いでシャワーの下に立ち、ほとばしる湯に背中や首を打たれた。湯気が立ちのぼり、シャワーを浴び終えると、少し生き返った気分になった。

スリップとボクサーショーツを身につけ、寝室に戻った。セインはベッドカバーをめくり、紅茶とシナモンロールをベッドのそばに置いていた。ライリーはベッドの端に腰かけて紅茶をひと口飲んだ。

「わたしの心を読んだの？」ライリーはきいた。

「いや、用意がいいだけだ」セインは待ちきれない様子だった。

「シャワーを浴びてきたら。いちいちきかなくていいのよ」ライリーは言った。

「図々《ずうずう》しいかと思って」セインがウインクをした。

ライリーは口をあんぐりと開けた。何か投げるものがあったら、彼に投げつけていただろう。シャワーの音がホワイトノイズのような効果をもたらした。頭が働かなくなった。シナモンロールを食べ始め、セインがスウェット姿で出てきたときには食べ終えていた。

「きかれる前に言っておくが、用意してきたわけじゃないぞ。これはケイドのだ」セインはクローゼットから予備の毛布を取りだした。

ライリーはベッドの上で両膝を抱えた。「どうしてこんなに気まずいの？」

「一年前のおれたちは、未来のことなんて考えずに、一週間燃えあがっただけだった。

いまはお互いを知りすぎた。かといって、知らないことも多い」セインがベッドのそばに立った。「それに、未来がはっきりしていない」

「プロファイラーになれるわよ」ライリーは首筋を揉み、うめき声をもらした。

「おれがマッサージしてやる」セインがベッドにのり、うなじの毛をもてあそんでから払いのけた。「力を抜いて」

ライリーは深呼吸をして目を閉じた。

セインの指がたちどころに首筋の凝りをほぐしていった。ライリーはうめき声をもらした。

セインがぱっと手を離した。「痛かったか？」

「やめないで」ライリーはうつむいた。

セインは椎骨の両側のツボを押していった。鋭い針で突き刺されるような感じがし、ライリーはあえいだ。彼はいったん手を止めたが、彼女がやめてと言わなかったので、そのまま押しつづけた。

これ以上痛みに耐えられないと思ったとき、突然肩から肋骨《ろっこつ》にかけて緊張がほぐれていき、吐息がもれた。

「横になって」セインがささやいた。

ライリーは抗うことができず、マットレスに横たわった。セインが立ちあがり、すべての明かりを消した。バスルームだけつけたままにして。

覚えていてくれたのだ。

セインは戻ってくると、ベッドにもぐりこんで彼女をうしろから抱きしめたあと、布団をかけた。ライリーは一瞬、体をこわばらせた。

「心配するな」セインが耳元でささやいた。「ふたりとも睡眠をとらないと。でも、こうしていたいんだ、ライリー。ずっとこうしたかった」

ライリーはぬくもりに包まれた。ひと時のあいだ、眠りが恐ろしい世界を消し去った。セインの腕のなかで、何もかも忘れられた。彼女のいるべき場所で。

十五年前

「寝る時間よ。五秒後にそっちへ行くから」

マディソンは急いでパジャマを着てベッドに飛びこんだ。ママがドアを開けた。マディソンは眠ったふりをした。寝る前にココット（占い遊びに使われる折り紙）を作るつもりだった。

まぶたが重くなってきた。眠りに落ちそうになったとき、バスルームのドアが開いた。妹が忍び足で部屋に入ってくる。

「マディー?」ライリーがささやいた。

マディソンは無視した。

ライリーは姉のベッドにもぐりこむ代わりに、枕を引き抜いてベッドのそばに横たわった。

マディソンは片目を開けた。ライリーは自分の毛布を持ってきていた。暗闇が怖いのに、ママに常夜灯を買ってもらえないのだ。

マディソンは手を伸ばし、小さな常夜灯をコンセントにつないだ。ママが捨てようとしたのを、こっそり取っておいた。

「ありがと、マディー。まだ怒ってるけど」ライリーがあくびをしながら言った。

「わたしもよ」

マディソンは目を閉じた。妹って本当にむかつく。

フクロウの不気味な鳴き声で、マディソンは眠りから覚めた。そよ風が頬に吹きかかる。身震いし、毛布をしっかりと引き寄せた。

コオロギがすぐ近くで鳴いていた。まるで寝室に入りこんだかのように。

おかしい。いつもはこんなに大きな音はしないのに。

窓のほうからかすかな物音が聞こえてきた。マディソンはじっと動かず、ぎゅっと目を閉じた。心臓が早鐘を打っている。

ベッドの陰から泣き声が聞こえてきた。

ライリー。

マディソンはぱっと目を開けた。

大きな人影がベッドの上にかがみこんでいた。男が人差し指を唇に当てた。マディソンが口を開いて叫ぼうとすると、彼は首を横に振った。「叫んだら、この子は死ぬ」

男はライリーを押さえつけ、片手で口を覆った。ライリーが恐怖に目を見開く。

マディソンは悲鳴をのみこんでうなずいた。

「ベッドから出ろ。靴を履け」

マディソンは体の芯から震えていた。男がライリーの首をつかんだ手に力を込め、耳元で何やらささやいた。

ライリーがうなずいた。

マディソンは寝室の閉まったドアに駆け寄り、少し手前で立ちどまった。

「おまえは賢い子だから、そんな間違いは犯さないだろう」男が小声で言った。「おまえをずっと見守っていた、マディソン。ＩＱ百六十。周りになじもうと努力しているが、なじめていない。ほとんど毎晩、窓の外を見ながら泣いている。今夜、初めて酒を飲んだ。ファーストキスをした。破滅の道をたどっているが、おまえは選ばれた。運命が待っている。さあ、靴を履け」

手がひどく震えて、テニスシューズのひもが結べなかった。ようやく結び終えたとき、妹がくれたブレスレットが手首に当たった。

ライリーを見やると、怒った表情を浮かべていた。マディソンは涙をぬぐった。全身を震わせながら立ちあがり、大男と向きあった。

男が微笑み、白い歯がのぞいた。ニット帽をかぶっている。髪は見えなかった。

「窓辺へ行け」男が言う。ライリーを持ちあげ、ベッドに座らせた。身をかがめ、耳元でささやいたあと、ナイフを取りだした。ライリーの手をひっくり返し、手のひらに刃先を滑らす。ライリーがすすり泣いた。男が片手で口をふさいだ。

マディソンは男の背中に飛びかかりたかったが、そんなことをしたら妹は殺されると、心の奥底でわかっていた。

「横になれ」男が言った。

ライリーは泣きだした。

「言われたとおりにして、ライリー」マディソンはささやいた。「お願い。わたしのために。わたしは大丈夫だから」

そんなはずはないとわかっていた。

男が微笑み、マディソンの頬を撫でた。「おまえはとても頭のいい子だ。わたしの見込んだとおりだ」ライリーの喉を絞めつける。「目を閉じて五十数えろ。それまで目を開けるな」

ベッドに身を乗りだし、マディソンの目を見た。ふたたびライリーの耳元でささやく。

マディソンは目をぎゅっと閉じた。

男がライリーの首から手を離した。ライリーは動かなかった。よかった。

男が窓を開けた。甘いにおいのする布切れをマディソンの鼻に押し当てた。「息を吸って」

マディソンは深呼吸した。世界がぼやけ、傾いた。膝から力が抜けた。

男はマディソンを抱きあげると、耳元でささやいた。「おまえはわたしのものだ。わたしの言うとおりにすれば、おまえの妹は放っておいてやる」顎をしゃくった。

「もし逆らったら、厳しい罰を与える。おまえの妹も報いを受けることになる。わかったか？」

マディソンはまばたきした。もう男の顔は見えなかった。頭ががっくりと垂れた。妹だけを見ていた。

『パフ』をハミングした。

ライリーは死んだようにじっと動かなかった。

世界が真っ暗になった。

マディソンは目を覚ましたくなかった。二度と目覚めないことを祈った。

22

「マディソン！」ライリーはベッドの上でぱっと体を起こした。心臓が早鐘を打っている。「ごめんさい。本当にごめんなさい」

「しぃっ。夢を見ただけだ」セインが彼女を抱きしめ、円を描くように背中をさすった。

ライリーは彼の胸を押しやって逃れようとしたが、セインは放してくれなかった。さらにきつく抱きしめられた。

開けっぱなしのバスルームのドアの隙間からもれてくる薄明かりで、セインの顔が見えた。彼にもライリーの顔が見えた。彼は両手で彼女の頰を包みこみ、親指で涙をぬぐった。

「マディソンが誘拐されたのはきみのせいじゃない」セインが優しく言った。

「あなたはわかってないのよ」ライリーはささやいた。「わたしはあの夜のことを、何度も思い返したの。叫び声をあげるべきだったのに、犯人に命じられたとおり黙っていた。頭のおかしな男が姉を連れていくのを、止めようとしなかった」

「きみはたった十歳だった。同じ状況に置かれた被害者の姉妹を責めるか？」

ライリーは目を閉じた。「やめて」

「姉を失った十歳の女の子には優しくしろ。それが当然だ」

ライリーはまばたきした。もう一度。泣くことはできない。弱い自分を人に見せられない。彼の胸に当てた手を握りしめた。

優しいまなざしから目をそらそうとしたが、無理だった。セインはじっと彼女を見つめていた。ふたりはすぐ近くに横たわっている。息を吸いこむと、彼の香りがした。

ライリーは握りしめた手を開いた。

セインの目が陰りを帯び、鼻孔がふくらんだ。

欲望の表れだ。

彼の頭をつかんで引き寄せ、唇を合わせた。情熱が高まるのを感じたが、われを忘れる前に、彼が唇を離した。

「おれはもっと多くを求めている」セインがささやく。「一年前、このベッドで分かちあったものより。数えきれないほどの電話より。ものすごくみだらな夢より多くを。

すべてが欲しい、ライリー。いまわかった」

「いまのままじゃだめってこと？」傷ついた声が出た。

「きみはいまのままでいい、ライリー。ただ、すべてが欲しいんだ。自分を抑えつけたりせずに。いまはふさわしいときじゃないとか、ふさわしい場じゃないとか言いつづけて、いったいいつになったらそんな日が来るんだ？　おれは待ちくたびれた。今日、ブレット・リヴァートンが教訓を与えてくれた。いまがそのときなんだ。ここがふさわしい場所だ」セインが彼女の目をのぞきこんだ。「愛してる、ライリー・ランバート。心の底から」

彼がわたしに向かってその言葉を口にするなんて、想像したこともなかった。

わたしを愛してる？　ライリーは目をそらした。

「おれを見ろ」セインがうなるように言った。「逃げるな。おれはもう逃げない。ブラックウッド流の愛が欲しいんだ。きみのすべてが欲しい」

セインは彼女の顎を持ちあげた。

「両親と電話で話しているきみの顔を見たとき、胸が痛んだ。きみを抱きしめて、どうすることもできない過去から守ってやりたかった。きみが診療所に入って犯行現場を新たな目で見たときは、きみの能力に圧倒された。きみには、おれには理解できない才能がある。何より、きみの気持ち、思いやりに感動した。話すことができない被害者の言葉を代弁する。お姉さんを見つけることに全力を注いでいる。

きみは特別な人だ、ライリー。きみが少しでもチャンスを与えてくれたら、おれたちもおれの両親や祖父母たちのように愛しあえると思う」唇が触れあいそうなくらい顔を近づけた。「おれの愛を受け取ってくれ、ライリー。おれたちの愛を示させてくれ。情熱だけじゃない。優しさだけじゃない。いいときも、悪いときも、何があろうと消えない、無条件の、永遠の愛を」

ライリーの息が震えた。セインは、彼女が夢見ることすら恐れていたものを差しだしている。彼女は存在するはずのなかった感情を覚えた。

震える手でセインの頰に触れた。彼の欲望に燃えた目を見て、息が苦しくなり、胸が高鳴った。感情が一気に押し寄せ、心の防護壁を破壊し、彼女をむきだしにした。

だが、怖くはなかった。彼に抱きしめられると安心でき、満たされた。とっくの昔に粉々にされたと思っていた貴重なものが呼び覚まされた。信頼だ。

ライリーは枕に頭をうずめ、彼の目を見あげた。微笑んでいるせいで目尻にしわが寄っている。

セインがゆっくりと頭をさげ、そっとキスをした。唇がぞくぞくする。息をのみ、唇をなめた。

彼がうめき声をもらした。「おれの愛を受け取ってくれる？」

ライリーは目を閉じてうなずいた。

「おれにも愛をくれる？　おれを心から信じて、愛してくれるか？」

ライリーは彼の腕のなかで体をこわばらせた。

自分が彼を求め、必要としていることは間違いなかった。こんなすてきな人にはそうそう出会えない。祖母をなだめるためにワルツを踊る男性を、愛さずにはいられない。

セインほど彼女を信じてくれる人が、ほかにいただろうか。自分でもそこまで信じていないのに。

彼は不可能なことを求めている。そうでしょう？　愛は永遠に続かない。いずれ気持ちは冷める。愛に条件は付き物だ。彼の条件は何？

セインが長いため息をついた。「返事はいますぐでなくていい」腕を撫でおろされ、彼女はぞくぞくした。「いつか聞かせてくれ」

ライリーは目に涙を浮かべて彼を見あげた。「無理よ……あなたが求めているものを与えられるかどうかわからない」

「きみはそのままでいいんだ」セインが彼女を抱きしめた。「きみさえいてくれればいい、ライリー。それだけ言っておきたかった。おれは待てる」


八月の朝日がカーテン越しに降り注いだ。ベッドは冷たくなっていた。セインはマットレスに手を伸ばした。

ライリーがいない。

体を起こし、シャワーの音が聞こえないか耳を澄ました。何も聞こえない。

部屋を横切り、バスルームのドアをそっと開けた。鏡の端がかすかに曇っていたが、彼女の姿はなかった。

セインはベッドサイドのテーブルを見た。コーヒーカップに紙切れが立てかけられていた。彼はそれを手に取った。


〝保安官事務所に行ってくる〟


カップの横の皿が目に留まった。シナモンロールが半分残っている。

セインは微笑みながらそれを食べた。一週間ともに過ごしたとき、ほぼ毎朝この甘いお菓子を分けあって食べた。彼女はそれを覚えていたのだ。

希望がわいた。ライリーは他人を守るために人生を犠牲にした。家族を修復するために夢をあきらめた。始めたことをやり遂げるまで、何があってもやめたりしない。そういう彼女だからこそ、セインは恋に落ちたのだ。それが、ライリーが去った理由でもあった。だが、彼女は忘れていなかった。

今日、無事に生きている姉を発見できますようにと短く祈ってから、着替えをすませた。鏡に映った自分を見つめる。保安官代理の制服の下に、いまでもシールズ隊員の姿が透けて見える。だがいまは、ここで必要とされている。

セインは階段をおりた。

ファニーがキッチンのドアから顔を出した。「ケイドがいないか注意して見てくれる？　ゆうべ帰ってこなかったの」

「もちろん」セインは振り向いてうなずいた。

五分後、保安官事務所に到着した。なかに入ると、ライリーを見守っていたアイアンクラウドがうなずいて挨拶した。

彼女は会議室でノーランと話しこんでいた。セインがそちらに向かって歩いているあいだに、携帯電話が鳴った。画面を確認して驚いた。「ブラックウッドです。お元気でしたか、ウォルフ」

「お姉さんのことを聞いたよ、カウボーイ。何かわれわれにできることはないか？」

「お気持ちはうれしいですが、用件は別にあるのではないですか、指揮官？」

ウォルフがため息をついた。「再入隊の決断を迫られている。長期の作戦を控えていて、チームをまとめなければならない」

「いま決めなければならないんですか？　いつまでに？」

「三日後だ」

「三日後？」無理だ。

背後で息をのむ音がした。振り返ると、青ざめた顔をしたライリーがいた。

セインは彼女の目を見た。「姉の行方がわからないいまは決断はできません。それ以上時間がもらえないというのなら、除隊するしかありません」

「きみには辞めてほしくない」ウォルフが言う。「手を尽くしてみる」

軍を辞める決断をすることは、もっと難しいものだと思っていた。「その必要はありません。おれを必要としている人は、世界の向こう側じゃなくて、ここにいます。ここにいなければならないんです。除隊の手続きを進めてください」

ウォルフはしばらく黙りこんだあとで言った。「寂しくなるよ、カウボーイ。よりによってきみを失うとはな。頑張れよ」

「お元気で、ウォルフ」セインは電話を切った。重大な決断をしたというのに、驚くほど落ち着いていた。

ライリーはびっくりして目をぱちくりさせていた。質問をしたそうだったが、いまはこの話をしている時間はない。

「ノーランは何か見つけたのか?」セインはきいた。

ライリーはかすかに首を振り、ふたたび事件に集中した。「誘拐現場で目撃されたキャデラックは、三台だけだった。型も色もばらばら。行き詰まりよ」

幸先が悪い。「いい知らせはないのか?」セインは眉をひそめた。

「あるわ」ライリーは唇を噛み、眉根を寄せた。

「うれしそうじゃないな」

「気に入らないの。ジーナ・ウォレスのDNAから父親を探した。犯人じゃないとしても、手がかりになるかもしれないと思って」

「見つかったのか?」セインは父に向かって手招きした。父が急いでそばに来た。

ライリーはゆっくりとかぶりを振った。「でも、興味深い事実が判明したわ。ジーナ・ウォレスとブライアン・アンダーソンは血縁関係にある」

セインは鼻の下で両手の指先を合わせ、考えこんだ。「まさか。ジーナのファイルに書いてあったが、キャロルには身寄りがない。ジーナと血がつながっているのは、母親と名前のわからない父親だけだ」

「わたしたちが知らなかっただけ」ライリーが長いため息をついた。「ジーナとブライアンは異母きょうだいよ」

保安官事務所が静まり返った。

ライリーが首筋をさすった。「ジーナのほうは単純な話で、母親が一夜限りの関係を持った相手が、何年にもわたってつけまわしていた――エドの話を信じれば、だけど。わたしは信じる。でも、ブライアンの話はまったく違う。ファイルによると、精子の提供を受けた体外受精で生まれた子どもだった」

「ジーナの一夜限りの相手が、ブライアンの体外受精の精子提供者だというのか?」セインは父を見た。驚いた顔をしていた。「信じられない」

「ふたりは家族なのか」父が言った。

「道理で似ているわけだ」セインはボードに貼った写真に近づき、よく似ている一連の写真をざっと見渡した。

「ほかの被害者たちは?」父が尋ねた。

ライリーは壁に寄りかかり、鼻筋をつまんだ。「被害者の両親の半数以上が同様の不妊治療を受けていたことがわかりました。最初に資料を読んだときは、それが重要な意味を持つとは思わなかった。でもいまは……ノーラン捜査官が両親たちに連絡を取っています」

「シャイアンが拉致されたことはどう関係してくるんだ？」セインはきいた。「何か持論はあるか？」

ライリーが気まずそうな顔をした。「彼女も髪の色が似ている」早口で言った。

父が背筋を伸ばした。右手が痙攣し、いらだちが表れている。「何が言いたいんだ」

「保安官、ふたりきりでお話ししたほうが……」ライリーが物知り顔で優しく言った。

父はライリーの目を見たあと、セインに視線を移した。父はかすかに頬を赤くし、咳払いをした。いったいライリーは何を発見したんだ？

「ここでいい。結婚当初、なかなか子どもができなかった。それで、ハドソンが生まれる前に、リネットはちょっとした治療を受けた。そのあとは子どもが次々と生まれた」

今回の捜査で、忘れ去られていた、あるいは隠されていた秘密が次々と明らかになる。「知らなかった」セインは驚いて言った。

父は肩をすくめた。「子どもたちに話すようなことじゃないだろう。たいしたことではなかったし。子宮に筋腫があって、除去したんだ。それがのちに子宮を摘出した理由のひとつでもあった」

小学生のとき、母が入院したことをセインは覚えていた。

ライリーがうつむいた。単刀直入にきくことをためらっているのだ。

父が背筋を伸ばした。「はっきりさせておこう、ランバート特別捜査官。シャイアンはおれの実の娘だ。髪の色は偶然の一致ではない。おれの父親から受け継いだものだ。話はこれで終わりだ」

「わかりました」ライリーはこの場で問いつめる気はないようだった。

だが、すでにシャイアンのDNAの照合を依頼しているのではないかと、セインは思った。シャイアンは軍で働いていたので、DNA情報が記録されている。「できるだけ多くの誘拐被害者と照合するつもりです」ライリーが言う。「全員、DNAや指紋が記録されています。ちょうどジーナとマディソンが行方不明になった頃から、標準作業手順として記録されるようになったんです」

ライリーは膝の上で指をねじって組んだあと、セインを横目で見た。「これがどういうことだかわかる？　マディソンとわたしは異父姉妹かもしれないのよ」

セインはゆっくりと口笛を吹いた。「きみの両親が体外受精治療を受けたと思うのか？」

ライリーがこめかみを揉んだ。前夜の頭痛が再発したのだろう。「わからない。母にきいてみないと。オフィスをお借りできますか、保安官？」

「もちろん」父が咳払いをした。「コーヒーを淹《い》れてこよう。ふたりも飲むだろう？」

ライリーにプライバシーを与えるため、オフィスを頭で示しながらきいた。

「お願いします」ライリーが感謝の笑みを浮かべた。「ブラックで。ものすごく濃いのをいただけますか」

「ペンダーグラスは薄い紅茶みたいなコーヒーを淹れるんだ。おれがガツンと来るコーヒーを淹れてやる」父はコーヒーメーカーのほうへ歩いていき、部屋にいたほかの捜査官も散っていった。何人かがちらちらとライリーを振り返っている。

「電話をかけるあいだ、ひとりになりたいか？」セインはきいた。ただでさえうまくいっていない両親と、こんなことについて話さなければならないのは気の毒だ。

「一緒にいて」彼女は言った。

セインは少し驚きながらもうなずいた。頼られてうれしかった。

父のオフィスに入り、ドアを閉めた。セインはデスクに腰かけ、ライリーは受話器を取って実家にかけた。そして、スピーカーに切り替えた。

「もしもし」男の声が応答した。

「もしもし、お父さん」

「ライリーか。めずらしいな。元気か？」

ライリーが目を閉じた。「ええ」

「よかった」ぎこちない沈黙が流れた。ささやき声が聞こえてくる。「それで、ライリー、追悼式に来られるのか？」ライリーの父親は気まずそうに尋ねた。

ふたたび鋭いささやき声が聞こえた。

「おまえが出席することを、町じゅうの人たちが期待しているんだ」

罪悪感をあおっている。ライリーの母親に言わされているのだ。ライリーの家族の力関係は……ブラックウッド家と違って複雑だ。ライリーは彼の家族を見て衝撃を受けたに違いない。いま初めて彼女の気持ちが理解できた。

ブラックウッド家は異星人のように見えただろう。

ライリーが咳払いをした。「たぶん行くわ。その……マディソンの事件に関する情報が出てきたの。お母さんと代わってくれる？」

「エイドリアン！」ライリーの父親が叫んだ。「子機で受けてくれ。ライリーが話があるそうだ」

「アラン、大きな声を出さないで」

ライリーの母親の声が聞こえてきた。「もしもし、ライリー、ようやく何かつかんだの？」

セインはエイドリアンの喉を絞めつけたい衝動に駆られた。ライリーが彼の目を見て、〝そうよ、これがわたしの家族〟とでもいうように肩をすくめた。受話器を取って彼に話が聞こえないようにすることも、部屋から出ていくよう言うこともできた。だが彼女は、家族のありのままの姿を見せることを選んだ。悪いところもすべて。

セインは彼女の手を握りしめ、励ますように微笑んだ。こんなことで自分の気持ちは変わらないという気持ちを込めて。

ライリーは彼の目を見つめ、深呼吸をしたあと、咳払いをした。「お母さん、不妊治療を受けたことはある？」

23

万力で締めつけられたかのように、胸が苦しくなった。ライリーはセインの手を握りしめ、彼が彼女の家族を怖がって逃げなかったことに感謝した。

「ああ、ある」父が答えた。「お母さんがホルモン療法を受け始めた直後に、マディソンを授かった。あの子は最高の贈り物だった。もちろんおまえも。どうしてそんなことをきくんだ？」

親を問いつめなければならないなんて。「お母さん？　本当にそれだけ？」

「そんな個人的なことをあなたに話す必要はないわ」母の鋭い声は、いつもよりさらに冷淡だった。

「重要なことなの、お母さん。本当のことを話して。ＤＮＡでマディソンの血縁関係を調べているところなの」

「やめなさい。そんなことさせないわよ」母がぴしゃりと言った。

これほど動揺している母の声を、初めて聞いた。

「エイドリアン？」父が言う。「どういうことだ？」

「またライリーが言い訳してるだけよ。もう切るわ」

「お母さん、協力してくれたら、マディソンに何があったかわかるかもしれないのよ。ようやく。知りたくない？」

母は電話を切らなかった。

「エイドリアン、話すんだ」

これほどきっぱりとした父の声を聞くのも久しぶりだった。

「真実を知りたいのね、アラン。いいわ。あの治療は効果がなかったの。全然。あなたの精子が弱かったから。だから、あなたの精子と匿名のドナーの精子をまぜてもらったのよ。どちらの子か、結果は聞かなかった」

沈黙が流れた。しばらくして、父が電話を切った。

「どうしてこんなことするの、ライリー？」母が言う。「あなたはトラブルばかり引き起こす。わたしの人生をみじめなものにして、楽しい？」

「わたしはこのために生きてきた」ライリーは言った。「お母さんが真相を知りたがったから。お姉ちゃんを見つけようとできるだけのことをしてきた。わたしはいま、お姉ちゃんの実の父親がお姉ちゃんを誘拐したと考えているの。どこの病院に通ったの？　ドナーの名前が知りたいの」

「デンヴァー・ファティリティ・クリニックよ。九十年代に廃業したけど。マディソンが誘拐されたのを、わたしのせいにしないで。誰のせいかはわかってるでしょう。あなたが声をあげていれば、お姉ちゃんは助かったんだから」

母がいきなり電話を切った。

ライリーはおなかを殴られたような衝撃を受け、痛みに身をかがめた。セインが彼女の肩をつかみ、腕のなかに抱き寄せた。「きみのお母さんは間違っている。わかってるだろう」

ライリーはうなずき、彼のぬくもりに身を委ねた。恐れていた真相にたどりついた。

デスクの上の電話が鳴った。

セインが発信者番号を確認した。「コロラドの番号だ」

ライリーはスピーカーで受けた。

「ライリー」父の声が聞こえてきた。自分を育ててくれた人が、実の父親なのかどうかもはやわからないけれど。

「お父さん？　本当にごめんなさい。どうしても――」

「いいんだ、ライリー。謝らないでくれ。謝らなければならないのはわたしのほうだ。ずっと、いい父親じゃなくてすまなかった。おまえを守り、支えてやることができなかった。マディソンを失って、何事にも無関心になっていたんだ」

ライリーは喉が締めつけられた。「お父さん、いいのよ。わかってるから」

「いや、ライリー、だめだ。お母さんの言うことを真に受けるんじゃないぞ。おまえは何も悪くなかった。小さな子どもだったんだ。マディソンに何があったのか突きとめようと、おまえが全力を尽くしているのはわかっている。今日や明日、一年経っても答えは見つからないかもしれない。一生見つからないかもしれないが、それでもいいんだ。おまえは充分よくやった、ライリー。すばらしい大人に成長した。いままでおまえにそう言ってやらなかった自分を恥ずかしく思う。愛しているよ。言葉や態度で示してこなかっただけだ。だが、これからは変わる」

ライリーは涙をこらえ、かすれた声で言った。「わたしも愛してるわ、お父さん」

少し間を置いてから父が言った。「ライリー、血がつながっていようといまいと、おまえはわたしの娘だ。それを忘れるな」

「わ――わかってる」事実を知りたくなかった。一生。

「それから、何かわかったら連絡をくれ。わたしがそっちに行って、ゆっくり話してもいい。ちゃんと顔を見て」

「いいわね」ライリーは震える手で電話を切った。膝の力が抜け、椅子にくずおれた。

セインが彼女の前にひざまずいた。「大丈夫か？」

「愛してるって言われた」ライリーは彼の目を見た。

「きみは愛すべき人だから」

目がかすみ、彼の姿がよく見えなかった。彼女は目をぬぐった。「この情報をノーラン捜査官に伝えないと。クリニックとのつながりが見つかるかも」

セインは彼女の手を握り、一緒に立ちあがったあと、両手で頰を包みこんだ。「きみはこの事件を解決する、ライリー。そんな予感がするんだ」

ライリーは彼の確信に満ちた目を見て驚いた。「そうだといいけど。行方不明になった子どもの親たちの秘密を暴くのはつらいわ」

「それが犯人逮捕につながるなら、その価値はあるだろう？」

「そうかしら？　掘り起こさないほうがいい秘密もあるでしょう？」

「きみのお父さんは真実によって解放された。少なくとも、目が覚めた」セインが彼女を抱きしめた。「こう考えてみたらどうかな。秘密がなければ、もっと早く真相に近づいていただろう？」

「かもね」

ドアがぱっと開き、ブラックウッド保安官が飛びこんできた。「ジャクソンから連絡があった。ケイドが血まみれで森から出てきたそうだ」

いつもなら、月曜の朝のシンギング・リヴァーは静かだ。だが、今日は違った。病院へ向かう途中、ライリーは助手席で身を乗りだしながら、セインの手を取った。彼が指を絡みあわせた。ケイド・ローンベアが何をしたのか知る由もないが、この前見たときは、出くわした相手を誰彼かまわず殺しかねなかった。

今度こそしでかしてしまったのだろうか。

セインは友人を信じているかもしれないが、PTSD患者の行動は予測できない。セインが病院の前で急停止した。救急出入り口の前に、救急車が停まっていた。救急隊員が後部ドアを開けると、血まみれのシャツとズボンを着たジャクソンが飛びおりてきた。

ライリーとセインは車から降りて駆け寄った。

「ものすごい血だわ」ライリーはささやいた。誰の血だろう？

セインが手を伸ばしてきたが、彼女は身を引いた。シャイアンの血だったら？　喉が締めつけられ、パニックに襲われた。暴力に耐えられないわけではない——暴力と隣り合わせの仕事だ。シャイアンが殺されてしまったら、ブラックウッド家の人々に合わせる顔がない。彼らはライリーを見れば、シャイアンを失ったことを思い出すだろう。そんな思いはさせられない。

ジャクソンが手を振った。

セインが先にたどりついた。「なんてこった」弟の腕をつかむ。「怪我したのか?」

ジャクソンはかぶりを振った。「おれじゃない」

血まみれなのに怪我をしていないというのは信じられなかったが、救急車の後部に座っているケイドを見て納得した。救急隊員がそばでとまどっていた。

ケイドは目を見開いている少年を片腕にしっかりと抱え、もう一方の手にライフルを持っていた。シャツの左半分が血でぐっしょり濡れている。

「さがってろ」セインが腕を突きだして、ライリーの行く手をふさいだ。「ケイドがフラッシュバックを起こしているんだとしたら……」

「彼がやったんだと思うの?」ライリーは小声できいた。「本当に?」

「わからない」

小さな病院から医師と数名の看護師が飛びだしてきたが、目を見開いて立ちどまった。セインは近づかないよう合図した。

セインはゆっくりとケイドに近づいた。「ソルジャー、報告しろ」

「リヴァートンの滝の近くで足跡を発見した。不鮮明な足跡だったが、それをたどって彼らを見つけた。両方は助けられなかった」ケイドは悲しみに満ちた低い声で言った。「もうひとりはひどい怪我を負っていたが、這って逃げて、どこかに隠れた。一緒に来ようとはしなかった。攻撃を受けていて、おれはその場にとどまれなかった」

ケイドは頭が揺れていて、目の焦点が合っていなかった。

「場所は?」

「リヴァートン鉱山から東へ三キロ行ったところだ」

「森のなかだな」セインはライリーに言ったあと、ケイドの前にかがみこんだ。「この子は誰だ?」

六歳くらいの少年は恐怖に目を見開き、ケイドにしがみついた。「サム」

ライリーは少年の顔と赤褐色の髪を見つめた。ノーランがくれた行方不明の少年のリストに載っていた。呼吸が速くなった。「サム・カーライル?」

少年がうなずく。

「コロラドのフォートコリンズで誘拐された子よ。彼が最後の……」ライリーは言葉を切った。希望で胸が高鳴った。犯人に限りなく近づいている。サムは逃げだした最初の被害者だ。彼女は少年に微笑みかけた。六歳でそれをやり遂げたことが信じられない。「ママがあなたのことを捜しているわ」

サムはにっこり笑い、誇らしげに胸をふくらませた。「やっぱりね。ママはずっとぼくのことを捜してるって、ケイドに言ったんだ」

セインがサムの血のついた頭に手を置いた。「怪我はしてないか?」

サムは首を横に振った。「怪我したのはケイド。ぼくを助けて、撃たれたんだ」

「誰に?」

「ファーザー」サムの唇が震えた。「ぼくのパパじゃないよ。パパは天国にいるから。あいつはぼくをマイカって呼んだんだ。ぼくはマイカじゃない。サムだって何度も言ったのに」

サムが動揺して声が大きくなった。

「大丈夫だ、サム」

ケイドが咳をした。息が苦しそうで、サムが腕のなかでずり落ちた。

セインは両腕を差しだした。「サム、こっちにおいで」

サムはケイドにしがみつき、ケイドが顔をしかめた。「いやだ。ぼくがそばにいなきゃ」

「お医者さんに診てもらわないと。ケイドをここまで連れてきてくれてありがとう」

ライリーは優しく言った。「ほら、みんなケイドを助けようと待ってるわ」

ケイドと目を合わせようとしたが、彼は目を閉じていた。

「ソルジャー？」セインが怒鳴る。「怪我の具合は？」

「肩を撃たれた」ケイドの声が小さくなった。

「もう基地に戻ったから安全だ。銃を預かる。治療を受けろ」セインはケイドの腕からライフルをそっと取りあげた。

ケイドは抵抗せず、意識を失って横に倒れた。

「ドクター！」セインが叫んだ。

医師が走ってきて、看護師もついてきた。ライリーはサムを抱きあげた。サムは彼女をひっかいた。「ケイド！　ケイド！」

ライリーはサムをしっかりと抱きしめた。「サム、サム。ケイドなら大丈夫だから」

「イアンが怪我したあと、ケイドがぼくを助けてくれたんだ」サムがうなだれた。「イアンを助けに戻らなきゃ。ファーザーに見つかったら、罰を与えられる」

少年は恐怖におののいた。

「ひどい罰なの？」

サムはうなずいた。「ハンナっていう子はどっかに連れていかれて、戻ってこなかった」身を乗りだし、ライリーの耳元でささやいた。「イアンが言ってた。ずっと帰ってこないって。ずっとだよ」

ライリーはサムをおろし、ひざまずいた。六歳の子どもがどれだけ証言できるだろうか。きいてみるしかない。「ケイドに会うまで、どれくらい歩いたの？」

「うんと歩いた。暗かった。イアンとぼくは逃げてたの。それで、ライトが追っかけてきて、誰かがイアンに飛びかかった。イアンを傷つけた。イアンは這って逃げたけど、あいつらが追いかけていった。ファーザーはぼくを追いかけた。ケイドがぼくを抱っこして走ったら、ファーザーがケイドを撃ったんだ」

サムの頬を涙が伝った。「ケイドがぼくを助けてくれたんだ」

「どの方向から来たかわかるか？」セインがきいた。

「下のほう。あの大きな星から離れろって、イアンが言ったんだ。カップの取っ手みたいな」

「南へ向かって歩いていた」ジャクソンが地図を取りだしながら言った。

捜索区域を特定できればいいのだが。

「ありがとう、サム」ライリーは言った。「なかに入って、あなたもお医者さんに診てもらいましょう」

「ケイドに会いたい」

「もう少ししたら会える。約束するわ」

「うん。おなかすいた。ママはどこ？　朝ご飯作ってもらう」

「すぐにママを呼んであげる」ライリーは少年を抱きしめた。「無事でよかった、サム」

「あそこは嫌い。ベサニーは好きだったけど、いなくなっちゃった。あいつらはぼくの家族になりたがってるから、逃げなきゃだめだってイアンが言ってた」あくびをしたあと、ライリーの肩に顔をうずめた。「ママはいるって言ったのに、みんな聞いてくれなかった」

マツの木々に囲まれ、ライリーはまたしても新鮮な山の空気を吸いこみ、野生の花や、林冠の隙間からのぞく青空を楽しみたい気持ちに駆られた。

だが、セインと一緒に下生えにかがみこんだ。

「ここにシールズの仲間がいたらな」セインが小声で言った。

保安官代理と捜査官たちが森のあちこちに散らばっている。ケイドの証言と地面の血痕から、彼が撃たれた場所を特定した。

この近くで、もうひとりの少年が無事に生きていることをライリーは祈った。サムはイアンと呼んでいた。本名はなんだろう。〝ファーザー〟は誘拐した子どもたちに新しい名前をつけているようだ。

サムを残していくのは気がかりだったが、サムはジャンを気に入っていたし、ケイドの枕元を離れようとしないだろう。規則など無視すればいい。

セインはゆっくりと前進し、ライリーはそのうしろを歩いた。数メートル歩くごとに立ちどまっては耳を澄ました。百メートルくらい進んだとき、ライリーは小さな悲鳴を聞いた。彼女は片手をあげた。セインが人差し指を唇に当てた。彼も気づいたのだ。

「た――助けて」弱々しい声が言った。

ライリーは目を閉じ、声のする方向を突きとめようとした。

「た――助けて」

セインが片手をあげ、右側にいるアイアンクラウド保安官代理に合図した。〝罠かもしれない〟声を出さずに言う。ライリーはうなずき、セインがくれたグロックに手を当てた。

一行は下生えのあいだをゆっくりと進んだ。不意に深い穴が現れ、ぎくりとした。

ライリーは穴をのぞきこんだ。少年が倒れている。脚がおかしな角度に曲がり、体じゅう血まみれだった。その顔に見覚えがあった。

「ブライアン・アンダーソン」ライリーはささやいた。「サムのイアンね」

セインは無線機で捜索本部に連絡した。「親父、救助隊をよこしてくれ。できれば内密に。崩れた坑道のような穴でブライアン・アンダーソンを発見した。少なくとも十メートルくらい深さがある。脚を骨折している。ほかにも怪我しているかもしれない」位置座標を伝えた。

「誰かいる」アイアンクラウドの声がイヤホン越しに聞こえた。

ライリーは周囲を見まわした。ポプラの木立が震え、ひとりの男が葉の隙間から見えた。

ライリーは銃を抜いてさっと立ちあがったが、その前に男が彼女の胸に銃を向けた。

背後でセインが止まれと叫んだ。その必要はなかった。ライリーは動けなかった。

呆然と男を見た。あの赤い髪。マディソンの髪と同じ。頭がずきずきした。十五年前のあの夜がよみがえった。

目の前の男が若返り、彼女を脅した。

「あんたね！」悪夢に引きずりこまれた。「あんたがマディソンを連れ去った」

男が目を見開いたあと、ぞっとするようなゆがんだ笑みを浮かべた。「いなくなった子どもたちを捜しに来たら、別の子を見つけた。おまえはわたしの子だ。おまえも連れていくべきだったが、ひとつルールがある。一度にひとりずつ。姉のほうが才能があった。だから、あの子をもらった」

「姉はどこにいるの、この変態野郎！」ライリーは吐き気をこらえた。震える手で銃を構えた。

男の顔が険しくなった。「親に向かってその口の利き方はなんだ。ニュースで見たぞ。全部おまえのせいだ。わたしが築きあげた完璧な生活を、おまえが台なしにした。まあ、たいしたことではない。わたしはここ、この森の住人だ。わたしの楽園をふたたび造ればいい。子どもたちも協力してくれるだろう。わたしはひとりではない」

「銃をおろしなさい」ライリーはほかにも敵がいないか神経を研ぎ澄ました。

男が狙いを定め直した。

ライリーが引き金を引く前に、遠くで銃声がした。ライリーは地面に伏せた。セインが駆け寄ってきた。

「ライリー！　撃たれたのか？」

ライリーはかぶりを振った。「わたしは引き金を引いてない。誰かがあいつを撃ったのよ」

ファーザーと呼ばれる男は目を見開き、がっくりと膝をついた。シャツに血がにじんだ。

「まさか」男はささやき、横に倒れて目を閉じた。「みんなわたしのものなのに」

何を言っているのか、ライリーはさっぱりわからなかったが、どうでもよかった。震える脚で立ちあがった。セインが隣にひざまずいた。

「出てこい！」彼が森に向かって叫んだ。

乱れた赤い髪の女が、震える手で銃を持っていた。八歳から十八歳くらいまでの五人の子どもたちが背後に隠れている。

全員さまざまな色合いの赤毛だった。

女が銃を捨てた。

「よかった。あたしたちを見つけてくれたのね。ようやく」

女がくずおれた。

イアン——ブライアン・アンダーソン——を発見した場所からそう遠くない場所にある彼らのベースキャンプの隅で身を寄せあっている六人を見つめ、セインは似ていると思った。DNA鑑定をせずとも、血がつながっていると断言できる。

ライリーは年長のアデレードの向かいに座り、情報を引きだそうとしていた。アデレードは彼らが屋敷と呼んでいる場所への行き方を教えた。ジャクソンはシャイアンと、ほかに残されているかもしれない人々を捜しに行った。およそ二十名の被害者のうち、八人しか見つけていない。

アデレードは年齢不詳だった。二十三歳にも三十三歳にも見える、本名を名乗ろうとせず、それどころか、どんな質問にも答えようとしなかった。ファーザーと呼ばれる男が死んだかどうかだけ知りたがった。

セインはその男が手術中に死ぬことを願っていた。世界の平和のために。

五人の子どもたちはショック状態に陥っているらしく、やけに静かだった。誰もひと言も口を利かず、ライリーもお手上げだった。トラウマが大きすぎるのだろう。

セインはライリーのそばにかがみこんだ。「何かききだせたか？」シャイアンについて。

ライリーはかぶりを振った。

セインは歯を食いしばった。我慢しなければならない。あともう少しだ。〝お願いだから生きていてくれ、シャイアン。神様、姉をお助けください〟

無理をして優しい笑みを浮かべた。「車がこっちに向かってるところだが、山をおりるのに少し時間がかかるだろう。人里離れた場所だから」

アデレードがぱっと彼を見た。「どこへ連れてくの？」

声が震え、目が泳いでいる。虐待を受けていたのは明らかだった。顔の片側に傷跡がある。十二歳のときに誘拐されたのだとしたら、長くて二十年監禁されていた可能性がある。

「シンギング・リヴァーだ」セインは穏やかな低い声で言った。

ライリーが安心させるように微笑みかけた。「まずは病院へ行って、みんな診てもらいましょう」

「あたしたちは一緒にいないと」アデレードがきっぱりとした声で言った。「家族はあたしを必要としている。家族がすべて」

戦いに疲れた退役軍人がこのような状態に陥るのを、セインは見たことがあった。この女性は監禁されていた場所に二度と戻らなくていいということを理解できないようだ。ファーザーと呼ばれる男と二度と会うことはないのに、自由の身になった実感がわかないのだろう。

「アデレード？　家にはほかに誰かいるの？」ライリーが問いつめた。「お医者さんがいなかった？　シャイアン・ブラックウッドという名の」

アデレードは足元の土をいじった。こそこそ周囲を見まわす。「ファーザーは戻ってくる？」

「二度と戻ってこない」セインは言った。「やつのことはもう一生心配しなくていい」

アデレードはごくりと唾をのみこんだ。「しゃべったら、ファーザーに怒られる」

ライリーが彼女に身を寄せた。「お願い、アデレード。シャイアンを助けたいの」

「お医者さんは優しい人だった」

過去形だ。セインはぞっとした。

ライリーが彼の手を取った。「そのお医者さんはどこにいるの？」

「ファーザーが……」アデレードの目に涙が浮かんだ。「ファーザーが罰を与えるためにオメガルームに連れていった。あそこに連れていかれて戻ってきた人はいない。ひとりも」身震いしたあと、腕に顔をうずめた。

セインは必死で落ち着きを保った。嘘だ。ここまで来たのに手遅れだなんて。「オメガルームに案内してくれるか？」

アデレードがぱっと顔をあげ、恐怖に目を見開いた。首を横に振ったあと、あえぎ始めた。「誰……も……」

ライリーは彼女に近づき、まるで催眠術をかけるかのように、穏やかな声で話しかけた。アデレードは徐々に落ち着きを取り戻した。「立ち入り禁止なの。ファーザーは四つの鍵を解けるのは自分だけで、ドアを閉めたら誰も入れないって言ってた。わたしが知っているのはそれだけ」

セインはライリーの肩をつかんだ。彼女は同情のまなざしで彼を見あげた。彼は最悪の結末を考えるのを拒んだ。この目で見るまでは。

「オメガルームはどこにあるんだ、アデレード？　ドクター・ブラックウッドはどこにいる？」

「家の裏手を捜して。崖の下の空き地を」アデレードが静かに言った。「すべての秘密はそこにある」

ひとりの少女が体を揺らし始めた。セインが子どもの頃に聞いたことのある曲をハミングしている。『パフ』だ。

十歳くらいの少年が歌い始めた。

〝うまくいかないときや、人生が不公平に思えるときは
しっかりつかまって
いつもそばにいるよ〞

ライリーが息をのんだ。「どこでその歌を覚えたの?」少年の腕をつかんだ。

少年は目を見開いた。ほかの子どもたちも歌うのをやめた。

セインはライリーの手を引きはがした。

「どうした?」

「いまの歌。マディソンが作った替え歌なの。誘拐された日に」

ライリーは全身を震わせていた。セインは彼女を抱き寄せた。かける言葉が見つからない。彼女はこのうえない恐怖に直面している。ふたりとも。抱きしめることしかできなかった。愛することしか。「大丈夫だ。やつが誘拐したのはわかっていただろう? お姉さんを見つけよう。お姉さんとシャイアンを」

葉擦れの音と足音が聞こえて、セインはぱっと振り向いた。ジャクソンが走ってきた。

「屋敷を見つけた」ジャクソンが小声で言った。「驚くぞ」

24

目の前に、また鬱蒼とした森が広がっていた。ここまで一時間ぐらいだが、シンギング・リヴァーからは合計三時間の距離だ。シャイアンはこんなに近くにいたの？　ライリーはセインとジャクソンとともに立ち尽くし、屋敷の入り口を隠している木々を眺めた。車がぎりぎり通れるくらいの幅しかない未舗装道路の突き当たりで、背景に溶けこんでいる黒のＳＵＶを発見した。アデレードが教えてくれなければ、どちらも見つけられなかっただろう。

「何も気づかずに通り過ぎていただろうな」セインが言った。

木々をかき分け、太い枝をくぐり、大きな岩の合間を縫って進んだ。二列目の木立を通り抜けると、空き地に出た。両側が岩壁に接している大きな二階建ての家が見えてきた。セインが口笛を吹いた。

建物の片側に取りつけられた一連のパラボラアンテナを、ジャクソンが指さした。

辺鄙な場所にあっても、ハイテク機器を利用している。

ライリーは周辺を見まわし、隅に設置された金属製の機器に目を留めた。セインを肘で突いた。「リヴァートンにあったのと同じカメラか？」

「市場に出ていない機器をどうやって手に入れたの？」十五年間捕まらなかった犯人が抜け目がないのは当然だが、彼女が想像していたのは、現代的な教養人ではなく、ユナボマータイプだった。

「わからない。だが、ジャクソンがブレットとキャルに連絡を取った。防犯システムを突破するための情報を提供してくれた」

セインの衛星電話が鳴った。「ブラックウッドです」しばらく話を聞いてから言った。「きみも聞くべきだ」

スピーカーに切り替えると、トムの声が聞こえてきた。「座ったほうがいい、ライリー」

「座れるような場所ではありません」

「被害者を照合し終えた。行方不明の子どもたちは全員、血がつながっていた」

「予想はしていました」ライリーは言った。「子どもたちが並んでいるのをひと目見ただけで、きょうだいだとわかりました」

「今度は驚くかもしれないぞ。犯人の指紋が登録されていた。飲酒運転の前科があった。名前はデイヴィッド・アーロン・マキロイ。DNA鑑定もすませた。行方不明の子どもたち二十人全員の生物学上の父親だ」

心の奥底ではわかっていたが、実際にそうだと聞かされると……ライリーはぞっとした。多くの家族を壊した男。十五年前、ライリーを脅し、彼女の姉を誘拐した男。その男がマディソンの父親だった。

恐ろしい真実が頭のなかにこだましたあと、心をすっぽり覆って心底ぞっとさせた。あの頭のおかしな男は姉の実の父親だった。たぶん、ライリーの父親でもある。考えたくない。いまはまだ。

「ずいぶんまわりくどいな」セインが眉をひそめた。

「二十五号線近くにあるあちこちの精子バンクに登録していた」トムが言う。「ジーナ・ウォレス以外は全員、さまざまな不妊治療クリニックで妊娠した子どもだった。マキロイは自分の遺伝子に自信があったようだ」

ライリーは首を横に振った。さまざまな後悔に苛《さいな》まれた。「ずっと前から被害者のDNA情報は手元にあった。それなのに――」

「そんなふうに考えるな、ライリー。あとからあれこれ言うのは簡単だ。照合などするはずがない。きょうだいは同定できるほど一致していなかった。絶対に気づけなかった」

「じゃあ、そいつは自分の子どもたちを集めたんですか？」セインがきいた。「心がゆがんだハーメルンの笛吹き男みたいに？」

セインは慰めるようにライリーの手をぎゅっと握った。

ジャクソンが不快そうに首を横に振ったあと、鋭い悪態をついた。ライリーも同じ気持ちだった。

「全員を誘拐したわけじゃない」トムが言う。「まだ営業しているクリニックのいくつかで話を聞いてみると、マキロイは人気のあるドナーだったとわかった。経歴がすごかったんだろう。ほかにも子がいるが、誘拐したのはジーナを除いて全員ＩＱが並外れて高く、家庭環境のよくない子どもだった。ターゲットを絞っていたようだ」

「マディソンは当てはまらない」ライリーは言った。「うちの家族は普通だった……あの夜までは」

「まだ捜査中だ」トムが穏やかに言った。「また連絡する」

トムが電話を切った。ライリーはマキロイを部屋に閉じこめ、洗いざらい白状させ、動機を知りたい気持ちもあった。一方、あの子取り鬼《ブギーマン》は二度と戻ってこないと子どもたちが安心できるように、このまま死んでほしいとも思った。

冷たい北風が吹きつけ、身震いした。「家の裏手の崖の下を見るよう、アデレードは言っていた」奇妙なデジャヴに襲われ、胸騒ぎがした。この数カ月のあいだに、何度も似たような状況に置かれた。毎回、悪い結果になった。

今度も……。

ペンダーグラスとアイアンクラウド、さらにアンダーヒルとノーランも空き地にたどりついた。

「おれたちは屋内を調べる」ノーランが言った。

セインとジャクソンとライリーは、家の裏手へ向かった。手入れの行き届いた芝生に、バレーボールのネットやテザーボール、ジャングルジムが設置されている。奇妙な場所だ。両側の切りたった崖は高さが百メートル以上ある。裏手は岩場で、大きな茂みやマツの木のあいだに細い砕石道がくねくねと続いている。アデレードが説明したとおりだ。

一行はその道をたどり、木立を抜けた。ライリーは膝がくずおれそうになった。

十五の墓石が三列に並んでいた。ライリーは掘られたばかりの墓にさっと目を向けた。

「セイン」ジャクソンが声を詰まらせながら言った。

「違う」セインは立ちどまり、首を横に振った。「この目で見るまでは信じない」

ここに秘密があると、アデレードは言った。ライリーはセインと指を絡みあわせた。救出された八人以外の子どもたちはここに埋められているということだろうか。

「鑑識を呼ばないと」ライリーは静かに言った。

セインがうなずいてその場を離れ、携帯電話で小声で話し始めた。心配のあまり口元にしわが寄っている。最悪の事態を覚悟しているように見えた。彼と彼の家族が味わう苦しみをライリーは知っていて、ほかの誰にも味わわせたくなかった。

ライリーは息が苦しくなり、かがみこんだ。掘り返された土のにおいに胃が締めつけられる。また死体だ。あの新しい墓に埋められているのがシャイアンでない確率はどれくらいだろうか。マディソンを生きて発見できるとは期待していなかったが、シャイアンのことは助けられると信じ始めていた。

気を引きしめ、墓石に書かれた名前を見ていった。どんどん混乱が増していく。

「知らない名前ばかり」小声でセインに言った。「偽名を書いたのね」マディソンはこのなかのひとりなのだろう。

セインが眉根を寄せ、首を横に振った。「やつは子どもたちからアイデンティティを奪った。歯の診療記録かＤＮＡで比較するまで身元は確認できないだろう」

〝ここにいるの、マディソン？　ようやくあなたを連れて帰れる？〟

ペンダーグラスとアンダーヒルが近づいてきた。ジャクソンが新しい墓を指さした。死体を掘りだす作業が始まり、ライリーは見ていられず目をそらした。

「こんなはずじゃなかった」セインがショックを受けた表情で彼女を見つめた。「無事に生きていて、かんかんに怒っている姉貴を見つけるはずだったのに」

それまでは希望を抱いていた彼が、いまは絶望している。どんなときも希望を捨てないセインを尊敬していたが、さすがにあきらめたのか、深い苦悩に苛まれている。

ライリーは彼に身を寄せ、腰に腕をまわした。ほかにどうしていいかわからなかった。「とても残念だわ」

「お袋がここにいなくてよかった」ジャクソンが声を詰まらせた。「乗り越えられなかっただろう」

ライリーも絶望感に襲われた。涙がこぼれ、ぬぐってもあとからあとからあふれてくるので、流れるままにした。彼女の家族――ほかにもたくさんの家族を壊したモンスターが、ブラックウッド家も壊した。

何かが動く気配がした。ペンダーグラスが掘り返した墓のそばで立ちあがった。

「セイン」

セインは震える息を吸いこんだ。「シャイアンか？」歯を食いしばってきいた。

ライリーは気を引きしめた。

「からっぽだ」

ライリーはセインの腰を握りしめた。彼の体は震えていた。

「いったいどこにいるんだ？」セインが怒鳴った。

「見つかるまで徹底的に調べよう」ジャクソンが言う。「ここにいるはずだ」

ペンダーグラスがセインに駆け寄った。「アンダーヒルが興味深いものを発見した」

アンダーヒルは茂みを押しのけて、少し離れた場所にある十六基目の墓石をあらわにした。

名前はカルヴィン・リヴァートン・シニア。

キャルとブレットの父親だ。


ワシが空を舞い、鳴き声が周囲の崖に反響した。セインは髪をかきあげた。

「リヴァートンとの関係についてはあとで調べよう。シャイアンはどこだ？」

「まずは、オメガルームを探しましょう」ライリーが言う。「そこに連れていかれたと、アデレードは言っている」

「そうだな」セインは家の裏口に向かって走りながら、ノーランとアイアンクラウドを大声で呼んだ。ジャクソンとライリーもついてきた。

ノーランとアイアンクラウドは裏口の前で待っていた。

「オメガルームを見つけたか？」セインは息を切らしながらきいた。

「たぶん」アイアンクラウドが答えた。「でも、ドアがない」

「案内してくれ。早く」

一行は家に入ると、広い教室や遊戯室、使いこまれた楽器がたくさん置かれた音楽室、リヴァートンのカメラや新設計の機器が散乱するエレクトロニクス工作室、化学実験室、最新式コンピューターセンターを通り抜けた。

「マキロイは子どもたちになんでも最高のものを与えたようだな」ノーランが言った。

「子どもたちは両親と引き離されて、ここから出るのを許されなかったけどな」セインは言った。「しかも、墓付きだ」

アイアンクラウドがセインとライリーとジャクソンを連れて石の階段をおり、家具も出口もないれんが造りの広間に出た。唯一の装飾品は額入りのポスターで、その上の壁に大きなオメガのシンボルがはめこまれていた。

「ここがオメガルームか、その入り口ね」ライリーがシンボルを見あげた。「象眼されている。たぶんワイオミング・ジェイドよ」

シンボルは宝石でできていた。「おれは専門家じゃないが、シャイアンのネックレスの石と同じに見える」

「リヴァートン鉱山で採れたものね。変だわ」

セインはその下にある大きなポスターに目を向けた。二重螺旋に見覚えがある。左側にセインの知らないふたりの男がいて、〝一九六二年ノーベル賞〟という題がついていた。

ライリーがポスターに近づいた。「ワトソンとクリックはDNAの構造を発見した人たちよ」

セインはそのポスターを眺め、何か変わった点はないか探した。「わずかに傾いている」額を動かそうとしたが、動かなかった。縁に指を滑らせると、左側に切れ込みがあった。「蝶番《ちょうつがい》だ」

セインは額縁の右側をそっと引いて、ドアのように開けた。すると、金属のドアの取っ手と、英数字のスライド式キーパッドが現れた。「なんだこれ？　不思議の国のアリスかハリー・ポッターのつもりか？　謎を解かなきゃならないのか？」

「アデレードは暗号を知らないと言っていた」ライリーがキーパッドの右側にある長方形の四桁のデジタル表示装置に手を滑らせた。「たった四桁。十個の数字と二十六の文字を組みあわせなきゃならない。組み合わせは……何とおりあるかわからないけど、莫大《ばくだい》な数ね」

「押し入るとか、爆破することはできないか？」セインは電話を取りだしてかけた。

「誰か――」

ノーランが広間に駆けこんできた。「問題が発生した。山沿いで大量の爆発物を発見した。この建物を爆破できるようになっている」

「その爆発物でこのドアを爆破できないのか？」ジャクソンがきいた。

ノーランはかぶりを振った。「トリップワイヤーが仕掛けられているかもしれない。全部爆発するかも。全員ここから避難させないと。おそらくブービートラップが仕掛けられている」

「シャイアンがここにいるかもしれない」セインは腕組みをした。「ノーラン、全員避難させて、爆発物処理班を呼べ。だが、おれは姉を見つけるまでここを離れない」

ノーランは命令を出しながら急いで立ち去った。セインはライリーとジャクソンをにらんだ。「ふたりはここから出ていけ」

「まさか。暗号の手がかりは見つけたのか?」ジャクソンがきいた。

「英数字を四つ組みあわせて入力しなければならない」ライリーが両手をズボンで拭いた。「よく考えましょう」

ライリーは額縁を閉じてポスターを見つめた。

「DNAに関するポスター。マキロイは自分の遺伝子をばらまくのに熱心だった」

「何を考えている?」セインは彼女の頭が高速回転しているのがわかった。

「DNAに関する法科学の講義をたくさん受けたの。DNAは四種類の塩基から成る。アデニン、シトシン、グアニン、チミン。A、C、G、Tを入力して」

「なんのことだかさっぱりわからないが、試してみる価値はあるな」セインは四つのボタンを押した。右側に文字が表示された。

大きなサイレンが鳴り響き、ドアの上のストロボライトが点滅した。パネルがチカチカ光り、キーパッドの上にあるスクリーンに五分と表示された。

四分五十九秒。四分五十八秒。

セインは悪態をつき、ライリーのショックを受けた表情を見やった。「カウントダウンが始まった」

ノーランが戻ってきた。「爆弾が起動した。おれの予想では、五分以内にこの敷地全体が崩壊する」

「くそっ。シャイアンがなかにいるかどうかさえわからないのに」セインは顔をこすった。「全員避難させろ、ノーラン。おれたちもあとから行く」

弟とライリーに向き直った。「ふたりも出ていけ」

「まだ数分ある」ライリーが反論する。「わたしの考えは正しいと思う。順番が間違っていただけ」

「全部試している時間はない！」

ライリーはうろうろ歩き始めた。「考えさせて」

セインはジャクソンの目を見た、ふたりは時計に目をやった。

「続けて」ジャクソンが言った。

「TGCA」セインは入力した。違う。「TCGA」

あと数分ですべての組み合わせを試すことなどできない。

「ライリー、きみはここから出ろ。あと二分しかない」

「ATCG」ライリーが言う、「DNAはATとCGの塩基対から成っている」

セインは深呼吸をし、入力した。

シューッという音がしたあと、カチッと鳴ってドアが開いた。セインはライリーの顔を両手で包みこみ、キスをした。「きみは天才だ」

彼らは部屋のなかに飛びこんだ。手術着を着た人が金属の台の上に横たわっている。拘束され、意識を失っていた。

「シャイアン？」セインは身をかがめ、姉の長い髪を払いのけた。心のなかで祈りながら、頬を口に当てた。かすかな息がかかった。

「生きてる」セインは弟をちらっと見た。ジャクソンは目をぬぐいながらも、にっこり笑っていた。

シャイアンの顔はあざと傷だらけだった。ひどい顔だ。だが、生きている。

「姉貴？」セインは言った。「ここを出るぞ」

「セイン！」ライリーが叫んだ。「カウントダウンはまだ続いている。止まらない。もう一度暗号を入力しなきゃならないのよ」

「同じので試してみろ」

数秒後、ライリーが戸口に現れた。「止まらない！」

セインはシャイアンを抱きあげた。「出るぞ！　先に行け」

ジャクソンとライリーが階段を駆けあがった。セインも急いであとを追い、玄関を出た。空き地の端にたどりついたとき、大きな爆発が起こり、炎があがった。セインは爆風にあおられて膝をついた。

地響きがした。

さっと周囲を見まわした。ノーランと目が合う。彼がうなずいた。よかった。全員避難したのだ。

セインはシャイアンを抱えたまま後退した。崖から岩がはがれ、シャイアンが監禁されていた建物へと転げ落ちた。なだれ落ちる岩や土埃が、空を暗くした。

ライリーが彼の隣にくずおれた。ジャクソンは呆然と突っ立っていた。

誰もがその眺めに圧倒され、時を忘れて見入った。ようやく轟音《ごうおん》が静まった頃には建物は跡形もなく、崖のあいだは瓦礫《がれき》で埋まっていた。

マキロイの屋敷はこの世から消え去った。

シャイアンが身動きした。

「シャイアン？」セインは姉に微笑みかけた。

姉はまばたきし、セインを見あげたあと、ジャクソンに視線を移した。

「きっと見つけてくれると信じてた」シャイアンが咳をした。「ベサニーも助けてくれた？」

知らない名前だ。セインはライリーを見た。彼女はかぶりを振った。

「誰なんだ？」

「わたしが治療した女性。わたしは毒を盛られたの。彼女はどうなったのかしら」

その哀れな女性の運命を思い、セインは顔をしかめた。「アデレードと七人の子どもたちは助かった」

シャイアンが唇をなめた。「水をもらえる？」

ジャクソンが急いで取りに行った。

「すぐに持ってくる」

「アデレードが無事でよかった。ファーザーのことをとても恐れていたから」シャイアンは身動きしたあと、うめき声をあげてセインの袖をつかんだ。「ベサニーを見つけて。病院へ連れていかないと。手は尽くしたんだけど、感染症にかかって……抗生剤が必要だった。彼女も毒を盛られたの。子どもたちは彼女を必要としている。彼女が子どもたちを守ったの」

セインはライリーを見やった。顔が真っ青だった。ベサニーはおそらく死んでいるだろう。そして、真相は岩の下に埋もれ、掘りだせるかどうかわからない。

「残念だけど、彼女は助からなかったと思う」

25

病院の待合室はどこも似たようなものだ。シンギング・リヴァーの病院の待合室は小さめかもしれないが、半年前の古い雑誌や座り心地の悪い椅子、まずいコーヒーはそろっている。

人けはなかった。ライリーしかいない。

どうにか混乱を逃れ、ここでひと休みしていた。事件の余波に直面する前に。

被害者の家族や全国の警察官、マスコミがいっせいにワイオミングに押し寄せた。彼らの疑問に答えられるのは、アデレードとシャイアン、子どもたちだけだ。

待合室の外で、医療スタッフとボランティアたちがせわしなく動きまわっていた。

ライリーは壁に頭を預け、服が泥と血で汚れていたので、スタッフに借りて着替えたごわごわした綿の手術着を揉んだ。

シンギング・リヴァーの保安官事務所は、効率的かつ複雑な方法で、崩壊した現場へ人口の半分とも思える人々を輸送した。ほとんどが犯行現場の残骸を保存し、調査するために残っている。

セインたち家族はシャイアンのそばにいる。ひとり娘は無事だった。ブラックウッド家はもとどおりになり、ライリーはとてもうれしかった。

それなのに、どうして体を丸めて消えてしまいたくてたまらないのだろう。目をこすった。こんな姿を誰にも見せられない。感情をコントロールしないと。まだやることがたくさんある。

「さあ、ライリー、しっかりして」拳を握り、手のひらに爪を食いこませた。鼻から息を吸いこみ、口から吐きだして集中しようとした。

それでも、ぼんやりしていた。鼓動が速まるのを感じ、パニックを抑えこもうとした。いつ誰が来てもおかしくない。取り乱した姿を見られるわけにはいかない。

急いで部屋を出たとき、名前を呼ばれたような気がした。ライリーは立ちどまらなかった。

廊下に足音が響き渡った。消毒薬がつんと鼻を突く。涙ぐんだ目で備品室を見つけると、なかに入ってドアを閉めた。

その狭い部屋は天国だった。ここなら誰にも見られない。

ああ、助けて。

頭からつま先まで震えていた。このうえない喜びや激しい罪悪感、深い絶望に圧倒された。

シャイアンやアデレード、子どもたちを助けることができた。でも、マディソン――そして、救えなかった子どもたち――の墓は埋もれてしまった。

姉を連れて帰るという約束を守れなかった。十五年間持ちつづけていた希望を失った。自分を抱きしめるように腕をまわした。心の底まで冷えきっていて、震えが止まらない。わたしをあたためられるのは、ひとりだけ。

「セイン」彼女はささやいた。頭に浮かぶのは、彼の心のこもった誓いだけだった。永遠の愛の誓い。

ライリーは同じことを誓えなかった。

セインを突き放した。シャイアンが見つかったから、彼はシールズに戻るだろう。でも、ふたりの関係は修復できない。ライリーは最高の恋人、最高の友人を失った。自分のせいで。

ためらいがちにノックする音がした。「ランバート特別捜査官。力を貸してください。子どもたちが話をしてくれないんです」

ライリーは手のひらの付け根を目に押し当て、何度か深呼吸してからドアを開けた。

ジャンが顔をしかめ、ライリーをじろじろ眺めた。「大丈夫ですか？」

「もちろん」ライリーは嘘をついた。「どうしました？」

「子どもたちがしゃべってくれなくて、アデレードのそばを離れようとしないんです。近づいて調べるどころか、身元を確認することすらできません。本名を言おうとしないし、指紋の採取も拒否しているので、家族に連絡できません。もうどうしていいかわからなくて」

「子どもたちのところへ連れていって」

ライリーはジャンと一緒に外科病棟へ向かった。そこは一時的な待合室として使われていた。ガラス越しにのぞくと、アデレード以外の子どもたちは隅で身を寄せあっていた。

おかしい。山の上で観察したときと様子が違う。ライリーはふたたび観察した。何かが変だ。彼らは全員で慰めあうはずなのに。一緒に地獄を見たのだ。それなのに、どうして年長でみんなのリーダーであるアデレードだけ距離を置いているの？　子どもたちはファーザーが死んだのは彼女のせいだと思っているのだろうか？　被害者が犯人に同情するのはよくあることだ。被害者の家庭に問題があった場合は特に。

二十分くらい観察したとき、アデレードが振り返り、古い傷跡がついていないほうの顔があらわになった。ライリーははっと気づき、首筋の毛が逆立つのを感じた。バッグからジーナのファイルを取りだして写真を見た。

これだ。アデレードが右を向き、傷のない顔が見えたとたんにわかった。

アデレードはジーナ・ウォレスだ。そうに違いない。

マキロイの最初の被害者。

アデレードが立ちあがってゆっくりと歩いていき、デライラと呼ばれている年長の少女を見おろした。何やら声をかけると、デライラは目に恐怖の色を浮かべて縮こまった。

アデレードは振り返ると、口元にかすかな笑みを浮かべ、満足そうな顔で部屋の反対側に戻った。

「彼らを引き離して」ライリーは鋭い口調でジャンに命じた。「いますぐ。子どもたちを部屋の外に出して」

「出たがらないんです」

「子どもたちやアデレードがなんと言おうとかまわない。とにかく子どもたちを別の部屋に移して」

「強制することは――」

セインが来てライリーの隣に立った。「どうした?」

彼の近くにいると悲しみがよみがえったが、自分の感情はあとまわしにしなければならない。「しばらく観察していたの」ライリーはジーナの写真を持ちあげた。「この写真と彼女の傷のないほうの顔を見比べてみて。アデレードはジーナよ」

セインが目をしばたたいた。「そいつはすごいな」

「断言はできないけど。彼女が近くにいるときの子どもたちの様子を見て」

セインはガラス越しに数分間観察した。「怯えてるな」

「アデレードはマキロイの最初の被害者だった。一番長く影響を受けている。彼らを引き離す必要があるわ、セイン」

驚いたことに、彼はためらうことも、質問することもなかった。すぐにジャクソンとペンダーグラスとアイアンクラウドに手招きし、小声で話すと、三人は唖然《あぜん》とした顔をした。ライリーはその気持ちがわかった。

「行くぞ」セインが言う。「アデレードがてこずらせるようだったら、手錠をかけろ」

セインがドアを開け、ライリーはアデレードのもとへ行った。その目はうつろだと、いまならわかる。「あなたの名前はアデレードだと言ったけど、ずっとそうなの?」

アデレードがうなずいた。

ライリーは注意深く言葉を選びながら、子どもたちとアデレードのあいだに入りこみ、視界をふさいだ。「データベースを検索しても、アデレードという名の行方不明者は見つからなかった。ミスター・マキロイと暮らすようになる前は、別の名前だったんじゃない？」

アデレードがいらだたしげに口を引き結んだ。

「本当のことを教えて」

ライリーの背後で、セインと三人の男たちが子どもたちを連れて部屋を出ていった。

「何してるの？」アデレードがライリーを突き飛ばし、子どもたちに駆け寄った。子どもたちは男たちのうしろで縮こまった。

ライリーはアデレードの腕をつかんだ。「この子たちには本当の家族が必要よ。あなたも……ジーナ」

ジーナは目を見開いた。首を横に振る。「あたしはアデレードよ！」大声で言う。

「子どもたちは渡さない。あたしのものよ。あたしと一緒にいるの」

「お医者さんに診せないと。ずっとここにいるわけにはいかないわ」ライリーは男たちにうなずいた。

三人の男たちは子どもたちを連れて部屋を出ていった。

セインはその場に残り、近づいてきたが、ライリーは首を横に振った。ジーナにしゃべらせたかった。

ジーナはライリーの腕を振り払った。

指を組みあわせ、ぶつぶつひとり言を言いながら行ったり来たりし始めた。「こんなの間違ってる。あんたにはわからない。あの子たちにはあたしが必要なの」怒りで目をぎらつかせ、頰を真っ赤にしながら、閉まったドアに体当たりした。手にあざができるまでドアを叩いた。

ライリーは彼女の手首をつかんだ。「相手が子どもじゃないから、そう簡単に支配できないわよ」

ジーナは妙に穏やかになった。「あんたはわかってないのよ。彼は本物の家族を築くと約束してくれたの。だからついていったのよ。だから逃げなかった。あの子たちがあたしの家族。彼が連れてきたの。あたしのために。家族がすべて」憎しみに満ちたまなざしでライリーの目を見た。「あたしの家族を返して」

ライリーは脅しにはびくともしなかったが、ジーナの生気のない目にぞっとした。うつろな死人の目だった。

ドアをノックする音がした。セインがドアを開けた。誰かが小声で話したあと、セインが彼女たちに近づいてきた。

「うまくやったな、ジーナ。このふたりがいなければ逃げられたかもしれない。ランバート特別捜査官はきみの正体を見抜いた。そして、ブライアン・アンダーソンが目を覚ました」セインはジーナに手錠をかけた。「誘拐、児童虐待、監禁、殺人の容疑で逮捕する。まだ余罪がありそうだ」

病院の外に出ると日は暮れていて、空は薄青色で、空気はひんやりしていた。これほど衝撃的な一日はなかった。

姉が見つかったことに一生感謝するだろう。いま姉は、父と兄弟たちが世話をしている。

七つの家族がこれから再会する。ほかに、悲しい知らせを受けた家族がいくつもある。長年、心のどこかで覚悟しながらも、恐れていた知らせを。

事件は終結したのかもしれないが、まだわからないことがある。ブレット・リヴァートンの父親の墓がなぜマキロイの屋敷にあったのか。答えを知っている可能性があるのはジーナだけだが、黙秘している。いまのところは。真相を解明できるかどうかわからない。秘密は山に埋もれてしまった。

セインはライリーの肩に腕をまわして引き寄せた。彼女はもたれかかってきたが、体をこわばらせていた。何を考えているのだろう。突きとめよう。いつか。彼女が心を開いてくれたらいいのに。ふたりは岐路に立っている。ふたりともそれはわかっていた。

ふたたび叫び声が響き渡った。ペンダーグラスが顔をしかめて、ジーナ・ウォレスを車の後部座席に閉じこめた。彼女はみんなを丸めこんで自分を解放させることができないとわかるとぶちぎれ、近づく者は誰でも威嚇した。

特に、母親を。

キャロルが車の周りをうろついていた。「ジーナ、ハニー。ママが力になるわ。大丈夫よ」涙ながらに訴える。

「あっちへ行って!」ジーナが叫んだ。「あたしの家族はあんたじゃない」窓に頭をぶつける。「ファーザーはどこ? 彼があんたたちを追い払ってくれる。あたしを愛してるんだから」

セインはライリーの目を見た。ジーナは自分がファーザーを撃ったことを覚えていないのだろうか。

キャロルは絶望に背中を丸め、遠ざかる車を見つめた。涙の跡が残っている顔で、セインとライリーを見た。「あんたは間違っていたわ、ランバート特別捜査官。あっちが負けたときでさえ、こっちの負けなのよ」

「キャロル――」ライリーが声をかけようとした。

「やめて」キャロルはバッグからキーを取りだした。「お酒がいるわ」

キャロルは足を引きずりながら駐車場へ向かった。セインは携帯電話を取りだし、クライヴに彼女のキーを取りあげるよう注意した。そして、ライリーを引き寄せた。

「キャロルはいつか立ち直れると思うか？」

「無理でしょうね。十五年前に失ったと思っていた娘、犠牲者だったはずの娘は、誘拐されたわけじゃなかった。ジーナの言葉を信じれば、彼女はマキロイに自らついていった。たぶん、キャロルが家に連れこむ男たちから逃げるために。結局、わたしがずっと追いかけていた男よりも多くの罪を犯していた」

「おれは完全にだまされた」セインは言った。「ジーナは被害者だと思っていた。彼女に何が起こったんだ？」

「壊れていたのよ」ライリーは簡潔に答えた。「ジーナなりのゆがんだやり方で、愛する人を、愛してくれる人を求めていた。わたしたちみんなと同じように」

セインはライリーの髪にキスをし、腕に力を込めた。「マディソンを連れて帰れなかったのは本当に残念だ」

「ええ」

ライリーは感情のこもった声で言ったあと、顔をそむけようとしたが、セインはそっとこちらを向かせた。彼女が必死に隠そうとしても隠しきれない痛みを彼も感じた。彼女がまばたきして涙をこらえた。

サイレンが響き渡り、ふたりはぱっと離れた。救急車が救急出入り口の前で停車し、後部ドアが開いた。救急隊員が飛びおり、埃と血にまみれた女性をなかに運びこんだ。

「何があった？」セインが運転手にきいた。

「犯人の屋敷の近くで倒れていたのを、ハドソンが発見した」

「もうひとり生存者がいたのか？」セインはストレッチャーを追いかけ、女性の顔をちらっと見た。医者が彼をにらんで、カーテンをさっと閉めた。

セインは両手をあげて降参したあと、ライリーを振り返った。「マキロイの娘だ。みんなと似ていた」

「ベサニーだと思う？」ライリーがきいた。

「だといいが。助からなかったと知って、シャイアンは打ちのめされていた」

「セイン、もしその女性がベサニーなら、何かわかるかも。マディソンを知っているかも」

ライリーは狭い病室の外に立った。医者が名前のわからない患者の診察を終えるのを待っていたかったのだが、ブライアン・アンダーソンに面会を求められた。

大きなリスクを冒してサムやみんなを助けてくれた少年の頼みを断れるはずがない。彼こそ真のヒーローだ。

ライリーはドアを押し開けた。便利な設備はついていない殺風景な部屋だ。ブライアンは青白い顔でベッドに寝ていた。ソーシャルワーカーが部屋の反対側に座って見守っている。

ライリーはベッドのそばにあった椅子に腰かけた。「ブライアン、わたしに面会を求めたそうね」

ブライアンがシーツをこすった。「あなたはFBIの職員で、アデレードが子どもたちを奪うのを阻止してくれたと聞きました。お礼が言いたくて」

「お礼を言わなければならないのはわたしたちのほうよ。逃げるのはとても勇気がいったでしょう。あなたが子どもたちを救ったのよ」

「全員を救うことはできませんでした」ブライアンが目をそらした。「アデレードは？」

「長いあいだ刑務所に入ることになるでしょう」

「よかった。アデレードは大勢の人を傷つけたから」ブライアンの目に涙が光った。

「ハンナという女の子の話がしたかったんです。アデレードはハンナに罰を与えた。殺されたんだと思います。食べるのが嫌いで、すごく痩せていた。赤い髪を長く伸ばしていた。ハンナのことを忘れてほしくないんです。アデレードは彼女を屋敷の裏の墓に埋めなかった。どこにいるのかわかりません」

滝の近くで発見した、痛ましいほど痩せた少女の遺体がライリーの頭に浮かんだ。

ブライアンがシーツを握りしめた。「わかっていました。おれの間違いであってほしいとちょっとは期待したけど」

「ハンナと思われる少女を発見したわ。残念だけど、助からなかった」

ライリーはうなずき、ノートを取りだした。「わたしたちは長いあいだ、あなたたちのことを捜していたの。いくつか質問してもいい？」

ブライアンがうなずいた。「答えられるかどうかわからないけど」

「ファーザーについて知っていることは？」

「おれたちの父親だと言ってました」ブライアンは鼻を鳴らしたあと、目をぐるりとまわした。「おれは信じなかった」

ライリーは息を吸いこみ、真実を打ち明ける方法を考えた。「ブライアン、ご両親はあなたのことを何か変わっていると言ってなかった?」

「おれはうるさくて、幼い頃からよくしゃべった。気味が悪いくらい。長い文章とか難しい言葉とか。たぶん、四歳のときにテレビを分解した。でも、どうして?」

「出生については何も言われなかった?」

「たとえば? 別に普通だったと思います。よく覚えていない」ブライアンが目を細めてにらんだ。「何か隠していますね?」

「デイヴィッド・マキロイ……ファーザーは……若い頃、不妊治療のクリニックに精子を提供していたの」

ブライアンが警戒するような表情を浮かべた。「精子バンク?」

ライリーはうなずいた。ブライアンは枕に頭をのせて目を閉じた。「あいつは本当に父親だったのか。なんてこった。実の父親だった。なるほどな」

ライリーはブライアンをそっとしておいてやりたかったが、もはや犯行現場を調べられないとあっては、きいておかなければならなかった。「あなたがあそこに連れてこられたとき、子どもたちは何人いたの？」

「四人」

「そのなかに、ベサニーという子もいた？」

「はい」

「彼女について知っていることは？」

ブライアンは目を開け、天井をじっと見つめた。「おれたちがまともでいられたのは……生きていられたのは、彼女のおかげです。ベサニーはおれたちの生活を耐えられるものにしようと努力してくれた。ファーザーやアデレードが怒ったときは、彼女があいだに入ってくれた。ファーザーは彼女を一番愛していた。アデレードにそう言ったとき、アデレードは怒り狂った。ファーザーは嫉妬するアデレードが好きだったんだ。おかしいと思ったよ、あんなの……言ってる意味わかるかな」

「わかるわ」ブライアンが気まずそうに目をそらしたので、話題を変えた。「ベサニーがみんなの面倒を見ていたのね？　あなたたちを守ってくれたの？」

「そうです。彼女は無事ですか？」

「わからない。廊下の向こうに名前のわからない女性がいる」

「きっとベサニーだ」パニックを起こしたかのように、ブライアンの声がうわずった。

「おれたちには彼女が必要なんだ」

「その女性が誰かわかったらすぐに知らせると約束するわ。いまは、ほかの子どもたちのために協力してくれる？　調書から身元がわかった子もいるけど、全員はわからなくて」

「本名を知りたいんですか？」

「知っているのなら教えて」

ブライアンが体を起こし、ノートに手を伸ばした。「全員わかります。下の名前なら。名字がわかる子も何人かいます」

ライリーは微笑んだ。「だと思った。あなたは頭がいいから」

「ファーザーのおかげだと思う」ブライアンは身震いしたあと、嫌悪に満ちた表情で彼女を見た。「本当におれの父親なんですか？」

「生物学的にはね」ライリーは安心させるように言った。「でも、あなたが生まれてくるのを心から望んだ家族が、ほかにいる」

ブライアンは考えこんだ。ライリーは黙って彼に話をのみこむ時間を与えた。

ようやくブライアンが顔をあげた。「そうは思えなかった。ファーザーがおれを愛してくれる家族をくれたんだ」ノートとペンを見つめた。「みんなの本名を教えたら、もうおれの家族じゃなくなる」

ライリーは言葉が見つからなかったが、結局、何も言わずにすんだ。ブライアンが子どもたちの名前をノートに書き始めたからだ。

ブライアンは怖いくらい記憶力がよかった。日付も名前も場所も覚えていた。彼のおかげで、すぐに全員の身元がわかるだろう。

ブライアンはすべての名前を書き終えると、眠りに落ちた。無理もない。人生が一変したのだから。ライリーはノートを手に廊下を歩き、名前のわからない患者の部屋にそっと入った。

ベッドのそばにセインが立っていた。振り向いてライリーに眉をあげてみせたが、彼女は壁に寄りかかり、首を横に振った。アデレードの一件があったので、彼女を観察して嘘がないか見抜きたかった。

セインはうなずき、女性に注意を戻した。

看護師が女性に呼びかけた。「目を開けられますか？　起きてください」

女性はどうにか指示に従い、わずかに目を開けた。唇をなめる。「ここはどこ？」

「病院です。あなたは手術を受けたんです。覚えていますか？　ドクター・ブラックウッドから話は聞きました。切開の傷は治癒しています。これから腹痛の原因を調べる検査をしますが、ドクター・ブラックウッドは回復しているから、あなたもすぐによくなりますよ」

「助かったの?」女性がささやいた。「あのお医者さん」

「ああ、無事だった」セインが看護師のいた場所に移動した。「やあ」バッジを見せ、自己紹介した。「いくつか質問させてください。まず、お名前は?」

「ベサニー」彼女は顔をしかめ、目を閉じた。「目を閉じて、横になったままでもいい?」

まぶしくて顔をしかめたのかもしれないが、意気込んでいる警察官を見て無意識のうちに反応したのかもしれない。

ベサニーはすばらしい人だとブライアンは言っていたが、ライリーは疑っていた。ベサニーはマキロイと長年一緒に暮らしていた。ブライアンの知る限りでは、彼女は逃げようとしなかったそうだ。その点が疑いを起こさせた。

ベサニーが頭に手を当てて顔をしかめた。「最後の記憶は、爆発が起こって岩が降り注いできたこと。逃げ遅れた。死んだと思ったわ」

セインが明かりを暗くするよう看護師に頼んだ。「よくなりましたか?」

ベサニーがうなずいた。

「助かってよかった」セインが言った。

ベサニーがまるで痛みを感じたかのようにうめいた。「子どもたちは？　無事なの？」

「みんな無事です。両親が見つかるまでここで預ります」

「アデレードは？」

その声に恐怖が感じ取れた。

「逮捕しました」

ベサニーがかすれた息を吐きだした。「正体を見抜いたのね」

「ＦＢＩの行動分析官が、彼女と子どもたちの関係がどこかおかしいと気づいたんです」

「かわいそうなアデレード」

ライリーはその言葉が引っかかった。どうしてみんなを恐怖で支配していた人間を哀れむの？

「彼女はどうしても家族が欲しかったの……母親の役割を楽しんでいた。でも、母親のやり方を知らなかった」ベサニーがわずかに目を開けた。「気をつけて。どこかおかしいところがあるから」

「どういう意味ですか？」

「わからない。アデレードが本物の家族が欲しいとせがんだから、ファーザーはカリフォルニア工科大学へ行く学費を稼ぐために行った精子提供で生まれた子どもたちを見つけだした。わたしも長いあいだ彼女の演技にだまされていたけど、彼女は徐々に現実を把握できなくなって、罰が厳しくなっていった。殺してしまうほど。ファーザーでさえ、アデレードは情緒不安定かもしれないと、不満を示すようになった。彼女の演技を見破ったそのＦＢＩの捜査官は、とても優秀な人なんでしょうね」

「だまされたのはあなただけではありません。われわれも見抜けなかった。ドクター・ブラックウッドでさえ。ふたりが毒を盛られていることに、ぎりぎりまで気づけなかった。捜査の結果、銅中毒を引き起こしたのはアデレードだと考えられます。彼女とのあいだにトラブルがあったかもしれない地元の牧場経営者について何か知りませんか？　名前は――」

「リヴァートンね」ベサニーが言った。「それには彼女なりの理由があるの。ゆがんでいるけど」

「本当ですか？　墓を発見したんですが、つながりがわからなくて。教えてくれますか？」

「ファーザーはリヴァートン一族の一員だったの。はみだし者だったんでしょうね。理由はわからないけど、相続から外された。一族を恨んでいて、自分には牧場を経営する資格があると思いこんでいた。だから、あの山に住みついたの。何度も牧場を買おうとしたのよ。でも、売ってもらえなかったから、土地の所有権を主張するか、買えるようになるチャンスをうかがっていた。彼らは絶対に売らないとアデレードは思っていたから、自分でなんとかすることにしたの。カルヴィン・リヴァートン・シニアを憎んでいた。わたしは止めたんだけど、アデレードは彼を殺してしまった。それで、問題は解決したと思っていたんだけど、息子のひとりが——たぶん、ブレットが故郷に戻って牧場を継いだから、振り出しに戻った。アデレードは牧場の従業員と仲よくなったものの、怪しまれるようになったから殺した。半年前のことよ。それから、イアンにリヴァートンのカメラをハッキングさせて、脅迫に使える写真を手に入れた。やりすぎだとファーザーに話したら、彼はわたしに同調するようになった。ようやく」

ベサニーは目を閉じ、大きなため息をついた。疲れているのだろうが、セインは尋問を続けた。

「あなたはアデレードの敵になったんですね」

ベサニーはわずかに顔をしかめてうなずいた。「アデレードはわたしと姉妹になりたがった。最初はとても怯えていたから、わたしも努力した。彼女はわたしの命綱だった。そのうち、ほかの子たちも連れてこられて、何かが変わった。彼女の心のどこかがおかしくなった。完璧な家族を求めた。新入りがルールに従わなかったり、逃げようとしたりすると、その子を排除した」

ベサニーの頬を涙が伝った。この涙は偽物じゃない。心から子どもたちのことを思っているのだ。ブライアンが言ったように。

セインが身を乗りだした。「家の裏手に十六人分の墓があった。リヴァートン以外は、全部子どもたちの墓ですか？」

ベサニーは身動きして楽な姿勢を取ろうとしたが、顔をしかめただけだった。

「ファーザーは才能があるのに生かしきれていないと判断した子どもを選んで連れてきた。イアンはまだ十六歳だけど優秀なエンジニアよ。リヴァートン社の防犯カメラを設計しているの。デライラはバイオリンの天才。イーディスはコンピューターの天才だった。去年の夏、罰を受けたの」

ベサニーは涙ぐみ、目をそらした。「大勢の子どもたちを失った。逃げたいと何度も思った。大人になるとますます。でも、子どもたちを守るために残ったの。アデレードはどんどん怒りっぽくなっていって、ファーザーにもコントロールできなくなっていた。わたしは彼女の怒りからできるだけ多くの命を救った。まったく充分じゃなかったけど」

わたしと似ている、とライリーは思った。自分も同じように感じるだろう。ベサニーは何も悪くないのに。

何も悪くない。その言葉を、初めて信じられる気がした。

ベサニーがあくびをした。目を開けているのがつらそうだった。疲れているのだ。看護師があと五分で部屋から追いだすと、声を出さずに口の動きで伝えた。

セインが咳払いをした。「あと少しだけ質問させてください。そうしたら出ていきますから。子どもたちの、特に助かった子どもたちの身元を知っていますか？　早く家族に知らせてあげたいんです」

「ファーザーが知ってるわ」

「ファーザーは銃創が原因で、三十分前に死亡しました。撃ったのはアデレードです」

ベサニーはショックを受けた顔をした。そして、まぶたが重くてこれ以上開けていられないとでもいうように目を閉じた。「死んだ？」疑うような声で言う。「死んだの？」

「はい」

「喜ぶべきよね」混乱のあまり、ベサニーの頬が紅潮した。「うれしいけど……」

「受け入れるのに時間がかかるでしょうね」セインが同情の笑みを浮かべた。「あなたが大喜びするだろうとは、誰も思っていません」メモに目をやった。「ご家族に連絡を取りたいんです。もちろん、あなたの家族にも。本名を覚えていますか？」

ベサニーは目を伏せ、シーツを握りしめた。「そんなことをしてどうなるというの？　わたしはもう以前のわたしじゃない。当然でしょ。頭のおかしな男に育てられたんだから」

ライリーは胸が痛んだ。彼女はずっと前に家族から切り離され、もう彼らが覚えている少女ではない。再会するのは怖いだろう。

「あなたは何も変わっていませんよ」セインが言った。「あなたは生き延びたんです。子どもたちのヒーローだ。ご家族も喜びますよ」

ベサニーは長いあいだ黙っていた。本名を打ち明けるだろうか？　ライリーがあきらめかけたとき、ベサニーがごくりと唾をのみこみ、視線をあげた。

「マディソン」ベサニーがささやくように言った。「わたしの名前はマディソン・ランバートよ」

部屋の向こうではっと息をのむ音がした。「マディー？」

ベサニーが――いや、マディソンが長いあいだ耳にしていなかった愛称。彼女はまぶしい光に目を凝らした。部屋の隅にいた女性が、ためらいがちに近づいてくる。マディソンの記憶のなかの少女の面影があった。

「わたしよ」女性がマディソンの手を取り、胸に引き寄せた。ショックのあまり、息を切らしている。

「わ――わたしって……」

セインが言った。「マディソン、あなたを見つけた女性を紹介します。ライリー・ランバート。あなたの妹で、アデレードの正体を見抜いたＦＢＩの優秀な行動分析官です」

女性の頬を涙が伝った。ずっと会いたかった人が目の前に立っていることを、マディソンは信じられなかった。きっと夢を見ていたのだ。「ライリーなの？　わたしの妹のライリー？」

女性がうなずき、このうえなく美しい笑みを浮かべた。

マディソンは震える指で妹の涙をぬぐった。「ああ、すっかり大人になって。きれいになった。本当にあんたなの？　ここで何してるの？」

「ずっとお姉ちゃんを捜していたの」ライリーは泣きながら、美しい笑みを浮かべたまま言った。「大人になったら、お姉ちゃんを捜すのに一番いい場所で働くと決めていた。だから、ＦＢＩに入ったの」

「ずば抜けていたみたいですよ」セインが言う。「すべてのテストで最高点を取って、圧倒的だったと聞きました。ＦＢＩは運がいい」

マディソンは笑った。「あんたは頭がよかったものね。でも、アーティストになるんだと思っていたわ」

「ある意味では、なったわ」

マディソンは妹の頬を包みこんだ。「毎日あんたのことを考えてた」

ライリーは姉の手に手を重ねた。「わたしも」新たな涙があふれた。「本当にごめんね。お姉ちゃんが連れていかれるのを止められなくて」

「ええ？　どうしてそんなこと言うの？　あんたのせいじゃないのに。わたしを見て」マディソンはライリーと無理やり目を合わせた。「あいつがしたことで、あんたを責めたことなんて一度もない。連れていかれたのがあんたじゃなくて、わたしでよかった。わかった？　あんたはすごくかわいくて、わたしの人生の喜びだった。あんたを守るためならなんでもした。最後の何カ月かは、つらく当たったかもしれないけど、あんたのためならなんでもした。あんたみたいな妹がずっと欲しかったから。それだけはわかって」

妹を引き寄せ、震えているのを感じた。「泣かないで」マディソンも泣きながら言った。「大好きよ。わたしを見つけてくれてありがとう」妹を抱きしめた。「ありがとう」

こめかみにキスをし、ライリーが泣きやむまでそうしていた。ふたりが体を離したとき、部屋には誰もいなくなっていた。邪魔が入らないよう、セインが開いたドアの外に立ちふさがっていた。

「ママとパパは――」

「元気よ。お姉ちゃんに会ったらすごく喜ぶわ」

マディソンは妹と、保護欲の強い、いまはしかめっ面をしている保安官代理を交互に見た。ふたりのあいだには何かある。

「彼は一緒に仕事をしている地元の警官ってだけじゃなさそうね」

ライリーが顔を赤らめ、彼をちらっと見た。「親友なの」

「それ以上でしょ」

「まあね」

看護師がドアから頭を突っこんで咳払いをした。「時間よ」

その言葉が合図だったかのように、マディソンは急に体を重く感じ、目を開けていられなくなった。「疲れちゃった」それでも、妹の手を放す気になれなかった。

「目を覚ましたとき、ここにいるわ。約束する」

マディソンは妹の手を握りしめ、微笑んだ。「時間ならたっぷりあるわ、ライリー。わたしはどこにも行かない。あんたと一緒じゃなきゃ」

マディソンは手を持ちあげた。ライリーの手首で、半分のハートのチャームがついたブレスレットが揺れた。それを見たマディソンはにっこり笑い、病院のガウンの下に手を入れてネックレスを取りだした。チェーンに小さなブレスレットがぶらさがっていた。

「なくしたんだと思ってた」ライリーが言う。「外してたでしょ」

「あの夜、またつけたのよ」マディソンは言った。「あんたがずっとそばにいてくれた。これのおかげで、自分が誰だか忘れてしまわずにすんだ」

マディソンはハートを組みあわせた。妹の頬を涙が流れた。

ライリーがそっと頬にキスをした。「お姉ちゃんが覚えているうっとうしい妹でいることを人生の使命とするわ」

マディソンは唇を震わせた。喜びのあまり心がはちきれそうだった。「楽しみだわ。いままでの分を取り返さなくちゃね」

26

夜のとばりがおり、ベルベットの空に星がまたたくなか、セインはファニーのB&Bの前で車を停めた。助手席のライリーはまだショックから抜けきれていない様子だった。

「病院に残ればよかった」ライリーが言う。「マディーのそばにいないと」

「朝になるまで、会わせてはもらえないよ」セインは言った。「アイアンクラウドがご両親に連絡した。こっちに向かっている。今夜はお姉さんのためにこれ以上できることはない。誰のためにも」車を降り、助手席のドアを開けて手を差しだした。「行こう。七十二時間ぶりに休息を取ったあと、姉妹で一日じゅう語りあえばいい」

ライリーはうなずき、物思いに沈んだ表情で彼の手を取った。「姉が生きていたなんて信じられない。まさか……」

涙声になった。セインは彼女を抱きしめた。言葉は見つからなかった。

「奇跡だな」

「あなたのお姉さんがマディーの命を救ってくれた」ライリーがセインの手を握りしめた。「毒を盛られていることに気づいて、逃げる力を取り戻す時間を与えたの」

「マディソンが助かったと知って、シャイアンはすごく喜んでいた。何はともあれ、ふたりはいい友達になれるんじゃないかな」

セインとライリーは人けのないロビーに入った。

「ファニーがいなくてよかった」セインはつぶやいた。

「聞こえたわよ」ファニーが受付の背後からひょいと現れ、駆け寄ってきた。そして、セインをしっかりと抱きしめたあと、ライリーも抱擁した。「あなたならやってくれると思ってた」にっこり笑った。

「ケイドが突破口を切り開いてくれました」ライリーが言った。

ファニーは微笑んだものの、目がわずかに陰りを帯びた。「まだ病院にいるんだけど、きっとよくなるわ。サムって子がそばを離れようとしないの」咳払いをする。「二階へ行きなさい。サプライズを用意しておいたから」そう言うと、さっさと私室に姿を消した。

ライリーがセインを見あげた。「なんだと思う?」

「想像するのも怖いけど、見てみよう」

ふたりは階段をあがり、ライリーがドアを開けた。テーブルの上に、アイスバケットに入ったシャンパンと、蓋をした二枚の皿が置かれていた。

ライリーが部屋を見まわした。「壁がきれいになってる」

セインは咳払いをした。「ペンダーグラスに頼んで片づけてもらったんだ」彼女のために椅子を引いた。「食べようか」

ライリーは腰をおろした。そして、ファニーが作ってくれたあたたかくておいしい食事を味わった。セインはたらふく詰めこんだ。話したいことはたくさんあるが、何から話していいかわからなかった。

「ライリー――」

「今日、仕事をやめたの」ライリーが急いでさえぎった。

セインはぽかんとした。「いつ？　どうして？」

「あなたが家族とシャイアンに別れの挨拶をしているあいだに、トムに電話したの。行動分析は得意な仕事だけど、少し時間が必要だと思って。自分が本当にやりたいことを見つけるために」ライリーはナプキンをねじった。「それに、姉のことを知りたいの。自分のことも」

セインは立ちあがり、彼女を引っ張って抱き寄せた。「本当にいいのか？　せっかくキャリアを積んだのに」

「あなたこそ、シャイアンが帰ってきたんだから、シールズに復帰できるわよ」

彼女の目に弱さと不安が読み取れた。

セインは片手を彼女の頬に当て、目をのぞきこんだ。「おれが辞めた理由はふたつある。ひとつは、シャイアンの行方がわからないのにここを離れられなかったからだ」親指を滑らせた。

「もうひとつは？」彼女の声がかすれた。

「金曜の電話だけの長距離恋愛に疲れたから。それだけじゃ足りない、ライリー。きみが欲しい。毎日、毎晩。どうしても。離れたくない。DCに引っ越すよ。どこでもいい。きみが許してくれるなら、ずっとそばにいる」

ライリーが目を見開いた。「わたしについてきてくれるの？」

「地球の果てまで。きみを愛してるから。おれの人生を捧げる。全力できみを幸せにする」

ライリーが彼の手を握った。目に希望の光が見えた。

ここで決めなければならない。

セインはゆっくりとライリーを抱き寄せた。甘い香りがする。彼女の頭のてっぺんが彼の頬に触れた。体だけでなく、心もしっくりくる。彼のことを本当に理解してくれたのは、ライリーが初めてだった。セインは彼女の強さ、決意のかたさ、すべてに感心していた。

ライリーが彼の胸に手を当てた。鼓動が速くなった。

彼女が震える息を吸いこんだ。「この先へ進んだら、二度とあと戻りはできないわよ」

「きみが飛行機を降りた瞬間に、おれたちはその境界を超えた。もう引き返せない。前に進むだけだ」セインは目を閉じ、彼女のぬくもりを心に刻みつけた。「永遠の愛が欲しい、ライリー。うちの両親のように、祖父母のように愛しあいたい。何十年も。きみと」

体を引いて目を見つめた。「おれの愛を受け取ってくれ、ライリー。条件も但し書きもない愛を。おれのありったけの愛を。おれが死ぬまでずっと」

彼の言葉がライリーの防護壁を完全に打ち砕き、十五年前、愛する者を奪われてから凍りついていた心を溶かした。

愛する者を取り戻した。

もう子どもじゃない。大人の女だ。

「おれたちの愛を示させてくれ」セインが身をかがめ、唇が触れあいそうなくらい顔を近づけた。

ライリーは震える息を吐きだした。抗えない。抗いたくなかった。生まれてからずっと、居場所を探していた。常に愛してくれる、何があろうと自分を見捨てない人を。

セインがその人だ。

それなのに、どうしてためらうの？

「わかった」セインが体を引いた。

ライリーはぞっとした。いったい何をしているの？　人生を奪われた姉は、ずっと真の勇気を示していたというのに。この決断を恐れる必要はない。相手はセインなのだから。わたしの親友。心から信頼できる人。わたしの心を救い、癒してくれた人。手が痛くなるほど彼の腕を握りしめた。「いいえ、わかってないわ。あなたを愛してる、セイン。ずっと前から。認めるのが怖かっただけ。自分自身にさえ」

セインは目を輝かせて微笑んだ。何も言わずにライリーを抱きあげ、ベッドに運んだ。彼が頬に鼻をすり寄せ、唇も手も使わずに愛撫するあいだ、ライリーは息を止めていた。体がぞくぞくし、期待に震えた。

彼の肩をつかんだ。

「これが永遠に続く」セインがささやき、指でそっと彼女の唇を開いた。「もう引き返せない」

ライリーは反射的に彼の指をなめた。しょっぱくて、舌がひりひりした。彼の頭をつかんで引き寄せる。「ええ」

情熱がほとばしり、防護壁が粉々に消え去った。セインが舌を入れ、口のなかをまさぐった。

彼にもっと近づきたい。シャツのボタンを外して素肌に触れた。

セインはうめき声をもらし、自分で服を脱いだあと、彼女の服を脱がせた。ようやく肌と肌が触れあうと、ライリーは彼を抱きしめた。

彼の愛撫に身を震わせながら、唇を下へ這わせていき、乳首をなめた。

セインが低いうめき声をあげた。ライリーはベッドに寝転がり、彼を引き寄せた。

彼が脚のあいだに体を割りこませた。ライリーは目を閉じた。手と口で、体の隅々まで愛撫された。セインはどうすれば彼女をあえがせられるか正確にわかっていた。

コンドームをつけたあと、欲望に陰った目で彼女を見つめた。

「愛してる、ライリー。いつもいつまでも」セインがひと息でなかに入ってきた。

彼は両手をつないで、彼女を見つめた。

「わたしも愛してる」

セインが腰を動かし始めると、ライリーはあえぎ、脚を巻きつけて押さえつけた。ふたりはひとつになった。これほど満たされ、求められ、愛されたことはなかった。

腰を打ちつけられるたびに張りつめていった。終わりにしたくない。目を閉じ、こらえきれずにうめき声をもらした。

全身全霊で彼の愛を感じた。

ついにのぼりつめたライリーは、彼にしがみついて至福を味わった。

セインが彼女の胸に頭をのせた。ライリーは息を切らしながら彼を抱き寄せた。このうえなく満ち足りた気分だった。

「いまのは――」

「すごかったな」セインがあえぎながら言った。

ふたりはじっと抱きあった。そして、セインが彼女の上からおりて、うしろから抱きしめた。指を絡みあわせ、うなじにキスをした。

「保安官代理として正規雇用してもらえることになったんだ。ワイオミングで暮らしてみる気はないか？　おれと一緒に。おれの妻として」

ライリーは振り返ってセインを見た。その口元が緊張でこわばっているのを見て、微笑んだ。「どこでも、いつでもあなたのそばにいる。ずっと」

エピローグ

一週間後

クライヴのナイトクラブの外壁には、クリスマスのイルミネーションが施されていた。ライリーはペンダーグラス保安官代理の車から降りた。「ありがとう、クイン」

いつもの癖で周囲を見まわす。正面にブラックウッド牧場の車が停めてある。駐車場は満車で、車があふれていた。

ライリーは店のドアに手を置いて立ちどまった。

今夜はお祝いのパーティーだ。信じられないほど幸せで、満ち足りていた。一年前、人生とはその日その日を生き延びることだった。未来はなく、過去に取りつかれていた。いまは無限の可能性が広がっている。彼女だけでなく、セインや、シンギング・リヴァーでのふたりの生活や、姉にも。毎日、マディソンを新たに知っていくのが楽しみだった。

ドアが開いた。カーソン・ブラックウッドがにっこり笑って彼女を店内に引き入れた。「ライリー」力強く抱擁したあと、頬にキスをした。「家族を取り返してくれて感謝する。それに、息子があんなに幸せそうなのもきみのおかげだ」

ライリーも頬にキスをした。「幸せなのはわたしのほうです」部屋を見まわし、小さなテーブルを囲んでいる家族に目を留めた。母は完全に浮いていて、父も居心地が悪そうだ。そのあいだに座っているマディソンは、わずかに顔をしかめ、髪をいじっていた。まだ青白いが、何日か入院したおかげでいくらか元気そうになった。いずれ銅中毒も完治するだろう。よかった。

「どんな感じですか?」顎で家族を示しながらきいた。

「みんな努力している」カーソンが答えた。「きみのお姉さんはすばらしい人だ」

ジーンズをはいた長身のハドソン・ブラックウッドがランバート家のテーブルに近づいて、マディソンに手を差しだした。マディソンは感謝のまなざしで彼を見あげた。母は引きとめようと手を伸ばしたが、マディソンににらまれてその手を引っこめた。

十五年の隔たりがあり、みんなどうふるまっていいかわからないのだ。

マディソンが立ちあがり、ライリーの目を見た。それから、にっこり笑ってハドソンの手を取り、ダンスフロアに出た。両親から離れられてほっとしているのだろう。昔みたいだ。姉妹対両親。

「セインは奥にいる」カーソンが耳元でささやいた。「母と一緒に」

ライリーは胸がどきんとし、奥に向かって歩き始めた。離れているあいだ、ずっと恋しかった。彼の手や笑い声や笑顔が。

セインは目を輝かせながらヘレンと話していた。そして、彼女をリンカーンに引き渡したあと、バンドのリーダーのもとへ行き、何やらささやいた。

リーダーはうなずき、『踊りましょう』を演奏し始めた。セインがヘレンにハミングしているのを聞くまでライリーは知らなかった曲だが、いまではふたりの曲でもある。

リンカーンが手を差しだし、ヘレンが立ちあがった。五十年踊りつづけてきた彼らは、流れるように踊った。

ドアが開き、ぱらぱらと拍手が起こったあと、歓声があがった。バンドが演奏をやめた。

シャイアンがライリーにまっすぐ近づいてきて、ぎゅっと抱きしめた。「ブレットに電話したの。背中を押してくれてありがとう」ライリーの手を握り、ヘレンとリンカーンとセインが立っているほうへ連れていった。「お礼をさせて」

シャイアンが微笑んだ。「お祖母ちゃん」

ヘレンはうれしそうな顔をしたあと、かすかに眉をひそめた。「わたし、夕飯を一緒に食べる約束を忘れてた?」唇を噛む。

シャイアンは目をしばたたいたあと、にっこり笑ってヘレンを抱きしめた。「大丈夫よ」額にキスをした。

セインはヘレンと目を合わせた。少し悲しそうだった。バンドに合図をすると、ふたたび『踊りましょう』が静かに流れだした。

ヘレンも彼の表情に気づいたのだろう。息を吸いこみ、一瞬目を閉じた。ふたたび開けると、澄んだ目をしていた。現在に戻ってきてくれたことを、ライリーは祈った。

「音楽を無駄にしないで」ヘレンがライリーを見た。「セインと踊りなさい」シャイアンに視線を向ける。「あなたはアイアンクラウド保安官代理と踊ったら?」

「人を待ってるの」シャイアンは首を伸ばして店内を見まわした。

ヘレンは舌を鳴らし、シャイアンの腕をさすった。「彼は来ないわよ。リヴァートン家はパーティーが嫌いだから。生真面目なのよね。そんな人を待っていないで、あなたに見とれている人と踊るといいわ」

リンカーンがふたりのあいだに入った。「おしゃべりはそのくらいにして、おれと踊ろう」

リンカーンがヘレンを腕のなかに引き入れた。

セインがライリーの顔を探るように見た。

「踊らないわよ」ライリーはそう言ったあと、ヘレンを見た。ヘレンはくるっとまわりながらウインクした。

セインがライリーの腰に手をまわして引き寄せた。「踊らなくていいから。おれについてきて」優しく言った。

「でも――」

「シャイアンは帰ってきた。きみのお姉さんは生きていた。きみも少しくらい人生を楽しんだっていいんじゃないか?」

ハドソンのリードで踊るマディソンが、彼らの横をゆっくりと通り過ぎた。姉の明るい笑顔を見て、ライリーは心が軽くなった。姉を取り戻せたことに、一生感謝するだろう。姉は変わったけれど、肝心なところは変わっていない。勇気を出して、昔の自分のように人生を楽しむべきだ。「リードして。ついていくから」

数分後、ふたたびドアが開き、シェップが姿を現した。人ごみの合間から、杖に寄りかかっているブレット・リヴァートンがちらっと見えた。笑い声の響き渡るダンスホールにそぐわない、真面目な顔をしている。ライリーと目が合うと、帽子を傾けた。それから、アイアンクラウド保安官代理と踊っているシャイアンに視線を移した。せつなそうな、あきらめの表情が浮かぶ。シェップに何やらささやいたあと、つらそうな足取りでライリーのほうへ歩いてきた。

「すぐに戻るわ」ライリーはセインに言ったあと、ブレットに歩み寄った。

ブレットが帽子を傾けた。「ランバート特別捜査官、父を見つけてくださって感謝します。おれたちを捨てたんじゃないとわかって救われた気持ちになった。皮肉な話だが、マキロイが親父に会いに来て身内だと打ち明けたら、親父は心から歓迎しただろう。リヴァートンの土地を無理やり奪おうとする必要などなかった。家族の一員になれたかもしれないのに」

「参加するでしょう？」ライリーは彼の腕に手を置いた。「シャイアンも喜ぶわ」

「邪魔したくない。彼女に悪い」ブレットがシャイアンを見つめると、彼女が近づいてきた。

「ブレット」シャイアンがささやいた。

「これを渡しに来ただけだ。すぐ帰る」ブレットはワイオミング・ジェイドのネックレスを彼女に渡した。
シャイアンの目が陰りを帯びた。「でも——」
「そのほうがいい。きみはおれのことを、よくわかっていないんだ」ブレットは
シェップにうなずくと、歩み去った。
シャイアンはネックレスを握りしめ、彼のうしろ姿を見つめた。「ちょっとごめん
なさい」急いで外へ出ていき、アイアンクラウドがそのあとを追った。
ライリーはため息をついた。ブレットはシャイアンを愛しているが、認めようとし
ない。彼女を守ろうとして、傷つけている。
ライリーも同じ間違いをしたことがあった。だけどもうしない。部屋を横切り、セ
インの腕のなかに飛びこんだ。
セインが彼女を抱き寄せた。彼女は目を閉じて深呼吸し、体を揺らした。何年も前
にマディソンと踊ったときと同じ喜びを感じた。
一心同体となって、ゆっくりと踊った。セインが彼女の手をつかんで胸に引き寄せ
た。ライリーは彼にもたれかかり、肩に頬を寄せて深呼吸をした。セインは祖父母の
ほうへ近づいていった。
「見て」セインがささやいた。

リンカーンがヘレンを守るようにそっと抱きしめた。二度と放したくないというように。

「愛してるわ、リンカーン」ヘレンがささやいた。「言うのを忘れてしまうときも、愛してる」

ライリーは胸を締めつけられた。

「おまえはずっとおれの最愛の人だ、ヘレン・ブラックウッド。心配するな。おれがおまえの分も覚えている」

ライリーはまばたきして涙をこらえた。ブラックウッド流の愛。いまわかった。セインが咳払いをしたあと、彼女をさらに抱き寄せた。

「おれたちもあんなふうに愛しあうんだ、ライリー」セインがかすれた声で言った。ぴたりと動きを止めて、彼女の目を見つめた。「ずっと」

ライリーはにっこり笑い、手を差しだした。「じゃあ、踊ってくれる？」

「ああ、一生」

後記

『かつて愛した人』は、アルツハイマー病と闘病中の母との体験をもとにしています。わたしたちは涙を乗り越え、束の間の喜びを大切にすることを学びました。まだあるものに感謝して、かつてあったものを求めないことです。

その長い道のりは、信仰と友人、アルツハイマーズ・アソシエーション（www.alz.org、アルツハイマーズ・アソシエーション、私書箱九六〇一一、ワシントンDC二〇〇九〇—六〇一一）の支えなしでは乗りきれなかったでしょう。この組織の地方支部がわたしたちに知識を与え、サポートし、理解してくれました。わたしたちの人生に関わった方々に、感謝してもしきれません。

本書の印税の十パーセントを、両親と、ふたりを支えてくれるすべての人々を称《たた》えて、アルツハイマーズ・アソシエーションに寄付します。この組織の目指すところはアルツハイマー病のない世界で、その日が来ることをわたしも祈っています。

そのために、#1MemoryChallengeという啓発・募金活動を始めました。これは、アルツハイマーズ・アソシエーションを支援するだけでなく、特別な思い出が失われる前に共有することを奨励しています。わたしのさらなる個人的な話や#1Memory

Challengeについては、http://act.alz.org/goto/1MemoryChallengeもしくはwww.facebook.com/1MemoryChallengeに書かれています。

友人や愛する人がアルツハイマー病やその他の認知症にかかった方は、孤独な闘いだと感じているかもしれません。アルツハイマーズ・アソシエーション（あるいは類似の組織）に援助を求めることを考えてみてください。そして、あなたの時間やお金を使って協会をサポートしてください。

あなたはひとりではありません。

謝辞

これはお金のために書いた話ではありません。わたしをよく知る人は、本書を書きあげる喜びと苦労をわかってくれるでしょう。みんなに感謝します。

非凡な著作権エージェント、ジル・マルサル。あなたのサポートと信念にいつも助けられています。この道を歩めたのはあなたのおかげです。

編集者のシャーロット・ハーシャー。あなたの非常な忍耐と、優しさと、洞察力のおかげで本書が完成しました。心から感謝します。

タミー・バウマン、ルイーズ・バージン、シェリ・ビュークル。あなた方の才能、誠実さ、鋭さに謙虚な気持ちになりました。あなた方の独特な視点や感じ方を重んじています。いつでも連絡してね！

著者あとがき

『かつて愛した人』を読んでくださって感謝します。楽しんでいただけたでしょうか。気に入っていただけたら、Montgomery Justiceシリーズ（『*In Her Sights*』『*Behind the Lies*』『*Game of Fear*』）もぜひ読んでみてください。

www.RobinPerini.comのニュースレターに登録していただければ、新刊情報やその他の特別な情報をお届けします。

わたしのウェブサイト（www.RobinPerini.com）、グッドリーズ（www.goodreads.com/RobinPerini）、フェイスブック（www.facebook.com/RobinPeriniAuthor）でわたしに連絡を取ることができます。

本書を楽しんでいただけたのなら、ほかの人にも薦めてくださるとうれしいです。友達に貸してください。

推薦してください。友人や読書会や意見交換の場に薦めて、本書を広める手助けをしてください。

レビューを書いて、この本を気に入った理由を伝えてください。

作家は読者がいないと存在しません。わたしと一緒に旅をしてくれたみなさんに感謝します。

訳者あとがき

二〇一一年に一年間で七作のロマンス小説を出版し、そのうち二作品がＲＩＴＡ賞の新人部門であるゴールデン・ハート賞にノミネート、うち一作が受賞するという前代未聞の快挙を成し遂げたベストセラー作家、ロビン・ペリーニの初邦訳作品をお届けします。

シールズの隊員セインは、ワイオミング州シンギング・リヴァーで保安官をしている父親が病気で思うように働けなくなったため、十年ぶりに故郷に帰って臨時の保安官代理としてサポートすることになりました。二カ月経ち、保安官代理の仕事も板についてきた頃、地元で診療所を開いている医師の姉シャイアンが拉致される事件が発生します。診療所から薬がなくなっていましたが、単純な医薬品窃盗事件だとは思えません。そこでセインは、ＦＢＩのプロファイラー、ライリーに捜査協力を求めることにします。

ライリーは子どもの頃、姉が誘拐されて未解決事件となり、いまでも行方を捜しつづけています。その捜査の一環で一年前、シンギング・リヴァーを訪れた際にセインと知りあい、恋に落ちたのですが、その後セインはアフガニスタンに派遣され、ライリーもワシントンＤＣに戻ったため、週に一度電話のデートをするだけの関係が続いていました。

曖昧な関係をはっきりさせる暇もないまま、ふたりは捜査に集中します。手がかりはほとんどなく、シャイアンの生死が危ぶまれるなか、事件は思わぬ展開を見せます。十五年前のライリーの姉の誘拐事件との関連が浮かびあがったのです。

母親が姉びいきでもともとあまりかわいがられていなかったうえに、姉が誘拐されて家庭が崩壊した結果、ライリーは愛というものを信じられなくなっています。一方、セインは愛情いっぱいの大家族で育った優しい男性で、アルツハイマー病にかかった祖母をみんなで支えています。ライリーはとまどいながらも、彼の家族と接しているうちに、凍っていた心が少しずつ溶けていくのです。

本書はシリーズ作品で、二作目もすでに出版されており、本書に登場したライリーとセインがふたたび大活躍します。著者はほかにもふたつのシリーズを手がけていて、精力的に執筆を続けています。今後のさらなる活躍が楽しみですね。

二〇一九年十二月

ザ・ミステリ・コレクション

かつて愛《あい》した人《ひと》

著者　ロビン・ペリーニ
訳者　水野涼子《みずのりょうこ》

発行所　株式会社 二見書房
東京都千代田区神田三崎町2-18-11
電話 03(3515)2311［営業］
03(3515)2313［編集］
振替 00170-4-2639

印刷　株式会社 堀内印刷所
製本　株式会社 村上製本所

落丁・乱丁本はお取り替えいたします。
定価は、カバーに表示してあります。

ISBN978-4-576-20006-4
https://www.futami.co.jp/

二見文庫 ロマンス・コレクション

愛は闇のかなたに
L・J・シェン
水野涼子［訳］
父の恩人の遺言で政略結婚をしたスパロウ。十も年上で裏社会にさえ顔がきくという男との結婚など青天の霹靂だったが、いつしか夫を愛してしまい…。全米ベストセラー！

夜の果ての恋人
アリー・マルティネス
氷川由子［訳］
テレビ電話で会話中、電話の向こうで妻を殺害されたペン。コーラと出会い、心も癒えていくが、再び事件に巻き込まれ…。真実の愛を問う、全米騒然の衝撃作！

危険な夜と煌めく朝 ＊
テス・ダイヤモンド
出雲さち［訳］
元FBIの交渉人マギーは、元上司の要請である事件を担当する。ジェイクという男性と知り合い、緊迫した状況のなか惹かれあうが、トラウマのある彼女は……

ダイヤモンドは復讐の涙
テス・ダイヤモンド
向宝丸緒［訳］
FBIプロファイラー、グレイスの新たな担当事件は彼女自身への挑戦と思われた。かつて夜をともにしたギャビンとともに捜査を始めるがやがて恐ろしい事実が……

危険な愛に煽られて
テッサ・ベイリー
高里ひろ［訳］
兄の仇をとるためマフィアの首領のクラブに潜入したNY市警のセラ。彼女を守る役目を押しつけられたのは最凶のアルファ・メール＝マフィアの二代目だった！

なにかが起こる夜に
テッサ・ベイリー
高里ひろ［訳］
『危険な愛に煽られて』に登場した市警警部補デレクと一見奔放で実は奥手のジンジャーの熱いロマンス！ ダーティトーカー・ヒーローの女王の新シリーズ第一弾！

灼熱の瞬間《とき》
J・R・ウォード
久賀美緒［訳］
仕事中の事故で片腕を失った女性消防士アン。その判断をした同僚ダニーとは事故の前に一度だけ関係を持っていて…。数奇な運命に翻弄されるこの恋の行方は？

二見文庫 ロマンス・コレクション

失われた愛の記憶を *
クリスティーナ・ドット
出雲さち［訳］〔ヴァーチュー・フォールズ シリーズ〕
四歳のエリザベスの目の前で父が母を殺し、彼女はショックで記憶をなくす。二十数年後、母への愛を語る父を見て疑念を持ち始め、FBI捜査官の元夫と調査を……

愛は暗闇のかなたに
クリスティーナ・ドット
水野涼子［訳］〔ヴァーチュー・フォールズ シリーズ〕
子供の誘拐を目撃し、犯人に仕立て上げられてしまったテイラー。別名を名乗り、誘拐された子供の伯父であるケネディと真犯人探しを始めるが…。シリーズ第2弾！

この愛の炎は熱くて
ローラ・ケイ
米山裕子［訳］〔ハード・インク シリーズ〕
ベッカは行方不明の弟の消息を知るニックを訪ねるが拒絶される。実はベッカの父はかつてニックを裏切った男だった。〈ハード・インク・シリーズ〉開幕！

ゆらめく思いは今夜だけ
ローラ・ケイ
久賀美緒［訳］〔ハード・インク シリーズ〕
父の残した借金のためにストリップクラブのウエイトレスをしているクリスタル。病気の妹をかかえ、生活の面倒を見てくれる暴力的な恋人にも耐えてきたが……。

この恋が運命なら
ジェイン・アン・クレンツ
寺尾まち子［訳］
大好きだったおばが亡くなり、家を遺されたルーシーは少女時代の夏を過ごした町を十三年ぶりに訪れ、初恋の人メイソンと再会する。だが、それは、ある事件の始まりで…

眠れない夜の秘密
ジェイン・アン・クレンツ
喜須海理子［訳］
グレースは上司が殺害されているのを発見し、失職したうえとある殺人事件にかかわってしまった過去の悪夢にうなされ始める。その後身の周りで不思議なことが起こりはじめ…

愛の炎が消せなくて
カレン・ローズ
辻早苗［訳］
かつて劇的な一夜を共にし、ある事件で再会した刑事オリヴィアと消防士デイヴィッド。運命に導かれた二人が挑む放火殺人事件の真相は？ RITA賞受賞作、待望の邦訳!!